ullstein

Das Buch

Eine junge Frau wird tot vor dem Los Angeles International Airport aufgefunden, brutal zugerichtet und wie ein Pentagramm in Menschenform hindrapiert. In ihrer Kehle steckt ein Zettel mit einer in Blut verfassten Nachricht: »Ich bin der Tod.«

Profiler Robert Hunter und sein Partner Carlos Garcia nehmen die Ermittlungen auf. Die Zeit läuft ihnen davon, denn kurz darauf wird eine weitere junge Frau ermordet. Der Modus Operandi ist ein anderer, aber die Handschrift des Täters ist eindeutig – er hinterlässt Botschaften, die an Hunter persönlich gerichtet sind. Hunter wird klar, dass er ein Monster jagt. Er glaubt, den Mörder zu kennen. Doch was, wenn er den Falschen verdächtigt? Und die Wirklichkeit noch viel schlimmer ist?

Der Autor

Chris Carter wurde 1965 in Brasilien als Sohn italienischer Einwanderer geboren. Er studierte in Michigan forensische Psychologie und arbeitete sechs Jahre lang als Kriminalpsychologe für die Staatsanwaltschaft. Dann zog er nach Los Angeles, wo er als Musiker Karriere machte. Gegenwärtig lebt Chris Carter in London. Seine Thriller um Profiler Robert Hunter sind allesamt Bestseller. *I Am Death. Der Totmacher* ist Hunters siebter Fall.

Von Chris Carter sind in unserem Hause bereits erschienen:

One Dead
Der Kruzifix-Killer
Der Vollstrecker
Der Knochenbrecher
Totenkünstler
Der Totschläger
Die stille Bestie
I Am Death. Der Totmacher

Chris Carter

I AM DEATH

DER TOTMACHER

THRILLER

Aus dem Englischen
von Sybille Uplegger

Ullstein

Besuchen Sie uns im Internet:
www.ullstein-taschenbuch.de

MIX
Papier aus verantwortungsvollen Quellen
FSC® C014496

Deutsche Erstausgabe im Ullstein Taschenbuch
1. Auflage Juni 2016

Published by Arrangement with Luiz Montoro
Titel der englischen Originalausgabe: *I Am Death*
(Simon & Schuster Inc.)
Umschlaggestaltung: ZERO Werbeagentur, München
Titelabbildung: Seil: © Arcangel/Mike Dobel;
© FinePic®, München
Satz: LVD GmbH, Berlin
Gesetzt aus der Scala
Druck und Bindearbeiten: GGP Media GmbH, Pößneck
Printed in Germany
ISBN 978-3-548-28713-3

1

»Tausend Dank, dass du so kurzfristig kommen konntest, Nicole«, sagte Audrey Bennett, als sie die Tür zu ihrem weißen zweigeschossigen Haus im Upper Laurel Canyon, einer wohlhabenden Wohngegend in den Hollywood Hills von Los Angeles, öffnete.

Nicole antwortete mit einem freundlichen Lächeln.

»Ist doch überhaupt kein Problem, Mrs Bennett.«

Nicole Wilson war in Evansville, Indiana, geboren und aufgewachsen und sprach mit einem unverwechselbaren Midwestern-Akzent. Mit ihren eins sechzig war sie eher klein geraten, und ihr Gesicht taugte nicht gerade als Material für Modemagazine, aber sie war immer freundlich und verfügte über ein bezauberndes Lächeln.

»Komm rein, komm rein«, bat Audrey und bedeutete Nicole einzutreten. Sie schien sehr in Eile zu sein.

»Tut mir leid, dass ich ein bisschen spät dran bin«, sagte Nicole und kam ins Haus, während sie gleichzeitig einen Blick auf ihre Armbanduhr warf. Es war kurz nach halb neun.

Audrey lachte. »Ich glaube, du bist so ziemlich die einzige Person in ganz Los Angeles, die sich dafür entschuldigt, wenn sie nicht mal zehn Minuten zu spät kommt. Alle anderen, die ich kenne, finden das eher elegant.«

Nicole lächelte, wirkte aber nach wie vor ein wenig unglücklich. Sie legte immer größten Wert auf Pünktlichkeit.

»Das ist ein wunderschönes Kleid, Mrs Bennett. Haben Sie heute Abend was Besonderes vor?«

Audrey schürzte die Lippen und verzog das Gesicht. »Abendessen bei einem Richter.« Sie beugte sich zu Nicole herunter. Die nächsten Worte sagte sie im Flüsterton. »Das wird soooo langweilig.«

Nicole kicherte.

»Oh, hallo, Nicole«, grüßte James, Audreys Mann, der gerade die geschwungene Treppe aus dem ersten Stock herunterkam. Er trug einen eleganten dunkelblauen Anzug mit einer gestreiften Seidenkrawatte und dem dazu passenden Einstecktuch, dessen oberer Rand ein kleines Stückchen aus der Brusttasche seines Sakkos herausschaute. Seine karamellblonden Haare waren wie immer streng nach hinten gekämmt, keine Strähne wagte es, aus der Reihe zu tanzen.

»Bist du dann so weit, Schatz?«, wandte er sich an seine Frau, ehe er flüchtig auf seine Patek Philippe sah. »Wir müssen los.«

»Ja, ich weiß, James, ich komme gleich«, antwortete Audrey, bevor sie sich noch einmal an Nicole wandte. »Josh schläft schon«, erklärte sie ihr. »Er hat den ganzen Tag getobt und gespielt – zum Glück, um acht war er nämlich so erledigt, dass er vor dem Fernseher eingeschlafen ist. Wir haben ihn dann bettfertig gemacht, und sein Kopf lag noch nicht mal auf dem Kissen, da war er schon wieder eingeschlafen.«

»Wie süß«, sagte Nicole.

»So, wie der kleine Teufel heute herumgerannt ist«, klinkte sich James Bennett ein, als er auf Audrey und Nicole zutrat, »schläft er bestimmt bis morgen früh durch. Es dürfte also ein entspannter Abend für dich werden.« Er nahm Audreys Mantel von dem Ledersessel zu seiner Rechten und half seiner Frau hinein. »Wir müssen jetzt wirklich fahren, Liebling«, raunte er ihr ins Ohr, bevor er ihr einen Kuss auf den Nacken gab.

»Schon gut, schon gut«, beschwichtigte Audrey ihn,

während sie gleichzeitig mit dem Kopf in Richtung der Tür deutete, die neben dem Kamin aus Flussstein an der östlichen Seite des riesigen Wohnzimmers abging. »Geh ruhig in die Küche und bedien dich, wenn du etwas möchtest. Du kennst dich ja aus, oder?«

Nicole nickte.

»Falls Josh aufwacht und noch ein Stück von dem Schokoladenkuchen will, *gib ihm nichts*. Das Letzte, was er braucht, ist ein Zuckerschock mitten in der Nacht.«

»Alles klar«, sagte Nicole und lächelte erneut.

»Kann sein, dass es ziemlich spät wird«, setzte Audrey noch hinzu. »Ich rufe zwischendurch mal an, um mich zu vergewissern, dass alles in Ordnung ist.«

»Viel Spaß heute Abend«, wünschte Nicole den beiden und begleitete sie zur Tür.

Als Audrey die Stufen vor der Haustür hinablief, warf sie Nicole noch einen letzten Blick zu und sagte lautlos: »Langweilig!«

Nachdem sie die Haustür wieder geschlossen hatte, ging Nicole als Erstes nach oben und schlich auf Zehenspitzen in Joshs Zimmer. Der Dreijährige schlief wie ein Engel, ein Kuscheltier mit riesigen Augen und Ohren fest im Arm. Nicole stand lange im Türrahmen und betrachtete ihn. Mit seinen blonden Locken und den rosigen Bäckchen sah er so entzückend aus, dass sie sich am liebsten zu ihm gelegt und mit ihm geknuddelt hätte. Aber sie wollte ihn nicht aufwecken. Also beschränkte sie sich darauf, ihm von der Tür aus eine Kusshand zuzuwerfen, und kehrte dann nach unten zurück.

Sie machte es sich im Wohnzimmer gemütlich und schaute eine alte Komödie im Fernsehen an, bis nach etwa einer Stunde ihr Magen recht eindeutige Geräusche von sich gab. Erst jetzt fiel ihr wieder ein, dass Audrey etwas von einem Schokoladenkuchen erwähnt hatte. Sie sah auf die Uhr. Es war definitiv Zeit für einen kleinen Snack, und ein Stück Schokokuchen wäre genau das Richtige. Nicole verließ das Wohnzimmer und lief noch einmal rasch nach oben, um nach Josh zu sehen. Als sie zurück nach unten kam, durchquerte sie das Wohnzimmer und öffnete die Tür zur Küche.

»Uaah!«, schrie sie und machte einen Satz rückwärts.

»Uaah!«, rief der Mann, der am Küchentisch saß und ein Sandwich aß, eine Millisekunde später. Vor lauter Schreck ließ er sein Sandwich fallen und sprang vom Tisch auf, wobei er sein Glas Milch umwarf. Hinter ihm fiel polternd sein Stuhl zu Boden.

»Wer um alles in der Welt sind Sie?«, fragte Nicole mit pochendem Herzen und zog sich vorsichtshalber noch einen Schritt zurück.

Der Mann betrachtete sie einige Sekunden lang verdattert, als versuche er, sich darüber klarzuwerden, was genau hier eigentlich vor sich ging. »Ich bin Mark«, sagte er schließlich und deutete mit beiden Händen auf sich.

Sie starrten einander eine Zeitlang schweigend an, bis Mark erkennen musste, dass die Frau mit diesem Namen nicht das Geringste anfangen konnte.

»Mark?«, wiederholte er. Er machte aus jedem Satz eine Frage, als wundere er sich, dass Nicole dies alles nicht wusste. »Audreys Cousin aus Texas? Ich bin für ein paar Tage in der Stadt, weil ich ein Vorstellungsgespräch habe? Ich wohne in der Wohnung über der Garage?« Mit dem Daumen deutete er über seine rechte Schulter.

Nicoles Blick wurde nur noch fragender.

»Audrey und James haben Ihnen doch von mir erzählt, oder etwa nicht?«

»Nein.« Sie schüttelte den Kopf.

»Oh!« Jetzt war Mark vollends verwirrt. »Hmm, also, wie gesagt, ich bin Mark, Audreys Cousin. Und Sie sind sicher Nicole, die Babysitterin, stimmt's? Die beiden haben mir schon gesagt, dass Sie heute Abend kommen. Und es tut mir leid, ich wollte Sie wirklich nicht erschrecken – auch wenn Sie es mir ja mit gleicher Münze heimgezahlt haben.« Er legte sich die rechte Hand an die Brust und tippte mit den Fingern ein paarmal auf seine Herzgegend. »Ich habe fast einen Infarkt erlitten.«

Nicoles misstrauischer Blick wurde ein klein wenig sanfter.

»Ich bin heute Morgen hergeflogen. Ich hatte heute Nachmittag ein wichtiges Bewerbungsgespräch«, klärte Mark sie auf.

Er trug einen Anzug, der nagelneu zu sein schien und sehr elegant aussah. Außerdem war er ziemlich attraktiv.

»Ich bin erst vor zehn Minuten zurückgekommen«, fuhr er fort. »Und plötzlich hat mich mein Magen daran erinnert, dass ich den ganzen Tag noch nichts Anständiges gegessen habe.« Er legte den Kopf schief. »Wenn ich nervös bin, kriege ich nichts runter. Also wollte ich mir schnell noch ein Sandwich und ein Glas Milch holen.« Sein Blick ging zu seinem Platz, und er lachte leise. »Wobei Letztere jetzt quer über den Tisch verteilt ist und langsam auf den Boden tropft.«

Er hob den umgefallenen Stuhl auf und hielt dann Ausschau nach etwas, womit er die Milchpfütze aufwischen konnte. Neben einer großen Obstschale auf dem Tresen entdeckte er eine Rolle Küchenkrepp.

»Ich bin, ehrlich gesagt, ein bisschen überrascht, dass Audrey vergessen hat, Ihnen zu sagen, dass ich hier übernachte«, gestand Mark, während er die Milch vom Boden beseitigte.

»Na ja, sie hatten es ziemlich eilig«, räumte Nicole ein. Ihre Körperhaltung hatte sich ein wenig entspannt. »Mrs Bennett hatte mich eigentlich gebeten, schon um acht zu kommen, aber ich konnte nicht vor halb neun und habe mich dann auch noch ein paar Minuten verspätet.«

»Aha, verstehe. Ist Josh noch wach? Ich würde ihm gerne gute Nacht sagen.«

Nicole schüttelte den Kopf. »Nein, er schläft schon tief und fest.«

»Er ist so ein toller Junge«, sagte Mark, als er die durchnässten Papiertücher zusammenknüllte und in den Mülleimer warf.

Nicole beobachtete ihn noch immer aufmerksam. »Sagen Sie mal«, meinte sie schließlich. »Sie kommen mir irgendwie bekannt vor. Kann es sein, dass wir uns schon mal begegnet sind?«

»Nein«, gab Mark zurück. »Ich bin zum allerersten Mal hier in L. A. Wahrscheinlich kennen Sie mich von den Fotos im Wohnzimmer und in James' Büro. Auf zweien bin ich mit drauf. Außerdem haben Audrey und ich dieselben Augen.«

»Die Fotos. Ja, das wird es sein«, meinte Nicole. Eine verschwommene Erinnerung tauchte am äußersten Rand ihres Gedächtnisses auf, nahm aber keine Gestalt an.

Schließlich zerriss das Klingeln eines Handys ihr verlegenes Schweigen.

»Ist das Ihres?«, erkundigte sich Mark.

Nicole nickte.

»Wahrscheinlich will Audrey Ihnen sagen, dass sie vergessen hat, Ihnen von mir zu erzählen.« Er zuckte schmunzelnd mit den Schultern. »Tja. Zu spät.«

Nicole erwiderte sein Lächeln. »Ich geh da mal lieber ran.« Sie verließ die Küche und ging ins Wohnzimmer, wo sie ihr Handy aus der Tasche holte. Der Anruf war tatsächlich von Audrey Bennett.

»Hi, Mrs Bennett. Wie ist das Abendessen?«

»Noch langweiliger, als ich befürchtet hatte. Das wird ein langer Abend. Aber egal. Ich wollte nur schnell fragen, ob soweit alles in Ordnung ist.«

»Ja, alles prima«, war Nicoles Antwort.

»Ist Josh aufgewacht?«

»Nein, nein. Ich habe eben nach ihm geschaut. Der wird sich so schnell nicht rühren, glaube ich.«

»Wunderbar.«

»Ach, übrigens, ich bin gerade Mark begegnet. In der Küche.«

Aus der Leitung kam ein lautes Hintergrundgeräusch.

»Entschuldige, Nicole, was hast du gesagt?«

»Dass ich gerade Mark begegnet bin. Ihrem Cousin aus Texas, der über der Garage wohnt. Ich kam in die Küche, und er saß am Tisch und hat ein Sandwich gegessen. Wir haben uns beide zu Tode erschreckt.« Sie lachte.

Eine Weile herrschte Stille, dann sagte Audrey: »Nicole, wo ist er jetzt? Ist er nach oben in Joshs Zimmer gegangen?«

»Nein, er ist immer noch in der Küche.«

»Okay, Nicole, hör mir gut zu.« Audreys Tonfall war auf einmal ganz ernst, aber zugleich zitterte ihre Stimme ein wenig. »Geh nach oben und hol Josh, so schnell und so leise, wie du kannst, und dann macht, dass ihr aus dem Haus kommt. Ich rufe die Polizei.«

»Was?«

»Nicole. Ich *habe* keinen Cousin, der Mark heißt und aus Texas kommt. Und bei uns wohnt auch niemand in der Wohnung über der Garage. Ihr müsst raus aus dem Haus ... *sofort*. Hast du mich verst–«

KLONK.

»Nicole?«

»*Nicole?*«

Die Leitung war tot.

2

Detective Robert Hunter vom Raub- und Morddezernat des LAPD öffnete die Tür zu seinem kleinen Büro im fünften Stock des berühmten Police Administration Building im Stadtzentrum von Los Angeles und trat ein. Die Wanduhr zeigte sechs Uhr dreiundvierzig an.

Hunter sah sich um. Es war auf den Tag genau zwei Wochen her, seit er das Büro zuletzt betreten hatte. Eigentlich hatte er gehofft, erholt und braungebrannt zurückzukommen; stattdessen war er erschöpft bis auf die Knochen und ziemlich sicher, dass er noch nie so blass ausgesehen hatte wie jetzt.

Es hätte eine Rückkehr aus dem Urlaub sein sollen – sein erster Urlaub seit fast sieben Jahren. Sechzehn Tage zuvor hatten sie ihren letzten Fall abgeschlossen, und danach hatte ihr Captain ihm und seinem Partner befohlen, sich zwei Wochen freizunehmen, um auszuspannen. Hunter hatte sich für Hawaii entschieden – ein Reiseziel, das er schon länger im Auge hatte –, doch am Tag seiner geplanten Abreise hatte Adrian Kennedy, ein alter Freund und Leiter des Nationalen Zentrums für die Analyse von Gewaltverbrechen NCAVC beim FBI, ihn um Hilfe gebeten. Er sollte einen im Zuge eines Doppelmordes festgenommenen Verdächtigen verhören. Hunter hatte es nicht über sich gebracht, nein zu sagen, und so war er statt auf Hawaii in Quantico, Virginia, gelandet. Ursprünglich sollten die Vernehmungen nicht länger als ein paar Tage dauern, doch unversehens war Hunter in einen Fall hineingezogen worden, nach dem in seinem Leben nichts mehr so war wie zuvor.

Es war keine vierundzwanzig Stunden her, dass er und das FBI den Fall zu den Akten gelegt hatten. Danach hatte

Kennedy wieder einmal versucht, das einstige Wunderkind Hunter zu überreden, in sein Team zu wechseln.

Hunter war als einziges Kind armer Eltern in Compton aufgewachsen, einem sozialen Brennpunktbezirk im Süden von Los Angeles. Seine Mutter erlag einem Krebsleiden, als er gerade sieben Jahre alt war. Sein Vater heiratete danach nicht wieder und musste zeitweise in zwei Jobs arbeiten, um seinen Sohn durchzubringen.

Schon früh stellte sich heraus, dass Hunter anders war. Sein Verstand arbeitete schneller als der von Gleichaltrigen. In der Schule war er unterfordert und frustriert. Den Unterrichtsstoff der sechsten Klasse etwa lernte er in weniger als zwei Monaten, und nur um sich nicht noch mehr zu langweilen, eignete er sich in eigenständiger Arbeit auch noch den Stoff der siebten, achten, ja, sogar der neunten Klasse an.

Zu dem Zeitpunkt beschloss sein Schulleiter zu handeln. Er setzte sich mit dem Schulamt in Verbindung, und nach einer Reihe von Tests und Prüfungen erhielt Hunter im Alter von zwölf Jahren ein Stipendium für die Mirman School für Hochbegabte.

Mit vierzehn hatte er sich den kompletten Highschool-Stoff in Englisch, Geschichte, Mathematik, Biologie und Chemie beigebracht. Von vier Highschool-Jahren übersprang er zwei und machte mit fünfzehn einen Einser-Abschluss. Dank Empfehlungen von allen seinen Lehrern wurde Hunter als Juniorstudent an der Stanford University angenommen. Mit neunzehn hatte er bereits ein Psychologie-Diplom – summa cum laude – in der Tasche, und mit dreiundzwanzig wurde ihm die Doktorwürde in Kriminal- und Biopsychologie verliehen. Das war der Moment, in dem Adrian Kennedy zum ersten Mal versuchte, Hunter für das FBI anzuwerben.

Hunters Dissertation mit dem Titel »Psychologische

Deutungsansätze krimineller Verhaltensmuster« hatte zufällig den Weg auf Kennedys Schreibtisch gefunden. Er und der FBI-Direktor waren so beeindruckt, dass sie den Text zur Pflichtlektüre am NCAVC machten. Seitdem hatte Kennedy mehrmals versucht, Hunter für sein Team zu gewinnen. Es wollte ihm einfach nicht in den Kopf, dass Hunter lieber als Detective bei der Polizei arbeitete, als Mitglied der fortschrittlichsten Sondereinheit zur Ergreifung von Serientätern zu werden, die es in den ganzen Vereinigten Staaten, vermutlich sogar auf der ganzen Welt, gab. Doch Hunter hatte nie auch nur einen Funken Interesse an einem Posten beim FBI gezeigt und jedes Angebot, das Kennedy und seine Vorgesetzten ihm unterbreitet hatten, ausgeschlagen.

Hunter saß an seinem Schreibtisch, jedoch ohne seinen Computer einzuschalten. Es kam ihm merkwürdig vor, dass alles noch genauso war wie immer und zugleich vollkommen anders. Genau wie immer, weil in seiner Abwesenheit nichts angerührt worden war. Vollkommen anders, weil etwas fehlte. Oder besser: jemand – der Mann, der seit nunmehr sechs Jahren Hunters Partner war. Detective Carlos Garcia.

Ihr letzter gemeinsamer Fall vor dem Zwangsurlaub hatte sie auf die Fährte eines extrem sadistischen Serienmörders geführt, der seine Morde live im Internet übertrug. Die Ermittlungen hatten ihnen nicht nur mental das Äußerste abverlangt, sondern Hunter beinahe das Leben gekostet und darüber hinaus Garcias Frau in große Gefahr gebracht. Garcia hatte sich geschworen, es nie wieder so weit kommen zu lassen.

Unmittelbar vor ihrem Urlaub hatte er daher seinem Partner offenbart, dass er nicht wisse, ob er nach seiner Auszeit ins Morddezernat I zurückkehren werde. Seine Prioritäten hatten sich geändert. Er musste an seine Familie denken, alles andere kam an zweiter Stelle.

Hunter selbst hatte keine Familie. Er war nicht verheiratet. Hatte keine Kinder. Aber er konnte die Sorgen seines Partners nachempfinden, und er war sicher, dass er die richtige Entscheidung treffen würde. Wie auch immer die am Ende aussah.

Das Morddezernat I des LAPD war eine Elite-Einheit, die sich ausschließlich mit Serienmorden und Tötungsdelikten befasste, die stark im Licht der Öffentlichkeit standen, zeitaufwendige Ermittlungen und spezielles Fachwissen erforderten. Als studierter Kriminologe und Psychologe kam Hunter innerhalb des Dezernats I eine ganz besondere Rolle zu. Alle Morde, bei denen der Täter mit extremer Brutalität und/oder Sadismus vorgegangen war, wurden innerhalb des Dezernats als »ultra violent«, kurz: »UV« eingestuft. Hunter und Garcia bildeten zusammen die UV-Einheit des Dezernats, und Garcia war der beste Freund und Partner, den Hunter sich jemals hätte wünschen können.

Endlich beugte Hunter sich vor, um seinen Rechner einzuschalten, doch noch ehe sein Finger den Knopf berührt hatte, wurde die Tür zum Büro geöffnet, und Garcia kam herein.

»Oh!«, sagte Garcia verblüfft, als er einen Blick auf die Uhr an der Wand warf. »Du bist aber früher dran als sonst, Robert.«

Hunter sah ebenfalls nach der Zeit – sechs Uhr einundfünfzig –, dann zu seinem Partner. Dessen langes braunes Haar war zu einem glatten Pferdeschwanz zurückgebunden, noch feucht von der Dusche. Seine Augen wirkten müde und besorgt.

»Ja, mag sein«, antwortete Hunter.

»Besonders braun bist du ja nicht für jemanden, der gerade von einem Hawaii-Urlaub zurückkommt.« Garcia stutzte, dann sah er Hunter stirnrunzelnd an. »Du *warst* doch im Urlaub, oder?« Hunter war der unverbesserlichste Workaholic, den Garcia je gekannt hatte.

»Wie man's nimmt«, sagte Hunter mit einem unbestimmten Nicken.

»Und das heißt was?«

»Ich habe freigenommen«, erklärte Hunter. »Ich war bloß nicht auf Hawaii.«

»Wo warst du denn dann?«

»Ach, nicht der Rede wert. Ich habe einen alten Bekannten an der Ostküste besucht.«

»Aha.«

Garcia spürte sehr wohl, dass dies nicht die ganze Geschichte war, aber er kannte Hunter gut genug, um zu wissen, dass es sinnlos wäre, ihn zu drängen: Er würde nicht darüber reden, wenn er es nicht wollte.

Garcia ging zu seinem Schreibtisch, setzte sich aber nicht hin. Er schaltete auch seinen Computer nicht ein. Stattdessen öffnete er die oberste Schublade und begann den Inhalt auszuräumen. Er legte alles auf seinen Schreibtisch.

Hunter beobachtete seinen Partner, ohne etwas zu sagen. Schließlich sah Garcia zu ihm hoch und brach das befangene Schweigen, das sich im Raum ausgebreitet hatte. »Tut mir leid, Partner«, sagte er, als er nun auch die zweite Schublade auszuleeren begann.

Hunter nickte einmal kurz.

»Ich habe lange und gründlich über alles nachgedacht, Robert«, vertraute Garcia ihm an. »Die letzten zwei Wochen habe ich praktisch nichts anderes gemacht. Ich habe mir alle Möglichkeiten durch den Kopf gehen lassen, alles gegeneinander abgewogen, und ich weiß, dass ich es von einem rein persönlichen Standpunkt aus vermutlich den Rest meines Lebens bereuen werde. Aber ich weiß auch, dass ich nicht zulassen kann, dass Anna jemals wieder so etwas durchmacht, Robert. Sie ist alles für mich. Wenn ihr wegen meiner Arbeit etwas zustieße, würde ich mir das niemals verzeihen.«

»Das verstehe ich«, gab Hunter zurück. »Und ich mache dir auch keinen Vorwurf daraus. Im Gegenteil. Ich hätte genauso gehandelt.«

Diese von Herzen kommenden Worte entlockten Garcia ein mattes, aber dankbares Lächeln. Hunter bemerkte, wie sehr seinem Partner die Situation an die Nieren ging.

»Du bist mir keine Erklärung schuldig, Carlos. Mir ganz bestimmt nicht.«

»Ich bin dir sogar noch viel mehr schuldig, Robert«, widersprach Garcia. »Ich verdanke dir mein Leben. Ich verdanke dir *Annas* Leben. Allein deinetwegen sind wir beide nicht tot, hast du das etwa schon vergessen?«

Hunter wollte nicht über die Vergangenheit sprechen, also wechselte er lieber das Thema.

»Apropos, wie geht es Anna?«

»Überraschend gut, wenn man bedenkt, was sie erleiden musste«, antwortete Garcia, der mittlerweile beide Schubladen vollständig geleert hatte. »Sie ist für ein paar Tage zu ihren Eltern gefahren.«

»Sie ist eine unglaublich starke Frau«, sagte Hunter. »Körperlich und seelisch.«

»Das ist sie.«

Erneut senkte sich eine befangene Stille über den Raum.

»Und? Was habt ihr jetzt vor?«, fragte Hunter irgendwann.

Garcia hielt inne und sah seinen Partner an. Er wirkte ein bisschen verlegen.

»Wir ziehen nach San Francisco.«

Hunter konnte sein Erstaunen nicht verbergen.

»Ihr wollt weg aus L. A.?«

»Wir sind übereingekommen, dass es so das Beste ist, ja.«

Damit hatte Hunter nicht gerechnet. Er nickte schweigend. »Das Morddezernat von San Francisco kann sich glücklich schätzen, dich zu bekommen.«

Garcias Verlegenheit wurde noch größer. »Ich gehe nicht zum Morddezernat.«

Hunters Erstaunen schlug in Verwirrung um. Schließlich wusste er, wie lange und hart Garcia darum gekämpft hatte, Detective im Morddezernat zu werden.

»Sondern zum Betrugsdezernat«, sagte Garcia endlich. »Das ist in etwa vergleichbar mit unserer White Collar Crime Unit, WCCU.«

Hunter glaubte, sich verhört zu haben.

Die WCCU war die Abteilung für Wirtschaftskriminalität des LAPD, die in schweren Betrugsfällen mit mehreren Verdächtigen oder Opfern ermittelte. Sie war zuständig für Unterschlagung, schweren Diebstahl, Bestechung und Veruntreuung durch städtische Angestellte, Regierungsbeamte und andere Amtspersonen. Innerhalb des LAPD war das WCCU als eine Einheit verschrien, in der man als Detective eher unfreiwillig landete.

Garcia hob in einer Geste der Kapitulation die Hände. »Ich weiß, ich weiß. Das ist ziemlich mies. Aber das ist im Moment die einzige freie Stelle dort. Und Anna freut sich natürlich, dass der neue Job nicht so gefährlich ist. Nach dem, was passiert ist, kann ich ihr das auch kaum verübeln.«

Hunter wollte gerade etwas erwidern, da klingelte das Telefon auf seinem Schreibtisch. Er nahm ab, hörte etwa fünf Sekunden lang zu und legte schließlich den Hörer zurück auf die Gabel, ohne ein Wort gesagt zu haben.

»Ich muss zum Captain«, verkündete er, stand auf und trat von seinem Schreibtisch weg.

Garcia machte dasselbe. Sie standen mitten im Büro und sahen sich lange an. Garcia war derjenige, der den ersten Schritt machte. Er breitete die Arme aus und umarmte Hunter, als wäre dieser sein lange verschollener Bruder.

»Danke, Robert«, sagte er und sah Hunter ins Gesicht. »Für alles.«

»Meld dich mal«, bat Hunter. In seiner Stimme schwang eine kaum hörbare Traurigkeit mit.

»Mache ich.« Als Hunter zur Tür ging, hielt Garcia ihn zurück. »Robert.«

Hunter drehte sich um.

»Pass auf dich auf.«

Hunter nickte und verließ das Büro.

3

Sie glotzten ihn schon wieder an.

Die Dunkelhaarige und ihre Freundinnen.

Das machten sie oft: Sie glotzten, kicherten, und dann glotzten sie weiter. Nicht, dass ihm das was ausgemacht hätte. An solche Sachen war der elfjährige Ricky Temple mittlerweile gewöhnt. Mit seinen gebrauchten Kleidern, den struppigen schwarzen Haaren, den dürren Armen und Beinen, der spitzen Nase und den Segelohren fiel er immer und überall auf. Und wurde ausgelacht. Dass er ziemlich klein für sein Alter war, kam noch erschwerend hinzu.

Fünf Schulen in den letzten drei Jahren, weil sein Vater keinen Job halten konnte, und es war überall dasselbe: Die Mädchen machten sich über ihn lustig. Die Jungs schubsten ihn herum oder verprügelten ihn. Die Lehrer lobten ihn für seine guten Noten.

Ricky betrachtete die Klassenarbeit auf seinem Pult. Er war über zwanzig Minuten vor den anderen fertig geworden. Obwohl er den Blick gesenkt hatte, spürte er die Blicke der anderen im Nacken. Hörte ihr gehässiges Kichern.

»Ist an der Klassenarbeit irgendetwas komisch, Miss Stewart?«, fragte Mr Driscall, ihr Mathelehrer in der Achten, sarkastisch.

Lucy Stewart war ein ausgesprochen hübsches Mädchen mit leuchtenden haselnussbraunen Augen und pechschwarzen glatten Haaren mit Pony, die zum Pferdeschwanz gebunden genauso schön aussahen wie offen. Sie hatte ein bezauberndes Lächeln, und ihre Haut war unglaublich rein für eine Vierzehnjährige. Die meisten Mädchen in ihrem Alter hatten bereits mit den ersten Anzeichen von Akne zu kämpfen, doch Lucy schien gegen solche Dinge immun zu sein. Jeder Junge auf der Morningside Junior High schwärmte für sie, aber sie gehörte Brad Nichols. Behauptete der jedenfalls. Ricky dachte insgeheim immer, wenn man im Lexikon die Definition von »Arschloch« aufschlagen würde, müsste eigentlich neben dem Eintrag Brads Foto abgebildet sein.

»Nein, gar nicht, Sir«, antwortete Lucy und rutschte auf ihrem Stuhl hin und her.

»Sind Sie fertig, Miss Stewart?«

»Fast, Sir.«

»Dann hören Sie mit dem Gekicher auf und arbeiten Sie weiter. Sie haben nur noch eine Viertelstunde.«

Im Klassenzimmer brach hektische Geschäftigkeit aus.

Lucy hatte erst die Hälfte der Aufgaben gelöst. Sie hasste Mathe. Eigentlich hasste sie fast alle Fächer. Vor allem, weil sie wusste, dass sie dazu bestimmt war, Hollywoodstar zu werden.

Ricky kaute auf seinem Bleistift und kratzte sich an der Nasenspitze. Am liebsten hätte er sich umgedreht und zurückgeglotzt. Aber Ricky Temple tat nur sehr selten das, was er wollte. Er war zu schüchtern ... und er fürchtete sich vor den Konsequenzen.

»Alle herhören ... die Zeit ist um! Legt mir die Zettel beim Rausgehen auf den Tisch.«

Der Gong ertönte, und Ricky fiel ein Stein vom Herzen. Wieder eine Woche geschafft. Jetzt war Wochenende, da konnte er endlich allein sein und das tun, was er am liebsten tat – Geschichten schreiben.

Ricky ging an seinen Spind und zog sich eine kurze Hose an, ehe er seine Bücher in seinen verblichenen grünen Rucksack stopfte und sein rostiges altes Fahrrad vom Fahrradständer am Schuleingang holte. Er konnte es gar nicht erwarten, von hier wegzukommen.

Er bog in die West 104th Street ein und nahm die Abkürzung über die South 7th Avenue. Ricky liebte die Häuser in diesem Teil der Stadt. Sie waren groß und farbenfroh mit wunderschönen Vorgärten und prächtigen Blumenbeeten. Einige von ihnen hatten sogar einen Swimmingpool im Garten. Eine ganz andere Welt als die armselige Wohnung in Inglewood, South Los Angeles, in der er zusammen mit seinem prügelnden Vater wohnte. Seine Mutter hatte sich aus dem Staub gemacht, als Ricky sechs gewesen war. Seitdem hatte er sie nicht mehr gesehen, aber er dachte jeden Tag voller Sehnsucht an sie.

Ricky hatte sich geschworen, dass er eines Tages auch ein Haus mit großem Garten und Swimmingpool besitzen würde. Er würde Schriftsteller werden. Ein erfolgreicher Schriftsteller.

Ricky war so in seine Gedanken vertieft, dass er die näher kommenden Fahrräder gar nicht hörte. Als er sie bemerkte, war es schon zu spät.

Eins der Räder fuhr von links ganz dicht an ihn heran und drängte ihn gegen die hohe Bordsteinkante des Gehwegs. Vor lauter Angst trat Ricky schneller in die Pedale, statt zu bremsen.

»Wo willst du denn hin, du Spast?«, rief der Junge auf dem anderen Fahrrad. Er hatte eine Kapuze auf dem Kopf, und die untere Hälfte seines Gesichts war unter einem blau-weiß gemusterten Tuch verborgen. »Du hast in dieser Nachbarschaft nichts verloren, du hässliches Klappergestell. Los, verpiss dich in deinen dreckigen Slum.«

Zwei andere Jungs begannen ebenfalls, Ricky zu beschimpfen, aber der war so verängstigt, dass er sie gar nicht richtig hörte.

Ricky hatte keinen Platz mehr, sein Vorderrad schrammte schon am Bordstein entlang. Er zitterte am ganzen Leib. Ihm war klar, dass er jeden Moment stürzen würde. Plötzlich tauchte noch ein zweiter Radfahrer mit Kapuze auf und trat ihm gegen das linke Bein, so dass er mitsamt Fahrrad auf den Gehsteig flog. Der Aufprall war hart, und er schlitterte noch einen ganzen Meter, wobei die Haut an seinen Händen und Knien fast vollständig abgeschürft wurde. Sein Fahrrad landete direkt auf seinen Beinen, was höllisch weh tat.

»Buu-huu! Die hässliche Kröte ist vom Rad gefallen«, hörte Ricky einen der Jungs sagen, ehe sie laut lachend davonfuhren.

Ricky lag einen Augenblick lang da, die Augen ganz fest zugekniffen, und kämpfte gegen die Tränen an. Er glaubte das Geräusch herbeieilender Schritte zu hören.

»Hey, geht es dir gut?«, erklang kurz darauf eine männliche Stimme.

Ricky öffnete die Augen. Alles war verschwommen.

»Geht es dir gut?«, fragte die Stimme erneut.

Ricky spürte, wie jemand das Fahrrad von seinen Beinen hob. Seine Hände und Knie schmerzten, als wären sie mit kochendem Wasser übergossen worden. Als er aufsah, kniete ein Mann neben ihm. Er trug einen dunklen Anzug, ein schickes weißes Hemd und eine rote Krawatte. Seine gewellten braunen Haare waren leicht zerzaust. Er hatte eine hohe Stirn, ausgeprägte Wangenknochen und ein kräftiges Kinn mit einem sauber gestutzten Ziegenbärtchen. Seine hellblauen Augen blickten besorgt.

»Was waren das für Jungs?«, wollte er von Ricky wissen und deutete mit einer Kopfbewegung in die Richtung, in der die Bande verschwunden war. Er wirkte verärgert.

»Was?«, sagte Ricky, immer noch ein bisschen durcheinander.

»Ich war gerade auf dem Weg, um meinen Sohn von der Schule abzuholen, da habe ich gesehen, wie die Kerle dich zu Fall gebracht haben.« Er zeigte auf sein Auto, das auf der anderen Straßenseite mit zwei Rädern auf dem Gehsteig parkte, als hätte er in aller Eile angehalten. Die Fahrertür stand offen.

Ricky folgte dem Blick des Mannes. Er wusste, dass die Jungs auf den Fahrrädern Brad Nichols und seine widerlichen Freunde waren, aber er sagte nichts. Es hätte sowieso nichts gebracht.

»Mensch, du blutest ja«, sagte der Mann in ernsthafter Sorge, als sein Blick erst auf Rickys Hände, dann auf seine Knie fiel. »Das muss man säubern, sonst entzündet es sich am Ende noch. Hier.« Er griff in seine Brusttasche und reichte Ricky einige Papiertaschentücher. »Nimm erst mal die, aber wir sollten die Wunden so bald wie möglich mit warmem Wasser und Desinfektionsmittel auswaschen.«

Ricky nahm die Taschentücher und betupfte damit seine Handflächen.

Durch den Sturz war sein Rucksack aufgegangen, und seine Bücher lagen überall über dem Gehsteig verstreut.

»Oh!«, sagte der Mann und half Ricky auf die Beine, ehe er sich nach den Büchern bückte, um sie aufzusammeln. »Du gehst auf die Morningside? Mein Sohn auch!« Als er Ricky das letzte Buch gab, stutzte er, sichtlich überrascht. »Du bist in der Achten?«

Ricky nickte gleichgültig. Noch immer sagte er kein Wort.

»Wirklich? Du siehst jünger aus. Ungefähr zehn, würde ich schätzen.«

»Ich bin elf«, antwortete Ricky mit einer Spur Entrüstung in der Stimme.

»Tut mir leid«, sagte der Mann und ruderte zurück. »Ich

wollte dich nicht beleidigen – aber trotzdem: Du bist ziemlich jung für die achte Klasse, oder? Mein Sohn ist zehn, und er ist erst in der vierten.«

Ricky steckte das letzte Buch in seinen Rucksack. »Ich bin ein Jahr früher eingeschult worden, und weil ich so gute Noten hatte, habe ich die Sechste übersprungen.« Diesmal schwang Stolz in seinen Worten mit.

»Wow! Das ist wirklich beeindruckend. Ich befinde mich also in Gegenwart eines Wunderkindes.«

Ricky wischte sich das letzte Blut von den Händen, ehe er sein Fahrrad, insbesondere das verbogene Vorderrad, in Augenschein nahm. »Scheiße.«

»Sieht ziemlich hinüber aus«, pflichtete der Mann ihm bei. »Ich glaube nicht, dass du damit heute noch weit kommst.«

Ricky machte ein Gesicht, als hätte er keine Ahnung, was er jetzt tun sollte. Dem Mann entging seine Ratlosigkeit nicht.

»Pass auf«, sagte er und sah auf die Uhr. »Ich bin ein bisschen spät dran, deswegen muss ich jetzt weiter, meinen Sohn abholen, aber wenn du möchtest, kannst du hier warten, und auf dem Rückweg kommen John und ich wieder vorbei, gabeln dich auf und setzen dich zu Hause ab. Ich brauche höchstens fünf Minuten. Wie wär's?«

»Danke, aber ich komm schon klar. So kann ich eh nicht nach Hause.« Ricky begann sich mit den Papiertaschentüchern die aufgeschürften Knie zu betupfen.

Der Mann zog verwirrt die Brauen hoch. »Wieso denn nicht?«

»Wenn ich blutend und mit einem kaputten Fahrrad zu Hause auftauche, dann war das, was die Jungs gerade gemacht haben, ein Witz im Vergleich zu dem, was mein Vater mit mir anstellt.«

»Was? Im Ernst? Aber du konntest doch gar nichts dafür. Die haben dich angegriffen!«

»Interessiert den doch nicht.« Ricky wandte den Blick ab. »So was interessiert den nie.«

Man hörte deutlich, wie gequält der Junge klang.

Der Mann betrachtete Ricky einen Moment lang nachdenklich, während dieser sein Rad vom Boden aufhob.

»Also gut, wie wäre es, wenn John und ich dich nach Hause bringen? Dann kann ich mit deinem Vater reden und ihm erklären, was passiert ist. Ich sage ihm, dass ich alles mit angesehen habe und dich keinerlei Schuld trifft. Einem Erwachsenen wird er doch bestimmt glauben.«

»Ich hab's Ihnen doch gesagt, das interessiert ihn nicht, okay? Das spielt alles überhaupt keine Rolle. Danke für die Hilfe, aber ich schaff das schon.« Ricky humpelte los, sein verbogenes Fahrrad hinter sich herziehend.

»He, jetzt warte doch. Wenn du nicht nach Hause gehst, wo willst du denn dann hin, mit dem schweren Ding da? Du kannst ja nicht mal richtig laufen. Du musst wirklich bald deine Wunden versorgen.«

Ricky ging weiter. Er sah sich nicht um.

»Also gut, ich habe einen besseren Vorschlag. Hör mir doch mal zu«, sagte der Mann und kam Ricky hinterher. »Mein Sohn John ist ein netter Junge. Ein bisschen still vielleicht, aber nett. Er könnte wirklich einen Freund gebrauchen – und du auch, so wie es aussieht. Ich kann dein Fahrrad in den Kofferraum laden, wir holen John von der Morningside ab, und dann setze ich euch beide bei seiner Mutter ab. Das ist nicht weit von hier. Sie hat einen Swimmingpool und noch andere tolle Sachen. Und sie kann sich deine Verletzungen ansehen.«

Das Wort »Swimmingpool« ließ Ricky schließlich stehen bleiben. Er drehte sich zu dem Mann um.

»Und währenddessen kann ich dein Rad schnell in dem Laden vorbeibringen, wo ich Johns Rad gekauft habe. Die kriegen das bestimmt in null Komma nichts wieder hin.«

Ricky schien zu schwanken.

Der Mann sah erneut auf seine Uhr. »Jetzt komm schon.« Er presste kurz die Lippen aufeinander. »Hör zu, ich will ehrlich sein, wenn John nicht in der Schule ist, tut er nichts als Comics zu lesen und Computerspiele zu spielen ... allein. Hier ...« Der Mann zückte seine Brieftasche, holte ein Foto heraus und zeigte es Ricky. »Vielleicht hast du ihn in der Schule schon mal gesehen?«

Durch zusammengekniffene Augen betrachtete Ricky das Foto eines dünnen Jungen mit kurzem dunkelblondem Haar.

»Kann sein. Weiß nicht genau.«

Den Mann schien das nicht weiter zu überraschen. Schüler der höheren Klassen gaben sich nicht mit Grundschülern ab – nicht mal Außenseiter wie Ricky Temple.

»Ist ja auch egal«, fuhr der Mann fort. »Er könnte wirklich einen Freund gebrauchen. Ich weiß, er ist erst in der vierten Klasse, aber er ist ein kluger Junge, wirklich, und er hat jede Menge Spiele, die dir garantiert gefallen würden. Ihr solltet mal zusammen spielen.« Er gab Ricky einen Moment zum Überlegen. »Na, komm, was hast du schon zu verlieren? Und ich repariere auch dein Fahrrad für dich. Was sagst du?«

Ricky kratzte sich am Kinn.

Wieder ein rascher Blick auf die Armbanduhr. »Okay, dann warte einfach fünf Minuten hier. Ich hole schnell John ab und komme dann zurück. So kannst du ihn erst mal kennenlernen, und danach entscheidest du.«

»Er mag Comics?«, fragte Ricky.

Der Mann lachte. »Mögen ist eine Untertreibung.«

Ricky zog die Schultern hoch. »Hört sich eigentlich ganz okay an.«

»Das ist er auch. Ehrlich.«

»Also gut«, gab Ricky nach.

Der Mann lächelte und trug Rickys Fahrrad über die

Straße. Nachdem er es im Kofferraum seines Wagens verstaut hatte, stieg er auf der Fahrerseite ein.

»Wir müssen trotzdem noch deine Hände und Knie anständig säubern«, meinte er, als er den Gang einlegte und losfuhr. Er bog erst rechts ab und am Ende des Häuserblocks links.

Ricky runzelte die Stirn, als der Mann am Schultor der Morningside nicht anhielt.

»Sie sind dran vorbeigefahren.« Ricky sah den Fahrer an.

Der Mann erwiderte den Blick mit einem bösartigen Lächeln. »Ganz ruhig, Kleiner.« Seine Stimme hatte sich verändert. Von der anfänglichen Wärme und Freundlichkeit war jetzt nichts mehr übrig; sie klang hart, kalt und heiser.

»Jetzt kann dir niemand mehr helfen.«

4

Der große, offene Raum, der das Hauptbüro des Raub- und Morddezernats des LAPD bildete, lag auf demselben Flur wie Hunters Büro. Hier gab es keine wackligen Trennwände oder Arbeitsnischen, die Ordnung in das Chaos aus Schreibtischen gebracht hätten. Suchte man einen bestimmten Detective, schaute man entweder nach den Namensschildern auf den Tischen – sofern diese sichtbar waren –, oder man rief den Namen des Betreffenden und wartete darauf, dass irgendjemand die Hand hob und »Hier!« brüllte. Selbst früh am Morgen ging es hier zu wie in einem Bienenstock – überall Gewimmel, Lärm und das unverständliche Summen vieler Stimmen, das aus allen Ecken gleichzeitig zu kommen schien.

Das Büro von Captain Barbara Blake befand sich am

hinteren Ende des Stockwerks. Es war nicht riesig, aber einigermaßen geräumig. Die südliche Wand war voller Bücherregale, die vor in Leder gebundenen Büchern schier überquollen. An der Nordwand hingen diverse gerahmte Fotos, Belobigungen und Auszeichnungen für besondere Verdienste. Die Ostseite bestand aus einem Panoramafenster mit Blick auf die South Main Street. Vor dem massiven Mahagonischreibtisch waren zwei bourbonbraune Chesterfield-Ledersessel platziert. Ein rechteckiger schwarzweißer Teppich lag in der Mitte des Raums.

Hunter klopfte dreimal fest an. Eine Sekunde später hörte er eine Stimme von drinnen »Herein« rufen.

Captain Blake saß hinter ihrem Schreibtisch, das Telefon am linken Ohr.

»Es ist mir völlig egal, *wie* Sie es machen«, sagte sie in den Hörer und hob die Hand, um Hunter hereinzuwinken und ihm zu bedeuten, dass sie gleich Zeit für ihn hätte. »*Tun* Sie es einfach. Und zwar heute noch.« Damit knallte sie den Hörer auf.

Wenigstens ist hier noch alles beim Alten, dachte Hunter.

Barbara Blake leitete seit fünf Jahren das Raub- und Morddezernat. Schon kurze Zeit nachdem sie die Stelle von ihrem Vorgänger übernommen hatte, hatte sie sich einen Ruf als knallharte Chefin erarbeitet, die ihre Abteilung mit eiserner Faust führte. Sie war eine apart aussehende Frau – groß, elegant und sehr attraktiv, mit langem schwarzem Haar und durchdringenden dunklen Augen, die ihr Gegenüber mit einem Blick entweder beruhigen oder in ein winselndes Häufchen Elend verwandeln konnten. Nichts und niemand machte ihr Angst.

»Robert«, sagte sie und stand auf. Sie trug ein maßgeschneidertes hellgraues Kostüm mit einer weißen Viskosebluse, schwarzen Schuhen und einem schmalen schwarzen Gürtel. Ihr Haar war zu einem Knoten frisiert, und die dezenten Perlenohrringe passten zu ihrer Halskette. »Willkommen zurück.« Sie machte eine kurze Pause. »Tut mir leid, dass aus Ihrem Urlaub nichts geworden ist.«

Sie ahnte nichts vom wahren Ausmaß der Enthüllungen, die sich im Zuge der Ermittlungen, in die Hunter während seiner kurzen Zeit beim FBI involviert gewesen war, ergeben hatten. Trotzdem war ihr Ton voller Mitgefühl.

Hunter nickte knapp.

Blake kam um ihren Schreibtisch herum, nur um dann mit leicht gerunzelter Stirn stehen zu bleiben.

»Wo zum Henker steckt Carlos?«, fragte sie und lehnte sich ein Stück zur Seite, wie um an Hunter vorbeizuschauen.

Hunter erwiderte ihren fragenden Blick.

»Er ist im Büro und packt.« Er zeigte mit dem Daumen über seine Schulter.

»Er packt?« Blakes Verwirrung wuchs. »Was packt er denn?«

Hunter war nicht minder irritiert. Garcia musste doch mit ihr über seine Versetzung gesprochen haben.

»Seine Sachen.«

Captain Blake sah ihn verständnislos an.

»San Francisco? Betrugsdezernat?«, sagte Hunter mit einem leichten Kopfschütteln. »Das Pendant zu unserem WCCU?«

Allmählich verstand Blake gar nichts mehr.

»Wovon um alles in der Welt reden Sie, Robert?«

Genau in diesem Moment wurde die Tür zu Captain Blakes Büro geöffnet, und Garcia trat ein.

»Tut mir leid, dass ich etwas spät dran bin, Captain. Ich musste noch ein paar Sachen in meinem Schreibtisch sortieren.«

In vollendeter Verwirrung drehte Hunter sich zu seinem Partner um.

»Wow«, sagte Garcia mit einem diebischen Lächeln. »Du hast das alles geglaubt, oder? Frisco? Das Betrugsdezernat? Im Ernst, Robert? Jetzt komm aber!«

»Verdammte –«, begann Hunter. Dann erschien ein breites Grinsen in seinem Gesicht.

»Vielleicht wirst du alt, mein Freund«, witzelte Garcia und klopfte Hunter beim Eintreten auf die Schulter. »Du lässt langsam nach. Ich dachte, du merkst sofort, dass ich dich verarsche.«

Hunter senkte im Eingeständnis seiner Niederlage den Kopf. »Vielleicht bin ich wirklich zu alt.« Er schmunzelte immer noch. »Ich habe es nicht kommen sehen, ehrlich. Selbst nachdem du das Betrugsdezernat erwähnt hast. Dabei hätte mich das eigentlich stutzig machen müssen.«

»Vielleicht bin ich auch einfach zu gut«, sagte Garcia grinsend. »Die Umarmung am Ende war ein schöner Zug, oder? Noch ein paar Sekunden länger, und ich hätte mir wahrscheinlich sogar ein paar Tränen abgedrückt.«

»Das wäre gar nicht nötig gewesen«, sagte Hunter. »Ich habe dir auch so alles abgekauft.«

»Also schön«, klinkte Captain Blake sich ein. Ihr Register hatte von verschmitzt zu ernst gewechselt. Sie nahm zwei Mappen von ihrem Schreibtisch. »Die Zeit zum Spielen ist endgültig vorbei. Willkommen zurück in der UV-Einheit.«

»Also, was gibt's denn, Captain?«, wollte Garcia wissen.

Captain Blake reichte jedem der Detectives eine Akte. Sie zögerte mit der Antwort, aber nicht um des Effekts willen.

»Einen gottverdammten Alptraum, das gibt es.«

5

Nachdem der Mann ihn mitgenommen hatte, wurde Ricky ausgezogen und bewusstlos geschlagen. Als er wieder zu sich kam, wurde er mit einem starken Strahl eiskalten Wassers abgespritzt und dann erneut verprügelt, diesmal mit einem breiten Gürtel, der ihm die Haut aufriss, bis er blutete. Wenige Schläge reichten, und er wurde erneut ohnmächtig.

Rickys Lider flatterten eine ganze Weile, ehe er endlich die Augen aufbekam. Aber es machte sowieso keinen Unterschied. Die Dunkelheit in seiner kleinen fensterlosen Zelle war undurchdringlich. Trotzdem zuckte sein benommener Blick erst nach links, dann nach rechts, als suche er nach etwas, ehe er die Augen wieder schloss. Das Durcheinander in seinem Kopf war so schlimm, dass er gar nicht wusste, ob das hier real war, ob er wirklich wach war oder nicht.

Aber dann setzte der Schmerz ein – heftig und in rasender Geschwindigkeit breitete er sich bis in die letzte Zelle seines Körpers aus. Damit war jeder Zweifel ausgeräumt.

Das hier war kein Alptraum. Das hier war etwas viel, viel Schrecklicheres.

Mit dieser Erkenntnis kam eine Angst, wie Ricky sie noch nie zuvor in seinem Leben empfunden hatte.

Er hustete, was die Schmerzen noch schlimmer zu machen schien. Bunte Lichtpunkte explodierten hinter seinen geschlossenen Lidern, und bei jeder Explosion hatte er das Gefühl, als würde ein Nagel in seinen Schädel getrieben. Er war kurz davor, den Schmerzen nachzugeben und wieder ohnmächtig zu werden, als er von rechts ein Geräusch hörte.

Ricky erstarrte.

Klonk.

Es klang, als würde die Tür zu seiner Zelle aufgeschlossen. Die Augen des Jungen huschten in die Richtung, aus der das Geräusch kam. In Todesangst wartete er.

Klonk, klonk.

Zwei weitere Umdrehungen des Schlüssels, eine kurze Stille, dann ging die Tür auf.

In nackter Angst krabbelte Ricky über den Betonboden rückwärts, vergrub das Gesicht in den Armen und zog die

Knie an die Brust. Er machte sich so klein wie nur möglich. Das bereitete ihm erneut fürchterliche Schmerzen, und er hörte das schauderhafte Klirren von Metall auf Metall, als die dicke Kette an seinem rechten Knöchel rasselnd durch den Eisenring glitt, der in die Wand aus rauen Ziegeln eingelassen war.

Ricky schossen Tränen in die Augen, und seine Kehle zog sich zusammen, so dass er kaum noch Luft bekam. Das Herz hämmerte in seiner Brust, als wollte es aus seinem Körper springen.

Die Glühbirne, die in einem Drahtgestell in der Mitte der Decke hing, flackerte ein paarmal, ehe sie anging. Gleichzeitig mit dem Licht setzte ein elektrisches Summen ein, das wie ein Schwarm wütender Wespen klang.

Ricky lag schon so lange im Dunkeln, dass das Licht auf seiner Netzhaut brannte, selbst als er die Augen schloss.

Beim Geräusch der Stiefel seines Entführers, als dieser den Raum betrat, wurde Rickys kleiner, zerbrechlicher Körper erneut von einer Welle heißer Panik erfasst, und er begann am ganzen Leib zu zittern. Er musste gar nicht hinsehen. Er wusste, dass der Mann da war. Er konnte ihn riechen – es war ein bitterer, saurer und zugleich ekelhaft süßlicher Geruch, bei dem sich die Seele des kleinen Jungen vor Furcht zusammenkrampfte. Wenn das Böse einen Geruch hatte, dann musste es dieser sein.

Der widerliche Geruch des Mannes brannte in Rickys Nasenlöchern und kratzte ihm die Kehle wund wie die Krallen einer Katze.

Ricky wollte stark sein, so wie er stark war, wenn er in der Schule von Brad Nichols und seiner Gang schikaniert wurde, aber er hatte solche Angst, dass er gar nicht mehr wusste, was er tat.

»Bitte ... nicht wieder schlagen.« Die Worte entschlüpften ihm ohne sein Zutun.

Keine Antwort. Alles, was Ricky hörte, war das schwere

Atmen des Mannes, der in der Tür stand. Er klang wie ein wütender Drache, kurz bevor er Feuer speit.

»Bi-bitte.« Das Wort kam leise und stoßweise.

Die Schritte näherten sich.

Ricky machte sich noch kleiner, kniff die Augen zusammen und wappnete sich. Er wusste, was gleich kommen würde, und die Angst davor schmerzte fast so sehr wie die Schläge selbst.

»Wie heißt du, Junge?« Die Stimme des Mannes füllte den ganzen Raum aus, so laut und mächtig war sie. Aber sie klang ganz anders als die Stimme des Mannes, mit dem er sich nach der Schule unterhalten hatte. Sie klang rau, hart und kalt.

Ricky erstarrte. War das hier jemand anders?

Das Atmen fiel ihm immer schwerer.

»Sieh mich an.« Es klang, als würden die Worte durch wütend zusammengebissene Zähne hervorgestoßen.

Doch Ricky konnte sich vor lauter Furcht nicht rühren.

»Sieh. Mich. An.«

Ganz langsam hob Ricky den Kopf.

»Mach die Augen auf und sieh mich an.«

Endlich nahm Ricky den Kopf von seinen Armen. Seine Lider flatterten erneut, diesmal etwas länger, bis er sich an die Helligkeit gewöhnt hatte. Langsam öffnete er die Augen und starrte den Fremden an, der vor ihm stand.

Wer war dieser Mann?

»Du erkennst mich nicht wieder, was?«

Ricky atmete aus. Er brachte keinen Ton heraus.

»Vielleicht hilft es dir, wenn ich so spreche wie jetzt und dir ein bisschen von meinem Sohn John erzähle. Dem schüchternen kleinen John.« Von einem auf den anderen Augenblick hatte sich die Stimme in die Stimme des Mannes verwandelt, mit dem Ricky nach seinem Fahrradunfall gesprochen hatte. »Na ja. In Wirklichkeit existiert John gar nicht.« Der Mann lachte.

Rickys Augen weiteten sich vor Erstaunen. Der Mann, der vor ihm stand, sah vollkommen anders aus. Der Bart war ab, genau wie die braunen Haare. Stattdessen hatte er nun einen glattrasierten Schädel. Die vormals hellblauen Augen, die ihn mit solch aufrichtiger Besorgnis angesehen hatten, waren jetzt dunkelbraun, fast schwarz.

»Guck nicht so erstaunt, Junge. Das eigene Aussehen zu verändern ist nicht weiter schwierig.«

Ricky bebte noch immer am ganzen Leib.

»Also«, fuhr der Mann fort. »Ich frage dich noch einmal – wie heißt du?«

Rickys Lippen bewegten sich, aber seine Stimme versagte ihm den Dienst.

»Wie war das? Ich habe dich nicht verstanden.«

Der Mann machte einen Schritt auf Ricky zu. Der riss instinktiv die Arme hoch, um sein Gesicht zu schützen. Der Mann blieb abwartend stehen und beobachtete den Jungen.

»Richard. Ich heiße Richard Temple.« Die Stimme war kaum lauter als ein Flüstern.

»Hmm.« Der Mann nickte, während er sich am Kinn kratzte, als würde er seinen Bart vermissen. »Aber alle nennen dich Ricky, oder?« Jetzt war seine Stimme wieder heiser und kalt.

Der Junge nickte.

»Nun, damit ist es vorbei.« Der Mann sog scharf Luft durch die Nase hoch, als wollte er ausspucken. »Ich verrate dir ein Geheimnis. Eigentlich hättest du hier sterben sollen. Ich hatte vor, mich mit dir zu amüsieren und dich dann umzubringen.«

Ricky strömten die Tränen über die Wangen.

»Aber dann habe ich beschlossen, es nicht zu tun. Wenigstens noch nicht gleich.«

Ricky war unfähig, seinen Blick vom Gesicht des Mannes loszureißen.

»Aber lass dir eins gesagt sein: Das Leben, wie du es

kennst, ist vorbei, verstehst du das? Du wirst nie wieder hier rauskommen. Du wirst nie wieder einen Freund haben – obwohl ich nicht glaube, dass du vorher welche hattest. Du wirst nie wieder zur Schule gehen oder draußen spielen oder deine Familie wiedersehen oder irgendetwas anderes tun, als mir zu gehorchen. Ist das klar?«

Furcht hinderte Ricky daran, zu antworten.

»Ob. Das. Klar. Ist?«

Ricky sah, wie sich die Finger des Mannes zur Faust schlossen, und aus schierer Angst brachte er ein Nicken zustande.

»Du wirst alles tun, was ich dir befehle. Du wirst nicht den Mund aufmachen, es sei denn, ich gebe dir die Erlaubnis zu sprechen. Du wirst nur das essen, was von meinem Teller übrig bleibt. Wenn nichts übrig bleibt, wirst du nichts essen. Versuchst du zu fliehen, werde ich es merken und dich bestrafen. Missachtest du eine meiner Regeln, werde ich es merken und dich bestrafen. Hast du das verstanden?«

Wieder nickte der Junge.

»Dies hier ist ein Neuanfang für dich«, fuhr der Mann fort. »Und da es ein Neuanfang ist, brauchst du auch einen neuen Namen. Dein alter gefällt mir nämlich nicht.« Er wischte sich mit dem Rücken der rechten Hand über den Mund und machte ein nachdenkliches Gesicht. »Weißt du, wie du aussiehst, so unbeholfen und mager, wie du bist?« Er wartete nicht auf eine Antwort. »Ein Wurm. Du siehst aus wie ein Wurm.« Eine kurze Pause. »Das gefällt mir richtig gut.« Er lächelte. »Das wird dein neuer Name – Wurm. Jedes Mal, wenn ich ihn rufe, antwortest du mit ›Ja, Sir‹. Hast du das verstanden, Wurm?«

Der Junge war wie gelähmt vor Angst.

»OB DU DAS VERSTANDEN HAST, WURM?« Die Stimme des Mannes hallte von den Ziegelwänden wider wie der Ruf des Todes.

»Ja, Sir.« Rickys Stimme war tränenerstickt.

Lächelnd ging der Mann zurück zur Zellentür.

»Willkommen in deinem neuen Leben, Wurm. Willkommen in der Hölle.«

Die Tür schloss sich mit dem dumpfen Dröhnen eines zufallenden Sargdeckels.

6

Captain Blake wartete, während die beiden Detectives die Akten durchsahen. Zuoberst lag das DIN-A4-große Farbporträt einer Frau.

»Ihr Name lautet Nicole Wilson«, begann Blake und lehnte sich gegen die Kante ihres Schreibtischs. »Zwanzig Jahre alt. Geboren und aufgewachsen in Evansville, Indiana. Ihre Eltern leben noch dort. Vor etwa einem Jahr ist sie nach L. A. gezogen, weil sie ein Stipendium für die juristische Fakultät an der California State University bekommen hat. Ihre Zeugnisse belegen, dass sie eine sehr gute Studentin war. Um sich etwas dazuzuverdienen, hat sie, sofern ihr Stundenplan es erlaubte, ein paar Abende die Woche als Babysitterin gearbeitet. Es wären ihre ersten Semesterferien gewesen, aber statt nach Indiana zu ihren Eltern zu fahren, hat sie beschlossen, in L. A. zu bleiben. Sie hatte einen Job als Bürogehilfin in einer kleinen Anwaltskanzlei in Downtown L. A. bekommen. Einer ihrer Professoren hat ihn ihr vermittelt.«

Hunter und Garcia studierten das Foto eine Zeitlang. Nicole Wilson hatte ein rundliches Gesicht mit ausdrucksstarken, leicht schrägstehenden Augen, einer zierlichen Nase und vollen Lippen. Sie hatte ein paar Sommersprossen auf den Wangen und dunkelblonde Haare, die ihr bis zu den Schultern reichten.

»Vor sieben Tagen«, fuhr Captain Blake fort, als Hunter und Garcia die zweite Seite des Berichts – Nicole Wilsons Datenblatt – aufschlugen, »wurde Nicole entführt, während sie auf den kleinen Sohn von Audrey und James Bennett, einem wohlhabenden Ehepaar, wohnhaft in Upper Laurel Canyon, aufpasste.«

Hunter sah hoch.

»Ja«, beantwortete Blake seine unausgesprochene Frage. »Sie wurde beim Babysitten entführt, nicht auf dem Weg dorthin oder auf dem Heimweg. Der Täter hat sie aus dem Haus der Bennetts verschleppt.«

Hunter wandte seine Aufmerksamkeit wieder der Akte zu. Er blätterte zur nächsten Seite und überflog sie. »Keine Anzeichen eines Kampfes?«

»Die Spurensicherung hat jedenfalls nichts gefunden, was darauf hindeutet«, lautete Blakes Antwort. Sie beobachtete einen Moment lang schweigend die Detectives, ehe sie einmal kurz mit dem Kopf nickte. »Ich weiß, was Sie jetzt denken – dass Nicole den Täter höchstwahrscheinlich kannte und ihn ins Haus gelassen hat und dass es deshalb keine Anzeichen eines Kampfgeschehens gibt. Dasselbe habe ich auch gedacht, als ich die Akte zum ersten Mal gelesen habe – aber nein, so scheint es sich nicht abgespielt zu haben.«

»Wieso nicht?«, fragte Garcia.

Captain Blake zuckte mit den Achseln und ging zur Espressomaschine in der Ecke bei den Bücherregalen. »Weil der Täter Nicole mit einer erfundenen Geschichte eingewickelt hat.« Sie suchte sich eine Kaffeekapsel aus und legte sie in die Maschine ein. Es war bereits ihre zweite Tasse, seit sie vor nicht mal einer halben Stunde ins Büro gekommen war.

»Eine erfundene Geschichte?« Hunter zog die Brauen zusammen.

»Ganz richtig. Kaffee?«

Beide verneinten.

Blake sah zu, wie die letzten Kaffeetropfen in ihre Tasse rannen, während sie weiter ausführte: »Wie es aussieht, hat der Täter ihr gegenüber behauptet, Mrs Bennetts Cousin aus Texas zu sein, der angeblich für die Dauer seines Besuchs in der Wohnung über der Garage übernachtet.« Sie wartete kurz, um Hunter und Garcia Gelegenheit zu geben, die Information zu verarbeiten. »Audrey Bennett *hat* keinen Cousin in Texas. Und es hat auch niemand in der Garagenwohnung übernachtet.« Sie ließ eine Süßstofftablette in ihre Tasse fallen. »Und jetzt halten Sie sich fest: Der Täter saß in der Küche und hat ein Sandwich gegessen, als Nicole ihn überrascht hat.«

Garcias Neugier stand ihm deutlich ins Gesicht geschrieben.

»Er hat ein Sandwich gegessen?«

»Laut Aussagen von Mrs Bennett, ja.«

»Moment mal.« Hunter hob die Hand. »Wenn Nicole für die Bennetts gebabysittet hat, dann waren die doch wohl zur fraglichen Zeit nicht zu Hause, oder?«

»Das ist richtig«, bestätigte Captain Blake. »Sie waren bei einem Richter zum Abendessen eingeladen. James Bennett ist ein sehr erfolgreicher Anwalt.«

»Wenn sie also außer Haus waren, woher weiß Mrs Bennett dann, dass der Täter sich als ihr Cousin ausgegeben hat?«

»Das ist der Punkt, an dem es unheimlich wird«, sagte Captain Blake und nippte an ihrem Kaffee. »Der Täter hat zugelassen, dass Nicole einen Anruf von Audrey Bennett entgegennimmt und ihr von dem Mann, dem sie kurz zuvor in der Küche begegnet war, erzählt, bevor er sie überwältigt hat.« Sie deutete auf die Akte in Hunters Hand. »Auf der nächsten Seite finden Sie ein detailliertes Protokoll der Aussage von Mrs Audrey Bennett, die sie auf der Vermisstenstelle gemacht hat. Darin gibt sie auch den ungefähren Wortlaut ihres Telefonats mit Nicole wieder.«

Hunter und Garcia wandten sich der entsprechenden Seite zu.

»Wie hat sich der Täter Zutritt zum Haus verschafft?«, wollte Hunter wissen.

»Das ist bis jetzt noch ungeklärt«, gab Blake Auskunft. »Es gab keine Anzeichen gewaltsamen Eindringens, aber die Hintertür war nicht abgeschlossen. Das Problem ist, dass sich Mrs Bennett nicht mehr erinnern kann, ob sie sie offen gelassen hat oder nicht. Und selbst wenn nicht, hätte Nicole sie aus irgendeinem Grund öffnen können, und vielleicht hat sie vergessen, sie danach wieder abzuschließen. Es gibt keine Möglichkeit, das festzustellen. Darüber hinaus könnte es auch sein, dass der Täter das Schloss geknackt hat. Die Spurensicherung hat zwar gesagt, es weise keinerlei Beschädigungen auf, aber wenn man sich damit auskennt und das richtige Werkzeug hat, sind Türschlösser nicht besonders schwer zu öffnen.«

Hunter nickte und las weiter.

»Mrs Bennett hat sofort die Polizei verständigt, nachdem ihre Verbindung zu Nicole unterbrochen wurde«, fügte Captain Blake hinzu. »Aber als die beim Haus ankam – zweiundzwanzig Minuten später –, war Nicole bereits verschwunden.«

»Gibt es Kameras in der Gegend, in der die Bennetts wohnen?«, fragte Garcia.

Captain Blake schüttelte den Kopf. »Keine. Die nächstgelegene befindet sich ganz unten am Fuß der Hollywood Hills.«

»Was ist mit dem Jungen, auf den sie aufgepasst hat?«, fragte Hunter, der etwas davon in der Akte gelesen hatte.

»Joshua, drei Jahre alt«, bestätigte Blake. »Ihm ist nichts passiert. Er lag oben in seinem Zimmer und hat geschlafen, als seine Eltern zurückkamen. Er hat weder etwas gesehen noch gehört.«

»Sind Nicoles Eltern wohlhabend?«, wollte Hunter als Nächstes wissen.

»Nein, ganz und gar nicht. Der Vater ist Lehrer, die Mutter arbeitet im Supermarkt.«

»Das heißt also, der Täter ist in das Haus einer reichen Familie eingebrochen, um die Babysitterin zu entführen?«, fragte Garcia. »Nicht den Sohn?«

»So widersinnig das auch klingen mag, genauso war es«, bestätigte Captain Blake, ehe sie erneut einen Schluck von ihrem Kaffee trank. »Und deshalb lautet unsere erste kniffige Frage: Warum? Warum hat er sich die Sache absichtlich so schwergemacht? Er hätte es doch viel leichter haben können, wenn er sich Nicole entweder auf dem Weg zum Haus der Bennetts oder hinterher auf dem Heimweg gegriffen hätte. Wieso erhöht er absichtlich sein Risiko, indem er ins Haus einbricht und sie sich dort schnappt?«

Beide Detectives verstanden Captain Blakes Argumentation sehr gut. Sie wussten, dass eine Entführung auf offener Straße es der Polizei äußerst schwermachte, Beweise wie Fingerabdrücke, Fasern, Haare und Ähnliches zu sichern – ganz zu schweigen davon, dass sämtliche Spuren, falls es welche gab, der Witterung ausgesetzt waren. Sie konnten leicht vom Wind verweht, vom Regen fortgewaschen oder auf zahllose andere Weisen kontaminiert werden. Befand sich der Täter hingegen in einem geschlossenen Raum, beispielsweise einem Haus, sank das Risiko einer Verunreinigung von Spuren drastisch, außerdem hinterließ er der Polizei ein von der Witterung unbeeinflusstes, noch dazu relativ begrenztes Gebiet zur kriminaltechnischen Untersuchung.

»Aus einem von zwei Gründen«, gab Garcia zurück, wobei er erst Hunter, dann Captain Blake ansah. »Entweder er war zu dumm, um zu begreifen, dass er so das Risiko erhöht, überführt zu werden, oder er wusste von vornherein, dass er keine Spuren hinterlassen würde.«

Hunter nickte zustimmend.

»Und wenn er tatsächlich so dreist war, in der Küche ein Sandwich zu essen und seinem Opfer zu ermöglichen, ans Telefon zu gehen, bevor er zugeschlagen hat«, fuhr Garcia fort, »dann können wir den ersten Grund vermutlich ausschließen, stimmt's, Captain?«

Captain Blake hatte ihren Kaffee ausgetrunken und stellte die Tasse auf ihrem Schreibtisch ab.

»Ja«, sagte sie dann. »Die Spurensicherung hat im Haus zwei Tage lang alles auf den Kopf gestellt. Sämtliche Spuren, die gefunden wurden, stammen entweder von den Bennetts oder von Nicole Wilson selbst. Der Täter hat absolut nichts zurückgelassen.«

»Hat sich das FBI der Sache angenommen?«, wollte Garcia wissen.

Blake schüttelte den Kopf. »Nein. Die Vermisstenstelle hat keine Hilfe angefordert. Wie gesagt, Nicole Wilson war zwanzig, mithin volljährig, was bedeutet, dass das Lindbergh-Gesetz bei ihr nicht zum Tragen kommt.«

Hunter war am Ende der Akte angelangt. Sie enthielt keine weiteren Informationen. »Wann wurde die Leiche gefunden?«

Captain Blake kehrte hinter ihren Schreibtisch zurück, zog die obere Schublade auf der linken Seite auf und holte zwei weitere Akten heraus.

»Heute Morgen in aller Frühe. Sie wurde auf einem Stück Brachland in der Nähe des Los Angeles International Airport abgelegt. Und als ob das Szenario mit dem Einbruch und dem Sandwich in der Küche nicht schon abartig genug wäre – schauen Sie sich diesen Mist hier mal an.«

7

Wurm wartete neben der Edelstahlspüle in der Küche. Er hielt den Kopf gesenkt und fuhr mit dem Blick das Muster aus schwarzen und weißen Quadraten des alten Linoleumbodens nach, den er eben auf Hochglanz poliert hatte. Seine Hände waren vor dem Körper zusammengekettet. Zwischen beiden Handgelenken befand sich eine fünfzehn Zentimeter lange, dicke Eisenstange, an deren Enden jeweils eine drehbare Manschette angebracht war, die Wurms Händen eine gewisse Bewegungsfreiheit ermöglichte – genug, um Wischmopp und Bürste zu bedienen.

An der Mitte der Eisenstange war eine lange Kette befestigt, und diese Kette wiederum führte zu einem Ring, der in die östliche Wand der Küche eingelassen war. Jedes Zimmer im Haus besaß einen solchen Ring, wie Steckdosen, auch das Bad. Wurm war immer an eine Wand gekettet, egal wo er sich gerade befand. Auch im Keller gab es eiserne Ringe, aber dorthin durfte er nicht.

Vor dem Keller hatte er sowieso schreckliche Angst. Denn von da unten kamen Schreie – verzweifelte Schreie voller Angst und Schmerzen. Schreie, von denen man ein Leben lang Alpträume bekam. Er hatte sie die letzten paar Tage über immer wieder gehört: die Stimme einer Frau, die den Mann anflehte, ihn anbettelte, sie freizulassen. Einmal hatte sie sogar laut ihren Namen geschrien. Wenigstens glaubte Wurm, dass es ihr Name war – Nicole.

Irgendwann gestern waren die Schreie dann verstummt. Seitdem hatte er nichts mehr von ihr gehört.

Der Mann war ebenfalls in der Küche. Er saß an dem kleinen quadratischen Esstisch etwa einen Meter von Wurm entfernt und aß sein Frühstück, das wie üblich aus einer Schüssel Cornflakes, einer Tasse Kaffee, einigen Scheiben Käse, einem rohen Ei und ein paar Scheiben Toast bestand. Im Moment galt seine Aufmerksamkeit der Tageszeitung, die auf dem Tisch neben seiner Tasse lag. Von dem Jungen schien er keinerlei Notiz zu nehmen.

Wurms Magen gab ein Knurren von sich wie ein verirrter Hund, und prompt krampfte sich jeder Muskel in seinem Leib zusammen. Er durfte kein Geräusch machen. Das hatte der Mann ihm eingeschärft.

Erschrocken zuckte der Blick des Jungen für den Bruchteil einer Sekunde zu dem Mann, bevor er ihn rasch wieder auf seine gefesselten Hände richtete. Die Handschellen ließen sich zwar drehen, saßen aber eng um seine schmalen Arme, und durch das Putzen am Morgen hatten sie ihm die Haut aufgescheuert. Ein dünner Ring aus Blut zierte jedes seiner Handgelenke wie ein purpurnes Armband.

Der Mann schaute nicht hoch.

Wurms Magen knurrte erneut, diesmal anhaltend. Er hatte seit einem Tag nichts mehr gegessen. Gestern hatte es keine Reste gegeben, nicht vom Frühstück, nicht vom Mittagessen und auch nicht vom Abendessen. Er hatte einen solchen Hunger, dass er spürte, wie ihm die Knie schlotterten.

Endlich hatte der Mann zu Ende gegessen und stand auf. An der Küchentür blieb er stehen und blickte zurück zu dem Jungen.

»Heute Morgen hast du Glück, Wurm.« Er deutete mit einem Nicken zum Tisch. »Ich habe keinen großen Appetit. Du kannst das da aufessen.«

Wurm starrte auf die Reste vom Frühstück, rührte sich jedoch nicht von der Stelle. Er hatte zu große Angst. Der Mann hatte ihm einen Bissen trockenen Toast, einen Schluck Kaffee und drei, vielleicht vier Löffel Cornflakes mit Milch übriggelassen.

»Na los, Wurm, iss«, befahl der Mann.

Mit einem Satz war Wurm am Tisch. Seine zitternden Hände griffen als Erstes nach dem Stückchen Toast. Er nahm es und stopfte es sich in den Mund, als hätte er Angst, jemand würde es ihm wieder entreißen, wenn er nicht schnell genug aß. Es war das köstlichste Stück Toast, das er je gegessen hatte.

Der Mann beobachtete ihn.

Dann nahm Wurm die Kaffeetasse und trank den Rest, der noch darin war, in einem einzigen Schluck aus. Er schmeckte so bitter, dass sich sein ganzes Gesicht zusammenzog. Er mochte keinen Kaffee, nicht ohne Milch und Zucker, aber er nahm, was er kriegen konnte.

Als Nächstes griff Wurm nach der Cornflakes-Schüssel und dem Plastiklöffel.

»O nein«, sagte der Mann und schüttelte den Kopf. »Du kennst die Regeln, Wurm. Kein Löffel. Kein Besteck. Du bist ein dreckiges Tier, also nimmst du gefälligst die Hände.«

Wurm ließ den Löffel fallen, nahm die Schüssel mit der rechten Hand und setzte sie an seine Lippen. Aber die Eisenstange zwischen seinen Handgelenken behinderte ihn, und obwohl es ihm gelang, sich ein bisschen von der Milch in den Mund zu gießen, lief ihm der Rest das Kinn hinab, über den Tisch und schließlich auf den Boden.

»Vergeudest du etwa gutes Essen, du nichtsnutziges Stück Dreck?«, stieß der Mann wutentbrannt hervor und machte drohend einen Schritt auf den Jungen zu.

»Nein, Sir, nein, Sir, nein, Sir. Es tut mir leid. Es tut mir leid.«

So vorsichtig, wie er konnte, stellte der Junge die Schüssel zurück auf den Tisch und blickte auf die winzige Milchpfütze, die er verursacht hatte.

»Leck das alles auf«, befahl der Mann. »Leck es jetzt sofort auf.«

Wurm beugte sich zur Tischplatte herunter. Zuerst

schlürfte er die Milch von der Tischplatte, ehe er mit der Zunge jede einzelne Maisflocke aufleckte, die danebengegangen war.

»Auch den Boden«, befahl der Mann und deutete mit seinem Zeigefinger darauf. »Mach das sofort weg, sonst ...« Er begann sich den Gürtel aus der Hose zu ziehen.

Wie der Blitz war Wurm auf den Knien und begann die Milch vom Boden aufzulecken. Als er fertig war, sammelte er mit Zunge und Lippen auch die Cornflakes auf.

»Ich will, dass der Boden so aussieht wie vorher, bevor du ihn dreckig gemacht hast. Ich will, dass er glänzt, hast du verstanden?«

»Ja, Sir. Ich wische ihn noch mal, Sir.«

»Nein. Ich will nicht, dass du ihn noch mal wischst. Das Privileg, den Mopp zu benutzen, hast du verwirkt. Ich will, dass du ihn sauberleckst.«

Wurm zögerte einen Moment lang.

Klatsch.

Der Gürtel traf Wurm mitten auf den Rücken, und zwar so heftig, dass seine ohnehin schon schwachen Arme nachgaben und er mit dem Kopf auf den Boden knallte, dass ihm schwarz vor Augen wurde.

»Habe ich mich unklar ausgedrückt, Wurm? Ich habe gesagt, leck ... den ... Boden ... sauber.«

Die Wut des Mannes ballte sich im Raum zusammen wie ein Gewitter.

Wurm brauchte einige Zeit, bis er das Gleichgewicht wiedergefunden hatte und der Schwindel sich legte. Ohne Zögern begann er den Boden zu lecken, dort, wo er die Cornflakes verschüttet hatte.

»So ist es gut, Wurm. Schöne, lange Züge.« Der Mann ging zum Tisch, nahm die Schüssel und goss auch den Rest auf den Fußboden. »Und jetzt iss dein Frühstück auf«, sagte er lachend.

Wurm hörte nicht auf zu lecken. Er leckte jeden Tropfen

Milch und jedes winzige Stückchen Cornflakes vom Boden auf. Als er mit den Cornflakes fertig war, zwang der Mann ihn, den gesamten Küchenfußboden sauber zu lecken. Auch vor dem Herd und vor dem Kühlschrank. Als Wurm fertig war, blutete seine Zunge.

8

Hunter und Garcia klappten die Fallakte auf, die Captain Blake ihnen gegeben hatte. Auch sie begann mit einem Foto, allerdings war es diesmal kein Porträt, sondern eine Aufnahme der Leiche von Nicole Wilson, wie sie in den frühen Morgenstunden aufgefunden worden war. Sie trug Bluejeans, ein schwarzes T-Shirt unter einer halbgeschlossenen Kapuzenjacke der California State University und schwarze Sneaker ohne Socken. Sie war nicht geschminkt, und ihre Haare sahen nass aus. Der Pony klebte an ihrer Stirn. Es war kein Blut zu erkennen, auch nicht auf ihrer Kleidung oder in der näheren Umgebung der Leiche. Sichtbare Verletzungen oder Wunden gab es ebenfalls keine. Die Todesursache war anhand des Fotos nicht festzustellen, trotzdem begriffen Hunter und Garcia sofort, weshalb Captain Blake so besorgt war. Die Leiche lag mit dem Rücken auf einer leeren Wiese. Die Arme waren horizontal zu beiden Seiten hin ausgestreckt, Handflächen nach oben. Die Beine waren so weit gespreizt, wie die Gelenke es zuließen, so dass sie ein breites V bildeten. Insgesamt ergab sich die Form eines menschlichen Sterns – und genau das war es, was ihre Alarmglocken zum Schrillen brachte. Aus Erfahrung wussten sie, dass diese spezifische Positionierung der Leiche auf etwas ganz Konkretes hindeutete: einen Ritualmord. Und Ritualmörder schlugen höchst selten nur einmal zu.

Das nächste Foto war eine Nahaufnahme von Nicoles Gesicht. Ihre Haut, die einen hellvioletten Ton angenommen hatte, wirkte wächsern und glänzte leicht. Ihre Lippen waren weiß aufgrund der fehlenden Blutzirkulation, und obwohl sie die Augen geschlossen hatte, konnte Hunter erkennen, dass sie bereits ein wenig eingesunken waren. Doch was den Detectives am meisten ins Auge sprang, waren die Abschürfungen um ihren Mund herum sowie ein breiter Streifen verfärbter Haut, der an ihrem Mundwinkel begann und über die Wange bis nach hinten in ihren Nacken führte. Hier war die Haut eine Idee dunkler, was darauf hindeutete, dass sie geknebelt gewesen war, und zwar sehr fest.

Langsam blätterte Hunter durch die nächsten Bilder. Als er auf Nahaufnahmen von Nicoles Händen und Füßen stieß, hielt er inne. An der Haut um ihre Hand- und Fußgelenke waren Abschürfungen und Farbveränderungen erkennbar, die gewisse Ähnlichkeiten mit denen in ihrem Gesicht aufwiesen. An den Fußknöcheln waren sie wesentlich ausgeprägter, was Hunter seltsam vorkam. Sie war ganz offensichtlich über einen langen Zeitraum hinweg geknebelt und gefesselt gewesen, doch aus irgendeinem Grund schienen die Fesseln um ihre Füße wesentlich enger gewesen zu sein als die um ihre Handgelenke und der Knebel im Gesicht.

Das letzte Foto war eine Weitwinkelaufnahme vom Fundort. Erst auf diesem Bild wurde ersichtlich, dass Nicoles Leiche im Schatten eines großen buschigen Baumes mit hellgrünen herzförmigen Blättern abgelegt worden war.

Hunter sah auf die Uhr – sieben Uhr achtundvierzig.

»Für wann ist die Autopsie angesetzt?«, fragte er. »Hat jemand einen Eilantrag gestellt?«

Er wusste, dass die Leiche unmöglich noch am Fundort liegen konnte, wenn sie in den frühen Morgenstunden gefunden worden war. Die Sommerhitze beschleunigte den

Verwesungsprozess, und es bestand ein ernsthaftes Risiko, dass entscheidende Spuren, falls es an der Toten welche gab, verlorengingen.

»Ja«, antwortete Captain Blake. »Wie Sie wissen, haben schwere Gewaltverbrechen oder Fälle der UV-Einheit beim Leichenbeschauer Vorrang. Soweit ich weiß, steht sie heute Morgen ganz oben auf Dr. Hoves Liste.«

9

Die leitende Rechtsmedizinerin von Los Angeles County, Dr. Carolyn Hove, war auch an diesem Tag wieder zu früh aufgewacht – diesmal ganze zwei Stunden bevor der Wecker hätte klingeln sollen.

Das war nicht immer so gewesen. Dr. Hove hatte früher nie Schlafprobleme gehabt – bis ihr Mann, mit dem sie zwanzig Jahre lang verheiratet gewesen war, vor anderthalb Jahren gestorben war. Seitdem waren ihre Nächte länger und einsamer denn je.

Sie öffnete die Augen, machte aber keine Anstalten aufzustehen. Stattdessen lag sie still auf dem Rücken, starrte die weiße Zimmerdecke an und überlegte, ob sie versuchen sollte, noch einmal einzuschlafen.

Was hat es für einen Sinn?, dachte sie dann. Ihr Kopf war hellwach. An Schlaf war nicht mehr zu denken, und wenn sie es doch versuchte, würde sie sich nur quälen. Das wusste sie gut. Sie hatte es oft genug erlebt.

Nachdem sie die Entscheidung getroffen hatte aufzustehen, ging sie in die Küche, wo sie sich eine Tasse starken schwarzen Kaffee aufbrühte. Eine schnelle Dusche, eine zweite Tasse Kaffee und ein kleines, aber sehr gesundes Frühstück später war sie bereit für die Arbeit.

Zu dieser frühen Stunde herrschte weniger Verkehr als sonst, deshalb brauchte sie für die knapp zehn Meilen von ihrem Haus in West Hollywood bis zum Rechtsmedizinischen Institut in der North Mission Road nur zweiundzwanzig Minuten.

Als die Medizinerin am Haupteingang des Gebäudes ihren Sicherheitsausweis durch das Lesegerät zog und die Lobby betrat, hob der Mitarbeiter am Empfangstresen, ein großgewachsener, drahtiger junger Mann, den Kopf. Besonders erstaunt schien er nicht zu sein.

»Konnten Sie wieder mal nicht schlafen, Dr. Hove?«

»So was in der Art«, antwortete sie mit einem schiefen Lächeln.

»Keine Ahnung, wie Sie das machen, Doc. Ich kann gar keinen klaren Gedanken fassen, wenn ich nicht ausreichend Schlaf bekomme. Haben Sie's schon mal mit Kirschsaft, Kamillen- oder Lavendeltee probiert? Bei mir wirken die Wunder.«

»Ich habe kein Problem mit dem Einschlafen«, erklärte sie, während sie an den Tresen trat. »Was mir schwerfällt, ist das Durchschlafen.«

Der Mitarbeiter nickte. »Verstehe. Ja, ich kann's auch nicht leiden, wenn mir so was passiert.«

»Also, was haben wir in der Nacht reinbekommen?«, erkundigte sich Dr. Hove, während sie einen Blick auf ihr Handy warf.

»Lassen Sie mich mal nachsehen.« Der junge Mann wandte seine Aufmerksamkeit dem Computer zu und tippte rasch etwas ein. »Keine besonders hektische Nacht, Doc, das wird Sie freuen«, verkündete er nach wenigen Sekunden. »Nur zehn neue Leichen. Fünf männliche, vier weibliche, ein Kind. Fünf sind dem ersten Anschein nach Drogentote, dann gibt es noch einen Fall von Sexspiel mit fatalem Ausgang und vier Tötungsdelikte, dazu gehört auch das Kind.«

Dr. Hove nickte. Sie wunderte sich nicht. Sie war seit mittlerweile drei Jahren Leiterin des Rechtsmedizinischen Instituts und hatte davor bereits zwanzig Jahre als Rechtsmedizinerin für die Stadt Los Angeles gearbeitet. Wenn es um gewaltsame Tode ging, konnte sie fast nichts mehr schocken.

»Oh, warten Sie«, schob der Mitarbeiter hinterher, als Hove bereits im Gehen begriffen war. »Eine der Leichen wurde als eilig markiert.«

Dr. Hove lachte leise. »Das war ja klar. Alle wollen ihre Ergebnisse immer sofort haben.«

»Ich weiß«, gab der Mitarbeiter zurück und zog die Augenbrauen hoch. »Aber bei der hier steht ›LAPD UV-Einheit‹ dahinter.«

Das ließ Dr. Hove innehalten. Sie drehte sich um und kam noch einmal an den Tresen zurück. »Wer ist die Leiche?«

Der Mann rief die Akte auf seinem Bildschirm auf.

»Weiblich, zwanzig Jahre alt, identifiziert als Nicole Wilson. Keine auf den ersten Blick ersichtliche Todesursache. Sie wurde erst vor zwei Stunden angeliefert, Doc.«

Die Medizinerin dachte eine Zeitlang nach. Sie wusste, dass die Detectives der UV-Einheit gleich am Morgen anrufen würden – wenn sie nicht sogar persönlich vorbeikamen –, um dann einmal pro Stunde nachzuhaken, so lange, bis die Ergebnisse vorlagen. Sie traf rasch eine Entscheidung.

»Okay. Könnten Sie dann bitte veranlassen, dass jemand die Leiche in den Sektionssaal I bringt?«

Der Mitarbeiter warf einen Blick auf die Uhr an der Wand zu seiner Linken. »Sie wollen sie jetzt obduzieren?«

Normalerweise erledigte Dr. Hove, wenn sie so früh dran war, erst einmal Büroarbeiten.

»Das ist meine Absicht, ja.«

»Na ja, wie gesagt: Sie ist erst vor zwei Stunden gebracht

worden, Doc«, gab der Mitarbeiter ein wenig überrascht zu bedenken. »Sie wurde noch nicht fertiggemacht.«

Vor einer Obduktion muss jede Leiche zunächst einmal vorbereitet werden – sie wird entkleidet, mit Fungizid behandelt und gründlich mit antiseptischer Seife gewaschen. Diese Aufgabe fiel in der Regel den Sektionsgehilfen zu, doch deren Schicht würde erst in anderthalb Stunden beginnen.

»Schon gut«, sagte Dr. Hove. »Dann bereite ich die Leiche eben selber vor, kein Problem.«

»Sie sind der Boss«, meinte der Mitarbeiter und machte eine Notiz auf seinem Schreibblock. »Soll ich jemanden anrufen, der Ihnen bei der Autopsie assistiert? Ich erreiche bestimmt jemanden, während Sie die Leiche vorbereiten.«

»Nicht nötig. Das schaffe ich schon alleine.«

Nachdem sie sich die Hände geschrubbt und desinfiziert hatte, machte sich Dr. Hove auf den Weg zu Sektionssaal I. Nicole Wilsons Leiche war bereits hereingebracht und auf einen der zwei Stahltische gelegt worden, die mitten im Raum auf dem blitzsauberen weißen Linoleumboden standen.

Nicole Wilson lag auf dem Rücken, die Arme locker seitlich am Körper. Die Leichenflecken, Verfärbungen des Körpers infolge der nach dem Tod einsetzenden Blutsenkung, zeigten an, dass die Leiche nach Todeseintritt mit großer Wahrscheinlichkeit bewegt worden war. Sie war also nicht an der Stelle getötet worden, wo man sie aufgefunden hatte. Die Totenstarre hatte sich bereits wieder gelöst, was der Medizinerin verriet, dass Nicole Wilson seit mehr als vierundzwanzig Stunden tot sein musste. Von ihren ursprünglichen Gesichtszügen war fast nichts mehr zu erkennen.

Als Erstes zog Dr. Hove der Toten die Schuhe aus. Nicole Wilsons Füße und Zehen wiesen keine Verletzungen auf, allerdings fielen der Medizinerin sofort die Abschürfungen und Farbveränderungen an den Knöcheln ins Auge: Fesselmale. Als Nächstes zog sie der Toten die CSULA-Kapuzenjacke aus, an der Grashalme und Erde hafteten. Jedes einzelne Kleidungsstück wurde nach dem Ausziehen sorgfältig in einen durchsichtigen Asservatenbeutel aus Plastik gelegt, die sie später für weitere Analysen an die Forensik weitergeben würde. Sie würde Blut-, Urin- und Haarproben sammeln, ebenso Abstriche aus Mundhöhle und Anus.

Als Dr. Hove der Toten die Jacke auszog, bemerkte sie auch die Fesselmale an deren Handgelenken. Das war keine große Überraschung, da sie ja bereits ähnliche Spuren an den Fußknöcheln festgestellt hatte.

Mit einer Kleiderschere schnitt Dr. Hove Nicole Wilsons T-Shirt auf. Als darunter der nackte Oberkörper zum Vorschein kam, erschrak sie.

»Um Himmels willen!«

Nachdem sie ihre Digitalkamera geholt und alles abgelichtet hatte, fuhr Dr. Hove fort, die Tote zu entkleiden. Sie sprühte den Körper mit Fungizid ein und wusch dann jeden Zentimeter systematisch mit einem Druckstrahler und Desinfektionsmittel. Nachdem auch das erledigt war, schaltete sie ihr digitales Aufnahmegerät ein und begann mit der eigentlichen Leichenschau.

Sie nannte Datum und Uhrzeit, gefolgt von der Aktennummer. Zunächst beschrieb sie den allgemeinen Zustand der Leiche. Dann wurde es Zeit für die schauerlichen Details.

Mit Hilfe einer Kopflupe, die über eine gerichtete Lampe verfügte, untersuchte Dr. Hove als Erstes die Haut am Hals des Opfers. Es gab keine verdächtigen Hämatome. Eine oberflächliche Tastuntersuchung offenbarte zudem, dass weder Kehlkopf noch Luftröhre eingedrückt waren. Auch das Zungenbein schien nicht gebrochen zu sein. Es gab folglich nichts, was den Schluss nahegelegt hätte, dass sie erwürgt worden war, weder manuell noch auf eine andere Art.

Mit Daumen und Zeigefinger zog Dr. Hove Nicole Wilsons Lider auseinander und betrachtete durch die Lupe sorgfältig ihre Augen. Erwartungsgemäß war die Hornhaut opak eingetrübt, doch wonach die Ärztin eigentlich suchte, waren winzige rote Pünktchen, Petechien genannt, auf Augen und Lidern. Zu diesen kleinen Einblutungen kann es überall am Körper kommen, und zwar aus den unterschiedlichsten Gründen, doch wenn sie in den Augen und auf den Lidern auftreten, ist die Ursache normalerweise eine Blockade der Atemwege – sprich: Ersticken oder Strangulieren.

Dr. Hove sah keine Petechien. Nicole Wilson schien folglich nicht an Sauerstoffmangel gestorben zu sein.

Ihr nächster Schritt bestand darin, die Körperöffnungen auf Zeichen von Gewalteinwirkung sexueller oder nichtsexueller Natur hin zu überprüfen. Sie begann mit dem Mund und suchte die Mundhöhle nach Verletzungen der Haut und Verfärbung der Zähne ab. Bestimmte Gifte hinterließen eindeutige Spuren, weil sie die empfindsame Haut im Mundraum verätzten oder Rückstände bildeten, die Zähne, Zunge oder beides verfärbten. Dr. Hove fand zwar keine Hinweise auf eine Vergiftung, doch um hundertprozentig sicher zu sein, würde man den toxikologischen Befund abwarten müssen.

Sie wollte gerade weitermachen, als sie stutzte.

»Moment mal«, sagte sie leise zu sich selbst, dann schaltete sie die Lampe an ihrer Lupe wieder ein und spähte mit zusammengekniffenen Augen in Nicole Wilsons Mundhöhle. »Was haben wir denn da?«

Sie untersuchte eine Weile den Rachen des Opfers.

»Das gibt's doch nicht.«

Behutsam bewegte Dr. Hove den Kopf der Leiche erst nach links, dann nach rechts, dann ein kleines Stück nach unten. Jetzt gab es keinen Zweifel mehr: Es steckte definitiv etwas in der Kehle des Opfers.

Vom Instrumententisch zu ihrer Rechten nahm sie eine Digitalkamera und fotografierte das Objekt an Ort und Stelle, wobei sie drei unterschiedliche Perspektiven wählte. Anschließend holte sie eine Magill-Zange und führte sie in Nicoles Mundraum ein. Sie brauchte nur wenige Sekunden, dann hatte sie die sichtbare Ecke des Gegenstandes erwischt. Es schien sich um ein dickes Stück Papier zu handeln.

»Was zum Teufel ...?«

Was anfangs wie ein Fitzelchen Papier ausgesehen hatte, wurde immer länger – acht, zehn, zwölf Zentimeter –, bevor sie es endlich herausziehen konnte. Das Papier war zu einer dünnen Rolle zusammengedreht und dann in Nicole Wilsons Kehle eingeführt worden.

Dr. Hove legte das zusammengerollte Papier auf ein Aluminiumtablett, nahm erneut die Kamera und machte weitere Aufnahmen.

Dann legte sie die Kamera beiseite und begann das Papier langsam auseinanderzurollen.

Trotz allem, was sie als Pathologin und Rechtsmedizinerin im Laufe der Jahre gesehen hatte – und sie hatte Dinge gesehen, die ihr niemand glauben würde –, hielt Dr. Hove kurz den Atem an, als sie das auseinandergerollte Stück Papier in den Händen hielt.

»Ach du Scheiße!«

10

Der Tag war sonnig und warm, mit einem blauen Himmel wie in der Karibik. Selbst früh am Morgen und bei Wind aus westlicher Richtung lagen die Temperaturen bereits um die achtzehn Grad.

Garcia saß am Steuer, während Hunter sich erneut Nicole Wilsons Datenblatt durchlas und die Fotos in den beiden Akten betrachtete, die Captain Blake ihnen mitgegeben hatte. Als sie sich auf den Harbor Freeway in Richtung Flughafen einfädelten, klingelte Hunters Handy in seiner Tasche.

»Detective Hunter, Morddezernat I«, meldete er sich nach dem zweiten Klingeln.

»Robert, hier ist Dr. Carolyn Hove vom Rechtsmedizinischen Institut.«

»Oh, hi, Doc.« So früh hatte Hunter nicht mit ihrem Anruf gerechnet.

»Ich weiß nicht genau, ob ›Willkommen‹ das richtige Wort ist, aber: Willkommen daheim.«

»Danke.«

Dr. Hove klang müde, was angesichts ihrer Arbeitsbelastung und ihrer Schlafprobleme kaum verwunderlich war. Nicht, dass er jemals mit ihr – oder jemand anderem – darüber gesprochen hätte, aber Hunter wusste vom Tod ihres Mannes und hatte die untrüglichen Anzeichen von Hyposomnie bei ihr schon vor über einem Jahr erkannt, kurz nach ihrem Verlust. Wenn jemand sich mit Schlaflosigkeit auskannte, dann er.

Hunter litt selbst unter Hyposomnie, und zwar schon seit langem. Es hatte schleichend begonnen, kurz nachdem seine Mutter ihren Kampf gegen den Krebs verloren hatte. Im Laufe der Jahre war es immer schlimmer geworden, auch wenn Hunter relativ schnell dahinterkam, dass die Schlaflosigkeit nichts weiter war als ein Abwehrmechanismus seines Gehirns gegen die schrecklichen Alpträume, die ihn fast jede Nacht heimsuchten. Statt gegen die Krankheit anzukämpfen, lernte er damit zu leben. Er konnte mit drei, in guten Nächten auch vier Stunden Schlaf auskommen, und das wochenlang.

»Ich bin gerade mit der Autopsie von Fall 75249–6 fertig geworden. Junge Frau, identifiziert als Nicole Wilson. Der Akte nach leiten Sie die Ermittlungen, stimmt das?«

»Ja, das stimmt.«

»Okay.« Hunter hörte, wie einige Seiten umgeblättert wurden. »Sie wollen sich bestimmt anschauen, was ich rausgefunden habe, Robert.«

»Klar, Doc. Aber wir sind gerade auf dem Weg zum Fundort. Wir kommen so in« – er schaute auf seine Uhr – »zwei Stunden bei Ihnen vorbei.«

Eine bedeutungsschwere Pause folgte. Als Dr. Hove wieder sprach, schwang etwas in ihrem Ton mit – Beklommenheit –, was für sie sehr ungewöhnlich war.

»Glauben Sie mir, Robert, das wollen Sie sich definitiv sofort ansehen.«

11

Das Hauptgebäude des Rechtsmedizinischen Instituts von Los Angeles County in der North Mission Road war ein imposanter Bau, sowohl was die Größe als auch was seine Architektur anging. Anklänge an Renaissance und Neoklassizismus waren unverkennbar. Das ehemalige Krankenhaus, das nun als Leichenschauhaus diente, hatte eine Fassade aus terrakottafarbenen Ziegeln mit hellgrauen Details; historisch anmutende Laternenpfähle flankierten die extravagante Eingangstreppe. Es war eine Pracht, bei deren Anblick sich bestimmt so manchem Betrachter Vergleiche mit der Prager Altstadt oder der ehrwürdigen Universitätsstadt Oxford aufdrängten.

Garcia parkte auf einem der eigens für Mitarbeiter von Strafverfolgungsbehörden reservierten Plätze, dann gingen die Detectives mit raschen Schritten die Stufen zum Haupteingang hoch. Sie stießen die großen Glastüren zur Lobby auf, in der viel Betrieb herrschte, die aber angenehm klimatisiert war.

Weder Hunter noch Garcia waren sonderlich überrascht, dass es im Foyer des Instituts vor Menschen nur so wimmelte. Das Rechtsmedizinische Institut von Los Angeles County war das am stärksten ausgelastete Rechtsmedizinische Institut der USA. Manchmal wurden bis zu hundert Leichen am Tag angeliefert. Darüber hinaus war das LACDC landesweit das einzige Rechtsmedizinische Institut mit einem eigenen Souvenirshop, in dem man Sweatshirts, Baseballkappen, Becher, Knochen und eine Vielzahl anderer Dinge erstehen konnte, die allesamt das Logo des Leichenschauhauses von Los Angeles trugen.

Hunter und Garcia schlängelten sich im Zickzackkurs durch eine Gruppe japanischer Touristen und steuerten auf den Empfangstresen zu. Die Afroamerikanerin mittleren Alters, die dort saß, blickte von ihrem Bildschirm auf, setzte ihre Lesebrille ab und begrüßte sie mit einem Lächeln, das herzlich und gemessen zugleich war.

»Hallo, meine Herren, wie kann ich Ihnen behilflich sein?« Sie sprach leise wie eine Bibliothekarin.

Die Begrüßungsformeln von Rezeptionisten in Leichenschauhäusern waren im Wesentlichen in den ganzen USA gleich. Sie grüßten Besucher nie mit »Guten Morgen« oder »Guten Tag« oder »Guten Abend«, denn jemand, der in ein

Leichenschauhaus kam, hatte normalerweise seine Schwierigkeiten damit, irgendetwas »Gutes« an seinem Tag zu finden.

»Detectives Hunter und Garcia vom LAPD; wir sind mit Dr. Carolyn Hove verabredet«, sagte Hunter und zückte seinen Ausweis. Garcia tat es ihm nach.

»Sie erwartet uns«, fügte Hunter noch hinzu.

Die Frau betrachtete kurz die beiden Dienstmarken, ehe sie nach dem Telefon auf dem Tresen griff, doch noch ehe sie eine Nummer wählen konnte, öffnete sich die schwere Metalltür an der Westseite der Lobby, und Dr. Hove höchstpersönlich kam ihnen entgegen.

»Robert, Carlos«, sagte sie. »Das ging aber schnell.«

Dr. Hove trug einen weißen Laborkittel, an dessen Brust sie einen Ausweis mit Foto befestigt hatte. In der rechten Hand hielt sie eine blaue Mappe.

»Hey, Doc«, grüßten Hunter und Garcia wie aus einem Mund zurück.

Dr. Hove war eine große, schlanke Frau mit intensiven dunkelgrünen Augen. Ihre kastanienbraunen Haare trug sie zu einem Knoten gesteckt und unter einem Haarnetz verborgen, wie Arbeiter in der Lebensmittelindustrie. Ein medizinischer Atemschutz hing ihr lose um den Hals.

»Nochmals«, sagte sie. »Ich bin mir nicht sicher, ob das in diesem Fall die passende Formulierung ist, aber ... willkommen zurück, Sie beide.« Sie hielt inne, dann betrachtete sie Hunter durch zusammengekniffene Augen. »Obwohl ich sagen muss, dass Sie nicht so aussehen, als kämen Sie gerade aus dem Urlaub, Robert. Sind Sie sicher, dass Sie verreist waren?«

»Oh ja, absolut sicher.«

Garcia unterdrückte ein Schmunzeln.

»Also«, sagte Hunter, sein Blick ging zu der Mappe in ihrer Hand. »Was haben Sie für uns, Doc?«

Sie folgte seinem Blick nicht. Stattdessen deutete sie mit

dem Kopf in Richtung der Tür, durch die sie kurz zuvor gekommen war.

»Am besten, Sie folgen mir.«

12

Hunter und Garcia folgten Dr. Hove am Empfang vorbei und durch eine doppelte Schwingtür in einen breiten Gang mit glänzendem Fußboden und Leuchtröhren an der Decke.

Sofort kam ihnen ein kalter, antiseptischer Geruch entgegen. Er hing schwer in der Luft und kratzte in ihren Nasen, als wäre er etwas Lebendiges.

Hunter verabscheute diesen Geruch. Es war vollkommen egal, wie oft er schon durch diese Gänge gelaufen war, er würde sich nie daran gewöhnen. Unauffällig kratzte er sich die Nase und achtete darauf, ausschließlich durch den Mund zu atmen.

Sie ließen einige geschlossene Türen mit Milchglasfenstern links liegen, ehe sie am Ende des Ganges in einen zweiten, schmaleren Gang abbogen. Dort trafen sie auf drei Labortechniker, ebenfalls weißbekittelt, die um einen Kaffeeautomaten herumstanden. Keiner der drei würdigte die Vorbeigehenden eines Blickes.

Sie traten durch eine weitere Schwingtür und mussten sich gleich dahinter an die Wand drücken, um einem Sektionsassistenten mit einer Bahre Platz zu machen, der an ihnen vorbeiwollte. Die Leiche auf der Bahre war mit einem weißen Baumwolltuch zugedeckt. Auf ihr stand ein Kasten mit Teströhrchen, die Blut und Urin enthielten.

Garcia verzog das Gesicht und wandte sich ab.

Am Ende dieses Ganges gelangten sie endlich in einen

kleinen Vorraum. Vor ihnen befand sich eine weitere Schwingtür mit zwei kleinen Scheiben aus satiniertem Glas. Über den Türen stand in großen schwarzen Buchstaben SEKTIONSSAAL I.

»Da wären wir«, verkündete Dr. Hove, bevor sie einen sechsstelligen Code in das Tastenfeld rechts neben der Tür eingab. Ein lautes Summen ertönte, dann entriegelte sich die Tür mit einem Zischen wie von einer Druckdichtung.

Die meisten Menschen, die noch nie in einem Sektionssaal gewesen sind, rechnen vermutlich damit, dass die Luft darin nach Formaldehyd riecht – eine chemische Verbindung, die gemeinhin mit biomedizinischen Laboren und der Konservierung von Körpern oder deren Einzelteilen, seien sie nun menschlicher oder tierischer Herkunft, assoziiert wird. Stattdessen nahm Hunter lediglich einen schwachen Hauch von Desinfektionsmittel und industrieller Seife wahr. Die Temperatur in Sektionssälen liegt ein paar Grad unter dem, was man als angenehm empfände. Ein unvorbereiteter Besucher würde innerhalb weniger Minuten anfangen zu zittern – und das nur aufgrund der Kälte.

Der Raum bot relativ viel Platz. An der westlichen Wand befand sich ein großes Doppelspülbecken mit einer Rinne in der Mitte, die zu einem Abfluss führte. Daneben gab es einen Edelstahltresen mit zahlreichen Werkzeugen und Instrumenten, einschließlich einer Stryker-Autopsiesäge. An der nördlichen Wand standen, ordentlich nebeneinander aufgereiht, drei leere Rollwagen. Die Mitte des Raumes wurde von zwei Sektionstischen aus Edelstahl eingenommen. Die Leiche auf dem hinteren der beiden Tische war vollständig mit einem weißen Tuch zugedeckt. An der Decke direkt über dem Tisch waren runde, leistungsstarke Halogenleuchten angebracht.

Dr. Hove zog sich Handschuhe an und trat zum Tisch.

Hunter und Garcia folgten ihr, auch sie nahmen sich jeder ein Paar Latexhandschuhe.

Die Medizinerin stellte sich den beiden Detectives gegenüber auf die andere Seite des Tisches, schlug das Tuch zurück und entblößte Nicole Wilsons nackten, toten Körper. Ihre Haut hatte eine gespenstisch weiße Färbung angenommen. Die Augäpfel waren noch tiefer in die Höhlen gesunken, und ihre dünnen Lippen hatten jede Farbe verloren. Ihr Haar war nass und unordentlich, einige Strähnen klebten ihr seitlich im Gesicht. Man sah deutlich den großen Y-Schnitt, der an ihren Schultern begann und zwischen ihren Brüsten bis hinunter zum unteren Ende des Brustbeins verlief. Ein zweiter deutlich sichtbarer Schnitt verlief quer über ihre Stirn und einmal um den Kopf herum – ein eindeutiges Zeichen dafür, dass ihre Schädeldecke geöffnet worden war und Dr. Hove ihr Gehirn untersucht hatte. Hunter fand das merkwürdig, vertraute jedoch darauf, dass Hove beizeiten alles erklären würde. Beide Schnitte waren mit dickem schwarzem Faden vernäht worden und verliehen der toten Nicole Wilson das Aussehen einer Frankenstein-Schaufensterpuppe aus Plastik, die keinerlei Ähnlichkeit mehr mit dem lebenden Menschen hatte, der sie einst gewesen war.

Als Dr. Hove das weiße Tuch weggezogen hatte, waren Hunter und Garcia kurz erstarrt. Sie sahen einander für den Bruchteil einer Sekunde an, dann richteten sie den Blick wieder auf die Leiche. Was sie so aus der Fassung gebracht hatte, waren nicht die hässlichen Schnitte der Autopsie oder die groben, wie Dornen anmutenden Stiche, mit denen sie vernäht worden waren. Dieser Anblick war für sie nichts Neues. Nein, was sie erschreckt hatte, war die Vielzahl von Wunden, die fast den gesamten Oberkörper und die Schenkel übersäten. Sie schienen alle neueren Datums zu sein, vermutlich nicht älter als drei oder vier Tage, und waren unterschiedlich in Größe und Ausrichtung – einige waren horizontal, andere verliefen schräg, wieder andere vertikal.

»Was ist das denn?«, stieß Garcia hervor.

»Ich weiß«, pflichtete Dr. Hove ihm bei. »Ich war genauso geschockt wie Sie, als ich die Tote heute Morgen ausgezogen habe, um sie für die Sektion vorzubereiten.«

Beide Detectives traten näher an den Tisch heran und beugten sich ein wenig vor, um die Wunden besser sehen zu können.

»Wir haben es hier mit zwei verschiedenen Arten von Verletzungen zu tun«, erklärte die Medizinerin. »Wie Sie deutlich sehen können, sind sie alle unterschiedlich groß – die kleinste ist etwa zweieinhalb Zentimeter lang, die größte um die vierzehn Zentimeter. Keine zwei Wunden haben exakt dieselbe Länge.«

Sie legte ihre Finger seitlich an eine der Wunden und drückte die Wundränder auseinander.

»Und keine ist so tief, dass sie ein wichtiges Organ, eine Arterie oder Vene verletzt hätte.«

Sie wiederholte den Vorgang bei einigen weiteren Wunden.

»Im Wesentlichen handelt es sich also um Fleischwunden.«

»Folter«, kam es von Garcia. Es war eher eine Feststellung als eine Frage.

»Zweifellos«, gab Dr. Hove zurück.

»Sie sagten, dass es zwei unterschiedliche Arten von Wunden gibt«, sagte Hunter. »Wie war das gemeint, Doc?«

Dr. Hove hob die Schultern und neigte den Kopf ein wenig nach links. »Um es präziser auszudrücken: nicht zwei verschiedene *Arten* von Wunden, sondern Wunden, die ihr mit zwei verschiedenen Gegenständen zugefügt wurden.«

Garcia stellte sich ans Fußende des Sektionstischs.

»Einige, so wie die hier zum Beispiel«, sie wies auf eine

diagonale, etwa siebeneinhalb Zentimeter lange Wunde unmittelbar über der rechten Brustwarze der Toten, »wurden ihr mit einem sehr scharfen Messer beigebracht. Vielleicht ein Küchenmesser oder ein chirurgisches Skalpell. Glatter, sauberer Schnitt. Keine Riefung. Eine Analyse hat ergeben, dass einige der Schnitte mit besagtem Instrument von rechts nach links, andere von links nach rechts ausgeführt wurden. Das trifft auch auf diejenigen zu, deren Ausrichtung nicht vollkommen horizontal ist. Ein paar Schnitte wurden auch von oben nach unten ausgeführt. Wieder andere genau andersherum.« Dr. Hove bewegte ihren Zeigefinger vom tiefsten Punkt des Schnitts zum höchsten. »Das macht es uns unmöglich festzustellen, ob der Täter Rechts- oder Linkshänder war. Für mich ergibt sich der Eindruck, dass der Mörder einfach Spaß haben wollte. Er hat es genossen, die Frau zu quälen.«

Hunter und Garcia waren mit ihrer Aufmerksamkeit ganz bei der Leiche.

»Er hat sich Zeit genommen«, setzte Hunter hinzu, während er die Schnittwunden hochkonzentriert betrachtete. »Für ihn waren sie fast wie Pinselstriche auf einer Leinwand.«

»Zeit hat er sich genommen, daran besteht kein Zweifel«, bestätigte Hove. »Wie ich sagte, einige der Schnittwunden stammen von einem sehr scharfen Instrument. Aber nicht alle.« Sie lenkte die Aufmerksamkeit der zwei Detectives auf den Unterkörper der Toten. »Zum Beispiel der Großteil der Wunden an Beinen und Rücken.«

Hunter trat noch einen Schritt näher, um die Wunden an Nicole Wilsons Schenkeln näher zu betrachten. Dass die Tote auch am Rücken Verletzungen aufwies, überraschte weder ihn noch Garcia.

»Diese Wunden wurden dem Opfer nicht mit einem Messer beigebracht«, fuhr Dr. Hove in ihrer Erklärung fort.

»Sondern womit?«, fragte Garcia.

»Einer Peitsche.« Die Antwort kam von Hunter. Er hatte ähnliche Verletzungen schon einmal gesehen.

»Stimmt«, bestätigte Dr. Hove. »Aber nicht die Art von Peitsche, die bei Sexspielen oder was weiß ich zum Einsatz kommt. Hier wurde eine richtige Lederpeitsche verwendet. Eine wie die, mit denen man Tiere zähmt. Ich habe die Wunden mehrfach gezählt. Es sind insgesamt sechzig Hiebe. Aber sie wurde nicht wahllos geschlagen. Die Peitschenhiebe wurden mit genügend Kraft ausgeführt, um die Haut aufzureißen und starke Schmerzen zu verursachen, aber nicht so heftig, dass es zu starken Blutungen kam. Dann hätte das Opfer vermutlich zu häufig das Bewusstsein verloren, und das wollte der Täter vermeiden. Dasselbe Maß an Kontrolle lässt sich auch bei den Schnittwunden feststellen, von denen es im Übrigen auch sechzig gibt: Sie sind tief genug, um die Haut zu durchdringen und dem Opfer Schmerzen zu bereiten, aber nicht tief genug, um starke Blutungen hervorzurufen.« Dr. Hove hob den Finger, um das Folgende zu unterstreichen. »Das Interessante daran ist, dass der Heilungszustand der einzelnen Wundgruppen ein wenig voneinander abweicht.«

»Wundgruppen? Was meinen Sie damit, Doc?«, wollte Garcia wissen.

»Oberkörper vorne, Oberkörper hinten, Beine vorne, Beine hinten sowie Gesäß.« Die Ärztin machte eine Pause, in der ihre Worte einen Moment lang zwischen ihnen in der Luft zu hängen schienen wie Rauch. »Das bedeutet, dass ihr die Verletzungen an den jeweiligen Körperstellen zu unterschiedlichen Zeiten beigebracht worden sein müssen, höchstwahrscheinlich jeweils im Abstand eines Tages. Meiner Einschätzung nach wurde sie fünf Tage lang ausgepeitscht und gefoltert, plus oder minus einen Tag.«

»Wurde sie vergewaltigt?«, fragte Hunter.

»Wiederholt. Aber wir haben Pech, der Täter war umsichtig genug, ein Kondom zu benutzen. Ich konnte keine

Spuren von Sperma, Blut oder anderen Körperflüssigkeiten an ihr finden.«

Zum Zeichen des Respekts für die Tote schwiegen sie einen Augenblick lang.

Dann wechselte Hunter ans Kopfende des Sektionstischs und beugte sich vor, um den Hals des Opfers eingehender zu betrachten.

»Ich konnte keine Anzeichen finden, dass sie erwürgt oder erstickt wurde«, fügte Dr. Hove hinzu, die Hunters nächste Frage bereits vorausgeahnt hatte. »Auf den Röntgenaufnahmen waren keine gebrochenen Knochen zu sehen. Der toxikologische Befund wird noch ein, zwei Tage dauern, und wenn der Täter ihr vor dem Tod Drogen verabreicht hat, sollten sich Spuren davon in ihrem Blut nachweisen lassen. Trotzdem dürfen Sie kein positives Ergebnis auf irgendeine Form von Vergiftung erwarten. Sie ist nicht durch Gift gestorben.«

»Was ist denn dann die Todesursache, Doc?«, wollte Garcia wissen.

»Dazu komme ich gleich, Carlos«, sagte Dr. Hove, zögerte ganz kurz und lenkte die Aufmerksamkeit der beiden schließlich auf die Fesselmale an Handgelenken und Fußknöcheln sowie auf den Abdruck des Knebels an den Wangen der Leiche. »Erst will ich Ihnen noch was Ungewöhnliches zeigen. Diese Verfärbungen hier deuten darauf hin, dass sie sehr stramm gefesselt war, und zwar über einen längeren Zeitraum hinweg. Sicher während sie gefoltert und vergewaltigt wurde. Für ihre Handgelenke wurde dabei ein dünnes Seil verwendet. Wahrscheinlich Nylon. Vermutlich in einer Vielzahl von Geschäften erhältlich. Leider habe ich keine Fasern gefunden, deshalb kann ich nur spekulieren.«

»An ihren Handgelenken?«, wiederholte Garcia stirnrunzelnd.

Dr. Hove nickte. »Das meine ich mit ungewöhnlich. An

den Fußknöcheln hat der Täter andere Fesseln benutzt – stärkere, härtere, dickere. Den Abdrücken zufolge würde ich sagen, es war eine Kette.«

»Warum hat er das gemacht?« Auch diese Frage kam von Garcia. »Ich meine, warum hat er zwei verschiedene Arten von Fesseln benutzt?«

Dr. Hoves Blick glitt ziellos durch den Raum, beinahe als hielte sie nach jemandem Ausschau, an den sie die Frage weitergeben konnte.

»Das war Teil der Folter«, antwortete sie schließlich. »Eine Art von Folter, die man äußerlich nicht sieht.«

»Was?« Garcia hob eine Hand. »Wollen Sie damit sagen, dass ihre inneren Organe ebenfalls verletzt wurden? Ich meine, als Auswirkung der Folter?«

»Eins ihrer Organe ja«, gab Dr. Hove zur Antwort. »Was uns schließlich zur Frage der Todesursache führt, die mir während der gesamten Autopsie Rätsel aufgegeben hat – bis ich ihr Gehirn untersucht habe.«

Nach diesen Worten schien die Luft im Sektionssaal noch kälter zu werden.

»Ihr Gehirn war geschädigt?«, hakte Garcia nach. Sein Blick ging zu Nicoles Kopf. »Ohne sichtbare äußere Verletzungen? War ihre Schädeldecke verletzt?«

»Nein. Die Schädeldecke war intakt.«

Garcia zog auffordernd eine Augenbraue hoch.

Dr. Hove holte zwei Blatt Papier von dem Instrumententisch hinter ihr und gab jedem Detective eines. »Die Todesursache war ein Ödem des Gehirns.«

Garcia betrachtete mit gerunzelter Stirn das Blatt. »Moment mal, Doc, ist ein Ödem nicht irgendeine Schwellung oder so?«

»Sagen wir es so: Eine Schwellung ist die Folge eines Ödems«, stellte die Ärztin richtig. »Genauer gesagt: Ein Ödem ist eine Anlagerung von Flüssigkeit im Gewebe, die oft Schwellungen hervorruft und zu weiteren Schädigungen führen kann. Am häufigsten kommen Ödeme in Füßen und Knöcheln vor, aber grundsätzlich können sie überall im Körper auftreten – in der Lunge, im Auge, im Knie, in den Händen und in seltenen Fällen auch im Gehirn.«

»Ihr Gehirn ist also aufgrund eines Flüssigkeitsstaus angeschwollen?«, fasste Garcia zusammen.

»Das ist richtig.«

»Und was für eine Flüssigkeit war das?«

»Ihr eigenes Blut.«

13

Garcia sah erst Hunter an, dann die Leiche, dann Dr. Hove.

»Sie ist aufgrund eines Flüssigkeitsstaus ihres eigenen Blutes im Gehirn gestorben?«, wiederholte er ungläubig. »Und diesen Flüssigkeitsstau hat der Täter ausgelöst? Wie?«

»Indem er sie über einen langen Zeitraum hinweg kopfüber aufgehängt hat«, antwortete Hunter mit gedämpfter Stimme. »Was auch die unterschiedlichen Fesselmale an Hand- und Fußgelenken erklären würde. An den Füßen mussten die Fesseln stärker sein, um ihr Körpergewicht tragen zu können.«

»Wieder richtig, Robert«, stimmte Dr. Hove ihm zu, ehe sie ans Kopfende des Tischs ging und dort die Hände rechts und links neben Nicoles Ohren abstützte. »Wenn man den Vorgang dahinter versteht, ist ein Ödem des Gehirns nicht schwer herbeizuführen. Es hat alles mit dem Unterschied zwischen Arterien und Venen zu tun. Arterien sind dickwandige Blutgefäße, die das Blut aus dem Herzen in die

Organe transportieren.« Wie eine Medizinprofessorin, die ihren Studenten einen Vortrag hält, deutete Dr. Hove zunächst auf Nicoles Brust, dann bewegte sie die Hand vom Herzen weg und spreizte dabei die Finger, während sie ihre Erklärungen fortsetzte. »Selbst kopfüber transportiert das Herz weiterhin Blut durch die Arterien, und zwar mit demselben Druck, wie wenn der Körper sich in aufrechter Position befindet. Das Blut bewegt sich dabei mit hoher Geschwindigkeit, weil es durch die Pumpwirkung des Herzens gewissermaßen in die Arterien hineingedrückt wird. Die Lage des Körpers macht folglich keinen Unterschied. Das Blut bewegt sich immer mit demselben Druck weg vom Herzen. Die Venen hingegen sind dünnwandige Gefäße, die das Blut von den Organen zurück zum Herzen transportieren. In den Venen herrscht so gut wie kein Druck; sie sind auf Schwerkraft, Trägheit und die Kraft der Muskelkontraktionen im Körper angewiesen, um das Blut zurück zum Herzen zu befördern.«

Dr. Hove räusperte sich kurz, dann fuhr sie fort.

»Da es im Kopf keine Muskelkontraktionen gibt, fließt das Blut, wenn jemand lange genug mit dem Kopf nach unten hängt, zwar weiterhin wie gewohnt vom Herzen weg und durch die Arterien bis zum Gehirn, aber es fließt eben nicht mehr ordnungsgemäß durch die Venen zurück zum Herzen. Es kommt zum Blutstau – Blut fließt ins Gehirn, aber nicht wieder ab.«

Die Ärztin verstummte. Ihre Miene war ein wenig düsterer geworden.

»Wenn es zu einem Blutstau im Gehirn kommt, tritt nach einer gewissen Zeit Blut aus den Kapillaren aus und sammelt sich in der Schädelhöhle, wodurch der Druck im Innern des Schädels ansteigt. Eine Schwellung des Gehirns ist die Folge. Der Vorgang geht mit starken Schmerzen in Kopf, Ohren, Augen und Nase einher. Wahrscheinlich fühlt sich jede Pumpbewegung des Herzens im Schädel an wie ein Donnerschlag. Der Mörder musste nichts weiter tun, als sie lange genug an den Füßen aufzuhängen. Den Rest hat die Schwerkraft erledigt. Er musste nicht einmal im Raum bleiben. Der Druck in ihrer Schädelhöhle ist immer weiter angestiegen, bis sie irgendwann bewusstlos wurde und schließlich gestorben ist, weil das Gehirn entweder das Signal zum Atemstillstand gegeben hat oder ihr Herz aufgehört hat zu schlagen.«

Hunter verlagerte unbehaglich sein Gewicht von einem Fuß auf den anderen.

»Wie lange?«, fragte Garcia. »Wie lange hat es gedauert, bis sie gestorben ist? Wie lange kann jemand solche Schmerzen aushalten, bis es zur schrittweisen Bewusstlosigkeit und dann zum Tod kommt?«

Dr. Hove schüttelte unsicher den Kopf. »Das hängt von mehreren Faktoren ab, Carlos, zum Beispiel von der körperlichen Verfassung und dem allgemeinen Gesundheitszustand des Opfers. Sie scheint physisch so weit gesund gewesen zu sein – guter Muskeltonus, Nichtraucherin, kräftige Lungen, gesunde Leber und Nieren. Aber selbst wenn ich mich irre, hätte der Täter den Vorgang beliebig in die Länge ziehen können, ganz einfach indem er sie zwischendurch immer wieder für eine gewisse Zeit – eine Stunde vielleicht – in eine aufrechte Position bringt, um so den Druck auf ihr Gehirn kurzfristig zu lindern.«

»Konnten Sie einen ungefähren Todeszeitpunkt feststellen?«, wollte Hunter wissen.

»Vorausgesetzt, die Leiche wurde nach dem Tod bei Zimmertemperatur aufbewahrt«, begann die Ärztin, »und es gibt nichts, was auf das Gegenteil hindeutet, würde ich schätzen, dass sie seit etwa dreißig Stunden tot ist.«

Hunter und Garcia wussten, dass Nicole Wilson sieben Tage vor Auffinden ihrer Leiche entführt worden war. Rein rechnerisch war es also durchaus möglich, dass der Täter sie fünfeinhalb Tage lang gefoltert hatte.

Bevor sie weitersprach, holte Dr. Hove tief Luft und hielt sie mehrere Sekunden lang an.

»Aber das ist noch nicht alles«, sagte sie schließlich.

Hunter und Garcia sahen sie erstaunt an.

»Was ich Ihnen bisher über das Opfer erzählt habe ... wie sie gefoltert wurde, wie sie gestorben ist ... nichts davon ist annähernd so gruselig – wie das hier.«

»Wie was?«, fragte Garcia.

Die Medizinerin drehte sich um und nahm etwas von dem Instrumententisch – einen durchsichtigen Asservatenbeutel aus Plastik, in dem sich ein weißes Stück Papier befand.

»Wie das hier.«

»Und was ist das?« Diesmal kam die Frage von Hunter.

Dr. Hove betrachtete einige Sekunden lang den Asservatenbeutel, ehe sie Hunter in die Augen sah.

»Das hier ist eine Botschaft des Mörders. Er hat sie in ihrer Kehle zurückgelassen.«

»Moment mal. Wie bitte?« Garcia machte ein Gesicht, als hätte er nicht richtig gehört.

Hunter stand vollkommen regungslos da.

»Der Zettel wurde zuerst zu einer dünnen Rolle zusammengedreht«, erläuterte die Medizinerin, »und dann vorsichtig in die Kehle des Opfers eingeführt.« Sie gab Hunter den Beutel. »Der Text spricht für sich.«

Das Stück Papier war etwa zwanzig Zentimeter lang und dreizehn Zentimeter breit. Schlicht weiß. Unliniert. In der Mitte standen, in Blut geschrieben, vier Worte.

ICH BIN DER TOD.

14

Nachdem sie das LACDC verlassen hatten, brauchten Hunter und Garcia achtundvierzig Minuten, um den Fundort von Nicole Wilsons Leiche zu erreichen – ein großes Stück Brachland in unmittelbarer Nähe des Los Angeles International Airport. Das Feld war etwa eine halbe Meile lang und eine Viertelmeile breit und größtenteils mit dichten Beständen strauchartiger Bäume wie Myrica, Weiß-Eschen und kalifornischen Pfefferbäumen bewachsen. Einzige Ausnahme bildeten zwei kleinere Areale, auf denen hohes Gras sowie niedrige Sträucher und Büsche standen. Eins dieser Areale lag auf der Westseite des Feldes, das andere, wesentlich kleinere, gegen Südosten. Auf dieser kleinen südöstlichen Grasfläche stand ein einzelner Baum. Es war ein etwas kurioser Anblick, als wäre er im Begriff, vor seinen Artgenossen zu fliehen. In seiner unmittelbaren Nähe war Nicole Wilsons Leiche abgelegt worden.

Keiner der beiden Detectives war während der Fahrt besonders gesprächig. Stattdessen hingen sie ihren Gedanken nach, gingen noch einmal im Stillen durch, was Dr. Hove ihnen gesagt hatte, und versuchten ihr Bestes, in einem sinnlosen Akt der Gewalt einen Sinn zu entdecken.

Doch selbst schweigend teilten sie eine Gewissheit: Ein Mörder, der dreist genug war, eine Nachricht in Blut zu schreiben und sie dann mit aller Sorgfalt in den Rachen seines Opfers einzuführen, wohl wissend, dass sie während der Obduktion gefunden werden würde; ein Mörder, der selbstbewusst genug war, sich als TOD zu bezeichnen – der tat all diese Dinge nicht leichtfertig. Er tat sie nicht nur, um die Polizei herauszufordern oder sein Ego zu befriedigen. Er tat sie aus einem ganz bestimmten Grund. Um der Welt mitzuteilen, dass es noch nicht vorbei war.

Am südwestlichen Rand des Flughafens bog Garcia nach rechts auf den Pershing Drive ab und schaltete einen Gang herunter.

Der weitere Umkreis des Fundortes war abgeriegelt und wurde von der Polizei bewacht. Aufgrund der abgeschiedenen Lage gab es allerdings nur wenige Gaffer, und diejenigen, die doch ihr Glück versucht hatten, wurden nicht nahe genug an den Ort des Geschehens herangelassen, um einen Blick auf irgendetwas halbwegs Interessantes erhaschen zu können. Sie wirkten gelangweilt und kurz davor, aufzugeben.

Am gelben Flatterband mit der Aufschrift POLIZEIABSPERRUNG – DURCHGANG VERBOTEN stand ein einzelner Reporter und bemühte sich vergeblich, den Polizisten verwertbare Informationen zu entlocken.

Trotz sinkender Zahlen in den vergangenen Jahren war Mord in L. A. immer noch ein fast alltägliches Ereignis – durchschnittlich wurde in der Stadt der Engel alle neununddreißig Stunden ein Mensch ermordet. Zwar berichteten Tageszeitungen und Fernsehnachrichten über einige Fälle, doch im Großen und Ganzen stellte ein Mord keine große Neuigkeit dar – es sei denn, das Verbrechen hatte etwas zu bieten, was den Aufmerksamkeitsfaktor erhöhte, wie etwa die Beteiligung eines Prominenten, extreme Brutalität oder Verdacht auf einen Serienmörder.

Garcia näherte sich der Absperrung auf der dem Reporter abgewandten Seite. Kurz davor machte ihm ein Uniformierter ein Handzeichen, er solle links abbiegen und weiterfahren, doch stattdessen ging Garcia auf die Bremse und hielt schließlich an. Der Polizist schüttelte irritiert den Kopf und brummte etwas vor sich hin, ehe er ein paar Schritte in Richtung des Wagens machte.

»Sir, wie Sie sehen können, ist die Straße gesperrt«, sagte er gelangweilt und deutete erst auf das gelbe Band, dann zu seiner Linken. »Sie müssen um die –«

Garcia schnitt dem Officer mit einer Geste das Wort ab und zeigte ihm seinen Dienstausweis.

Der Officer verstummte mitten im Satz und nickte entschuldigend.

»Tut mir leid, Sir.«

Als er Garcia das Protokollbuch überreichte, damit er und Hunter sich eintragen konnten, beendete eine Boeing 777 gerade ihren Landeanflug auf der Westroute und setzte auf der Landebahn 7R auf. Das Dröhnen der Triebwerke war so laut, dass die Fensterscheibe von Garcias Wagen wackelte.

»Sie können auf der Straße direkt da drüben parken, Sir, neben dem Streifenwagen«, sagte der Officer und nahm das Logbuch wieder zurück.

Garcia tat wie angewiesen.

Zwei weitere Polizisten in Uniform standen im Schatten eines großen, stark belaubten Baumes neben einem anderen Absperrband, das einen kleineren Bereich innerhalb des Feldes abriegelte. Ein dritter Officer saß in seinem Ford Interceptor und war anscheinend damit beschäftigt, jemandem eine SMS zu schreiben. Die meisten Aktivitäten, einschließlich der Untersuchung des Fundortes durch die Kriminaltechnik, waren bereits eingestellt worden.

Die Officer schauten nur kurz hoch, als Hunter und Garcia ausstiegen, bevor sie sich wieder ihren eigenen Dingen zuwandten. Sie mussten nicht noch einmal ihre Dienstmarken vorzeigen; die Polizisten wussten, dass die Einzigen, die an der äußeren Absperrung vorbeigelassen wurden, Leute von der Spurensicherung oder ermittelnde Detectives waren.

Hunter blieb gleich neben dem Pershing Drive stehen und sah sich um. Garcia gesellte sich zu ihm.

Der Ort war mit Bedacht ausgewählt. Das Feld lag, von neugierigen Blicken abgeschirmt, zwischen dem Flughafen und einer Trinkwasser-Wiederaufbereitungsanlage. Es gab keine Wohnhäuser im Umkreis von einer Meile. Die Straße, auf der sie standen – parallel zum Feld verlaufend und die einzige Zufahrtsstraße –, diente den meisten Autofahrern lediglich als Abkürzung zwischen dem Culver Boulevard und Dockweiler Beach. Schon tagsüber war das Verkehrsaufkommen hier minimal. In der Nacht erst recht.

Nur zwei gelbe Tatort-Nummerntafeln waren auf dem Feld zu sehen. Die erste mit der Nummer 1 stand etwa drei Meter östlich von dem großen Baum, neben dem die zwei Polizisten standen. Sie markierte die Stelle, an der Nicole Wilsons Leiche gefunden worden war. Die zweite Tafel – Nummer 2 – befand sich unweit der Stelle, an der Hunter und Garcia standen, etwa sechs Meter von der Straße entfernt. Dem Tatortbericht hatten sie entnommen, dass diese Tafel die Stelle kennzeichnete, an der die Spurensicherung Reifenspuren im Gras gefunden hatte – vermutlich von einem schweren Fahrzeug wie etwa einem SUV, das wahrscheinlich dem Täter gehörte. Weil sich die Abdrücke jedoch im Gras befanden, nicht in Erde oder Schlamm, war es der Kriminaltechnik nicht gelungen, Abgüsse davon zu machen. Sie hatten lediglich die Stelle markieren können, an der der Täter geparkt hatte – sofern die Grundannahme, dass es sich um das Fahrzeug des Täters handelte, stimmte.

Als Hunter und Garcia auf Tafel Nummer 1 zusteuerten, hob drüben vom Runway 7R gerade ein Airbus ab. Garcia zog angesichts des ohrenbetäubenden Lärms die Schultern hoch und hielt sich die Ohren zu.

Die zwei Officer, die unter dem Baum Schutz vor der Sonne gesucht hatten, drehten sich zu den Detectives um.

Hunter und Garcia hätten es vorgezogen, die Leiche *in situ* zu untersuchen, aber da ihnen der Fall erst Stunden nach Auffinden der Leiche zugeteilt worden war, mussten sie sich mit den Fotos begnügen, die die Leute von der Spurensicherung gemacht hatten – und mit dem weißen Band, das in einem eigentümlichen, fast sternförmigen Umriss die exakte Position der Leiche im Gras kennzeichnete.

Trotz des Bandes holte Hunter ein Foto aus der Akte, die Garcia mitgenommen hatte. Er ging in die Hocke und legte das Foto in die Mitte des weißen Umrisses.

Garcia hockte sich neben ihn.

Nicoles Leiche war so hingelegt worden, dass ihr ausgestreckter rechter Arm nach Westen, genau auf den einsamen Baum, zeigte. Ihr rechtes Bein zeigte in südwestliche Richtung. Dementsprechend zeigten ihr linker Arm und ihr linkes Bein nach Osten respektive Südosten. Ihr Kopf wiederum war nach Norden hin ausgerichtet.

Hunters Blick sprang mehrmals zwischen dem Foto, dem Baum und der umgebenden Vegetation hin und her.

Garcia betastete mit der Hand das Gras. Obwohl es nicht gemäht war, stand es nicht besonders hoch – etwa sechs bis acht, an einigen Stellen vielleicht auch zehn Zentimeter. Es fühlte sich trocken an, was einleuchtete, hatte doch Los Angeles in den letzten zwei Wochen nichts als wolkenlosen Himmel und glühende Sonne erlebt. Keinen einzigen Tropfen Niederschlag.

»Der Boden gibt nicht das kleinste bisschen nach«, stellte Garcia fest, während seine Finger noch immer über das Gras strichen. »Deshalb konnte die Spurensicherung auch nirgendwo Fußabdrücke sicherstellen.«

Jenseits der Straße auf dem Flugfeld befand sich der nächste Jet im Landeanflug und setzte auf.

Garcia erhob sich und suchte erneut mit Blicken die Umgebung ab. Irgendetwas gefiel ihm nicht.

»Warum hat der Mörder die Leiche ausgerechnet hier abgelegt?«, wunderte er sich.

Er stand mit Blick in Richtung Westen und betrachtete den Baum. Nördlich, südlich und weiter westlich gab es dichte Baumbestände. Der Pershing Drive und der Flughafen lagen in östlicher Richtung, also direkt hinter ihm.

»Genau dasselbe habe ich mich auch gefragt«, sagte Hunter.

»Der Täter hatte offenbar nicht die Absicht, die Leiche zu verstecken«, meinte Garcia weiter. »Sieh dich nur mal um. So ziemlich überall wachsen die Bäume dichter. Irgendwo zwischen ihnen hätte er doch die Leiche ablegen können. Warum hat er sie ausgerechnet hier hingelegt, an der exponiertesten Stelle? Außerdem war der Typ arrogant genug, uns eine Nachricht zu schreiben, nur um uns seinen Vornamen mitzuteilen – TOD. Und ich sage ›uns‹, weil er genau wusste, dass der Zettel während der Autopsie gefunden werden würde. Ganz zu schweigen von seinem kleinen Theaterstück, das er vor der Entführung inszeniert hat. Eins sage ich dir, Robert, der Kerl hat ein riesengroßes Ego. Er ist selbstbewusst, vermutlich intelligent und gebildet. Er weiß das, und er will, dass wir es auch wissen. Wenn so jemand eine Leiche verstecken wollte, würde er sie nicht auf einem Feld in der Stadt ablegen. Er hätte sie einfach verschwinden lassen. Keine Spuren. Keine Zeugen. Nichts. Er hat die Leiche hier abgelegt, weil er wollte, dass sie gefunden wird.«

Hunter stimmte mit einem Nicken zu. »Aber irgendwas ist trotzdem faul«, stellte er fest.

Garcia ließ abermals den Blick durch die Gegend schweifen.

»Was wir wissen«, sagte Hunter, »ist, dass Täter, die die Leichen ihrer Opfer in einer ganz bestimmten Position ablegen, weil sie wollen, dass sie so gefunden werden, in Bezug auf jeden Aspekt ihrer Taten sehr präzise Vorstellungen haben. Bei den meisten grenzt das schon an eine Zwangsstörung.« Hunter deutete auf das Foto der Leiche im Gras. »Die Position der Hände, der Füße, des Kopfes, der Haare, Kleider und Make-up – falls sie denn Make-up trägt –, die Umgebung ... alles muss haargenau mit dem Bild übereinstimmen, das der Täter im Kopf hat.«

Über ihnen näherte sich ein weiteres Flugzeug der Landebahn. Hunter wartete, bis der Lärm verklungen war, dann sprach er weiter.

»Dieser Typ hat viel Zeit und Mühe in seine Tat investiert – die Entführung, die Folter, die Mordmethode, die Art, wie er die Leiche abgelegt hat, die Nachricht in ihrem Hals ... all das deutet auf eine unglaubliche Detailversessenheit hin. Da will er garantiert nicht, dass wir irgendwas übersehen. Er will, dass wir wissen, für wie gut er sich hält.«

»Sehe ich genauso«, meinte Garcia. »Und gerade deswegen stört mich das hier. Er hätte doch gewollt, dass die Leiche schnell gefunden wird, bevor das Wetter ihr zu arg mitspielt, bevor etwas oder jemand das Bild zerstört. Und für solche Zwecke ist das hier der verkehrte Ort. Das Feld ist viel zu abgeschieden, zu weit weg von der Straße ... Warte mal kurz.« Garcia hob die Hand und sah Hunter an.

»Wer hat eigentlich die Leiche gefunden?«, fragte Hunter. »Wer hat die Polizei verständigt?«

»Ich wollte dich gerade dasselbe fragen«, sagte Garcia, der bereits auf der Suche nach der Abschrift des Notrufprotokolls in der Akte blätterte. »Wer könnte hier draußen auf eine Leiche stoßen?« Seiten raschelten. »Ah, hier ist es.« Garcia zog ein Blatt aus der Mappe. Während er las, erschienen tiefe Falten auf seiner Stirn. »Anonymer Notruf von einem männlichen Radfahrer um null Uhr neununddreißig.«

Das Feld, auf dem sie standen, war beileibe kein Stadtpark. Wenn überhaupt, sah es eher aus wie ein kleines Wäldchen, und das war flankiert von einem Flughafen auf der einen und einer Trinkwasser-Wiederaufbereitungsanlage auf der anderen Seite. Hier ging niemand mit seinem Hund spazieren. Hier joggte oder radelte niemand einfach so vorbei, schon gar nicht mitten in der Nacht.

»Ein Radfahrer will um kurz nach halb eins die Leiche

entdeckt haben?«, wiederholte Garcia und deutete zum Pershing Drive hinüber. »Von der Straße aus? Wie weit ist die weg, dreißig oder vierzig Meter? Im Stockdunklen?« Er musste darüber lachen. »Wohl kaum.«

15

Grace Hamilton öffnete das FedEx-Päckchen, wobei sie achtgab, nicht ihre frisch lackierten hellrosa Nägel zu beschädigen. In dem Päckchen befand sich ein gewöhnlicher brauner Umschlag, adressiert an den Bürgermeister von Los Angeles, Richard Bailey. Auf der Vorderseite standen in großen roten Buchstaben die Worte DRINGEND – PRIVAT & VERTRAULICH.

Sie griff nach der FedEx-Verpackung und suchte auf der Rückseite nach dem Namen des Absenders. Tyler Jordan.

Grace runzelte die Stirn. Der Name sagte ihr nichts. Dem Straßennamen zufolge wohnte er in der Stadt, irgendwo in Victoria Park, Central Los Angeles. Obwohl sie ein hervorragendes Namens- und Adressengedächtnis hatte, kam ihr die Anschrift ebenso wenig bekannt vor wie der Name. Die Zeile für die Rufnummer des Absenders war freigelassen worden – typisch.

Sie rollte auf ihrem Stuhl näher an ihren Computertisch heran und rief das Programm auf, durch das sie Zugriff auf Bürgermeister Baileys Kontakte hatte. Nachdem sie ihr Passwort eingetippt hatte, gab sie den Familiennamen »Jordan« ein und klickte auf »Suche«. Sie erhielt drei Treffer, allerdings hieß keiner von ihnen mit Vornamen Tyler. Und keiner wohnte in Los Angeles. Sie versuchte es mit »Tyler Jordan« als Doppelname, erst mit Bindestrich, dann ohne.

Nichts.

All das war noch nicht weiter bemerkenswert. Es kam oft vor, dass Bürger ihre Briefe an den Bürgermeister als »eilig« oder »persönlich« oder »streng vertraulich« kennzeichneten in der Hoffnung, sie würden dann ungeöffnet auf seinem Schreibtisch landen. Erfolg hatten sie mit einer solchen Taktik nur selten.

Bürgermeister Bailey bekam jeden Monat Hunderte Briefe von seinen Wählern, und es war Graces Aufgabe, sicherzustellen, dass er seine kostbare Zeit nicht damit vergeudete, den Müll zu lesen, den die Post tagtäglich bei ihnen ablieferte.

Wer auch immer Tyler Jordan war, es hatte nicht den Anschein, als wäre er – oder sie, denn Tyler konnte sowohl ein weiblicher als auch ein männlicher Vorname sein – dem Bürgermeister persönlich bekannt. Allein das wäre ein Grund gewesen, den Brief auf den »Nicht dringend«-Stapel wandern zu lassen. Andererseits standen die Wahlen kurz bevor, da konnte Grace es sich nicht erlauben, etwas potentiell Wichtiges zu ignorieren.

Sie rief eine Karte im Internet auf und gab die Adresse von der Umschlagrückseite in die Suchmaske ein. Ein verrammelter Supermarkt auf einem leeren Betonparkplatz.

Komisch, dachte sie, allerdings steigerte dies ihre Neugierde nur noch.

Grace wusste, dass jede Post, bevor sie ihren Tisch erreichte, vom Sicherheitsdienst gründlich auf gefährliche Chemikalien und Sprengstoffe geprüft worden war, insofern musste sie kein Risiko für Leib und Leben fürchten. Aber Röntgengeräte und andere Sicherheitsapparate konnten natürlich nicht den Text im Innern der Briefe lesen oder in den Umschlägen enthaltene Bilder erkennen.

In den zweieinhalb Jahren, die sie für Bürgermeister Bailey arbeitete, hatte sie obszöne Zeichnungen erhalten, Drohungen, Hassbriefe, pornographisches Bildmaterial von Menschen, die sich ihm für sexuelle Dienste zur Verfügung stellen wollten (Frauen wie Männer), Verschwörungstheorien ... die Liste war endlos.

Alles, was auch nur annähernd als bedrohlich eingestuft wurde, ging sofort an den Secret Service. Anstößige Post hingegen wanderte ohne Umwege in den Schredder neben ihrem Schreibtisch.

Grace starrte eine Zeitlang auf den Umschlag in ihren Händen, dann auf den »Nicht dringend«-Stapel auf ihrem Schreibtisch. Sie schürzte die Lippen.

»Ach, was soll's?«, sagte sie dann und riss den Umschlag auf. Ein verrückter Brief oder ein peinliches Foto mehr – was machte das schon für einen Unterschied? Wenn Grace Hamilton eins nicht war, dann prüde.

In dem braunen Umschlag steckte ein weiteres Kuvert. Es war reinweiß und hatte Ähnlichkeit mit den Kuverts, in denen Hochzeitseinladungen verschickt wurden. Auf die Vorderseite hatte jemand die Worte NICHT IGNORIEREN geschrieben.

Jetzt war Grace wirklich gespannt.

Sie warf einen Blick auf die Rückseite des Umschlags. Kein Absender-Name, keine Adresse. Nicht, dass sie damit gerechnet hätte.

Sie biss sich auf die rechte Seite ihrer Unterlippe und überlegte.

Wenige Sekunden später stand ihr Entschluss fest. Sie griff nach dem schwertförmigen Brieföffner auf ihrem Schreibtisch, schlitzte den Umschlag an der oberen Schmalseite auf und schüttelte ihn leicht, so dass der Inhalt herausfiel.

Das Erste, was auf Graces Schreibtisch rutschte, war ein weißes Blatt Papier, einmal in der Mitte gefaltet. Auf dem Blatt stand etwas geschrieben. Sie konnte die Schatten der Buchstaben durchschimmern sehen.

Das Zweite war ein Polaroid-Foto.

Es landete mit der Bildseite nach unten auf dem Tisch.

Belustigt hielt Grace inne. Noch eine Entscheidung, die sie treffen musste – was sollte sie zuerst anschauen, das Foto oder den Brief?

Ene, mene, miste, zählte sie lautlos zwischen den beiden Gegenständen ab.

Übrig blieb das Polaroid.

Sie griff danach und drehte es um.

Ihr Herz setzte einen Schlag aus.

»O mein Gott!«

16

Garcias Blick ruhte noch einen Moment lang auf dem Notrufprotokoll, dann hob er den Kopf und sah Hunter an.

»Okay«, sagte er. »Wir müssen uns unbedingt diesen Anruf anhören.«

Hunter nickte und deutete zu Garcias Honda Civic. Sie konnten auf den Anruf über den Polizeicomputer zugreifen. Rasch gingen sie zum Wagen.

Sie mussten sich durch einige Anwendungen navigieren, dann hatte Garcia endlich die Aufzeichnung gefunden.

»Hier ist es«, sagte er und öffnete die Audiodatei mit einem Doppelklicken.

DISPONENTIN: »Neun-eins-eins, was ist Ihr Notfall?«

MÄNNERSTIMME: »Äh, ich glaube, ich habe gerade eben eine Leiche entdeckt. Sie sieht jedenfalls ziemlich tot aus.«

Die Stimme klang ein wenig atemlos, aber nicht direkt nervös.

DISPONENTIN: »Sie sagten, Sie haben eine weibliche Leiche gefunden?«

Tastenklackern.

MÄNNERSTIMME: »Ja, genau. Ich war mit dem Fahrrad unterwegs, und auf einmal lag sie da, einfach so, auf der Wiese.«

DISPONENTIN: »Und sie bewegt sich nicht?«

MÄNNERSTIMME: »Wenn ich's Ihnen doch sage, sie sieht tot aus.«

DISPONENTIN: »Handelt es sich um eine Bekannte von Ihnen? Wissen Sie ihren Namen?«

MÄNNERSTIMME:« Nein, ich habe sie noch nie vorher gesehen.«

DISPONENTIN: »Okay, Sir, können Sie mir Ihren derzeitigen Standort nennen?«

MÄNNERSTIMME: »Ja, also ich bin in Richtung Norden auf dem Pershing Drive Rad gefahren, gleich beim Flughafen, ein Stück hinter der Hyperion-Wiederaufbereitungsanlage.«

Es folgte eine Pause, während der die Frau von der Leitstelle offenbar wartete, dass der Anrufer fortfuhr, doch es kam nichts mehr.

DISPONENTIN: »Gut, Sir. Das ist schon mal sehr gut, aber könnten Sie vielleicht noch ein bisschen genauer sein? Der Pershing Drive ist ziemlich lang.«

MÄNNERSTIMME: »Wenn man die Wiederaufbereitungsanlage in Richtung Norden passiert hat, kommt links ein großes freies Feld mit Bäumen. Es gibt einen Baum, der ein bisschen von den anderen entfernt steht, da liegt sie im Gras. Schätzungsweise so ... vielleicht dreihundert Meter hinter der Wiederaufbereitungsanlage.«

DISPONENTIN: »Haben Sie versucht, sie anzusprechen oder aufzuwecken? Vielleicht war sie nur müde oder hat zu viel getrunken und ist unter dem Baum eingeschlafen. Sehen Sie Flaschen mit Alkohol in ihrer Nähe? Spuren von Erbrochenem auf ihrer Kleidung oder am Boden um sie herum?«

MÄNNERSTIMME: »Nein, ich habe sie nicht angerührt, und Sie hören mir nicht richtig zu.«

Die Stimme des Anrufers wurde eindringlicher. Die nächsten vier Worte sagte er langsam und überdeutlich.

MÄNNERSTIMME: »Sie sieht tot aus.«

DISPONENTIN: »Doch, Sir, ich höre Ihnen sehr wohl zu. Ich muss bloß feststellen, wen ich zu Ihnen schicken soll. Ist irgendwo an ihrem Körper oder in ihrer unmittelbaren Umgebung Blut zu erkennen?«

MÄNNERSTIMME: »Nein, ich sehe kein Blut.«

DISPONENTIN: »Okay, und Sie sind ganz sicher, dass sie nicht atmet? Könnten Sie ihren Puls fühlen?«

MÄNNERSTIMME: »Nein, ich fasse doch keine Leiche an. Hören Sie, Sie müssen die Polizei herschicken. Sofort.«

DISPONENTIN: »Ein Streifenwagen ist bereits unterwegs, Sir, er wird gleich bei Ihnen sein. Könnte ich dann bitte noch Ihre –«

Der Anrufer legte auf.

Hunter und Garcia tauschten einen langen, vielsagenden Blick.

»Ich will mir das noch mal anhören«, meinte Garcia schließlich und klickte erneut auf die Audiodatei. Drüben hob ein weiterer Flieger ab, woraufhin Garcia die Lautstärke ein wenig aufdrehte.

Hunter warf einen Blick auf die Uhr, dann lehnte er sich zurück und schloss die Augen. Doch seine Aufmerksamkeit galt nicht der Tonaufzeichnung.

Als die Datei zu Ende abgespielt war, atmete Garcia tief aus.

»Das passt doch alles hinten und vorne nicht«, sagte er.

Hunter schaute erneut auf die Uhr.

»Nachts«, fuhr Garcia fort, »hätte aus so großer Distanz nicht mal Superman die Leiche sehen können. Es ist vollkommen ausgeschlossen, dass ein Radfahrer sie von da drüben auf der Wiese hat liegen sehen.«

»Umso mehr, als der Anruf gar nicht von hier kam«, warf Hunter ein.

Garcia runzelte die Stirn. »Was meinst du damit?«

»In der Aufnahme fehlt was, Carlos.«

Garcias Augen wurden schmal; instinktiv ging sein Blick erneut zum Computerbildschirm und dem Icon der Audiodatei.

Eine Boeing 767 rollte die Startbahn entlang, und ihm wurde schlagartig klar, was er übersehen hatte.

»Da ist kein Flugzeuglärm im Hintergrund«, sagte er.

Sie befanden sich in unmittelbarer Nähe des LAX, dem Flughafen mit dem dritthöchsten Fahrgastaufkommen der USA, wo alle vierzig bis sechzig Sekunden ein Flugzeug startete oder landete, Tag und Nacht. Das Dröhnen der Motoren verstummte praktisch nie. Selbst bei geschlossenen Wagenfenstern konnten sie es hören. Hunter hatte die Zeit gestoppt – der Notruf hatte eine Minute und zweiundvierzig Sekunden gedauert. Selbst nachts, bei reduziertem Flugverkehr, hätten sie in der Zeit mindestens zwei Maschinen starten oder landen hören müssen.

»Da ist kein Flugzeuglärm«, bestätigte Hunter.

»Verdammt«, sagte Garcia und schaltete die Stereoanlage im Auto aus.

»Wie du gesagt hast, der Typ ist ungemein selbstsicher.« Hunter legte den Kopf schief. »Und er will spielen.«

»Der Anruf kam vom Täter selbst. Wir müssen den Jungs von der Tonanalyse eine Kopie der Aufnahme schicken.«

Hunter sah das genauso.

Garcia betrachtete seinen Partner einige Sekunden lang. »Aber sie wird uns nichts verraten, oder?«

»Ich glaube nicht, nein«, gestand Hunter. »Und wenn doch, dann nur, weil der Killer es so will.«

17

Nachdem sie das Feld beim Flughafen verlassen hatten, fuhren Hunter und Garcia an den Ort, von dem Nicole Wilson entführt worden war – Audrey Bennetts Haus in den Hollywood Hills. Hunter hatte nicht die Absicht, Mrs Bennett einer weiteren Vernehmung zu unterziehen. Er wusste, dass sie ihm nichts würde sagen können, was sie nicht bereits auf der Vermisstenstelle gesagt hatte, und Hunter hatte das Vernehmungsprotokoll zweimal sehr gründlich durchgelesen. Seine Absicht war es vielmehr, sich die unmittelbare Umgebung des Hauses und des Gartens anzusehen. Er wollte sich ein Bild davon machen, wie leicht oder schwer es für den Täter gewesen war, sich Zugang zum Grundstück zu verschaffen, ins Haus einzudringen und Nicole unbemerkt von dort zu verschleppen.

Es war, wie Hunter bereits geahnt hatte: relativ einfach.

In die Hollywood Hills *fuhr* man nicht hinauf, man kroch vielmehr. Die Straßen waren steil und gewunden, hatten so viele unerwartete Kurven und waren so schlecht beschildert, dass selbst Anwohner, die seit Jahren hier oben lebten, sich leicht verfahren konnten. Doch in den Augen vieler war es genau diese verzwickte Verkehrsführung, die den Upper Laurel Canyon und die Hollywood Hills zum idealen Wohnort machte. Wer brauchte schon eine bewachte Wohnanlage, wenn ohnehin kaum ein Mensch den Weg hier herauf fand?

Audrey Bennetts Haus lag hinter einem Knick in der Allenwood Road. Wie bei allen anderen Häusern auf dieser Seite des Upper Laurel Canyon gab es kein Tor, keine Mauer oder auch nur einen dekorativen Zaun, der das Grundstück abgrenzte. Auch keine Überwachungskameras. Jeder Besucher, ob Bekannter oder Fremder, konnte problemlos auf das Grundstück gelangen und, falls er dies wollte, sogar um das Haus herum bis in den hinteren Garten vordringen, ohne dabei auch nur von einem einzigen klapprigen Gartentor aufgehalten zu werden.

Nachdem sie Mrs Bennetts Erlaubnis eingeholt hatten, sahen sich Hunter und Garcia gründlich Haus und Garten an, ehe sie sich der Straße widmeten. Als sie losgingen, sahen sie zwei junge Mädchen in rosafarbenen Ballettanzügen aus der Tür eines Hauses kommen. Eine kleine, füllige Frau folgte ihnen, und zusammen stiegen die drei in ein blaues SUV, das in der Einfahrt parkte. Im Davonfahren winkten die beiden Mädchen Hunter und Garcia vom Rücksitz aus zu.

Langsam gingen beide Detectives die Allenwood Road bis nach unten zur Laurel Pass Avenue. Auf dem Rückweg zum Haus der Bennetts liefen sie auch noch den gesamten Carmar Drive ab, der linker Hand von der Hauptstraße abzweigte. Zweimal kamen sie an Kindern auf Skateboards vorbei, die an den steilen Straßen und engen Kurven ihren Spaß hatten. Keins von ihnen wirkte älter als dreizehn Jahre.

»Wer braucht da noch ein Fitnessstudio?«, sagte Garcia und wischte sich mit der Handfläche die Stirn. Die Sonne stand hoch am Himmel, und die Temperatur hatte die 28-Grad-Marke erreicht. »Man muss nur einmal am Tag die Straße rauf- und runtergehen, schon ist man topfit. Schau dir das mal an.« Er deutete auf sein Gesicht. »Ich schwitze wie ein Schwein.«

Hunter blieb stehen und sah einen Augenblick lang den skatenden Kindern zu. Als diese am Fuß der hügeligen Straße angelangt waren, sammelten sie ihre Boards ein und begannen den langen Aufstieg zurück nach oben. Hunter kam ein neuer Gedanke. Eilig kehrte er zu Garcias Wagen zurück, nahm die Akten, die die Vermisstenstelle dem Morddezernat geschickt hatte, und begann darin zu blättern.

»Stimmt irgendwas nicht?«, fragte Garcia.

»Ich will das Protokoll der Haustürbefragung lesen, die die Vermisstenstelle zu Beginn der Ermittlungen hier in der Nachbarschaft durchgeführt hat.«

Reflexartig suchte Garcia mit Blicken das Haus gegenüber ab, dann das Nachbarhaus, bevor er sich wieder an Hunter wandte.

»Warum?«

»Sie haben nichts rausgefunden, stimmt's?«, sagte Hunter. »Niemand konnte sich daran erinnern, in der Nacht der Entführung irgendwas Ungewöhnliches bemerkt zu haben. Keine unbekannten Fahrzeuge. Keine verdächtigen Personen auf der Straße. Nichts.«

»Ja, das stimmt«, bestätigte Garcia. »Aber die Straße ist ja auch ziemlich ruhig. Wir sind seit fast einer Stunde hier und haben nur ein einziges Auto vorbeifahren sehen, das mit den Ballettmäusen. Überrascht es dich etwa, dass der Täter ins Haus und wieder nach draußen gelangt ist, ohne dabei beobachtet zu werden?«

Hunter blätterte weiter in der Akte. »Nein, nicht wirklich. Trotzdem muss ich was nachschlagen.«

Endlich hatte Hunter das Blatt gefunden, nach dem er suchte, und überflog es rasch, ehe er es an Garcia weiterreichte.

»Da«, sagte er und tippte mit dem Zeigefinger zweimal oben auf die Seite.

Garcia las die entsprechende Stelle, verzog das Gesicht, sah noch einmal in beide Richtungen die Straße entlang. Dann las er die Stelle ein zweites Mal.

»O Mann«, sagte er. »Wir müssen noch mal ein paar Uniformierte herbeordern.«

18

Die Detectives der Vermisstenstelle hatten an jede Tür in der Allenwood Road geklopft und sämtliche Hausbewohner befragt, einschließlich des Personals, wenn es welches gab. Niemand hatte etwas gesehen.

Das an sich war nicht weiter überraschend.

Auf den ersten Blick mochten die Hollywood Hills vielleicht wie eine offene, entspannte Nachbarschaft wirken, doch in Wahrheit glichen sie eher einer Geheimgesellschaft mit jeder Menge unausgesprochener Regeln. Der Grund, weshalb so viele Schauspieler und Musiker in den Hügeln wohnten, war, dass sich hier jeder ausschließlich um seine eigenen Angelegenheiten kümmerte und dass nicht getratscht wurde, ganz egal was passierte. Hier galt kein Verhalten als exzessiv, und niemand, egal was für eine seltsame Erscheinung er bot, wie extravagant oder spärlich er bekleidet war, wirkte verdächtig oder auch nur fehl am Platz. Im Lauf der Jahre waren die Bewohner der Hollywood Hills praktisch darauf konditioniert worden, sich blind und taub zu stellen.

Der Fehler, den die Vermisstenstelle gemacht hatte, war, dass sie die Anwohner nur in Bezug auf die Nacht der Entführung befragt hatten.

Bislang hatten Hunter und Garcia aus den spärlichen Fakten, die ihnen zur Verfügung standen, bereits gefolgert, dass der Täter äußerst penibel war, und obwohl er Nicole Wilson von einer Vielzahl anderer Orte hätte entführen können, hatte er sich ganz bewusst dafür entschieden, im Haus der Bennetts zuzuschlagen. Wieso?

Abgesehen davon, dass der Killer demonstrieren wollte, wie dreist und arrogant er war, lautete die offensichtliche Antwort auf diese Frage: Die Allenwood Road war eine sehr ruhige Straße, was das Risiko, beim Verschleppen seines Opfers beobachtet zu werden, deutlich verringerte. Doch keiner der beiden Detectives hatte gewusst, *wie* ruhig die Straße wirklich war – bis sie hergekommen waren.

Und das hätte auch der Täter nicht wissen können, sofern er nicht vorher schon einmal dort gewesen war.

»Der Killer muss vor dem Abend der Entführung mindestens einmal hergekommen sein, um die Umgebung auszukundschaften«, stellte Garcia fest.

Drei Häuser weiter links kam ein Mann von schätzungsweise Anfang sechzig aus der Haustür. Er trug eine Golftasche, die er im Kofferraum seiner vor dem Haus geparkten Mercedes E-Klasse verstaute, ehe er auf den Fahrersitz sprang und langsam wegfuhr.

»So hätte ich es gemacht«, sagte Hunter. »Wenn ich einfach nur hätte wissen wollen, ob die Straße ruhig ist oder nicht. Aber das hätte einem Kerl wie ihm nicht gereicht. Er ist sehr vorsichtig. Er hätte mehr Einzelheiten gewollt.« Er wies auf den davonfahrenden Mercedes. »Und dazu hätte er die Straße tagelang beobachten müssen.«

Garcia wirkte ein wenig verunsichert. »Einzelheiten?«

»Wiederkehrende Abläufe«, erklärte Hunter. »Die gibt es in jeder Straße. Vor allem in exklusiven Wohnstraßen wie dieser hier. Wir alle tun es, Carlos. Wir alle folgen einer gewissen Routine, weil wir Gewohnheitstiere sind. Wir gehen an bestimmten Tagen zu bestimmten Zeiten ins Fitnessstudio oder zum Golfspielen oder zum Pokerabend oder zum Ballett oder auf einen Spaziergang und so weiter. Der Täter hat die Entführung perfekt geplant. Er hätte niemals riskiert, mit seinem Opfer über der Schulter aus dem Haus zu kommen und dabei von jemandem gesehen zu werden, der gerade zum Yoga will. Er hätte genau wissen wollen, wie diese Straße funktioniert. Er hätte alle ihre regelmäßigen Abläufe kennenlernen wollen.«

Hunter drehte sich zum Haus der Bennetts um.

»Aber möchtest du wissen, was keiner erkennbaren Routine folgte?«, fragte er.

Garcia dachte kurz nach. »Die Abende, an denen Nicole Wilson auf das Kind der Bennetts aufgepasst hat.«

»Ganz genau. Das kam nur hin und wieder vor, in unregelmäßigen Abständen. Und Mrs Bennetts Aussage bei der Vermisstenstelle zufolge –« Hunter deutete mit einem Kopfnicken zu den Akten auf dem Beifahrersitz – »hat sie Nicole am Tag der Entführung um die Mittagszeit angerufen und gefragt, ob sie am selben Abend babysitten kann. Es war eine ganz spontane Sache. Und ohne vorher zu wissen, an welchem Tag er zuschlagen musste …«

»Hätte der Täter die Straße eine ganze Woche lang beobachten müssen«, führte Garcia den Gedanken weiter. »Er hätte die Bewegungen, die Gewohnheiten der Anwohner an jedem einzelnen Tag kennen müssen.«

Hunter nickte. »Das wäre auch nicht narrensicher gewesen, aber immerhin hätte er so eine viel bessere Vorstellung davon gehabt, worauf er achten muss. Wir müssen eine zweite Anwohnerbefragung durchführen. Wenn wir Glück haben, hat jemand an den Tagen vor der Entführung etwas gesehen.«

19

Zum ersten Mal seit zwei Wochen hatten sich dichte Regenwolken über Central Los Angeles zusammengeballt und kündigten einen unmittelbar bevorstehenden Sommerschauer an. Angesichts der hohen Temperaturen der letzten Tage kam das nicht überraschend. Als Hunter und Garcia wieder beim Police Administration Building ankamen, prasselten Regentropfen so groß wie Pistolenkugeln in Strömen vom Himmel.

Während Garcia zurück ins Büro ging, um von dort aus einige Dinge zu erledigen, fuhr Hunter weiter zur Ramirez Street in Downtown Los Angeles, wo sich die Vermisstenstelle der Los Angeles Police befand. Er hatte einen Anruf von Detective Troy Sanders erhalten, der ihn wissen ließ, er stehe gerne für ein Gespräch zur Verfügung und sei am Nachmittag in seinem Büro anzutreffen.

Detective Sanders war der Chef der Vermisstenstelle und hatte im Entführungsfall Nicole Wilson die Ermittlungen geleitet.

Hunter traf Sanders beim Snackautomaten im hintersten Winkel des Großraumbüros, das mehr oder weniger eine exakte Kopie der Büros des Raub- und Morddezernats war: ein riesiger offener Raum, der ein chaotisches Gewirr aus Schreibtischen beherbergte. Der Lärmpegel glich dem auf einem Fischmarkt an einem Sonntagmorgen.

Sanders war Anfang vierzig und mit exakt eins dreiundachtzig genauso groß wie Hunter. Er hatte einen kahlrasierten Schädel, eine leicht hervortretende Stirn, ein ausgeprägtes Kinn und breite Schultern. Seine klaren hellblauen Augen standen in einem attraktiven Gegensatz zu seiner sonnengebräunten Haut, und sein forschender Blick ließ sowohl auf eine Menge Lebenserfahrung als auch auf große Klugheit schließen.

Nachdem er sich einen Softdrink, ein paar Schokoriegel und eine Packung Pfefferminzbonbons aus dem Automaten gezogen hatte, nahm Sanders Hunter mit in sein Büro, das zwar kleiner, aber wesentlich aufgeräumter war als das von Hunter und Garcia.

»Pfefferminz?« Sanders riss die kleine Packung Ice Breakers auf und bot seinem Gast eins an.

»Nein, danke, im Moment nicht.«

Sanders warf sich gleich zwei in den Mund. »Vielleicht

liegt das an mir, aber ich habe immer das Gefühl, dieser Job hinterlässt jeden Tag einen schlechten Beigeschmack. Ich werfe mir die Dinger tonnenweise rein.«

Hunter konnte das gut nachfühlen.

»Okay. Ich habe die Akten hier«, sagte Sanders, als er zu seinem bescheidenen Schreibtisch ging und eine grüne Mappe hochnahm, die zuoberst auf einem hohen und sehr säuberlich gestapelten Aktenturm lag.

Hunter wunderte sich nicht über die Anzahl der Fälle, die Sanders auf dem Schreibtisch liegen hatte. Die Vermisstenstelle des LAPD untersuchte monatlich zwischen zweihundert und dreihundert Fälle vermisster Erwachsener und mindestens doppelt so viele von Kindern unter sechzehn Jahren. Entgegen der allgemeinen Auffassung, und obwohl annähernd siebzig Prozent aller als vermisst gemeldeten Erwachsenen innerhalb von zweiundsiebzig Stunden gefunden werden oder von selbst wieder auftauchen, verbietet ein neues Bundesgesetz das Einhalten einer »Wartezeit«, bevor offiziell eine Vermisstenanzeige aufgenommen werden darf. Das bedeutet, dass für jeden Vermisstenanfall eine Akte angelegt und eine Ermittlung eingeleitet werden muss.

»Leider kann ich nicht sagen, wie sehr Ihnen das weiterhelfen wird«, meinte Sanders und reichte Hunter die Akte. In seinem Gesicht spiegelte sich Enttäuschung. »Viel haben wir ja nicht rausgefunden.«

Die Vermisstenakte begann mit demselben Porträt von Nicole Wilson, das Hunter und Garcia bereits in der Akte gesehen hatten, die ihnen am Morgen von Captain Blake ausgehändigt worden war. Danach folgte ihr Datenblatt. Hunter übersprang die grundlegenden persönlichen Informationen und überflog rasch den Ermittlungsbericht, der in der Tat dürftig war. Darin hieß es lediglich, dass Nicole Wilson das erste Jahr ihres Jurastudiums an der CSULA hinter sich hatte, dass sie, um sich etwas dazuzuverdienen, an einigen Abenden in der Woche babysittete und dass sie für die Semesterferien einen Sommerjob als Bürogehilfin für eine Kanzlei in Los Angeles angenommen hatte. Allem Anschein nach war sie eine ruhige und zurückhaltende Person gewesen, die ihre freien Abende lieber in ihrem Zimmer oder in der Bibliothek beim Lernen verbrachte, als in der Stadt durch die Clubs zu ziehen. Den Informationen, die Sanders' Team zusammengetragen hatte, war zu entnehmen, dass ihr wesentlicher Lebensmittelpunkt der Campus gewesen war und sie nur eine Handvoll Freunde auf dem College gehabt hatte, weswegen sich die Ermittlungen auch zunächst auf dieses Umfeld konzentriert hatten. Natürlich war es während der Semesterferien schwierig, Studenten und Dozenten zu erreichen, und so hatte die Mehrzahl der Befragungen per Telefon durchgeführt werden müssen.

Sanders und sein Team hatten die Regeln zum Vorgehen bei Entführungsfällen buchstabengetreu befolgt. Im Fall einer Person wie Nicole Wilson waren diese Regeln recht simpel: Verschwindet eine junge, attraktive Frau, ohne dass eine Lösegeldforderung gestellt wird oder etwas von einer Familienfehde bekannt ist, rücken automatisch folgende Personen in den Fokus der Ermittler: der Freund (falls es einen gibt), gefolgt von sämtlichen Exfreunden und allen, die jemals romantisches Interesse an der Verschwundenen bekundet haben (ob nun männlich oder weiblich). Laut der wenigen Menschen, die Sanders hatte befragen können, gab es keinen Mann in Nicole Wilsons Leben. Tatsächlich schien sie seit Beginn des Studiums vor etwas mehr als einem Jahr kein einziges Date mehr gehabt zu haben.

Sanders und seine Leute hatten sämtliche Mitarbeiter der kleinen Kanzlei vernommen, für die Nicole seit Beginn des Sommers Büroarbeiten erledigte. Doch alle hatten für die Nacht der Entführung ein wasserdichtes Alibi, und kein

Angestellter war vorbestraft. Nach Sanders' Einschätzung hätte sowieso niemand aus der Kanzlei ein Motiv gehabt.

»Die Vernehmungsprotokolle sind alle hier drin«, sagte er und reichte Hunter eine zweite Akte. Diese war gelb.

Hunter nahm auch sie entgegen, bevor er fragte: »Haben Sie sich in ihrem Wohnheimzimmer umgesehen?«

»Gründlich. Kein Tagebuch oder Ähnliches«, antwortete Sanders, der vorausgeahnt hatte, dass dies der Grund für Hunters Frage war. Er reichte Hunter eine Liste der Gegenstände, die er und sein Team in Nicoles Zimmer gefunden hatten.

»Aber ihren Laptop haben wir sichergestellt«, fügte Sanders hinzu und deutete auf den fünften Punkt der Liste. »Die Leute von der EDV haben etwa einen Tag gebraucht, um das Passwort zu knacken, seitdem schauen wir alle Dateien durch, einschließlich ihrer E-Mails. Bis jetzt haben wir nichts Relevantes entdeckt. Wenn Ihnen das passt, schicke ich irgendwann in der nächsten Stunde jemanden rüber, der Ihnen den Laptop vorbeibringt plus eine Liste der Dateien, die wir bereits durchsucht haben.«

Hunter sah die Niedergeschlagenheit und Enttäuschung in Sanders' Augen. Er verstand genau, wie es ihm jetzt gehen musste. Wäre Nicole Wilson wenige Stunden nach ihrem Verschwinden ermordet worden, hätte man nicht viel für sie tun können. Aber so war es nicht gewesen. Der Täter hatte sie vor ihrem Tod gefoltert, und das offenbar fast sechs Tage lang. Die Vermisstenstelle hatte fünf Tage oder rund einhundertzwanzig Stunden Zeit gehabt, um Nicole zu finden, und doch hatte man während dieser ganzen Zeit nicht einmal einen Hinweis über ihren Verbleib beziehungsweise den ihres Entführers erhalten. Es spielte keine Rolle, wie abgebrüht ein Detective der Vermisstenstelle war, unter solchen Umständen konnten ihn die Schuldgefühle und die Last des eigenen Versagens mit der Wucht eines Güterzuges überrollen.

»Sicher, das wäre großartig. Vielen Dank«, sagte Hunter.

Sanders warf sich noch ein Pfefferminzbonbon in den Mund, ehe er Hunter erneut die Packung hinhielt.

Auch diesmal lehnte Hunter ab.

»Das Protokoll des Telefonats zwischen Miss Wilson und Mrs Bennett haben Sie gelesen, ja?«, fragte Sanders. »Kurz bevor der Entführer sie überwältigt hat?«

Hunter nickte.

»Ich sage ihnen was. Ich bin seit zehn Jahren bei der Vermisstenstelle vom LAPD, die Hälfte davon in der Spezialabteilung. Ich habe schon so manchen verrückten Fall erlebt und gegen einige wirklich arrogante Schweine ermittelt, aber mir ist noch nie jemand untergekommen, der *so* von sich überzeugt ist und eine Entführung *so* sauber durchführen kann. Die Spurensicherung hat zwei Tage lang das komplette Haus samt Grundstück unter die Lupe genommen, und sie haben nichts gefunden, was nicht dort hingehört. Nicht ein einziges Haar. Kein Staubkörnchen. Dieser Kerl hat ein forensisches schwarzes Loch hinterlassen. So was zu schaffen ist nicht leicht.«

Hunter sah den Detective einen Moment stumm an. Sanders musste es nicht aussprechen, Hunter erkannte auch so, dass er genau das befürchtete, was er und Garcia insgeheim schon wussten – Nicole Wilson war erst der Anfang.

20

Die fünfzehn Minuten waren um. Es war ein unsagbar ödes Gespräch gewesen, aber die Wahlen standen vor der Tür, deshalb musste Bürgermeister Richard Bailey jeden Tag gleich mehrere solche Treffen über sich ergehen lassen. Er tat es mit einem perfekten Lächeln auf den Lippen und einer Miene aufrichtigen Interesses. Denn wenn es etwas gab, was Richard Bailey gelernt hatte, seit er vor über einem Jahrzehnt die Bühne der Politik betreten hatte, dann, dass jede Stimme zählte. Und die zwei Frauen, die ihm gerade gegenübersaßen, repräsentierten eine Gruppe von über eintausend Wählern und Wählerinnen aus South Los Angeles.

»Ich teile Ihre Ansichten vollkommen«, sagte Bürgermeister Bailey zu der dürren Blonden, nachdem diese mit ihrem minutenlangen Monolog fertig geworden war, dem er nicht zugehört hatte. Die Besucherstühle im Büro des Bürgermeisters waren strategisch geschickt mit dem Rücken zu der runden Wanduhr platziert. Auf diese Weise konnte Bürgermeister Bailey, wenn er seinen Gesprächspartnern gegenübersaß, die Zeit im Auge behalten, ohne unhöflich zu erscheinen, indem er alle paar Minuten auf seine Armbanduhr linste.

»Und sollte ich wiedergewählt werden«, fuhr er fort und setzte eine eigens einstudierte Miene auf, damit seine Besucher auch ja verstanden, was diese Worte wirklich bedeuteten, »werde ich diese Ansichten ganz sicher im zuständigen Ausschuss vortragen. Darauf haben Sie mein Wort.«

Er stand auf und zog die Ärmel seines Sakkos zurecht.

Die Frauen erhoben sich ebenfalls.

»Es war mir ein großes Vergnügen, meine Damen, und ich möchte Ihnen danken, dass Sie sich die Zeit genommen haben, zu mir zu kommen«, sagte er zum Abschied und streckte ihnen die Hand hin. Sein Händedruck war genauso einstudiert wie der Rest seiner Vorstellung – kräftig genug, um Stärke und Autorität zu demonstrieren, aber nicht zu einschüchternd. Er begleitete die beiden Frauen zur Tür, ehe er ihnen noch ein letztes Lächeln hinterherschickte.

Seine persönliche Assistentin Grace Hamilton stand im Vorzimmer und hatte einen großen Umschlag in der Hand.

Wie immer war Grace makellos gekleidet – heute trug sie ein perfekt sitzendes marineblaues Kostüm mit einer weißen Seidenbluse. Ihr Gesicht allerdings strahlte nichts von der üblichen ruhigen Heiterkeit aus.

»Richard«, sagte sie, sobald die Frauen weg waren, und machte einen Schritt auf ihn zu.

Bürgermeister Bailey hatte darauf bestanden, dass sie ihn bei seinem Vornamen ansprach. Diese Bitte war kein Flirtversuch gewesen, obwohl er gerne flirtete und sehr gut darin war. Er mochte nur einfach keine übermäßigen Förmlichkeiten im Büro ... außerdem fühlte er sich so jünger.

Er sah seiner Assistentin in die Augen und stutzte. Ihr Blick war regelrecht ängstlich.

»Grace, ist alles in Ordnung?« Jetzt hatten seine Miene und sein Tonfall nichts Aufgesetztes mehr. Seine Besorgnis war zu hundert Prozent echt.

Wenn Grace Hamilton etwas mit dem Bürgermeister zu bereden hatte, so tat sie dies grundsätzlich nicht im Vorzimmer.

»Könnte ich Sie bitte kurz unter vier Augen sprechen?« Sie klang abgehackt und aufgewühlt.

»Natürlich«, antwortete er mit einem knappen Nicken, ehe er sie in sein Büro bat.

Grace schloss die Tür hinter sich und folgte Bailey zu seinem großen Eichenholzschreibtisch.

»Worum geht es denn?«, wollte Bailey wissen.

»Das ist heute Morgen gekommen«, sagte sie und zeigte ihm den Umschlag, den sie in der Hand hielt. »Er war an Sie adressiert und in Großbuchstaben als ›Eilig – persönlich und vertraulich‹ gekennzeichnet.«

Bailey sah Grace an. »Ja? Und weiter? Solche Post bekommen wir doch jede Woche dutzendfach. Haben Sie nachgeschaut, was drin ist?«

»Habe ich«, antwortete sie mit einem Nicken. »Es ist ein Foto.« Sie hielt inne, als müsste sie Atem holen. »Und eine Nachricht.«

Baileys Blick ging zu dem Umschlag.

Grace gab ihn ihm.

Ohne sich hinzusetzen, öffnete Bailey den Umschlag und langte hinein. Das Erste, was er herauszog, war das Polaroid.

Grace wandte angeekelt den Blick ab.

Bailey warf einen Blick auf das Bild und erstarrte. In seinem Magen öffnete sich ein gähnender Abgrund, der ihn zu verschlingen drohte.

»Was zum Teufel soll das?«

Als Motiv zeigte das Bild das Gesicht einer Frau – doch es war beileibe kein schöner Anblick. Ihre dunkelbraunen Haare waren schmutzig, schweißnass und klebten ihr im Gesicht. Ihr Augen-Make-up war tränenverschmiert und in dünnen, dunklen Schlieren ihre Wangen hinabgelaufen. Diese Schlieren hätten eigentlich bis zum Kinn gehen müssen, aber das taten sie nicht. Stattdessen endeten sie in einem Stoffknebel, der so fest saß, dass er der Frau in die Mundwinkel schnitt und ihr ganzes Gesicht verzerrte. Unterhalb des Knebels setzten sich die dunklen Tränenschlieren als Blutrinnsale fort. Doch was Bailey das Herz in der Brust zusammenkrampfte, war der Blick der Frau – flehend, voller Angst und ohne jede Hoffnung. Es war der Blick eines Menschen, der tief im Innern wusste, dass er nicht mehr zu retten war.

Bailey sah Grace an. In seiner Miene rangen Abscheu und Verwirrung miteinander.

Nach einer Weile erwiderte sie seinen Blick.

»Ist das echt?«, wollte er von ihr wissen. »Ich meine, heutzutage kann man Fotos digital so stark verändern – wer kann sich da schon sicher sein ... Verstehen Sie, was ich meine?«

»In diesem Fall nicht, glaube ich«, sagte Grace mit zitternder Stimme. »Das ist ein Polaroid, Richard. Wie früher. Ich glaube nicht, dass man die mit Photoshop manipulieren kann.«

Erneut betrachtete der Bürgermeister das Foto. »Nein, Sie haben recht«, stimmte er ihr zu. »Wissen Sie, wer diese Frau ist?«

Grace schüttelte den Kopf. »Ich habe sie noch nie gesehen. Sie?«

»Nein, ich auch nicht.«

Einige nervöse Sekunden verstrichen.

»Ich war mir unsicher, ob ich damit zu Ihnen kommen oder es lieber gleich an die Polizei oder den Secret Service weitergeben soll.«

Bailey legte das Foto auf seinen Schreibtisch, wo er es weiterhin anstarrte. Seine Handflächen waren klamm vor Schweiß, sein Kopf voller Fragen. Sicher, im Laufe der Jahre hatte er bergeweise verrückte Post bekommen, aber nie etwas wie das hier. Seine Gedanken überschlugen sich.

»Auf welchem Weg wurde es geschickt, Grace?«

»Es kam in einem FedEx-Umschlag. Die Absenderadresse stimmt nicht. Da ist nur ein leerstehender Supermarkt.«

Bailey zog auffordernd die linke Augenbraue hoch. »Haben Sie ihn noch? Den Umschlag, meine ich?«

»Ja, natürlich. Ich hole ihn.« Grace machte Anstalten zu gehen.

»Grace, warten Sie«, rief Bailey ihr nach. »Haben wir irgendwo im Büro Latexhandschuhe?«

»Hmm ...« Sie zog die Augen zusammen, während sie nachdachte. »Hier im Büro nicht, glaube ich.« Sie zögerte kurz. »Aber der Hausmeister hat bestimmt welche. Das Reinigungspersonal trägt sie immer.«

»Dann rufen Sie ihn an und bitten Sie ihn, so schnell wie möglich einige Paar raufzubringen.«

»Sofort, Sir.«

»Noch was.« Bailey hielt sie erneut an. »Haben wir irgendwo verschließbare Plastikbeutel? Zum Aufbewahren von Dokumenten zum Beispiel?«

Grace überlegte. »In meiner Schublade habe ich eine Schachtel mit Butterbrotbeuteln. Die haben einen Zip-Verschluss.«

»Das müsste gehen. Bringen Sie sie her.«

Grace nickte und verließ eilig das Büro. Wenige Minuten später kehrte sie mit dem FedEx-Umschlag, einer Packung Latexhandschuhe und einer Schachtel durchsichtiger Sandwichbeutel zurück. Sie übergab alles an Bailey, der sich sofort ein Paar Handschuhe überzog, ehe er die Absenderinformationen auf der Rückseite der FedEx-Verpackung überprüfte.

»Tyler Jordan?«, murmelte er stirnrunzelnd.

»Ich habe den Namen mit Ihrem Adressbuch abgeglichen«, teilte Grace ihm mit. »Aber er steht nicht drin, deshalb habe ich das Päckchen überhaupt erst geöffnet.«

Bailey war überzeugt, dass Name und Anschrift des Absenders frei erfunden waren. Trotzdem würde er sie überprüfen lassen.

»Haben Sie das noch jemandem gezeigt?«

»Nein, selbstverständlich nicht.«

»Bis auf Sie hat also niemand das Foto angefasst?«

»Das ist richtig«, gab Grace mit einem nervösen Nicken zurück.

Bailey bezweifelte, dass der Absender des Päckchens, wer auch immer es war, so dumm gewesen war, Fingerabdrücke zu hinterlassen, aber man konnte nie wissen. Er zog einige Sandwichbeutel aus der Schachtel und steckte das Foto sowie den FedEx-Umschlag hinein.

»Da ist auch noch eine Nachricht drin, Richard«, rief Grace ihm ins Gedächtnis und deutete mit einer Kopfbewegung zu dem Umschlag auf dem Schreibtisch.

Das Foto, insbesondere der Gesichtsausdruck der Frau, hatte ihn so aus der Bahn geworfen, dass er die erwähnte Nachricht völlig vergessen hatte. Er nahm den Umschlag, drehte ihn um und ließ das Blatt Papier in seine Hand gleiten.

Grace hielt den Atem an.

Bailey faltete das Blatt auseinander und betrachtete mehrere Sekunden lang das Geschriebene. Zunächst ergaben die Worte für ihn kaum einen Sinn – bis er bei den letzten Sätzen angelangt war. Schlagartig änderte sich sein Verhalten.

Hätte Grace es nicht besser gewusst, hätte sie schwören können, dass der Bürgermeister von Los Angeles Angst hatte.

Im ersten Moment war Bailey wie gelähmt. Dann schoss seine Hand raketenschnell zu dem Telefon auf seinem Schreibtisch.

21

Vier Tage zuvor

In den Augen der Kabinenbesatzung war der Mann auf Sitzplatz 9 A der ideale Passagier. Beim Boarding hatte er für alle Flugbegleiter ein höfliches Lächeln übrig und wartete ruhig ab, bis die Passagiere, die vor ihm den Gang blockierten, ihr Handgepäck in den Fächern verstaut hatten. Er zeigte nicht das leiseste Anzeichen von Ungeduld – kein genervtes Verschränken der Arme, kein verärgert drängelndes »Entschuldigung«, und er trat auch nicht nervös von einem Bein aufs andere. Sobald er seinen Platz eingenommen hatte, äußerte er keinen einzigen Wunsch, nicht einmal nach einem Glas Wasser.

Obwohl die Stewardessen auf Flug 387 von Sacramento nach Los Angeles ausnahmslos jung und attraktiv waren, kamen von Passagier 9 A weder zweideutige Blicke noch ein peinlicher Anmachspruch.

Sharon Barnard, die jüngste der drei Flugbegleiterinnen an Bord, hatte ein Auge auf ihn geworfen. Sie fragte sich, was er wohl beruflich machte. Seine Kleidung ließ jedenfalls keine Schlüsse darauf zu: dunkelgrauer Anzug und ein faltenfreies weißes Hemd mit einer perfekt geknoteten schwarzweißen Krawatte. Er hätte ein Geschäftsmann sein können, wie die Hälfte der Passagiere auf dem frühmorgendlichen Flug, allerdings fehlten die typischen Accessoires – Aktenkoffer, Laptop und Tablet beziehungsweise Smartphone.

Während einige Passagiere lasen, andere schliefen, wieder andere arbeiteten, Spiele auf ihren Tablets spielten oder Musik hörten, tat Passagier 9 A gar nichts. Er saß aufrecht in seinem Sitz, die Hände im Schoß gefaltet, den Blick nach vorn gerichtet. Anfangs fragte sich Sharon, ob er möglicherweise meditierte, aber als sie an seinem Platz vorbeikam und ihn fragte, ob er etwas zu trinken wünsche, antwortete er prompt und höflich, dass er nichts brauche. Sie erkundigte sich, ob er geschäftlich nach Los Angeles unterwegs sei, woraufhin er ihr erklärte, dass er in Los Angeles wohne und gerade von einer Geschäftsreise zurückkehre.

Das entlockte Sharon ein Lächeln.

»Tom«, wandte sie sich an den Kabinenchef, der zugleich ihr bester Freund und Mitbewohner war. »Was hältst du von dem Typen auf Platz 9 A?«

Tom grinste sie süffisant an. »Fragst du mich, für welches Team er spielt, Schatz?«

Tom Hobbs war dreiundzwanzig Jahre alt, sehr gutaussehend, Single und schwul. Eins seiner größten Talente war sein sechster Sinn, wenn es galt, andere schwule Männer zu erkennen, ohne auch nur ein Wort mit ihnen gewechselt zu haben. Er trat hinter der Abtrennung hervor und warf unauffällig einen Blick den Gang hinunter.

»Auf jeden Fall zum Anbeißen«, stellte er fest. »Der ist mir schon beim Einsteigen aufgefallen.« Tom lächelte erneut, dann musterte er Sharon mit geschürzten Lippen. »Und dir auch, wie ich sehe.«

Sharon war kein bisschen verlegen. »Wie du sagtest«, entgegnete sie. »Zum Anbeißen.«

»Kein Zweifel. Und es könnte sein, dass du Glück hast, Süße«, fügte Tom hinzu. »Er ist nämlich definitiv hetero.«

Sharon lächelte. »Glaubst du wirklich? Er hat keine von uns auch nur eines Blickes gewürdigt.«

»Oh, ich bin mir absolut sicher, Schatz.« Tom spähte abermals in die Richtung von Platz 9 A. »Der Mann steht auf Pussys.«

»Und er hat keinen Ehering«, stellte Sharon fest.

Tom grinste. »Sieh mal einer an, eine Tigerin, die nebenbei noch die Kunden abcheckt. Der Konkurrenz um Längen voraus. Dein Stil gefällt mir.«

»Das will ich doch hoffen, schließlich habe ich ihn von dir.«

Tom hob eine Hand, damit sie einschlagen konnte.

Sharon tat es.

»Aber«, fuhr sie fort, »irgendwie werde ich das Gefühl nicht los, dass ich ihn schon mal gesehen habe.«

»Im Ernst?«

»Ja. Vielleicht sind es die Augen oder dieses kräftige Kinn, aber ich denke die ganze Zeit, dass ich ihn von irgendwoher kenne. Kannst du dich erinnern, ihn schon mal auf einem Flug gesehen zu haben?«

Erneut beäugte Tom Passagier 9 A. »Hm, nee, Schatz. An einen Typen wie den würde ich mich garantiert erinnern.«

Sharon glaubte auch nicht, dass sie ihm auf einem ihrer Flüge begegnet war.

»Okay«, sagte sie und ließ die Frage vorerst auf sich beruhen. »Was meinst du, was er beruflich macht?«

Wenn sie zusammen auf einen Flug eingeteilt waren, pickten sich Tom und Sharon manchmal einige Passagiere heraus und spielten ein kleines Ratespiel. Das half ihnen, sich die Zeit zu vertreiben.

»Hmm.« Tom wackelte mit dem Kopf. »Er treibt jedenfalls viel Sport, das sieht man an seinen Armen. Sein Bizeps sprengt ihm ja fast die Ärmel. Aber sonst wirkt er eher still. Jemand, den nichts so schnell aus der Ruhe bringt. Und er hat einen ziemlich intensiven Blick. Hast du seine großen braunen Augen gesehen?«

Sharon nickte. »Na klar.«

Tom grinste erneut. »Was frage ich überhaupt? Also, ich würde sagen, er ist entweder Psychologe oder irgendeine Art von Therapeut ... vielleicht im Bereich Sport.« Dann schüttelte er sich vor Wonne. »Ooh nein, viel besser: Ich würde sagen, er ist Sextherapeut.«

»Psychologe.« Der Gedanke gefiel Sharon.

»Wir starten jetzt den Landeanflug. Bitte nehmen Sie Ihre Sitzplätze wieder ein und schließen Sie die Gurte«, kam die Durchsage aus dem Cockpit.

Weniger als zehn Minuten später setzte die Boeing 757 auf Landebahn 2 des Los Angeles International Airport auf.

Auch diesmal wartete Passagier 9 A in Ruhe ab, bis die Passagiere vor ihm ihr Handgepäck geholt und den Gang freigemacht hatten. Als er vorne an der Crew vorbei zum Ausstieg ging, nickte er allen freundlich zu und sagte ihnen ein halblautes »Dankeschön«. Allerdings blieb sein Blick dabei an keiner der Stewardessen hängen, und Sharon spürte einen Stich der Enttäuschung. Sie hatte ein ganz besonderes Lächeln und ein sexy Augenzwinkern extra für ihn reserviert, und nun konnte sie nichts anderes tun, als ihm hinterherzuschauen, wie er davonging. Sie hätte ihn wirklich gerne näher kennengelernt.

Was sie nicht wissen konnte, war, dass Passagier 9 A bereits alles Nötige über Sharon Barnard wusste.

22

Hunters Handy klingelte, weniger als zehn Sekunden nachdem er sein Büro im Police Administration Building betreten hatte.

»Robert, wo sind Sie?«, fragte Captain Blake, kaum dass er abgenommen hatte.

»Ich bin gerade erst wieder im PAB, Captain, wieso?«

»Ist Carlos auch da?«

»Ja.«

»Ich muss Sie beide in meinem Büro sehen – sofort.«

Als Hunter und Garcia Captain Blakes Büro erreichten, saß diese hinter ihrem Schreibtisch und betrachtete aufmerksam etwas, das vor ihr lag. Die beiden konnten nicht erkennen, was es war.

»Also«, begann sie, als sie endlich den Blick hob. »Erste Frage – haben wir es hier wirklich mit einem Ritualmörder zu tun?«

»Dafür ist es noch zu früh, Captain«, gab Garcia zur Antwort. »Momentan liegen noch nicht genügend Indizien vor, die dafür oder dagegen sprechen.«

»Aber was ist mit der Position der Leiche?«, hielt sie dagegen. »Sie wurde in der Form eines fünfzackigen Sterns abgelegt. Ein fünfzackiger Stern – ist das nicht ein Pentagramm? Und werden Pentagramme nicht gemeinhin mit Teufelsanbetung und dergleichen in Verbindung gebracht?«

»Nicht direkt, Captain«, antwortete Hunter.

Captain Blake sah ihn an und wartete. Vergeblich, denn er sagte nichts weiter.

»Was meinen Sie damit, Robert?«, sah sie sich schließlich gezwungen zu fragen.

»Pentagramme sind sehr alte Symbole, die im Laufe der Geschichte viele unterschiedliche Bedeutungen hatten«, dozierte Hunter. »Sie standen beispielsweise für Stärke, Einigkeit, Macht oder Geheimnis. Verschiedene Religionen haben das Zeichen in ganz unterschiedlichen Kontexten verwendet, darunter auch das Christentum. Tatsächlich glaubte man lange Zeit, das Pentagramm stelle einen mächtigen Schutz gegen das Böse dar.«

Sowohl Garcia als auch Captain Blake schauten ein wenig überrascht.

»Das Symbol, das mit dem Bösen oder mit Teufelsanbetung assoziiert wird, ist ein umgekehrtes, also auf dem Kopf stehendes, Pentagramm, bei dem statt einer Zacke zwei Zacken nach oben zeigen. Das wiederum hat damit zu tun, dass ein auf dem Kopf stehendes Pentagramm gewissermaßen die Umkehrung der angemessenen Ordnung der Dinge symbolisiert.«

Hunter hielt inne und gab Captain Blake einige Sekunden Zeit, sich seine Erklärung durch den Kopf gehen zu lassen.

»In unserem Fall«, schob er hinterher, »lässt sich unmöglich Genaues sagen, Captain. Ja, das Opfer wurde auf eine Art und Weise abgelegt, die Ähnlichkeiten mit einem fünfzackigen Stern hat, aber wir wissen zum Beispiel nicht, ob dieser Stern richtig herum oder verkehrt herum ist, weil wir nichts über den Blickwinkel des Täters aussagen können. Wenn wir die geographischen Koordinaten als Maßstab anlegen – Norden ist oben und Süden unten –, wurde das Opfer nicht in Form eines umgedrehten Pentagramms abgelegt.«

Captain Blake sah Hunter mit gerunzelter Stirn an.

»Ihr Kopf zeigte nach Norden«, fügte er erläuternd hinzu.

»Wenn ich ehrlich bin, traue ich mich gar nicht, Sie zu fragen, woher Sie so viel über Pentagramme wissen, Robert«, meinte Captain Blake und lehnte sich auf ihrem Stuhl zurück.

Hunter zuckte mit den Schultern. »Ich lese viel.«

»Aber natürlich tun Sie das.« Sie zog sarkastisch die Augenbrauen hoch. »Meinetwegen.« Sie machte eine Geste mit der rechten Hand, um zu signalisieren, dass sie Hunters Argumente akzeptierte. »Vergessen wir also für den Moment das Pentagramm und konzentrieren uns auf die Leiche als solche. Weist das Drapieren der Leiche nicht auf ein – wie auch immer geartetes – Ritual hin?«

»Für gewöhnlich, ja«, antwortete Garcia. »Aber wie ich eben schon sagte, Captain: Im Augenblick haben wir noch nicht genug Beweise, um eine Aussage darüber zu treffen. Was, wenn der Täter die Leiche so hingelegt hat, damit wir *denken*, dass er ein Ritualmörder ist – um uns auf die falsche Fährte zu locken? Klug genug, um auf so eine Idee zu kommen, scheint er mir allemal zu sein.«

Captain Blake grübelte eine Weile.

»Was ist mit einer Sekte?«, fragte sie, stand von ihrem Platz auf und kam zu ihnen. »Könnten wir es mit einer Art Geheimbund zu tun haben statt mit einem Individuum?«

»Nein«, sagte Garcia. »Wir haben es nicht mit einer Sekte oder sonst einer Gruppe zu tun, Captain. Der Täter ist eine Einzelperson.«

»Sie sind sich Ihrer Sache ja sehr sicher.«

Daraufhin berichtete Garcia Blake von den Ergebnissen der Obduktion. Sie lauschte seinem Bericht, ohne ihn zu unterbrechen, nur ihre Miene veränderte sich, je nachdem, wie viel Erstaunen oder Abscheu sie gerade empfand.

»Diese Botschaft, die der Täter im Hals des Opfers zurückgelassen hat«, sagte sie, als Garcia geendet hatte, »die war mit Blut geschrieben?«

»Das ist richtig.«

»Mit wessen Blut? Dem des Opfers?«

»Das muss sich noch rausstellen«, antwortete Garcia. »Aber wir rechnen damit. Hoffentlich bekommen wir heute im Laufe des Nachmittags noch die Ergebnisse aus dem kriminaltechnischen Labor.«

»Ich bin ein bisschen verwirrt«, gestand Captain Blake nun. »Inwiefern ist das eine Antwort auf meine Frage, ob wir es möglicherweise mit einer Sekte zu tun haben, Carlos?«

»Die Botschaft.«

Endlich fiel der Groschen.

»Ich bin der Tod«, murmelte Captain Blake halblaut. »Nicht: *Wir* sind der Tod.«

Hunter nickte. »Der Kerl hat ein ziemlich großes Ego. Das ist *sein* Werk, *sein* Meisterstück. Es gehört niemand anderem, und er will, dass wir das auch wissen.«

Man musste kein Detective sein, um den Blick tiefer Besorgnis in Captain Blakes Gesicht wahrzunehmen. Eine Besorgnis, die sich eindeutig nicht nur auf Garcias Schilderung der Obduktionsergebnisse bezog.

»Captain«, sagte Hunter. »Was ist los?«

Captain Blake griff nach etwas auf ihrem Schreibtisch.

»Ganz großer Mist, *das* ist los.«

23

Captain Blake hielt einen kleinen durchsichtigen Kunststoffbeutel hoch. Den sie angestarrt hatte, als Hunter und Garcia wenige Minuten zuvor in ihr Büro gekommen waren. In dem Beutel befand sich ein gewöhnliches Polaroid-Foto. Sie reichte ihn an Hunter und Garcia weiter.

»Hier, schauen Sie sich das mal an.«

Garcia nahm den Beutel und drehte ihn um, so dass sie das Bild von vorne betrachten konnten. Es zeigte Nicole Wilsons Gesicht.

»Was soll denn das?« Garcias Blick ging zu Hunter, ehe er sich wieder an Captain Blake wandte. »Wie sind Sie da rangekommen?«

»Ich gar nicht.« Captain Blake lehnte sich gegen ihren Schreibtisch. »Der Bürgermeister.«

Ein abwartendes Schweigen trat ein, während die beiden Detectives erneut beunruhigt einen Blick wechselten.

»Der Bürgermeister?«

»Ja. Er hat es heute Morgen per FedEx bekommen.« Sie angelte Plastikbeutel Nummer zwei vom Schreibtisch und gab ihn Garcia. »Wie Sie sehen können, war die Sendung ausdrücklich als ›eilig – persönlich und vertraulich‹ gekennzeichnet.«

Hunter und Garcia betrachteten den FedEx-Umschlag.

»Tyler Jordan?«

»Ein erfundener Name, wie zu erwarten war«, gab Blake zurück. »Die Adresse stimmt auch nicht. Anscheinend befindet sich dort ein leerstehender Laden – alles andere muss noch überprüft werden.«

»Kannte der Bürgermeister Nicole Wilson?«

Captain Blake schüttelte den Kopf. »Eigenen Aussagen

zufolge hat er sie nie zuvor gesehen. Aber es ist ja bekannt, dass die öffentliche Sicherheit immer ein zentraler Punkt von Bürgermeister Baileys Wahlkampf war. Sobald er das Foto gesehen hatte, hat er Chief Bracco angerufen. Bracco war bis eben hier. Ungefähr fünf Minuten bevor Sie gekommen sind, hat er sich verabschiedet. Von ihm habe ich die Sachen hier. Eigentlich wollte er, dass sie sofort ans Labor gehen, aber ich fand es wichtig, dass Sie vorher einen Blick drauf werfen können.«

»Weiß der Chief, dass Nicole Wilsons Leiche heute früh gefunden wurde?«, erkundigte sich Hunter.

»Jetzt schon.« Captain Blake atmete tief durch. »Aber das ist noch nicht alles.«

Hunter und Garcia rissen den Blick von dem Foto und dem Umschlag los und richteten ihre Aufmerksamkeit wieder auf Captain Blake. Diese griff nach einem dritten Plastikbeutel.

»Das Foto kam zusammen mit einem Brief«, erklärte sie und gab Hunter den Beutel.

Das weiße Blatt Papier darin hatte einen Falz in der Mitte, wo es offenbar gefaltet gewesen war. Wie schon bei der Nachricht in Nicole Wilsons Rachen waren auch hier die Worte handgeschrieben, allerdings nicht mit Blut. Diesmal hatte der Täter einen Kugelschreiber benutzt.

Die Menschen in dieser Stadt vertrauen darauf, dass Strafverfolgungsbehörden wie das LAPD oder das FBI für ihre Sicherheit sorgen; dass sie denen helfen, die sich nicht selbst zu helfen wissen; dass sie für Gerechtigkeit sorgen, wenn jemandem Unrecht widerfährt; dass sie die Bürger beschützen und alles tun, um dem Gesetz Geltung zu verschaffen.

Bei diesen Behörden arbeiten angeblich die Besten der Besten. Personen, die Experten darin sind, Gut von Böse zu unterscheiden. Doch in Wahrheit sehen sie nur das, was sie sehen wollen. Und das Schlimme ist, dass Menschen leiden, wenn die

Verantwortlichen sich blind stellen ... Menschen leiden ... und Menschen sterben.

Deshalb habe ich nun eine Frage. Wenn einer dieser sogenannten Experten jemandem wie mir Auge in Auge gegenüberstünde, würde er die Wahrheit in mir erkennen? Würde er sehen, was aus mir geworden ist, oder würde er zögern?

Die Frau auf dem Foto hat es gesehen. Sie hat es am eigenen Leib zu spüren bekommen.

Und noch ehe morgen die Sonne aufgeht, wird jemand anders es gesehen und gespürt haben. Und glauben Sie mir, ihr Leiden war nichts im Vergleich zu dem, was noch kommen wird. Falls diese sogenannten Experten nicht in der Lage sind, mich aufzuhalten.

Nun? Sind sie dazu in der Lage?

DENN ICH BIN DER TOD.

»Verdammt«, sagte Garcia, nachdem er den Brief ein paarmal gelesen hatte.

»Nach allem, was Sie mir bis jetzt erzählt haben«, meinte Blake, »können wir wohl mit Bestimmtheit sagen, dass er nicht blufft.«

Eine Weile herrschte Schweigen. Garcia war der Erste, der seine Sprache wiederfand.

»Was ich nicht verstehe, ist – warum der Bürgermeister? Der Brief bezieht sich doch auf Strafverfolgungsbehörden wie das FBI und uns, das hat doch nichts mit dem Büro des Bürgermeisters zu tun. Wenn Bürgermeister Bailey Nicole Wilson nicht gekannt hat, warum hat der Täter dann Foto und Brief an sein Büro geschickt? Warum nicht direkt hierher ins PAB oder an Chief Bracco?«

»Dieselbe Frage habe ich mir auch gestellt«, gestand Captain Blake. »Und warum hat er es per Post verschickt statt per E-Mail? Bei den heutigen technologischen Möglichkeiten?«

»Aus zwei Gründen«, sagte Hunter, dessen volle Aufmerksamkeit immer noch dem Brief galt. »Wenn der Mörder es gemailt hätte, hätte er keinerlei Garantie gehabt, dass der Bürgermeister die Nachricht auch wirklich erhält. So was wie das hier hätte leicht von einer Firewall als Spam oder Junkmail identifiziert werden können, dann wäre es niemals geöffnet worden. Das Risiko wollte der Täter auf keinen Fall eingehen.«

Captain Blake quittierte dies mit einem Nicken. »Und der zweite Grund?«

»Der Schockeffekt. Die Glaubwürdigkeit. Eine handgeschriebene Nachricht und ein Polaroid vor sich zu haben – etwas zum Anfassen, etwas in den Händen des Bürgermeisters –, das hat eine viel größere Wirkung als etwas, das man lediglich auf einem Bildschirm sieht. Die Bedrohung wird so viel realer. Das ist auch der Grund, weshalb der Killer ein Polaroid geschickt hat, kein normales Foto.«

Garcia nickte. »Ein Foto im Anhang einer Mail hätte bis auf das letzte Pixel retuschiert worden sein können. Ein Polaroid ist praktisch fälschungssicher. Robert hat recht, es verleiht dem Mörder Glaubwürdigkeit.«

»Von mir aus«, räumte Captain Blake ein. »Aber warum hat er es an den Bürgermeister geschickt?«

»Weil ihm die Sache dringend ist«, antwortete Hunter. »Wäre das Päckchen im PAB in Ihrem Büro gelandet, hätten Sie dann Chief Bracco oder gar den Bürgermeister eingeweiht?«

»Nein, selbstverständlich nicht.«

Hunter nickte. »Und wenn es an Chief Braccos Büro gegangen wäre, glauben Sie, er hätte den Bürgermeister darüber in Kenntnis gesetzt?«

Langsam begriff Blake Hunters Argumentationsweise.

»Nein«, gestand sie. »Es hätte keinen Grund gegeben, den Bürgermeister damit zu behelligen. Aber indem er es direkt an Bailey schickt, noch dazu wenige Wochen vor der

Wahl, löst er eine hierarchische Kettenreaktion aus – der Bürgermeister, dem das Thema öffentliche Sicherheit sehr am Herzen liegt, geht damit schnurstracks zum Polizeichef, und der wiederum kommt damit zu mir.«

»Wie ich sagte«, Hunter nickte, »der Kerl hat ein großes Ego. Er will spielen, aber er will sichergehen, dass er gegen die richtigen Gegner spielt. Wie er es in seinem Brief geschrieben hat – gegen die Besten der Besten. Denn in seinen Augen hat er nichts Geringeres verdient. Indem er den Bürgermeister involviert, hat er dafür gesorgt, dass er bekommt, was er will.«

»Na, dann hat er Glück«, sagte Blake und kehrte hinter ihren Schreibtisch zurück. »Denn Sie beide sind ja angeblich die Besten, die ich habe.«

24

Der Abend hatte den Himmel bereits schwarz gefärbt, als Sharon Barnard die Tür zu ihrem Haus in Venice im Westen von Los Angeles aufschloss, das sie zusammen mit Tom Hobbs bewohnte. Sie hatte gerade einen Hin- und Rückflug LAX – Kansas City hinter sich, auf dem sie jeweils dreieinhalb Stunden lang eine wahre Flut schmieriger Flirtversuche und sterbenslangweiliger Anekdoten aus dem Mund übergewichtiger Geschäftsmänner hatte ertragen müssen, die nach billigem Eau de Cologne stanken und zu dämlich waren, ihren Ehering zu verstecken.

Sie lächelte erleichtert, als sie endlich die Tür hinter sich schloss, ihren Kabinentrolley abstellte und sich mit beiden Händen den Nacken rieb. Hals und Schultern waren ein bisschen verspannt, aber das war nichts, was eine ausgiebige Dusche, gefolgt von einer schönen Flasche Wein und etwas entspannender Musik, nicht würde lindern können. Außerdem hatte sie heute Abend das Haus für sich. Tom war am Morgen nach San Francisco geflogen und kam erst am nächsten Tag zurück. Wahrscheinlich würde er heute Abend durch Castro, das größte Schwulenviertel der USA, ziehen und abfeiern, ehe er am darauffolgenden Nachmittag heimflog.

Sowohl Sharon als auch Tommy waren anderthalb Tage am Stück unterwegs gewesen. Die Türen waren abgesperrt, sämtliche Fenster geschlossen, die Vorhänge zugezogen. Durch die Augusthitze war es im Haus stickig wie in einer Sauna. Sharon riss eins der Wohnzimmerfenster auf, bevor sie in die Küche ging und sich zur Abkühlung ein kaltes Bier aus dem Kühlschrank nahm.

Sharon liebte ihren Job als Stewardess – und das, obwohl sie bis vor einem Jahr noch nie darüber nachgedacht hatte, diesen Berufsweg einzuschlagen.

Seit ihrer Kindheit träumte Sharon davon, Krankenschwester zu werden, was zum Teil mit ihrer Begeisterung für die Fernsehserie *ER* zusammenhing. Sie besaß sämtliche Staffeln auf DVD, hatte jede Folge mindestens zehnmal gesehen und konnte trotzdem nicht genug davon bekommen. Aber *ER* war nicht der einzige Grund für ihren Berufswunsch. Sharon hatte ein sanftes Herz, und nur wenige Dinge machten sie so glücklich wie die Chance, anderen Menschen zu helfen. Bemerkenswert war allenfalls, dass sie es niemals in Erwägung gezogen hatte, Ärztin zu werden – und das war in der Tat die Schuld von *ER* beziehungsweise von Schwester Carol. Carol Hathaway war Sharons absolute Lieblingsfigur in der Serie. Sie wollte unbedingt so werden wie sie. Trotzdem war Sharon keine Träumerin. Sie begriff sehr wohl, dass der Alltag einer Krankenschwester ganz anders aussah als das beinahe schon glamouröse Leben, das sie auf dem Fernsehbildschirm verfolgte.

Dennoch beschloss Sharon, dem Rat des Berufsberaters in der Schule zu folgen und sich gleich nach dem Abschluss in der Schwesternschule für einen Ausbildungsplatz zur Gesundheits- und Krankenpflegehelferin einzuschreiben. Sie war fleißig und bewies großes Talent für den Pflegedienst, so dass sie zwölf Monate später als Jahrgangsbeste ihren Abschluss machte. Die Ausbildung zur Pflegehelferin hatte ihr die grundlegenden Kenntnisse vermittelt, die sie brauchte, um eine richtige Krankenschwester zu werden – trotzdem hielt der tatsächliche Umgang mit Patienten seine ganz eigenen Herausforderungen bereit.

Sharon plante, zunächst ein Jahr lang praktische Erfahrung in einer Klinik zu sammeln, ehe sie ihre Ausbildung fortsetzte und sich am College für ein Aufbaustudium zur lizenzierten Krankenschwester einschrieb.

Nach ihrem Examen bekam Sharon mit Unterstützung zweier Tutoren eine Stelle im Cedars Sinai Medical Center angeboten, das zu den drei besten Krankenhäusern Kaliforniens zählte. Sie ergriff die Gelegenheit beim Schopf und wurde der neurologischen Abteilung, intern auch unter dem Namen »Komastation« bekannt, zugeteilt.

Von da an ging es bergab.

Gerade sechs Tage nachdem sie ihre Stelle angetreten hatte, erlebte Sharon, wie ein neunjähriges afroamerikanisches Mädchen namens Joan Howard eingeliefert wurde. Joan hatte allein auf dem Gehsteig vor ihrem Haus gespielt, als sie von einem achtzehnjährigen Radfahrer überfahren wurde. Der junge Mann, der aus Spaß beschlossen hatte, einmal auszuprobieren, wie schnell sein Rad fahren konnte, war mit Wucht in Joan hineingerast und hatte sie mehrere Meter weit durch die Luft geschleudert. Sie war auf der Straße gelandet, wo sie sich den Kopf so heftig am Asphalt aufgeschlagen hatte, dass an zwei Stellen ihre Schädeldecke gebrochen war und es zu einer Gehirnblutung kam. Der Unfallfahrer wurde nie gefasst.

»Ein Wunder«, hatte die Oberschwester auf der Station Sharon an ihrem ersten Tag gesagt. »Das ist so ziemlich das Einzige, was die meisten unserer Patienten noch retten kann. Wahrscheinlich werden Sie sogar einige solcher Wunder miterleben. Aber sie sind selten. Was ich Ihnen sagen will: Bauen Sie keine persönliche Beziehung zu den Patienten auf, seien Sie nicht zu menschlich, und lassen Sie sich nicht von Ihren Gefühlen leiten. Damit tun Sie sich nur weh, und es hindert Sie daran, Ihre Arbeit gut zu machen. Versuchen Sie, eine gewisse professionelle Distanz einzuhalten. Die meisten Patienten auf dieser Station sind bereits halb tot. Genau deswegen liegen sie ja hier.«

Ein Wunder war es auch, worauf Joans Familie und alle anderen hofften. Nur das würde der Kleinen noch helfen können. Die Ärzte hatten getan, was sie konnten. Doch als aus Tagen Wochen wurden und dann aus Wochen Monate, begann die Hoffnung allmählich zu schwinden – außer bei Sharon, die es nicht fertigbrachte, dem Rat der Oberschwester zu folgen, und das kleine Mädchen sehr ins Herz geschlossen hatte. Vielleicht lag es daran, dass Joan sie an ihre ehemalige beste Freundin erinnerte, die mit zehn in der Nähe des McArthur-Parks, wo sie damals beide gewohnt hatten, bei einer Gang-Schießerei getötet worden war.

Anfangs kam Joans Vater, der alleinerziehend war, jeden Tag nach der Arbeit vorbei und saß für mehrere Stunden am Bett seiner Tochter. Er hielt ihre Hand, las ihr vor, sang Lieder für sie und kämmte ihr die Haare. Aber auch er gab bald die Hoffnung auf. Zuerst verbrachte er jeden Tag etwas weniger Zeit mit seiner Kleinen, dann wurden die Besuche immer seltener.

Sharon begegnete ihm eines Abends, als er gerade gehen wollte, und flehte ihn unter Tränen an, seine Tochter nicht aufzugeben. Obwohl sie selbst noch nie Zeugin eines Wunders geworden war, versuchte sie ihm zu erklären, dass die Art von Wunder, die auf der Komastation geschahen, nicht nur von göttlicher Fügung abhingen, sondern genauso sehr davon, dass die Familien an die Genesung ihrer Lieben glaubten. Joans Vater sah aus, als wäre er innerhalb weniger Monate um zehn Jahre gealtert. Er sagte nichts, sondern blickte Sharon einfach nur eine ganze Minute lang stumm an, ehe er sich abwandte und davonging.

Am nächsten Tag kam er nicht wieder.

Das war die Nacht, in der Joan starb.

Sharon konnte ihren Kummer über den Tod des kleinen Mädchens nicht verwinden, und das weckte Zweifel in ihr, ob sie wirklich Krankenschwester werden wollte. Sie beschloss, sich eine Weile freizunehmen und nachzudenken. Während dieser Auszeit schlug ihr alter Schulfreund Tom Hobbs dann vor, sie solle doch als Stewardess anfangen. Sharon nahm den Vorschlag an. Schließlich hatte sie nichts zu verlieren.

Das war nun schon über ein Jahr her, und sie hatte ihre Entscheidung nicht einen Tag bereut.

Im Schlafzimmer öffnete Sharon ein weiteres Fenster, dann stöpselte sie die tragbare Stereoanlage auf ihrem Nachttisch ein und schaltete das Radio an. Es lief gerade »Maps« von Maroon 5, und sie begann augenblicklich, die Hüften im Takt zu schwingen und den Text mitzusingen. Es war einer ihrer Lieblingssongs. Währenddessen zog sie sich aus und trank das Bier leer. Sie überlegte kurz, ob sie sich eine zweite Flasche aufmachen sollte, aber sie vertrug es nicht so gut, wenn sie verschiedene Sorten Alkohol durcheinandertrank. Davon bekam sie normalerweise mörderische Kopfschmerzen und einen Kater, bei dem sie sich wie ein Zombie fühlte. Und sie freute sich wirklich auf ihre Flasche Wein.

Sharon schnappte sich ein frisch gewaschenes Handtuch aus dem Schrank im Flur und ging ins Bad. Sie drehte die Dusche auf, stieg aber nicht hinein. Stattdessen betrachtete sie sich einen Moment lang in dem Spiegel über dem Waschbecken – erst ihr Profil von links, dann von rechts. Nach wenigen Sekunden des Überlegens gelangte sie zu dem Schluss, dass sie mit ihrer Figur einigermaßen zufrieden sein konnte, auch wenn es natürlich immer Raum für Verbesserungen gab.

Dann endlich stieg sie unter die Dusche. Sie lehnte die Stirn gegen die weißen Fliesen und ließ sich den starken warmen Wasserstrahl über Kopf, Schultern und Rücken laufen. Es war ein traumhaftes Gefühl. Sobald das Wasser mit ihrer Haut in Berührung kam, begannen sich ihre harten Muskeln zu lockern.

Nach der Dusche wickelte sie sich das Handtuch um und kehrte in die Küche zurück.

Sharon und Tom hatten eine recht gute Auswahl an Weinen im Haus, und an diesem Abend hatte sie Lust auf etwas Fruchtiges, Erfrischendes.

»Perfekt«, murmelte sie, als sie eine Flasche neuseeländischen Gewürztraminer aus dem Kühlschrank nahm. Sie entkorkte ihn und schenkte sich ein Glas ein. Sie hatte die Flasche gerade in den Kühlschrank zurückgestellt, als ihr Handy klingelte. Sie hatte es auf die Arbeitsplatte gelegt. Sie warf die Kühlschranktür zu, ehe sie nach ihrem Handy griff und einen Blick auf das Display warf. Sie kannte die Nummer nicht.

»Hallo?«

»Hi, Sharon.«

Die Männerstimme kam ihr ebenfalls nicht bekannt vor.

»Äh ... hi. Entschuldigung, wer ist denn da?«

»Möchtest du gerne raten?«

Sharon runzelte die Stirn. Sie wollte sich entspannen und in Ruhe ihren Wein genießen. Auf irgendwelche blöden Telefonspielchen hatte sie weiß Gott keine Lust.

»Nein, möchte ich nicht. Und wenn Sie mir nicht sofort sagen, wer Sie sind, ist dieses Gespräch zu Ende.«

»Gut. Was, wenn ich dir sage, dass ich derjenige bin, der am Ende wartet. Hilft das?«

»Der am Ende wartet? Am Ende wovon?«

Der Mann am anderen Ende musste über diese Frage lachen. Als er danach etwas sagte, tat er es betont langsam und in einem Tonfall, den man nur als unheimlich bezeichnen konnte.

»Des Lebens, Sharon. Ich bin derjenige, der am Ende deines Lebens wartet, denn ich bin der Tod.«

Sharon ließ sich nicht so schnell ins Bockshorn jagen, aber die Stimme hatte etwas an sich, bei dem es ihr kalt den Rücken runterlief.

»Wissen Sie was? Das ist ein total behämmerter Scherz, wer auch immer Sie sind.«

»Wer sagt, dass es ein Scherz ist?«

»Leck mich, du Scheißfreak. Ruf ja nie wieder an.« In einem plötzlichen Anfall von Zorn hätte Sharon fast ihr Handy gegen den Schrank geschmettert; sie hielt sich gerade noch rechtzeitig zurück.

Ein paar Sekunden später klingelte es erneut – dieselbe Nummer. Sharon ging nicht ran.

Wenige Sekunden nachdem das Klingeln verstummt war, bekam sie eine SMS.

Komm schon, geh ran, Sharon. Hast du denn keine Lust zu spielen?

Sharon wusste, dass es das Klügste wäre, diesen Perversling einfach zu ignorieren, aber nach dem langen, anstrengenden Tag gewann ihr Zorn die Oberhand. Hastig tippte sie eine Antwort.

Fick dich ins Knie, Arschloch. Wer immer du bist, ich sperre deine Nummer.

Ping!

Fast im nächsten Moment kam schon die Antwort.

Weißt du was? Vergiss das Telefon. Ich will dich was fragen: Hast du daran gedacht, die Haustür abzuschließen?

Klack, klack, klack.

Plötzlich drehte sich der Griff der Haustür ganz schnell dreimal hintereinander.

»Mein Gott!« Sharon machte vor Schreck einen Satz rückwärts und hätte beinahe ihr Handy fallen lassen. Ihr angsterfüllter Blick sprang zur Tür. »Was war das?«

Zum Glück hatte sie die Tür abgeschlossen.

Ping! Die nächste SMS.

Erneut schaute sie auf ihr Handy. Erst jetzt merkte sie, dass sie zitterte.

Komm schon, mach die Tür auf, Sharon. Ich stehe draußen. Lass uns ein bisschen Spaß haben.

Der Griff der Haustür drehte sich erneut, diesmal wesentlich langsamer und nur ein einziges Mal.

»O mein Gott, o mein Gott!«

Sharon geriet in Panik, ihre Augen füllten sich mit Tränen.

Ping!

Okay, wer braucht schon die Tür? Mal sehen, ob ich auf anderem Weg ins Haus komme.

In der Pause, die daraufhin folgte, steigerte sich Sharons Angst ins Unermessliche.

O verdammt, dachte sie, als es ihr siedend heiß einfiel. *Das Fenster.*

Trotz ihrer Furcht übernahmen ihre Überlebensinstinkte die Führung, und sie sprintete los in Richtung Wohnzimmerfenster. Sie hatte gar nicht gewusst, dass sie sich so schnell bewegen konnte. Als sie es zuknallte und hastig die Vorhänge vorzog, löste sich ihr Handtuch und fiel zu Boden.

Sie atmete schwer, und ihr verängstigter Blick zuckte eine Zeitlang zwischen Haustür und Fenster hin und her. Endlich sprang ihr Gehirn, das vorübergehend ausgesetzt hatte, wieder an.

Verdammt, worauf wartest du noch, Sharon?, sagte sie sich. *Ruf die Polizei. Sofort.*

Rasch tippte sie die Nummer in ihr Handy und drückte auf »Verbinden«.

Nichts. Kein Freizeichen.

»Verdammte Scheiße, was ist denn jetzt los?« Sie starrte auf das Display. Kein einziger Balken. »Wie kann das sein?«, schrie sie ihr Handy durch zusammengebissene Zähne an. Sie hatte doch gerade erst eine SMS erhalten.

Was Sharon nicht wissen konnte, war, dass der Anrufer jedes Mal, wenn er auflegte, einen mitgebrachten Störsender einschaltete.

Instinktiv streckte sie den Arm aus und bewegte das Handy hin und her, um irgendwo ein Signal einzufangen.

Nichts. Nicht mal ein halber Balken.

»Scheiße. Scheiße.«

In ihrem Gehirn setzte sich ein weiteres rostiges Zahnrad in Gang.

»Festnetz!«

Sie stürzte zum Telefon auf dem Tresen in der Küche, aber gerade als sie den Hörer hochreißen wollte, klingelte es.

Benommen vor Schreck hob Sharon den Hörer ans Ohr.

»Hallo?«

»Lass uns ein Spiel spielen, Sharon.«

Sharon erstarrte.

»Und so fängt es an. Licht aus.«

Im nächsten Augenblick wurde es im Haus finster. Sharon stieß einen entsetzten Schrei aus. Ihr Blick geisterte durch den Raum, doch sie konnte nichts sehen.

»O mein Gott, was passiert hier?«, sagte sie mit zitternder Stimme in den Hörer. »Wer sind Sie? Warum tun Sie mir das an?«

Sharon hielt noch immer das Handy umklammert. Sie wischte mit dem Daumen über das Display und schaltete die Taschenlampen-Funktion ein.

»Weißt du, was dein Fehler war, Sharon?«, drang erneut die Stimme aus dem Hörer des Festnetztelefons.

Sharon keuchte.

»Du warst beim falschen Fenster.«

Todesangst zerriss ihr Herz, als sie sich erinnerte – ihr Schlafzimmerfenster.

Kopflos vor Panik und wie von Sinnen rannte Sharon mit dem Handy durchs Haus. Das kleine LED-Licht warf überall Schatten, aber als diese Schatten über die Tür glitten, die das Wohnzimmer mit dem Flur verband, sah sie dort eine menschliche Silhouette.

Als sie das nächste Mal die fremde Stimme hörte, kam sie nicht aus dem Hörer an ihrem Ohr. Sie war direkt hinter ihr.

»Ich bin schon drinnen.«

25

Als er endlich den Stift sinken ließ, stellte Hunter fest, dass seine Hände zitterten. Auf seiner Stirn hatte sich kalter Schweiß gebildet.

Er stand auf, und seine Knie knackten geräuschvoll. Er hatte viel zu lange stillgesessen. Er streckte sich, worauf die steif gewordenen Muskeln in Rücken und Beinen mit Schmerzen reagierten, die sich anfühlten, als würde er von tausend Fingern gezwickt. Hunter dehnte sich weiter, diesmal auch den Hals. Das Knacken war genauso laut wie das in seinen Knien.

Verdammt, dachte er und knirschte mit den Zähnen. *Carlos hat recht. Vielleicht werde ich langsam wirklich zu alt für diesen Mist.*

Hunter hatte die letzten drei Stunden damit verbracht,

den Brief, den der Mörder am Morgen an Bürgermeister Bailey geschickt hatte, Wort für Wort abzuschreiben – immer und immer wieder. Er hatte insgesamt fünfundzwanzig Abschriften angefertigt und sich Mühe gegeben, dabei die Handschrift des Killers so exakt wie möglich nachzuahmen.

Was ihm hervorragend gelungen war.

Der Zweck der Übung war simpel. Hunter versuchte nicht, sich den Inhalt des Briefs einzuprägen, obwohl natürlich genau das passiert war, nachdem er ihn so oft abgeschrieben hatte. Nein, sein eigentliches Ziel war es, sich Einblick in die Gedankenwelt des Mörders zu verschaffen, und sei dieser Einblick auch noch so begrenzt. Er versuchte zu denken, wie der Mörder gedacht haben musste, als er seine Worte zu Papier gebracht hatte, zu fühlen, was er gefühlt hatte. Er hielt Ausschau nach versteckten Bedeutungen und Wortspielen im Text. Versuchte, zwischen den Zeilen zu lesen.

Nach drei anstrengenden Stunden hatte Hunter nicht viel vorzuweisen. Es war, als hätte der Täter gewusst, dass sein Brief bis ins letzte Detail untersucht werden würde – dass jedes Wort, jeder Buchstabe auf materieller wie auf semantischer Ebene analysiert und wieder analysiert werden würde –, und sorgfältig jeden möglichen Zugang versperrt; er hatte ihnen kein Schlupfloch, keinen Weg in seine Psyche offen gelassen.

Hunter war klar, dass er weitermachen konnte, bis er schwarz wurde. Er würde zu keinem besseren Ergebnis kommen.

Also goss er sich noch eine große Tasse schwarzen Kaffee ein, kehrte an seinen Platz zurück und vollführte mit seinem Stuhl eine halbe Drehung, damit er die altmodische Pinnwand an der östlichen Wand des Büros betrachten konnte. Obwohl die Ermittlungen noch ganz am Anfang standen – der Fall war nicht mal vierundzwanzig

Stunden alt –, hing die Pinnwand bereits jetzt voller Zettel und Fotos.

Die Spurensicherung hatte die Ergebnisse der Blutprobe durchgegeben, die von der Nachricht – ICH BIN DER TOD – in Nicole Wilsons Kehle genommen worden war. Wie vermutet hatte der Täter Nicole Wilsons Blut zum Verfassen der Nachricht benutzt, allerdings schien er laut kriminaltechnischem Bericht dafür keinen Pinsel, sondern seine Finger verwendet zu haben. Er hatte sie in das Blut seines Opfers getaucht, um dann sorgsam jeden einzelnen Buchstaben aufs Papier zu malen. Es wunderte niemanden, dass die Kriminaltechnik keine Fingerabdrücke sichergestellt hatte, nicht einmal Teilabdrücke. Der Täter hatte selbstverständlich Handschuhe getragen.

Die zweite Botschaft des Mörders – die, die Hunter in den letzten drei Stunden mehr als zwei Dutzend Mal abgeschrieben hatte – war zusammen mit dem Polaroid des Opfers ins Labor gegangen, gleich nachdem er und Garcia die Unterredung mit Captain Blake in deren Büro beendet hatten.

Hunter war kein Graphologe, sah aber auch ohne kriminaltechnischen Bericht, dass der Brief von derselben Person verfasst worden war wie die Botschaft in Nicoles Hals. Auch wenn der Täter für die erste Nachricht seine Finger und für den Brief an den Bürgermeister einen Kugelschreiber benutzt hatte, war seine Handschrift erstaunlich gleichmäßig.

Der Täter hatte beide Nachrichten in Schreibschrift verfasst. Das Schriftbild war gedrängt, aber elegant. Obwohl das Papier keine Linien hatte, befanden sich alle Buchstaben präzise auf derselben Höhe und flossen in eleganten Bögen und Schwüngen ineinander. Dies alles verriet Hunter, dass sie nach jemandem suchten, der akribisch war, organisiert, detailversessen und stolz auf alles, was er tat. Das galt auch für die Art und Weise, wie er seine Opfer tötete.

26

Der Mann hatte sein Opfer eben an den Stuhl gefesselt. Nun stand er auf und ging in aller Ruhe in die Küche. Nachdem er dort ein großes Glas mit Wasser aus dem Kühlschrank gefüllt hatte, schlenderte er zurück in die Mitte des Wohnzimmers und baute sich vor der Frau auf.

Sharon Barnard war noch bewusstlos. Ihre Knöchel waren mit Kabelbindern an den Stuhlbeinen fixiert, ihre Arme sicher hinter dem Rücken gefesselt. Ihr Kopf war nach vorn gefallen, so dass ihr Kinn fast die Brust berührte, sie hatte den Mund halb geöffnet und die Lippen leicht zur Seite verzogen. Der Mann betrachtete sie einen Augenblick lang – die Einzelheiten ihrer Gesichtsstruktur, die Symmetrie ihres Halses, die atemberaubende Schönheit ihres nackten Körpers. Sharon war unzweifelhaft eine sehr attraktive Frau ... aber nicht mehr lange.

Der Mann stand mit den Beinen schulterbreit auseinander, spannte sich an und schüttete ihr das Wasser ins Gesicht.

Als die eisige Flüssigkeit sie traf, erwachte Sharon mit einem Ruck und schnappte nach Luft. Vor Schreck riss sie den Kopf zurück, und ihre Lider flatterten lange Zeit wie Schmetterlingsflügel, während unverständliche Angstlaute über ihre Lippen kamen.

Der Mann wartete geduldig ab, die Hände hinter dem Rücken.

Endlich gelang es Sharon, die Augen zu öffnen. Ihr wirrer, benommener Blick zuckte erst nach rechts, dann nach links und blieb schließlich an der Gestalt vor ihr hängen.

Eine ... zwei ... drei Sekunden vergingen, ehe Sharon den Mann wirklich wahrnahm. Da war etwas in seinen hellblauen Augen, etwas an der Art, wie er sie ansah, das ihr auf unheimliche Weise bekannt vorkam. Sie war ihm schon einmal begegnet, davon war sie überzeugt. Nur wo?

Sie zwang sich zum Nachdenken.

Nichts.

So fest sie auch die Augen zukniff, so angestrengt sie ihr Gedächtnis bemühte, es gelang ihr nicht, eine Verbindung herzustellen.

Sharon öffnete den Mund in dem Versuch, zu sprechen oder zu schreien – sie wusste nicht genau, was –, aber der Atem blieb ihr in der Kehle stecken. Ihr Zwerchfell krampfte sich vor lauter Angst zusammen.

Kein Laut kam über ihre Lippen.

Ihr Unterkiefer begann zu zittern, dann ihr ganzer Körper, als wäre urplötzlich eine Arktikfront zum Fenster hereingeweht und hätte sie in eisige Kälte gehüllt.

Der Mann wartete weiterhin, die Hände immer noch im Rücken. Er stand vollkommen regungslos da, war nichts als ein kalter Blick wie von einem Raubtier, das seine Beute belauert.

Sharon hielt diesem Blick lange stand. Es war, als hätten diese tiefen, stechenden Augen sie hypnotisiert. Dann zitterte sie erneut, diesmal war es ein Beben tief aus dem Körperinnern, und dadurch riss der Blickkontakt schließlich ab. Wieder gingen ihre Augen suchend hin und her, doch vor lauter Angst verstand sie nicht, was los war und wo sie sich befand.

Irgendwann unternahm sie einen Versuch, sich zu bewegen, erst die Beine, dann die Arme, doch dabei schoss ein unerträglich scharfer Schmerz von ihren Füßen und Händen bis in die Schulter hinein. Ein so heftiger Schmerz, dass sie würgen musste. Ihre Augen rollten zurück, und um ein Haar wäre sie erneut ohnmächtig geworden.

Belustigt sah der Mann ihr zu. Er hatte sich die ganze Zeit nicht von der Stelle gerührt.

Als Sharon wieder zu sich kam, erkannte sie, dass sie

sich nicht bewegen konnte, weil sie an einen Stuhl gefesselt war. Kaltes Wasser troff aus ihren nassen Haarspitzen über Brust, Bauch und Schenkel. Sie atmete tief ein und versuchte sich zu sammeln. Endlich nahm eine verschwommene Erinnerung in ihrem Kopf Gestalt an. Der Anruf, die männliche Stimme, dieser widerliche Scherz, er sei der Tod. Die Tür, das Fenster, ihre Angst. Und während sie sich erinnerte, veränderte sich ihr Gesichtsausdruck. Er wurde flehentlich.

Sharon sah zu dem Mann empor. In diesem Moment bemerkte sie etwas, das von ihren Augen zwar wahrgenommen, von ihrem Gehirn jedoch bislang nicht verarbeitet worden war: Über seiner Kleidung trug der Mann einen durchsichtigen Plastik-Overall mit Kapuze. Nur sein Gesicht war frei, sonst nichts. Dann fielen Sharon auch die Kleider unter dem Overall auf – keine alltäglichen Kleider. Es war ein Ganzkörperanzug aus einem schwarz glänzenden Material, das sich wie eine zweite Haut um seinen Körper schmiegte. *Latex,* war ihr erster Gedanke.

Der Mann hielt ihren Blick noch etwa eine Sekunde fest, dann verzogen sich träge seine Lippen. Sharon hätte nicht sagen können, ob er lächelte oder nicht. Wenn ja, dann hatte sie so ein Lächeln noch nie gesehen. Es lag keinerlei Humor darin, kein Sarkasmus, kein Mitleid, auch keine Langeweile, überhaupt kein Gefühl. Es war ein komplett emotionsloser Gesichtsausdruck, der ihre Angst noch steigerte.

Sharon holte erneut stockend Luft. Trotz ihrer Furcht merkte sie, dass sie endlich wieder sprechen konnte.

Sie bewegte die Lippen und stieß die Worte unter Tränen hervor.

»Bi ... bitte, was wollen Sie von mir? W ... warum sind Sie hier? Bitte ... lassen Sie mich gehen. Ich mache alles, was Sie wollen.«

Das Lächeln, oder was auch immer es war, verschwand aus dem Gesicht des Mannes. Er hatte lange genug gewartet. Es war an der Zeit, zu tun, weshalb er gekommen war. Er nahm die Hände hinter dem Rücken hervor und präsentierte ihr, was er darin hielt.

Sharon starrte auf seine rechte Hand, dann auf seine linke.

Und ihre Panik wurde zu Todesangst.

Um ihre Tränen loszuwerden, kniff sie die Augen zusammen, so fest sie konnte. Als sie sie danach wieder öffnete, war der Mann zwei Schritte näher gekommen.

»O Gott, nein. Bitte tun Sie das nicht.«

»Weißt du, wer ich bin?«, fragte er. Es war eine Stimme ohne jede Emotion.

Sharon konnte nichts sagen, nur den Kopf schütteln.

»Oh Sharon, Sharon. Du enttäuschst mich. Ich habe es dir doch am Telefon gesagt. Erinnerst du dich nicht mehr?«

Erneut schossen ihr die Tränen in die Augen.

»Ich. Bin. Der. Tod.« Wieder lächelte er. »Und ich bin gekommen, um dich zu holen.«

27

Als Garcia um sieben Uhr einunddreißig ins Büro kam, saß Hunter mit dem Rücken zur Tür auf seinem Stuhl. Die Hände hinter dem Kopf verschränkt, die Beine ausgestreckt, Füße auf dem Schreibtisch, starrte er auf die Pinnwand, als sähe er die Bilder und Informationen darauf zum ersten Mal. Neben seiner Tastatur stand ein leerer Kaffeebecher, in unmittelbarer Nachbarschaft dazu lagen die Einwickelpapiere zweier Schokoriegel. Garcias Blick ging zur Kaffeemaschine in der Ecke – leer. Von der Tür aus bemerkte er auch die zahlreichen Abschriften auf Hunters Schreibtisch. Einige von ihnen waren zu Boden gerutscht.

»Hast du die Nacht hier verbracht?«, fragte Garcia, trat ein und schloss die Tür. Gewundert hätte es ihn nicht.

»Nicht direkt«, antwortete Hunter, ohne sich von seiner Betrachtung der Pinnwand ablenken zu lassen. »Ich bin nach Hause gefahren, um zu duschen.«

»Aber nicht zum Schlafen.« Garcia formulierte es nicht als Frage.

Hunter zuckte die Achseln. »Um es mit den Worten des großen amerikanischen Poeten Bon Jovi zu sagen: ›I'll sleep when I'm dead.‹«

Garcia lachte auf. »Mach nur weiter so, dann dauert es bis dahin nicht mehr lange, mein Freund.« Er ging zu seinem Schreibtisch, stellte seinen Rucksack auf den Boden und schaltete seinen Computer ein. »Wann bist du heute Morgen gekommen?«

Hunters Blick ging zu der Uhr direkt über der Pinnwand.

»Gegen Viertel nach fünf.«

Garcia musste nicht nachfragen. Er kannte den Grund, weshalb Hunter so früh ins Büro gekommen war – die Drohung des Killers in dem Brief an Bürgermeister Bailey:

Noch ehe morgen die Sonne aufgeht, wird jemand anders es gesehen und gespürt haben. Und glauben Sie mir, ihr Leiden war nichts im Vergleich zu dem, was noch kommen wird. Falls diese sogenannten Experten nicht in der Lage sind, mich aufzuhalten.

»Haben wir denn schon was?«, wollte Garcia wissen. Der scherzhafte Unterton war aus seiner Stimme verschwunden. »Sind irgendwelche Notrufe eingegangen?«

Jetzt endlich nahm Hunter die Füße vom Tisch, setzte sich wieder aufrecht hin und drehte sich auf dem Stuhl zu seinem Partner um.

»Nein, bislang noch nicht.«

Beide wussten, dass das nichts zu bedeuten hatte.

»Ich habe bei FedEx angerufen, wegen des Päckchens,

das Bürgermeister Bailey gestern bekommen hat«, sagte Garcia und rief etwas auf seinem Monitor auf.

»Und?«

»Das Päckchen wurde vor zwei Tagen abgegeben, kurz vor Mittag, und zwar in einer FedEx-Paketstation nahe der Union Station.« Garcia legte den Kopf schief und seufzte. »Und jetzt pass auf: Keine der beiden Überwachungskameras an der betreffenden Ecke des Bahnhofs hat was aufgezeichnet. Sie zeigten beide in eine andere Richtung.«

Hunter zog fragend eine Augenbraue hoch.

»Genau. Er hat ein Ablenkungsmanöver inszeniert. Eine kleine, selbstgebastelte Rauchbombe in einem Abfalleimer. Nichts Weltbewegendes, einfach nur ein in Alufolie gewickelter Tischtennisball mit einer kurzen Lunte. Die hat ausreichend Rauch produziert, ohne eine Panik auszulösen. Ungefähr eine Minute lang wurde alles andere übersehen.«

»Mehr als ein, zwei Sekunden hätte er nicht gebraucht, um das Päckchen in die Abgabebox zu werfen«, sagte Hunter.

Garcia nickte nachdrücklich, während er weitersprach. »Der Kerl ist immer auf der Hut. Geht keine unnötigen Risiken ein. Tja, Vorsicht ist eben besser als Nachsicht.« Dann deutete er mit dem Kinn in Richtung des Bechers und der Schokoriegel-Verpackungen auf Hunters Schreibtisch. »War das dein Frühstück?«

Erneut ging Hunters linke Augenbraue in die Höhe. »Eher ein nächtlicher Schrägstrich frühmorgendlicher Imbiss.«

»Also, ich brauche jetzt eine frische Tasse Kaffee«, verkündete Garcia und wies auf die Kaffeemaschine. »Du auch?«

»Konntest du Nachschub aus Minas besorgen?«

Hunter mochte Kaffee, aber im Gegensatz zu vielen anderen Menschen trank er ihn nicht des Koffeins wegen. Er brauchte keine Hilfsmittel, um wach zu bleiben, und auch keine zusätzlichen Energiekicks. Er mochte ganz einfach den Geschmack, und zwar je stärker, desto besser. Allerdings war Hunter kein Connaisseur – anders als Garcia, der mit einem Vater aufgewachsen war, der nach eigenen Angaben ein wahrer Kaffeefanatiker war.

Garcia war in São Paolo als Sohn eines brasilianischen Bundesagenten und einer amerikanischen Geschichtslehrerin geboren worden. Seine Eltern trennten sich, als er zehn Jahre alt war, und er und seine Mutter zogen nach Los Angeles. Obwohl er die meiste Zeit seines Lebens in den USA verbracht hatte, sprach Garcia immer noch Portugiesisch wie ein echter Brasilianer. Sein Vater war ein attraktiver Mann mit glatten schwarzen Haaren, braunen Augen und dunkler Haut. Seine Mutter war von Natur aus blond mit hellblauen Augen und hellem Teint. Garcia hatte die Hautfarbe und dunklen Haare von seinem Vater geerbt. Seine Augen waren nicht ganz so hell wie die seiner Mutter, kamen aber definitiv von ihrer Seite der Familie. Er war sehr schlank, weil er jahrelang Leichtathletik betrieben hatte, doch seine Statur täuschte: Er besaß mehr Kraft, als man auf den ersten Blick vermutet hätte.

Seit Garcia herausgefunden hatte, dass Hunter genauso gern Kaffee trank wie er, teilte er bereitwillig seine Geheimnisse mit ihm. Eins dieser Geheimnisse war eine Spezialmischung brasilianischer Bohnen, die nur in einer kleinen Gegend im Südosten des Bundesstaates Minas Gerais auf einer kleinen unabhängigen Plantage nach einem einzigartigen Rezept hergestellt wurde. Sie war feiner gemahlen als die meisten anderen Mischungen und bei niedrigerer Temperatur geröstet, was eine Überröstung verhinderte und dem Kaffee ein vollmundiges, wunderbar weiches Aroma verlieh. Die Mischung war schnell zu Hunters Lieblingskaffee avanciert, doch leider gab es in ganz Los Angeles nur einen einzigen Laden, der die Mischung verkaufte, und der hatte vor kurzem dichtgemacht.

Grinsend holte Garcia zwei Kilopackungen Kaffee aus seinem Rucksack, die er Hunter auf den Schreibtisch stellte.

»Ein Bekannter von mir ist gestern Abend aus Brasilien zurückgekommen.«

Hunters Gesicht leuchtete förmlich auf.

»Ja«, sagte er und sah dabei aus wie ein Kind, das sein sehnlichst gewünschtes Weihnachtsgeschenk bekommen hat. »Eine frische Tasse Kaffee wäre genial.«

Auf dem Weg zur Kaffeemaschine bückte sich Garcia und hob einen der Zettel mit der Abschrift des Briefes auf. Die Handschrift glich der des Originals aufs Haar. Er reckte den Hals und spähte seinem Partner über die Schulter. Auf dessen Schreibtisch lag ein ganzer Stapel ähnlicher Abschriften.

»Hast du den Text kopiert?«

Hunter hob die Schultern. »Ein paarmal, ja. Ich wollte einen anderen Zugang dazu bekommen.«

»Du meinst, du wolltest so denken wie der Killer.«

Hunter und Garcia hatten nicht zum ersten Mal mit einem Mörder zu tun, der die Polizei mit Botschaften oder Bildern provozierte.

»Ich bin zwar nicht so weit gegangen, sie abzuschreiben«, sagte Garcia und legte den Zettel zurück zu den anderen, ehe er Kaffeepulver in die Maschine löffelte und Wasser hineinfüllte. »Aber geschlafen habe ich auch kaum. Jedes Mal, wenn ich die Augen zugemacht habe« – er nickte in Richtung der Briefabschriften –, »habe ich den da vor mir gesehen.«

»Und?« Hunters Neugier war geweckt.

Garcia schüttelte den Kopf. »Ich weiß nicht, was ich denken soll, Robert. Für mich scheint es so, als wäre der Täter ein Soziopath wie aus dem Lehrbuch. Du weißt schon – Größenwahn und alles, was dazugehört. Wahrscheinlich glaubt er, dass er den Menschen in jeder Hinsicht überlegen ist, vor allem intellektuell, und dass er viel zu schlau ist, um jemals einen Fehler zu machen oder gefasst zu werden. Das ist auch der Grund für den Brief, oder nicht? Er ist eine Herausforderung. Kommt und fangt mich, wenn ihr glaubt, dass ihr es könnt.«

Hunter signalisierte seine Zustimmung durch ein wortloses Nicken.

»Was er seinem ersten Opfer angetan hat«, fuhr Garcia fort, und sein Gesicht verzog sich zu einer Grimasse des Abscheus, »die Entführung, die tagelange Folter, die Vergewaltigungen – das alles beweist doch, dass er eine derartig große emotionale Distanz zu anderen Menschen hat, dass er keine anderen Gefühle empfinden kann als Wut oder Aggression oder bestenfalls vielleicht noch Abneigung. In ihm gibt es keine Reue, Schuld, Sympathie, Liebe, nichts – überhaupt keine Emotion, die irgendwas mit Zugewandtheit oder Zuneigung zu tun hat. Ich bin mir nicht mal sicher, ob er jemals solche Gefühle hatte.«

Der Kaffee war durchgelaufen. Garcia füllte zwei Becher und brachte einen seinem Partner.

»Danke«, sagte Hunter. Das kräftige Aroma der Spezialmischung zauberte ihm ein Lächeln ins Gesicht.

»Und dann ist da noch diese eine Sache, die einem wirklich Angst macht«, setzte Garcia hinzu.

»Und die wäre?«, fragte Hunter.

»Die hier.« Garcia zeigte auf die Unterschrift des Killers unter dem Brief – ICH BIN DER TOD. »Er hat sich sein eigenes Pseudonym gegeben?« Er lachte auf. »Das ist doch der Gipfel der Arroganz, findest du nicht? Der Son of Sam, der Happy Face Killer, der BTK Killer, der Zodiac Killer, Jack the Ripper und so weiter ... sie alle haben sich einen Namen verpasst, weil sie sich für was ganz Besonderes hielten.«

»Womit wir wieder beim Thema Größenwahn wären«, ergänzte Hunter.

»Das kannst du laut sagen«, stimmte Garcia ihm zu. »Aber eins wissen wir über Serienmörder, die sich gerne selber Namen geben: dass sie ihre Taten lange planen und beabsichtigen, noch länger zu morden. Das ist ja gerade das Beängstigende. Deshalb provozieren sie auch so gerne mit Botschaften, Fotos oder was weiß ich. Weil ein Brief an die Behörden eine besonders kühne Herausforderung ist – eine förmliche Einladung zu einem Katz-und-Maus-Spiel, in dem sie die Regeln bestimmen und ändern können, wann immer es ihnen passt. Denn wenn man schon mal beschließt, ein Spiel zu spielen, soll das Ganze ja auch Spaß machen. Wir wurden gerade in so ein Spiel hineingezogen.«

Hunter mochte Garcias Ausführungen in keinem Punkt widersprechen.

Was Garcia ebenfalls wusste, war, dass Mörder, die gerne mit der Polizei kommunizierten, nicht selten geheime Botschaften in ihren Nachrichten versteckten, manchmal in verschlüsselter Form. Und Garcia kannte niemanden, der besser zwischen den Zeilen lesen konnte als Hunter.

»Okay«, sagte er und deutete erneut zu den Abschriften auf Hunters Schreibtisch. »Jetzt bist du dran. Irgendeine Eingebung?«

Hunter schüttelte müde den Kopf. »Der Brief ist ganz eindeutig nicht in Rätseln verfasst, und wenn irgendwas darin eine doppelte Bedeutung hat, habe ich sie nicht gefunden. Im Gegenteil, je öfter ich den Brief gelesen und je häufiger ich ihn abgeschrieben habe, desto mehr hat sich mir das Gegenteil aufgedrängt.«

»Das Gegenteil?« Garcia wirkte etwas perplex. »Was meinst du damit?«

»Wer immer diesen Brief geschrieben hat, hat sich viel Mühe gegeben, Carlos. Er hat jedes Wort mit Bedacht gewählt. Und jetzt kommt der Clou. Er hat das *nicht* gemacht, um Verwirrung zu stiften, im Gegenteil. Er hat es gemacht, um uns möglichst *wenig* zu verwirren.«

28

Garcia stutzte und sah seinen Partner an. Dann ging sein Blick zu dem Brief auf dessen Schreibtisch.

»Pass auf«, sagte Hunter. »Versuchen wir mal, ihn in einzelne Abschnitte zu unterteilen.«

Er schob eine Abschrift des Briefes in die Ecke seines Schreibtischs. Sein Kaffee war endlich so weit abgekühlt, dass man den ersten Schluck trinken konnte. Er schmeckte himmlisch.

»Schau dir nur die ersten beiden Absätze an, und sag mir, was sie deiner Meinung nach bedeuten sollen. Versuch dabei nicht, zwischen den Zeilen zu lesen oder irgendwelche Doppeldeutigkeiten zu finden. Lies einfach und sag mir, was du denkst.«

Statt seinen Stuhl zu holen, beugte sich Garcia im Stehen über Hunters Schreibtisch und stützte beide Hände auf die Tischplatte.

Die Menschen in dieser Stadt vertrauen darauf, dass Strafverfolgungsbehörden wie das LAPD oder das FBI für ihre Sicherheit sorgen; dass sie denen helfen, die sich nicht selbst zu helfen wissen; dass sie für Gerechtigkeit sorgen, wenn jemandem Unrecht widerfährt; dass sie die Bürger beschützen und alles tun, um dem Gesetz Geltung zu verschaffen.

Bei diesen Behörden arbeiten angeblich die Besten der Besten. Personen, die Experten darin sind, Gut von Böse zu unterscheiden. Doch in Wahrheit sehen sie nur das, was sie sehen wollen. Und das Schlimme ist, dass Menschen leiden, wenn die Verantwortlichen sich blind stellen ... Menschen leiden ... und Menschen sterben.

Garcia las die Absätze dreimal, bevor er sich am Kinn kratzte und Hunter ansah.

»Er predigt, redet von oben herab. Er erklärt uns, wer wir

sind, was unsere Aufgabe ist, was die Allgemeinheit von uns erwartet und was passiert, wenn wir versagen oder einen Fehler machen.« Eine kurze Pause. »Und es steckt auch ein offener Vorwurf darin. Er behauptet, wir würden nur das sehen, was wir sehen wollen. Und diese Zeilen hier –« er tippte auf eine Stelle im Brief – »*Und das Schlimme ist, dass Menschen leiden, wenn die Verantwortlichen sich blind stellen ... Menschen leiden ... und Menschen sterben.* – die klingen zwar in gewisser Weise aggressiv«, fuhr Garcia fort, »aber nicht wie eine Drohung. Er trifft lediglich eine Feststellung.«

»Du hast absolut recht«, pflichtete Hunter ihm bei. »Auf andere Weise kann man diese beiden Absätze nicht interpretieren. Sie sind klar und präzise formuliert. Keine Ambivalenzen, keine Wortspiele, nichts zwischen den Zeilen.«

Garcias Aufmerksamkeit galt weiterhin dem Brief.

»Und jetzt schau dir den dritten Absatz an, und sag mir deine Meinung dazu. Mach es wie eben, vergiss Doppeldeutigkeiten und alles andere. Lies den Text wie einen ganz normalen Brief.«

Deshalb habe ich nun eine Frage. Wenn einer dieser sogenannten Experten jemandem wie mir Auge in Auge gegenüberstünde, würde er die Wahrheit in mir erkennen? Würde er sehen, was aus mir geworden ist, oder würde er zögern?

Garcia überlegte einen Moment. »Das ist ... eine Herausforderung«, sagte er schließlich. »Er fordert uns heraus, ihn zu finden. Ihn aus der Masse herauszufischen. Ihn unter allen anderen Menschen zu identifizieren. Das ist seine Einladung zum Spiel. Denn wie du eben gesagt hast: Er will spielen.«

»Wieder richtig«, sagte Hunter. »Aber da ist noch mehr. Nicht zwischen den Zeilen, direkt an der Oberfläche. Man muss nur aufmerksam genug lesen.«

Garcia runzelte die Stirn und las den Absatz noch mehrmals durch. »Okay«, sagte er, richtete sich auf und zuckte mit den Schultern. »Ich geb's auf. Was ist da noch? Was übersehe ich?«

»Er fordert uns nicht nur auf, ihn aus der Masse herauszufischen, Carlos. Er fragt uns, ob wir in der Lage wären zu sehen, was aus ihm *geworden* ist. Das ist eine ziemlich starke Aussage.« Hunter trank noch einen Schluck von seinem Kaffee. »Denk darüber nach, was das Wort bedeutet.«

»Er sagt uns, dass er nicht immer so war«, schlussfolgerte Garcia mit einem Blick zu Hunter. Seine Stimme war ein klein wenig aufgeregter als noch einen Moment zuvor. »Er war nicht immer ein Monster, ein Killer. Er ist *kein* Soziopath wie aus dem Lehrbuch, weil er eben nicht als ein solcher geboren wurde. Man kann es nicht anders beschreiben: Er ist so *geworden*.«

Hunter nickte langsam.

»Irgendetwas hat ihn so gemacht.«

29

Der Mann erwachte, als die ersten Strahlen der Morgensonne durch die schmutzigen Vorhänge fielen, die vor den Fenstern an der Ostseite seines kleinen Schlafzimmers hingen. Draußen auf den Straßen rumpelten bereits die Müllwagen vorbei, und weit entfernt heulten Sirenen wie Kojoten, die den Mond anjaulen.

Er war mit Sharon Barnard in den frühen Morgenstunden fertig geworden, aber zu müde gewesen, um den langen Weg zurück in sein Haus im Nordosten von Los Angeles auf sich zu nehmen. Er hatte es vor vielen Jahren entdeckt, es lag weit abgelegen, umgeben von nichts als karger Landschaft. Er hatte bar bezahlt und falsche Ausweisdokumente vorgelegt, was bedeutete, dass man das Haus niemals mit ihm in Verbindung bringen würde. Weil es so heruntergekommen war, hatte er es zudem zu einem Spottpreis erhalten. Nach jahrelangen Sanierungs- und Reparaturarbeiten, allesamt von eigener Hand ausgeführt, hatte er sich das perfekte Domizil geschaffen. Man konnte im Innern des Hauses so viel Lärm machen, wie man wollte, draußen hörte man keinen Laut. Niemand würde ihm je auf die Schliche kommen.

Die Zweizimmerwohnung im Osten von L. A., in der er sich im Moment aufhielt, diente ihm lediglich als temporäre Übernachtungsmöglichkeit. Er hatte die Miete ein Jahr bar im Voraus bezahlt und benutzte die Wohnung nur, wenn die Umstände es verlangten. So wie an diesem Morgen.

Kaum hatte der Mann die Augen geöffnet, schwang er die Beine aus dem schmalen Bett, setzte sich auf und rieb sich energisch mit beiden Händen über das Gesicht. Er hatte keine Armbanduhr, und auch im Zimmer gab es nirgendwo eine Uhr, aber das machte nichts. Er wusste ganz genau, wie spät es war.

Er griff nach dem Medizinfläschchen auf seinem Nachttisch, schüttete sich daraus zwei Kapseln in die Handfläche und warf sie sich in den Mund. Er brauchte kein Wasser, um sie herunterzuschlucken. Er füllte seinen Mund einfach mit Speichel, warf dann ruckartig den Kopf in den Nacken, und unten waren sie. Er ging nackt zum Fenster, seine Füße tappten über die zerschrammten Holzdielen. Draußen regte sich allmählich das Leben auf den Straßen.

Der Mann ging ins Bad und blieb vor dem kleinen Wandspiegel über dem Waschbecken stehen. Er erkannte den Fremden, der ihn aus dem Glas anstarrte, kaum wieder. So viel hatte sich im Laufe der Jahre geändert. Er würde nie wieder so sein wie früher, das wusste er sehr wohl, aber es spielte keine Rolle. Nicht für ihn. Nicht mehr.

Er sah das stolze Funkeln tief in seinen Augen und musste lächeln – etwas, das er nicht oft tat.

Er putzte sich die Zähne und stand dann unter der warmen Dusche, wo er sich gründlich von Kopf bis Fuß wusch, ehe er eine nagelneue Rasierklinge benutzte, um jedes Haar vom Körper zu entfernen, einschließlich der Kopfhaare. Es war ein Ritual, das er allmorgendlich vollzog. Als er fertig war, trocknete er sich ab und kehrte ins Schlafzimmer zurück.

Aus dem Kleiderschrank holte er die einzigen Kleidungsstücke, die darin hingen – einen dunklen Anzug und ein weißes Hemd mit langen Ärmeln. Auf der Krawattenstange an der Innenseite der Schranktür hing eine einzelne schwarz-weiß gestreifte Krawatte. Unten im Schrank befand sich eine Schublade, darin lagen weiße Boxershorts, ein Paar schwarze Socken und ein großer Wäschesack aus Plastik. Er schlüpfte in die Boxershorts und zog sich an, dann nahm er Bettlaken, Kopfkissenbezug und Bettbezug und stopfte sie, zusammen mit den Kleidern, die er am Vorabend getragen hatte, in den Sack.

Er ging ins Wohnzimmer, holte einen roten Stift und ein Blatt Papier aus den Schubladen einer alten Kommode, dann setzte er sich an den Holztisch vor dem Fenster.

Der Mann musste nicht lange nachdenken, was er schreiben wollte. Er war es bereits tausendmal in Gedanken durchgegangen und hatte die für seine Zwecke perfekte Wortwahl gefunden.

Als er fertig war, faltete er das Blatt sorgfältig in der Mitte und steckte es in einen braunen Umschlag. Diesmal würde er den Brief nicht an den Bürgermeister oder einen anderen Politiker adressieren. Er musste denselben Trick nicht ein zweites Mal bemühen, weil er diesmal ganz genau wusste, an wen der Brief gehen sollte – an Detective Robert Hunter vom Raub- und Morddezernat des LAPD.

»Also schön, Detective«, sagte er mit Wut in der Stimme. »Dann wollen wir mal sehen, wie gut Sie wirklich sind.«

30

Obwohl er mit fünfzehnminütiger Verspätung vom San Francisco International Airport gestartet war, landete der US-Airways-Flug 667 pünktlich um acht Uhr fünfundfünfzig am Los Angeles International Airport.

Tom Hobbs war der Kabinenchef des komplett ausgebuchten, anderthalbstündigen Fluges gewesen, und er hatte jede einzelne Sekunde Höllenqualen gelitten. Als die Maschine endlich festen Boden berührte, war Toms Gehirn nur noch Brei.

Seinen Trolley hinter sich herziehend, wankte er durchs Flughafengebäude. Er war müde, er hatte einen Mordskater, und ihm war unglaublich elend, aber wenigstens lag das Schlimmste jetzt hinter ihm. Dachte er zumindest.

Tom setzte die Sonnenbrille auf und trat aus dem Terminal in die glühende Sommersonne hinaus. Dort blieb er zunächst einen Moment lang stehen und überlegte, was er tun sollte. Er war gestern Morgen mit dem Auto zum Flughafen gefahren, sein Wagen stand auf dem Parkplatz des zentralen Terminals beim Gebäude 2 A, aber in seinem Zustand war er nicht in der Lage, Auto zu fahren. Er konnte sich kaum auf den Beinen halten, und seine Kopfschmerzen waren mittlerweile so stark, dass ein Toter davon aufgewacht wäre. Außerdem hatte er nichts im Magen bis auf die letzten Überreste des Drogencocktails, den er am vergangenen Abend konsumiert hatte. Schließlich beschloss er, der Stimme der Vernunft zu gehorchen. Er würde seinen Wagen stehen lassen und ein Taxi nach Hause nehmen.

Für die knapp zehn Meilen lange Strecke von LAX bis zu seinem und Sharons Haus in Venice benötigte der Taxifahrer nicht ganz eine halbe Stunde. Zweimal hätte Tom den Fahrer fast bitten müssen, rechts ranzufahren. Das ständige Bremsen und Anfahren wegen der Ampeln und des dichten Verkehrs brachte ihn fast so weit, dass er sich übergeben musste, aber irgendwie schaffte er es, sich zu beherrschen.

»Alles klar da hinten?«, erkundigte sich der Taxifahrer und warf im Rückspiegel einen Blick auf Tom. Der hing schlaff und mit geschlossenen Augen auf der Rückbank, den Kopf ans Fenster gelehnt.

Toms Antwort war kaum vernehmbar.

»Kumpel, ist alles in Ordnung mit Ihnen? Soll ich anhalten? Sie sehen nicht gerade frisch aus«, sagte der Fahrer erneut, und diesmal verringerte er die Geschwindigkeit.

Tom zwängte seine Augen auf. »Nein, geht schon. Geht schon.« Seine Stimme klang heiser und müde. »Ich muss bloß nach Hause und schlafen.«

»Harte Nacht gehabt?«, fragte der Fahrer mit einem schlüpfrigen Lächeln.

Tom sah es, und es gefiel ihm nicht.

»Nein, einfach nur was Schlechtes gegessen. Wenn ich erst mal zu Hause bin und mich hinlegen kann, wird das schon wieder.«

Der Fahrer verzichtete danach auf Smalltalk und gab Gas, beäugte Tom allerdings alle paar Minuten durch den Rückspiegel. Je schneller er sein Fahrtziel erreichte, desto besser. Dass er Kotze von seinem Rücksitz wischen musste, hätte ihm gerade noch gefehlt.

Tom stieg aus dem Taxi und blinzelte trotz der Sonnenbrille. Von dem grellen Licht wurde ihm prompt wieder schlecht. Er holte ganz tief Luft in der Hoffnung, der Übelkeit dadurch beizukommen.

»Ich muss das mit dem Feiern runterschrauben«, stöhnte er, während er auf das Haus zuging. Aber es war beileibe nicht das erste Mal, dass er dies sagte, und vermutlich würde es auch nicht das letzte Mal gewesen sein. Das Fleisch war schwach, das hatte er oft genug erkennen müssen.

Als er vor der Haustür ankam, knurrte sein Magen so laut, als würde sein Dickdarm seinen Dünndarm verschlingen. Doch trotz seines Hungers würde er das Essen auf später verschieben. Jetzt wollte er vor allem eins: in sein Bett fallen und bis morgen früh durchschlafen.

Er griff nach seinem Schlüssel und steckte ihn ins Schloss. Sein Magen knurrte erneut, diesmal noch geräuschvoller und länger, so dass er sich vor Schmerz ein wenig zusammenkrümmte. Okay, vielleicht würde er sich wenigstens noch schnell einen Schokoriegel oder eine andere Kleinigkeit reinschieben, bevor er ins Bett ging, um den Aufruhr da unten ein wenig zu besänftigen.

Tom versuchte den Schlüssel im Schloss herumzudrehen, aber er ließ sich nicht bewegen.

»Hm!«

Er versuchte es noch ein paarmal.

Nichts.

»Was ist denn da los?« Er drehte am Türknauf. Die Tür war nicht verschlossen. Das kam Tom sehr merkwürdig vor. Sie vergaßen nie, die Tür abzuschließen, nicht einmal, wenn sie zu Hause waren. Venice war nicht gerade die sicherste Gegend in L. A.

»Sharon«, rief er, als er die Tür aufstieß.

Das Erste, was ihm auffiel, war der Geruch – eine eigenartige Mischung aus faulig und bittersüß, die ihm in den Nasenlöchern brannte, bevor sie sich in seinem Rachen festsetzte. Er merkte, wie sich seine Kehle zusammenzog und er würgen musste. Ein klein wenig Galle fand den Weg die Speiseröhre hinauf in seinen Mund. Aus unerfindlichen Gründen schluckte er sie wieder hinunter, statt sie auszuspucken.

Tom kniff hinter der Sonnenbrille die Augen fest zusammen. Von dem Gestank kamen ihm die Tränen. Er nahm die Brille ab und rieb sich die Augen.

»Sharon! Was soll der Scheiß?«, rief er erneut. Hatte sie

in der Gluthitze ein rohes Hähnchen offen stehen lassen oder was?

Er röchelte mehrmals, bis er endlich die Augen aufbekam und ins Wohnzimmer schaute. Sein Blick war noch etwas verschwommen, deshalb dauerte es einen Moment, bis er es sah.

Im ersten Augenblick wunderte er sich nur. Sein übermüdetes Gehirn hatte Mühe, die grotesken Bilder zu interpretieren, die seine Sehnerven ihm sandten. Die Realität war soeben zu dem abscheulichsten Alptraum geworden, den er je gehabt hatte.

»Was?«

Das geflüsterte Wort blieb ihm im Halse stecken. Adrenalin flutete seinen Körper und feuerte Blitze unkontrollierbarer Angst sein Rückenmark hinauf bis in sein Herz. Wieder schoss bittere Galle aus seinem Magen nach oben, aber diesmal war es nicht nur ein bisschen, und es wäre Tom völlig unmöglich gewesen, sie wieder hinunterzuschlucken.

Ein Schwall Erbrochenes ergoss sich aus seinem Mund, kurz bevor er auf dem Boden zusammenbrach, direkt in dem See aus Blut, in den sein Wohnzimmer sich verwandelt hatte.

31

»Etwas hat ihn so gemacht?«, fragte Captain Blake stirnrunzelnd. Sie saß hinter ihrem Schreibtisch und hielt eine Tasse frisch aufgebrühten Kaffee in der Hand. »Wie ist das zu verstehen, Robert?« Heute waren ihre Haare offen, lose hinter die Ohren gesteckt. Sie trug einen schwarzen Bleistiftrock mit einer figurnah geschnittenen pflaumenblauen Bluse aus Baumwolle. Sie hatte Hunter und Garcia in ihr Büro zitiert, gleich nachdem sie ins PAB gekommen war.

»Das weiß ich auch nicht genau, Captain«, gab Hunter zurück. »Aber ich bin überzeugt davon, dass er die Worte in seinem Brief mit Bedacht gewählt hat, um jeden Zweifel auszuschließen. Er beendet den dritten Absatz mit: *Würde er erkennen, was aus mir geworden ist, oder würde er zögern?* Er hätte doch genauso gut schreiben können ›erkennen, was ich bin‹ oder ›wer ich bin‹ oder ›das Monster in mir‹ oder so was Ähnliches.«

»Hat er aber nicht«, sagte sie und lehnte sich auf ihrem Stuhl zurück.

»Eben, hat er nicht. Ich bin sicher, er hat sich aus einem ganz bestimmten Grund für das Wort ›geworden‹ entschieden.«

»Und Ihrer Ansicht nach will er uns damit zu verstehen geben, dass er nicht schon immer ein Psychopath war. Dass irgendetwas in seinem Leben ihn verändert hat. Und was auch immer ihm widerfahren ist – es ist der Grund, weshalb er angefangen hat, Menschen zu töten.«

Hunter nickte.

»Und was könnte das gewesen sein?«

Hunter zuckte mit den Achseln. »Im Brief erwähnt er nichts, insofern ist die Frage im Augenblick unmöglich zu beantworten. Jedes Individuum reagiert anders auf bestimmte Situationen, Captain, das wissen Sie. Jeder hat einen anderen Punkt, an dem er zerbricht. Bei einigen ist ziemlich viel nötig, damit im Kopf dieser eine Schalter umgelegt wird – wenn es überhaupt jemals dazu kommt. Aber bei anderen eben nicht. Selbst eine organische Erkrankung kann prinzipiell jemanden zum Mörder machen.«

»Moment mal«, sagte Blake, »eine organische Erkrankung?«

Auch Garcia sah Hunter skeptisch an.

»Ja«, bekräftigte Hunter. »Die Geschichte ist voll von solchen Fällen. In Amerika ist Charles Whitman wahrscheinlich der berühmteste.«

Captain Blake schwieg kurz, während sie ihr Gedächtnis durchforstete. Endlich klingelte es bei ihr. »Charles Whitman? War das nicht der Texas Belltower Sniper?«

»Richtig«, sagte Garcia, der sich jetzt ebenfalls erinnerte.

Charles Whitman war ein ehemaliger US-Marine, der zu einem der berüchtigtsten Massenmörder der US-Geschichte wurde. Am 1. August 1966 tötete er erst seine Frau, dann seine Mutter. Danach fuhr er zur University of Texas in Austin, wo er Ingenieurwissenschaften studierte. Bewaffnet mit diversen Schusswaffen und mehreren hundert Schuss Munition, stieg er auf den höchsten Punkt des Campus, den Uhrturm des Hauptgebäudes. Von dort aus feuerte er fast zwei Stunden lang wahllos auf Vorübergehende, bis er schließlich von dem Polizisten Houston McCoy erschossen wurde. In diesen schrecklichen zwei Stunden tötete Charles Whitman vierzehn Menschen und verletzte zweiunddreißig weitere.

Erwartungsgemäß wurde Whitman in der Presse als »Monster« betitelt – bis die Polizei die Nachricht fand, die Whitman hinterlassen hatte. Es war ein Abschiedsbrief – oder sollte zumindest später zu einem Abschiedsbrief werden, denn Whitman hatte fest damit gerechnet, dass er an jenem Tag sterben würde.

Der Brief schockierte alle. Darin gestand Whitman, dass ihm sein eigenes Verhalten vollkommen unerklärlich war. Er begann den Brief mit der Beteuerung, dass er seine Frau und seine Mutter von ganzem Herzen liebe und keine Ahnung habe, warum er so handle. Dann schilderte er, dass er seit einigen Monaten unter unerträglichen Kopfschmerzen leide, wie er sie noch nie zuvor gehabt habe, und dass diese Kopfschmerzen überwältigende Gefühle von Zorn und

Zerstörungswut in ihm auslösten, denen er immer schwerer widerstehen könne.

In der Gewissheit, dass er an diesem Tag ebenfalls den Tod finden würde, schloss Whitman seinen Brief mit einem flehentlichen Appell an die Behörden, sein Gehirn auf Anzeichen einer organischen Erkrankung zu obduzieren. Man kam seiner Bitte nach und entdeckte so, dass Charles Whitman an einem Gehirntumor litt, der erst wenige Monate alt zu sein schien. Der Tumor saß im Hypothalamus und drückte auf seine Amygdala. Der Leichenbeschauer bestätigte, dass Whitmans starke Kopfschmerzen mit Sicherheit von diesem Tumor verursacht worden waren. In den USA eröffnete der Fall Whitman Psychologen und Psychiatern ganz neue Wege, den Geisteszustand vermeintlich soziopathischer Mörder zu betrachten.

»Sie wollen also behaupten, unser Täter könnte an einem Gehirntumor leiden?«, fragte Captain Blake in leicht sarkastischem Ton.

»Könnte sein«, sagte Hunter. »Auch wenn ich das so nicht gesagt habe, Captain. Ich wollte nur unterstreichen, dass wir angesichts der dürren Faktenlage momentan nur spekulieren können, und Spekulationen führen uns nicht weiter. Das ist doch nichts Neues.«

»Und Sie glauben nicht, dass Sie zu viel in den Brief dieses Irren hineingelesen haben?«, feuerte Blake zurück. »Sie glauben nicht, dass er uns den Brief nur geschickt hat, weil er uns, salopp gesagt, verarschen will? Um uns auf eine falsche Fährte zu locken, wie Carlos meinte? So was ist doch schon oft genug vorgekommen. Schließlich hat er uns in seinem Brief für heute vor Sonnenaufgang sein nächstes Opfer versprochen.« Captain Blake drehte sich zu dem großen Panoramafenster und deutete in den Himmel. »Nun, die Sonne ist eindeutig aufgegangen, und bis jetzt haben wir nichts. Es könnte also gut sein, dass er nur blufft, Robert. Der Brief könnte einfach nur ein makabrer Scherz sein.«

»So steht es aber nicht im Brief, Captain«, gab Hunter zu bedenken.

Captain Blake funkelte ihn an. »Ach, nein?«

»Nein. In dem Brief steht: *Bevor morgen* – sprich: heute – *die Sonne aufgeht, wird jemand anders es gesehen und gespürt haben*. Er bezieht sich damit auf das Monster, zu dem er geworden ist. Er sagt uns, dass, bevor heute Morgen die Sonne aufgegangen ist, bereits eine weitere Person durch seine Hände gelitten hat und gestorben ist. Es wird mit keinem Wort erwähnt, dass er uns die Leiche des Opfers auf dem Silbertablett serviert. Wenn er sich entschließt, dasselbe zu tun wie bei Nicole Wilson und die Zentrale anzurufen, dann könnte dieser Anruf heute Nachmittag, morgen, nächste Woche oder wer weiß wann eingehen. Wir tanzen nach seiner Pfeife, Captain, und er kann jederzeit die Melodie verändern.«

Captain Blake dachte über Hunters Worte nach. Sie griff nach ihrer Kaffeetasse und trank einen Schluck.

»Und, nein«, schob Hunter noch hinterher. »Ich glaube nicht, dass er dem Bürgermeister den Brief geschickt hat, um uns zu verarschen. Das Polaroid und die übel zugerichtete Leiche sind Beweis genug, dass er es bitterernst meint.«

Captain Blake war drauf und dran, etwas zu erwidern, als das Telefon auf ihrem Schreibtisch klingelte.

»Einen Moment«, sagte sie und nahm ab.

Worte waren überflüssig. Der Ausdruck in Blakes Gesicht, als sie ihre Detectives anstarrte, sagte alles.

Der Killer bluffte nicht.

32

Das Haus lag in einer Sackgasse am Ende einer hübschen Privatstraße in Venice, nur wenige Blocks von Venice Beach entfernt. Es war weiß gestrichen mit hellblauen Fensterrahmen, Satteldach und einer kleinen Veranda vorn, die dringend einiger Instandsetzungsarbeiten bedurfte. Ein kniehoher weißer Zaun umgab das Grundstück, das ein Stück zurückgesetzt von der Straße lag, wodurch es noch mehr von seinen Nachbarn isoliert war. Der Zaun diente einem rein dekorativen Zweck, nicht der Sicherheit der Bewohner. Er hätte ganz gewiss niemanden davon abhalten können, zum Haus zu gelangen oder sich in den rückwärtigen Garten zu schleichen. Sich Zugang zu Türen oder Fenstern zu verschaffen wäre ein Kinderspiel.

Rechts neben dem Haus stand eine Garage, doch die einzigen Fahrzeuge auf dem Grundstück waren ein Streifenwagen und ein Van der Spurensicherung in der Einfahrt. Obwohl das Haus ganz am Ende einer wenig befahrenen Straße lag, hatte sich jenseits der Polizeiabsperrung bereits eine beachtliche und stetig weiterwachsende Schar an Schaulustigen eingefunden.

Garcia hielt neben einem der drei Streifenwagen, die auf der Straße vor dem Haus parkten. Die Presse war ebenfalls vor Ort und sorgte für noch mehr Enge.

Einige Reporter erkannten die Detectives von der UV-Einheit, als sie aus Garcias Auto stiegen, und begannen augenblicklich, ihnen von der anderen Straßenseite aus Fragen zuzurufen.

Sie stießen auf taube Ohren. Ohne die Journalisten auch nur eines Blickes zu würdigen, zeigten Hunter und Garcia den beiden Polizisten, die an der Absperrung Wache standen, ihre Marken und schlüpften dann unter dem Plastikband hindurch.

Ein dritter Polizist, der links neben der Veranda vor dem Haus stand, sah die Neuankömmlinge und steuerte auf sie zu.

»Sind Sie die zwei von der UV-Einheit?«, fragte er im Näherkommen.

Der Officer war Anfang vierzig mit natürlich sonnengebräunter Haut, Kinnspalte und einem buschigen schwarzen Hufeisenschnurrbart, dem er allem Anschein nach liebevolle Pflege angedeihen ließ. Seine Augen waren schwarz wie die Nacht, blickten allerdings unsicher, ja beinahe ängstlich.

»Ja, das sind wir«, antwortete Garcia und deutete auf die Marke an seinem Gürtel. Hunter tat dasselbe.

»Ich bin Sergeant Perez vom West Bureau«, sagte der Officer und streckte ihnen die Hand hin.

Beide Detectives begrüßten ihn mit Händedruck und stellten sich ihm vor.

»Das West Bureau hat den Notruf heute Vormittag reinbekommen«, teilte der Sergeant ihnen mit. »Ich war als Erster am Tatort. Und als Erster drinnen.«

Gemeinsam gingen sie auf das Haus zu.

»Okay. Was erwartet uns denn da drinnen?«, fragte Garcia.

Sergeant Perez blieb stehen. Sein besorgter Blick sprang zwischen Garcia und Hunter hin und her.

»Ehrlich gesagt bin ich mir nicht sicher, wie man das nennen soll.« Sein Ton war verhalten. Sein Blick ging zum Haus, und er schüttelte kaum merklich den Kopf, als könne er es nicht glauben. »Ich bin seit über zwanzig Jahren bei der Polizei, hab alle davon beim LAPD gedient. Ich hab weiß Gott schon so manchen Tatort gesehen, den man nicht mit Worten beschreiben kann – das sind Bilder, die werde ich nie mehr aus dem Kopf kriegen. Aber das da drinnen –« Er deutete mit dem Kinn in Richtung Haus – »Nichts, was ich je gesehen hab, kommt dem auch nur ansatzweise nahe. Entmenscht ist das einzige Wort, das mir dazu einfällt. Jenseits von sadistisch.«

Was auch den Auflauf der Presse erklären würde, dachte Hunter. Ganz offensichtlich war bereits zu den Medien durchgesickert, dass der Täter außergewöhnlich brutal vorgegangen war. Hunter wunderte das nicht weiter. Reporter hörten nicht nur rund um die Uhr den Polizeifunk ab, sondern verfügten darüber hinaus über Informanten innerhalb der Polizei, die sie mit genau solchen Informationen versorgten und dafür gut bezahlt wurden.

Sie erreichten die Veranda, wo einige Leute von der Spurensicherung konzentriert bei der Arbeit waren. Der Erste überprüfte die hölzernen Bohlen auf Fußabdrücke oder sonstige Spuren, die der Täter eventuell zurückgelassen hatte. Der zweite suchte an Türgriff und Rahmen nach Fingerabdrücken. Zwei blutige Handabdrücke waren auf dem Hellblau der Tür deutlich zu sehen.

»Anonymer Notruf?«, fragte Hunter.

Zu ihrer beider Erstaunen schüttelte Sergeant Perez den Kopf.

»Nein. Der Mitbewohner des Opfers hat die Leiche entdeckt«, sagte er und neigte den Kopf in Richtung des in der Einfahrt parkenden Streifenwagens. Die Beifahrertür stand offen. Auf dem Beifahrersitz saß, mit den Füßen auf dem Pflaster, die Ellbogen auf den Knien und das Gesicht in den Handflächen vergraben, ein großer, schlanker Mann von vielleicht Ende zwanzig oder Anfang dreißig. Er trug eine Flugbegleiter-Uniform, und seine kurzen dunklen Haare waren völlig zerzaust. Die Brust seines weißen Hemdes sah aus, als wäre es voller Blut.

»Sein Name ist Thomas Hobbs«, las Sergeant Perez von seinem Notizblock ab, den er aus seinem Polizeigürtel gezogen hatte. »Dreiundzwanzig Jahre alt. Geboren und aufgewachsen in Pomona Valley. Er teilt sich das Haus mit einer weiteren Person, Sharon Barnard, bei der es sich der Aussage von Mr Hobbs zufolge um das Opfer zu handeln scheint. Wobei er allerdings seine Vermutung nur auf den Schmuck stützen konnte, den sie trug. Sie haben beide für US Airways gearbeitet.«

»Moment mal«, unterbrach ihn Garcia. »Um das Opfer zu handeln *scheint*?«

Garcia war eins achtundachtzig groß, Perez eins siebenundsechzig. Der Sergeant musste den Kopf in den Nacken legen, um Garcia in die Augen schauen zu können.

»Sie werden's schon verstehen, wenn Sie da reingehen.«

Garcia warf Hunter einen zweifelnden Blick zu.

»Mr Hobbs war anderthalb Tage weg«, erläuterte Sergeant Perez weiter. »Heute Morgen hatte er Dienst auf einem Flug von San Francisco nach L. A. Es ging ihm nicht besonders gut, deshalb hat er nach der Landung beschlossen, seinen Wagen am Flughafen stehen zu lassen und mit dem Taxi nach Hause zu fahren. Er hat das Opfer gefunden, kurz nachdem er die Haustür geöffnet hatte.«

Der Sergeant verlagerte das Gewicht von einem Fuß auf den anderen.

»Der Anblick war wohl zu viel für ihn – wen wundert's? –, und er ist zusammengeklappt. Als er wieder zu sich kam, hat er gleich den Notruf verständigt.« Perez blätterte auf seinem Notizblock eine Seite um. »Als er das Bewusstsein verlor, ist er nach vorne gefallen, ins Wohnzimmer. Das erklärt das Blut auf seinen Kleidern. Er steht noch unter Schock, deswegen ist es im Moment eine wahre Herkulesaufgabe, ihm halbwegs zusammenhängende Aussagen zu entlocken, aber Sie können es gerne versuchen, wenn Sie wollen. Ich hab schon eine halbe Stunde gebraucht, nur um an die paar Infos hier zu kommen.« Er wedelte mit seinem Notizblock.

»Gibt es Informationen über das ›mögliche‹ Opfer?«, fragte Hunter.

»Sehr wenige«, antwortete Perez, der abermals seinen Block konsultierte. »Name Sharon Barnard, zweiundzwanzig Jahre alt, ebenfalls in L. A. geboren und aufgewachsen. Wir haben kurz bei US Airways angerufen, ihre letzte Schicht – ein Flug aus Kansas City – endete gestern Nachmittag. Sie ist um siebzehn Uhr fünfundzwanzig auf dem LAX gelandet. Uns liegen keine Hinweise vor, dass sie nach Verlassen des Flughafens noch irgendwo hingegangen ist, insofern gehen wir davon aus, dass sie direkt nach Hause kam. Im Stoßverkehr, und unter der Annahme, dass sie unterwegs nicht zum Einkaufen angehalten hat oder Ähnliches, müsste sie zwischen achtzehn Uhr dreißig und neunzehn Uhr hier gewesen sein.«

Hunter und Garcia nickten.

»Irgendwelche Anzeichen auf gewaltsames Eindringen?« Hunters Frage war eher an den Kriminaltechniker gerichtet, der gerade mit der Untersuchung der Haustür befasst war.

Der hörte kurz auf, den Türrahmen mit Fingerabdruckpulver zu bestäuben, schaute über die Schulter zu ihnen und schüttelte den Kopf.

»Keine. Die Zarge ist nicht gesplittert oder beschädigt. Das Schloss wurde nicht aufgebrochen und auch nicht anderweitig manipuliert. Wir haben ein paar Abdrücke vom Türknauf genommen. Allein die Größe verrät uns, dass sie mit großer Wahrscheinlichkeit von einer Frau stammen. Die blutigen Handabdrücke –« er deutete auf den Handabdruck unmittelbar über dem Türgriff und den anderen außen am Rahmen – »gehören zu dem Mann, der die Leiche gefunden hat.« Er nickte in Richtung des Streifenwagens in der Einfahrt. »Er hat sich beim Aufstehen abgestützt, nachdem er das Bewusstsein wiedererlangt hatte.«

»Konnten Sie die Stelle identifizieren, wo der Täter eingebrochen ist?«, wollte Hunter als Nächstes wissen. »Irgendeine Idee, wie er ins Haus gelangt sein könnte?«

»Bis jetzt noch nicht. Als der Mitbewohner heimkam, war die Haustür anscheinend nicht abgeschlossen«, erklärte der Kriminaltechniker. »Keins der Fenster ist zerbrochen, und sie waren alle von innen geschlossen. Die Hintertür war abgesperrt.«

»Hier«, sagte Sergeant Perez und reichte Hunter und Garcia zwei brandneue Tyvek-Overalls in zugeschweißten Plastikbeuteln.

Beide nahmen sie, rissen die Beutel auf und begannen sich einzukleiden. Als sie fertig waren, zogen sie sich die Kapuzen über den Kopf, und jeder streifte sich noch ein Paar Latexhandschuhe über.

»Ich würde Ihnen dringend raten, die Atemmasken aufzusetzen«, merkte Sergeant Perez an.

Sobald auch das erledigt war, traten sie zur Haustür. Der Kriminaltechniker, der zuvor Türgriff und Rahmen untersucht hatte, machte ihnen Platz und zog die Tür für sie auf.

»Vorsicht mit dem Blut«, sagte Sergeant Perez noch, bevor er sich abwandte und das Weite suchte.

Hunter und Garcia betraten das Wohnzimmer – und blieben sofort wie angewurzelt stehen. Ihre Augen nahmen die Szene, die sich ihnen bot, zwar wahr, aber ihr Gehirn hatte Mühe, die Bilder korrekt zu verarbeiten.

Garcia keuchte. Seine Worte waren kaum lauter als ein Flüstern. »Was zum Teufel ...«

33

Von der Haustür gelangte man direkt in ein kleines, spärlich möbliertes Wohnzimmer mit einer offenen Küche im hinteren Bereich. Ein quadratischer Tisch stand etwa anderthalb Meter vom Herd entfernt gleich bei der Tür, die in einen kurzen Flur und von dort aus tiefer ins Haus führte. Keins der Fenster war geöffnet, und sämtliche Vorhänge waren zugezogen. Trotzdem war es hell im Zimmer, dafür sorgten die zwei leistungsstarken Tatortleuchten, die auf Stativen in jeweils gegenüberliegenden Ecken des Raumes aufgebaut waren.

Der Wohnzimmerboden war mit beigefarbener Schlingenware ausgelegt. Ein breites Sideboard aus schwarzem Holz, auf dem einige Dekorationsgegenstände arrangiert waren, nahm den Großteil der westlichen Wand ein. Einen Fernseher gab es nicht. Ein dunkelblaues Stoffsofa mit dazu passendem Sessel und ein schwarzer Couchtisch standen einige Meter vom Sideboard entfernt in der Zimmermitte.

Hunter und Garcia atmeten fast zur selben Zeit aus, doch keiner sagte ein Wort. Noch immer starrten sie geradeaus in den Raum, der geradezu in Blut schwamm – Möbel, Dekoration, Wände, Decke, Vorhänge ... alles war mit dunkelroten Spritzern übersät.

Der Teppich unter ihren Füßen hatte große Mengen Blut aufgesogen, war aber zwischenzeitlich zum Schutz mit einer stabilen durchsichtigen Plastikplane abgedeckt worden, was darauf schließen ließ, dass die Spurensicherung den Boden bereits fotografiert und nach Fasern, Haaren und anderen Beweisen abgesucht hatte. Die Plastikplane sollte verhindern, dass einer der Kriminaltechniker, ein Detective oder wer auch immer den Tatort betrat, überall blutige Schuhabdrücke hinterließ, zumal es praktisch unmöglich war, sich im Wohnzimmer zu bewegen, ohne dabei in eine Blutlache zu treten.

Trotz der Atemmasken hing der übelkeiterregende Geruch menschlichen Fleisches im frühen Stadium der Verwesung im Raum und zwang die beiden Detectives, größtenteils durch den Mund zu atmen.

Die Worte ICH BIN DER TOD waren in riesigen blutigen

Lettern auf den Teppich geschrieben. Etwa einen Meter davon entfernt befand sich das offenbare Herzstück des schrecklichen Tableaus, in das der Täter das Wohnzimmer verwandelt hatte. Dieses Herzstück war Sharon Barnard.

Sie saß nackt und mit Blick in Richtung Haustür auf einem Metallstuhl. Ihre Knöchel waren mit Kabelbindern an die Stuhlbeine gefesselt, ihre Arme hinter dem Rücken des Stuhls zusammengebunden, ebenfalls mit Kabelbindern. Ihr gesamter Körper war blutüberströmt. Es war ihr aus dem Gesicht über Brust, Bauch und Beine gelaufen, ehe es den Teppich zu ihren Füßen getränkt hatte.

Aus dem Gesicht, das es nicht mehr gab.

»Er hat ihr das Gesicht abgeschliffen.«

Die Worte kamen von einem Kriminaltechniker, der neben der Tatortleuchte auf der Ostseite des Zimmers stand. Er war etwa eins fünfundachtzig groß mit athletischer Statur, hohen Wangenknochen und einem ausgeprägten Kiefer. Im Gegensatz zu Hunter und Garcia trug er keinen Atemschutz. Der Gestank faulenden Fleisches machte ihm offenbar nichts aus.

Garcia drehte sich zu ihm herum, während Hunters Aufmerksamkeit weiterhin dem Mordopfer galt.

»Ich bin Dr. Bryan Snyder«, stellte sich der Mann vor und kam auf die beiden Detectives zu. »Ich bin der zuständige Leiter der Spurensicherung hier am Tatort.«

»Detective Carlos Garcia, LAPD UV-Einheit. Sie sind neu«, stellte Garcia ohne jede Böswilligkeit fest. Die meisten UV-Fälle wurden Mike Brindle zugeteilt. Hunter und Garcia arbeiteten seit vielen Jahren mit ihm zusammen.

»In L. A. vielleicht«, gab Snyder zurück. »Aber ich bin schon seit über zehn Jahren in der Kriminaltechnik. Wurde kürzlich aus Sacramento hierher versetzt.«

Leicht betreten sagte Garcia: »Willkommen in Los Angeles. Das hier ist Detective Robert Hunter.«

Jetzt endlich wandte sich auch Hunter dem Kriminaltechniker zu. In seiner Miene spiegelte sich eine unausgesprochene Frage.

Dr. Snyder bemerkte dies und nickte, um seine vorherige Aussage zu bekräftigen. »Sie haben ganz richtig gehört, Detective. Der Täter hat ihr mit einer leistungsstarken Exzenterschleifmaschine das Gesicht entfernt.« Er deutete auf das Gerät, das in einem großen Asservatenbeutel auf dem Küchentresen lag. »Mit solchen Maschinen schleift man normalerweise Hartholz oder Metall ab«, fügte er hinzu. »Das erklärt auch das Spritzmuster hier im Raum – warum die Blutspritzer bis an die Decke, die Wände und die Vorhänge reichen.«

Das Schleifgerät auf dem Küchentresen war grau und hatte einen stabilen Griff mit Gummimanschette. Der An/Aus-Schalter befand sich am oberen Teil des Griffs in der Nähe des Daumens, was eine bequeme Bedienung gewährleistete. Wie die meisten Gegenstände im Wohnzimmer war auch der Exzenterschleifer voller Blut.

»Wenn der Täter ihr Gesicht mit einem Schleifgerät bearbeitet hat«, klinkte Garcia sich ein, »dann muss er selbst doch auch jede Menge Blut abbekommen haben.«

»Oh, daran besteht kein Zweifel«, bestätigte Dr. Snyder. »Daher stammen wohl auch die zahlreichen Fußabdrücke im Wohnzimmer und in der Küche.« Er wies auf einige der Spuren, die einen beträchtlichen Teil des beigefarbenen Schlingenflors und der Fliesen in der Küche bedeckten. »Dem Aussehen nach«, fuhr er fort, »würde ich sagen, dass der Täter Schutzkleidung getragen hat. Zumindest an den Füßen. Er scheint etwa Schuhgröße 42 zu haben.«

Garcia warf seinem Partner einen Blick zu und verzog das Gesicht. Er und Hunter wussten, dass etwa achtundsechzig Prozent der männlichen Bevölkerung von Los Angeles Schuhgröße 42 hatten.

Hunter näherte sich vorsichtig der Leiche. Garcia und Dr. Snyder folgten ihm. Bei jedem Schritt quietschte der blutgetränkte Teppich unter der Plastikabdeckung. Es war ein Geräusch wie das Schmatzen von Gummi-Flipflops auf feuchtem Untergrund.

Weil der Kopf des Opfers nach vorn gefallen und somit ein Großteil von dem, was ihr Gesicht hätte sein sollen, verdeckt war, musste Hunter vor ihr in die Hocke gehen, um sie anschauen zu können. Was er sah, war wahrhaft grotesk. Ihr Gesicht war von der Stirn bis zum Kinn fast vollständig abgeschliffen. Es war nichts mehr übrig als eine weiche Masse aus Fleisch, Muskeln, Knorpel und Blut. Die meisten Gesichtsknochen waren komplett freigelegt. Auch ihr linker Augapfel war mit der Schleifmaschine in Kontakt gekommen. Hornhaut, Pupille, Iris und Ziliarkörper waren zerstört, so dass die gelatinöse Substanz, aus der der Augapfel größtenteils besteht, ausgetreten war. Dadurch war der Glaskörper in sich zusammengefallen, und die Augenhöhle enthielt nichts mehr als Gallert und den freigelegten Sehnerv. Ihr rechtes Auge hingegen war unberührt. Es war weit aufgerissen, der blutbespritzte Augapfel starrte mit einem toten Blick, bei dem es den Betrachter kalt überlief, ins Nichts. Es war, als wären sämtliche Qualen und ihre unvorstellbare Angst wie bei einem Schnappschuss auf der Oberfläche ihres rechten Auges verewigt worden.

Auch von ihrer Nase war nichts mehr übrig. Sie war bis auf den Knochen abgeschliffen. Ihre Lippen existierten nicht mehr, oberer und unterer Zahnbogen lagen vollständig frei. Selbst einige ihrer Schneidezähne waren mit dem Schleifer in Berührung geraten.

Garcia hockte sich neben Hunter. Er konnte nur wenige Sekunden hinsehen, ehe sein rebellierender Magen ihn zwang, den Blick abzuwenden.

»Mein Gott.«

Er stand wieder auf.

Dr. Snyder gab Hunter einen Moment Zeit, ehe er erneut

das Wort ergriff. »Die Totenstarre hat eingesetzt, ist aber noch nicht vollständig ausgeprägt.«

Sowohl Hunter als auch Garcia wussten, was das bedeutete – das Opfer war noch keine zwölf Stunden tot.

Hunter warf einen Blick auf seine Armbanduhr.

»Sie ist also irgendwann in den frühen Morgenstunden gestorben. Beziehungsweise letzte Nacht.«

»Würde ich so sagen, ja«, stimmte Snyder zu. »Für den genauen Todeszeitpunkt müssen Sie den Autopsiebericht abwarten.«

Endlich riss Hunter den Blick vom entstellten Gesicht der Toten los und begann, langsam und methodisch den Rest ihres Körpers zu inspizieren – Brust, Bauch, Beine und Füße. Schließlich stand er auf und betrachtete auch ihren Nacken, die Schultern sowie den oberen Rücken. Anders als bei Nicole Wilson schien der Körper dieses Opfers keine Schnitt- oder Schürfwunden aufzuweisen. Der Täter hatte ihr keine Verletzungen mit scharfen oder stumpfen Gegenständen zugefügt, noch hatte er sie ausgepeitscht wie sein erstes Opfer.

»Sieht nicht so aus, als wären lebenswichtige Organe in Mitleidenschaft gezogen worden«, wandte sich Garcia an Dr. Snyder. »Irgendwelche Vermutungen bezüglich der Todesursache? Ist sie infolge der Verletzungen im Gesicht verblutet?«

Snyders Blick geisterte durchs Zimmer und blieb einen Moment lang an der größten Blutlache direkt unter dem Stuhl hängen, ehe er in Garcias fragendes Gesicht sah.

»Ohne eingehende Autopsie kann man das nicht mit hundertprozentiger Sicherheit sagen, Detective, aber es sieht so aus, als wäre es eine Kombination aus dem Blutverlust und den unerträglichen Schmerzen gewesen, die sie erleiden musste. Ihr Herz musste dreimal so schnell pumpen wie sonst, um den Blutverlust auszugleichen. Wie Sie sehen können, wurden alle Nerven in ihrem Gesicht freigelegt, was bedeutet, dass ihr Gehirn jede Sekunde eine ungeheure Masse an Schmerzimpulsen verarbeitet haben muss. Das hätte ihr Herz und ihr Gehirn noch stärker belastet. In solchen Situationen ist es nicht ungewöhnlich, dass das Herz irgendwann einfach aufhört zu schlagen oder das Gehirn dem Körper signalisiert, die Atmung einzustellen, so dass die Lungen einfach keinen Sauerstoff mehr aufnehmen.«

»Und wie lange hätte es gedauert, bis es dazu kommt?«, fragte Garcia nach.

»Unmöglich zu sagen«, lautete Dr. Snyders Antwort. »Das hängt im Wesentlichen von zwei Faktoren ab – der körperlichen und mentalen Stärke des Opfers. Mein erster Eindruck ist, dass sie in recht guter Verfassung war, wie Sie ja selbst sehen können. Jung. Sportlich. Kein Übergewicht. Ihre Herzgesundheit spielt natürlich auch eine Rolle, aber normalerweise ist es eher die mentale Stärke, die in solchen Situationen über das Schicksal entscheidet. Wie groß war ihr Wille zu leben, nachdem ihr das Gesicht weggeschliffen wurde? Das Gehirn kann wollen, dass der Körper weiterkämpft, oder es kann ihm den Befehl erteilen, einfach aufzugeben. Dieser Punkt kann nach fünf Minuten erreicht sein oder auch nach mehreren Stunden.«

Hunter trat an den Küchentresen und betrachtete den Asservatenbeutel mit dem Exzenterschleifer darin. Er war kein nagelneues Modell, aber auch nicht wirklich alt, wodurch es sehr viel schwieriger sein würde, den Laden ausfindig zu machen, in dem er gekauft worden war. Hunter warf einen Blick auf die Unterseite des Griffs. Die Seriennummer war weggefeilt worden.

»Der Täter hat sie auf dem Boden liegenlassen«, sagte Dr. Snyder. »Neben dem Stuhl des Opfers. Hat nicht mal den Versuch gemacht, sie zu verstecken.«

Neben der Schleifmaschine lagen noch zwei kleinere

Beutel. Jeder von ihnen enthielt eine 125-mm-Schleifscheibe. Beide waren benutzt und blutgetränkt.

»Die Scheiben haben wir im Abfall gefunden«, erklärte Snyder, trat neben Hunter an den Tresen und deutete auf die Mülltüte aus Plastik gegenüber dem Kühlschrank. Mehrere blutige Schuhabdrücke kennzeichneten den Weg des Täters zwischen dem Mülleimer und der Stelle, an der er sein Opfer gefesselt hatte.

Garcia, der sich zu ihnen gesellt hatte, kehrte nun ins Wohnzimmer zurück. Er widmete sich hochkonzentriert den Fußabdrücken.

Hunter nahm sich noch einen Augenblick Zeit, die benutzten Schleifscheiben zu studieren. Seine nächsten Worte verwirrten alle.

»Sie hat viel länger durchgehalten als fünf Minuten.«

34

»Wie war das?«, sagte Dr. Snyder.

»Sie meinten eben, dass der Tod nach fünf Minuten oder auch nach mehreren Stunden eingetreten sein kann«, führte Hunter aus. »Ich kann nicht mit Sicherheit sagen, wie lange sie ausgehalten hat, aber definitiv länger als fünf Minuten.«

Die Bestimmtheit, mit der Hunter dies sagte, irritierte Dr. Snyder.

»Dürfte ich fragen, weshalb Sie sich da so sicher sind?«

Hunter ging zur anderen Seite des Küchentresens, wobei er achtgab, nicht in die blutigen Fußabdrücke auf dem Fliesenboden zu treten.

»Weil der Mörder nicht nur einmal, sondern zweimal eine Pause eingelegt hat. Er ist in aller Seelenruhe zum Abfalleimer gegangen, um die benutzten Schleifscheiben zu entsorgen.« Hunter gab Snyder Zeit, diese Information zu verarbeiten.

»Wenn das Opfer bereits tot gewesen wäre«, sagte Snyder, als er begriff, was er übersehen hatte, »weshalb hätte er dann die Scheiben auswechseln und sie weiter foltern sollen?«

Hunter schwieg.

»Aber all das hätte sich trotzdem in einem Zeitraum von fünf Minuten abspielen können, oder?«, beharrte Snyder. »Wenn jemand einem das Gesicht mit einer leistungsstarken Schleifmaschine bearbeitet, würden einem wenige Minuten doch wie eine Ewigkeit vorkommen, meinen Sie nicht?«

Hunter, der kurz einen Blick in den Abfalleimer geworfen hatte, kehrte zum Küchentresen zurück und nahm einen der Asservatenbeutel in die Hand. »Kennen Sie sich mit Schleifmaschinen aus?«, fragte er. »Sind Sie Heimwerker?«

»Eigentlich nicht, nein. Wieso?«

»Diese Scheiben hier sind aus Fiber, nicht aus Aluminiumoxid oder Keramik«, erklärte Hunter. »Dadurch sind sie ein bisschen leichter als andere Modelle. Die Korngröße ist CAMI 1000, das bedeutet, es handelt sich um eine Mikrokörnung. Ultrafein. Je höher die Körnung, desto sanfter der Schliff. In den USA ist CAMI 1000 die feinste im Handel erhältliche Körnung. Mit diesen Scheiben kann man nur Oberflächen polieren oder ihnen den allerletzten Schliff verpassen. Um Holz, Metall, Plastik oder andere Materialien abzutragen, taugen sie nicht.«

Wieder wartete Hunter einige Sekunden ab, bis seine Worte bei den anderen beiden angekommen waren.

»Hätte der Täter eine gröbere Körnung benutzt«, fuhr er schließlich fort, »wäre der Schaden an Haut, Muskeln und Knochen viel schneller sehr viel größer gewesen.«

Dr. Snyder atmete langsam aus, während er das Opfer betrachtete. »Indem er die richtige Schleifscheibe ausgewählt hat, konnte er sie länger am Leben erhalten und folglich ihre Qualen verlängern.«

Hunter nickte. »Theoretisch, ja.«

»Wie gesagt«, meinte Garcia nach einer kleinen Pause. »Willkommen in Los Angeles, Doc, dem Tummelplatz der Freaks.«

»Dann sind Sie aber wohl ein begeisterter Hobby-Heimwerker, was?«, wandte sich Snyder an Hunter.

»Nein, kann man so nicht sagen.«

»Und warum kennen Sie sich dann so gut mit Schleifgeräten aus?«

»Er liest viel«, nahm Garcia die Antwort seines Partners vorweg.

Hunter zuckte mit den Achseln. »Stimmt, aber das ist in diesem Fall nicht der Grund.«

Garcia sah ihn neugierig an.

»Vor etwa einem Jahr«, erklärte Hunter, »habe ich einer Freundin geholfen, ihr Wohnzimmer zu renovieren. Ich habe ein Gerät benutzt, das dem hier sehr ähnlich war.«

Garcia studierte aufs Neue den Verlauf der Fußspuren auf dem Teppich. Ein paar Minuten später fiel ihm etwas ins Auge. Er ging in die Hocke, um besser sehen zu können.

»Robert«, rief er Augenblicke später. »Komm und schau dir das hier mal an.«

Hunter und Dr. Snyder gesellten sich zu ihm.

Garcia lenkte ihre Aufmerksamkeit auf eine Stelle im Teppich etwa anderthalb Meter links vom Stuhl des Opfers, unmittelbar neben einer Ansammlung von Fußabdrücken.

Hunter und Dr. Snyder hockten sich neben Garcia. Dieser deutete auf einen der mehreren hundert Blutflecke. Es war nicht der kleinste, aber auch nicht der größte.

Hunter und Snyder betrachteten den Fleck, runzelten

die Stirn, dann beugten sie sich weiter hinab, bis ihre Gesichter fast den Teppich berührten.

»Moment mal«, sagte Dr. Snyder, stand auf, ging zu seinem Spurensicherungskoffer in der Ecke und holte ein Vergrößerungsglas hervor. »Das könnte helfen.« Er reichte es Hunter.

Hunter betrachtete den Blutfleck lange durchs Vergrößerungsglas. Aus einem Meter Entfernung sah er wie alle anderen Blutspritzer aus, doch sobald man näher heranging, fiel einem die eigenartige Form auf.

Ein Spritzer ist ein Tropfen Flüssigkeit, der sich durch die Luft bewegt und dann auf eine Oberfläche oder einen Gegenstand trifft, wodurch eine unregelmäßige Form entsteht. Und genau das war der Punkt. Die Form dieses Blutspritzers war kein bisschen unregelmäßig. Er sah aus wie eine annähernd perfekte, sehr dünne Mondsichel.

Hunters Blick ging zwischen dem Fleck und dem Opfer hin und her. Offensichtlich überlegte er etwas. Dann legte er, genau wie Garcia kurz zuvor, den kleinen Finger in die Mitte des Spritzers und drückte auf den Teppich. Danach betrachtete er die zahllosen anderen Spritzer, die den Mondsichelspritzer umgaben.

»Wonach suchen Sie?«, fragte Snyder.

»Nach einem anderen Fleck, der so ähnlich aussieht wie der hier.«

Garcia hatte auch bereits danach Ausschau gehalten. Er wurde als Erster fündig.

»Hier«, sagte er und deutete auf eine Stelle im Teppich, die gut fünfzig Zentimeter vom ersten Spritzer entfernt war. Dieser zweite Fleck sah nicht genauso aus wie der erste. Er bildete einen fast geschlossenen, wenngleich leeren Kreis. Im Wesentlichen hatte er die Form eines Rings.

Hunter betrachtete den Fleck; auch diesmal drückte er mit dem Finger gegen den Teppich. Ein Stück entfernt bildete das Blut keine einzelnen Spritzer, sondern eine zusammenhängende Lache. Hunter überlegte kurz, dann tastete er mit dem Finger innerhalb der Lache den Teppich ab.

»Was sind das für Flecke, was meinen Sie?«, fragte Snyder.

Hunter und Garcia waren mit dem Phänomen bereits von anderen Tatorten vertraut.

»Abdrücke«, antwortete Hunter, erhob sich und zeigte auf eine der Tatortlampen. »Von einem dreibeinigen Stativ. So ähnlich wie das da, allerdings ein bisschen kleiner. Es stand genau hier. Durch das Gewicht haben die Füße kleine Abdrücke im Teppich hinterlassen. Das dritte Bein muss irgendwo in der Blutlache da gestanden haben, danach habe ich eben gesucht.«

Snyders Augen wurden schmal.

»Der Täter hat alles gefilmt.«

35

Wurm schreckte aus dem Schlaf hoch, als sein Entführer die schwere Tür zu seiner dunklen Zelle so hastig aufriss, dass sie gegen die Betonwand krachte, wovon der gesamte Raum erzitterte. Ein donnernder Knall erschütterte die Luft.

Wie eine aufgescheuchte Ratte trat der Junge mit seinen mageren Beinen wild um sich, ehe er in verzweifelter Hast in die Ecke krabbelte, wo seine schmutzige Matratze an der feuchten Wand lag. Dort rollte er sich sofort zu einer Kugel zusammen und schützte mit den dürren Armen seinen bereits vernarbten Kopf.

Er hatte nichts Schlimmes getan. Wenigstens fiel ihm nichts ein. Er hatte die Küche, das Wohnzimmer und das Schlafzimmer seines Entführers geputzt, so wie jeden Tag.

Er hatte den Fußboden geschrubbt, die Duschwanne, den Abfluss und die Toilettenschüssel, und um zu beweisen, wie sauber alles war, hatte er die Toilettenbrille abgeleckt und aus der WC-Schüssel getrunken. Er war immer ganz leise. Er sprach nur, wenn er angesprochen wurde, und aß nur die Reste, die sein Entführer von seinem Frühstück und Abendessen übrig ließ – Mittagessen gab es nie.

Jeden Tag nach dem Frühstück und dem Saubermachen wurde Wurm wieder in seine Zelle eingeschlossen, wo er bis zum Abend blieb. Dann kam sein Entführer, um ihn zu schlagen, zu vergewaltigen oder beides. Danach durfte Wurm normalerweise die Reste vom Abendessen haben. Normalerweise, nicht immer.

Aber es war noch nicht Abend. Auf keinen Fall. Da war sich Wurm ganz sicher. Er hatte keine Uhr und auch sonst keine Möglichkeit, die Zeit zu messen, aber sein inneres Gefühl sagte ihm, dass es höchstens früher Nachmittag war. Andererseits brauchte sein Entführer keinen Grund, um in seine Zelle zu kommen und seine gewalttätigen und perversen Neigungen mit brutaler Grausamkeit an dem Jungen auszulassen.

In einer Mischung aus Wut und lähmender Furcht spannte sich Wurms Körper an. Er biss die Zähne aufeinander und wartete auf den ersten Schlag. Hand, Gürtel oder Peitsche. Man konnte nie wissen.

Doch diesmal blieb er aus.

»Na los, aufstehen, Wurm«, sagte das Monster von der Tür her.

In seinem Kopf nannte Wurm ihn »Monster«, denn was auch immer dieser Mann war, er war kein Mensch.

Wurm glaubte sich verhört zu haben. Nicht die Worte an sich waren anders, sondern der Tonfall. Darin schwang nicht das kleinste bisschen Wut mit. Der Ton erinnerte ihn an ihre erste Begegnung in der Nähe seiner Schule. Ein Tag, den Wurm bis an sein Lebensende verfluchen würde.

»Na los, Wurm, aufstehen und mitkommen. Ich will dir was zeigen.«

Ja, Wurm hatte richtig gehört. Der Tonfall des Mannes war freundlich und einladend, beinahe vergnügt.

Ganz langsam ließ Wurm die Arme sinken und sah seinen Entführer an. Seine Augen brauchten einen Moment, um sich an das Licht zu gewöhnen, das vom Korridor hereinfiel. Das Monster stand kurz hinter der Tür in seiner Zelle und starrte ihn an. Auch in seiner Miene war kein Anzeichen von Zorn zu erkennen.

»Na los, na los«, sagte er erneut und klatschte zweimal in die Hände. »Wir haben nicht den ganzen Tag Zeit. Auf geht's.« Seine letzten Worte begleitete er mit einer auffordernden Kopfbewegung. Dann drehte er sich um, trat zurück in den Korridor und wartete.

Wurm begriff nicht so recht, was passierte, aber er wollte das Monster auf keinen Fall warten lassen. Wie der Blitz sprang er auf die Füße, atmete tief die muffige, nach Schimmel riechende Luft ein und folgte seinem Entführer nach draußen.

Der Mann ging mit Wurm die knarrende Holztreppe in den ersten Stock hinauf und in einen mit Vorhängeschloss gesicherten Raum, in den Wurm bisher noch nie hineingedurft hatte. Der Raum war relativ klein, vielleicht sieben Quadratmeter, mit dunkelgrauem Linoleumboden und einem einzelnen Fenster an der westlichen Wand. Es war mit Stahlplatten zugenagelt, so dass niemand herein- oder hinausschauen konnte. Wände und Decke waren schwarz gestrichen und kahl. In der Ecke stand eine Lampe und tauchte das Zimmer in kaltes, orangefarbenes Licht. Der Raum enthielt keine Möbel bis auf ein Zweisitzersofa aus schwarzem Leder, das rechts neben der Tür stand und mit Blick auf einen großen Bildschirm ausgerichtet war. Der süßliche Moschusgeruch im Raum war Wurm gänzlich fremd. Sein Magen begann augenblicklich zu grummeln, und unwillkürlich hielt der Junge die Luft an und presste die Lippen so fest er konnte aufeinander.

Als er sich in dem düster wirkenden Zimmer umsah, fiel Wurm auf, dass das Sofa mit dicker Plastikfolie abgedeckt war.

»Ich bezeichne das Zimmer hier gerne als meinen Kinoraum«, erklärte das Monster beim Eintreten und breitete stolz die Arme aus, als wolle es einen unsichtbaren Freund umarmen.

Wurm blieb zögernd an der Tür stehen. Sein verängstigter Blick zuckte durch den Raum. »Perfekt, oder?« Das Monster lächelte. »Also, hättest du Lust, mit mir einen Film anzuschauen?« Er klang freundlich und zugewandt, wie ein Vater, der sich mit seinem Sohn unterhält.

Endlich atmete Wurm wieder ein, und prompt hatte er das Gefühl, sich übergeben zu müssen. Sein Blick huschte zum Monster. Er hatte keine Ahnung, wie er reagieren sollte.

Der Mann bemerkte seine Unsicherheit und kam ihm zu Hilfe.

»Aber klar hast du Lust, nicht wahr, Wurm?« Das Monster nickte zweimal, wie um die Entscheidung, die es anstelle des Jungen getroffen hatte, zu bekräftigen.

Mit großen Augen sah Wurm ihn an. Aus irgendeinem Grund machte ihm dieses Zimmer noch mehr Angst als seine Zelle im Keller.

»Nicht wahr, Wurm?«, wiederholte das Monster, und jetzt klang seine Stimme hart und bedrohlich.

Wurm spürte, wie er am ganzen Leib zu zittern begann, bevor er endlich mit einem zaghaften Nicken auf die Frage antwortete.

»Ausgezeichnet. Dann komm her und setz dich hin.« Das Monster klopfte ein paarmal mit der rechten Hand auf das Sofa.

Wurm zog die Tür hinter sich zu, ehe er mit unsicheren

Schritten ins Zimmer trat und sich auf den ihm zugewiesenen Platz setzte. Die Plastikfolie quietschte unter ihm.

Das Monster nahm die Fernbedienung in die Hand, die auf einer der Armlehnen des Sofas lag, und machte es sich neben dem Jungen bequem.

Wurm hatte eine Gänsehaut am ganzen Körper und blickte starr geradeaus, zu verängstigt, um seinen Entführer anzusehen.

»Oh, ich glaube, dieser Film wird dir gefallen, Wurm. Er ist gerade erst herausgekommen.« Das Monster drückte auf »Play« und lehnte sich zurück.

Wurm hockte ganz vorne auf der Sofakante, steif wie ein Brett, die Arme nach vorn ausgestreckt, die ineinander verschränkten Hände zwischen den nackten Schenkeln eingeklemmt.

Als die ersten Bilder über den Schirm flimmerten, runzelte Wurm die Stirn. Es gab keine Titelsequenz, keine stimmungsvolle Musik. Stattdessen begann der Film direkt mit der Nahaufnahme vom Gesicht einer Frau. Sie war vielleicht Anfang zwanzig, und ihre blauen Augen waren voller Tränen, blutunterlaufen und geschwollen. Sie hatte lange blonde Haare, die ihr bis auf die Schultern reichten.

»Bi ... bitte«, stammelte sie und blickte direkt in die Kamera. »Ich mache alles, was Sie wollen. Bitte tun Sie mir nicht weh.« Ihre Stimme zitterte bei jedem Wort.

Der Kamerawinkel erweiterte sich allmählich, bis der ganze Körper der Frau sichtbar wurde. Wurm musste schlucken. Sie war vollständig nackt und an einen Stuhl gefesselt, der in der Mitte eines Wohnzimmers zu stehen schien.

»Ist sie nicht hübsch, Wurm?«, fragte das Monster mit einem Lächeln.

Der Junge, wie festgenagelt von den Bildern, war unfähig zu antworten.

»Sie heißt Sharon«, fuhr das Monster fort. »Der Name gefällt mir, dir nicht auch?«

Keine Reaktion.

»Sag ihren Namen, Wurm«, befahl das Monster.

Endlich riss der Junge den Blick dem Bildschirm los und schaute den Mann an seiner Seite an. »Was?«

»Wie lautet ihr Name? Wiederhol ihren Namen. Ich habe ihn dir gerade genannt. Hast du etwa nicht aufgepasst?«

»Doch, Sir, habe ich.« Wurm klang beinahe so verängstigt wie die Frau.

»Dann sag ihren Namen. Und wehe dir, du machst einen Fehler.«

»Sh ... Sharon. Ihr Name ist Sharon.«

Das Monster hielt den Blick des Jungen lange fest. Sein Gesicht war eine undurchdringliche Maske.

»War das nicht richtig, Sir?«, fragte Wurm mit flehentlicher Stimme.

Endlich verzogen sich die Lippen des Mannes zu einem Lächeln, und er klang wieder glücklich. »Doch, das ist genau richtig. Aber sieh nicht mich an, Wurm. Sieh auf den Bildschirm. Es kommt noch viel besser.«

Wurm tat wie geheißen.

Whizzzzzzz. Plötzlich erfüllte ein lautes mechanisches Surren den Raum. Wurm machte vor lauter Schreck einen kleinen Satz in die Höhe. Im Film schrie Sharon in Todesangst auf, wandte das Gesicht ab und begann unkontrolliert zu schluchzen.

»Bitte ... nein, nein, nein.«

Mit jedem bisschen Kraft, das ihr zur Verfügung stand, warf sie sich auf ihrem Stuhl hin und her und versuchte sich verzweifelt zu befreien. Ohne Erfolg.

Gleich darauf kam von der linken Seite jemand ins Bild. Wurm brauchte eine Weile, bis er erkannte, dass die Person, die im Bild auftauchte, niemand anderes war als der Mann, der neben ihm saß – das Monster. Er trug seltsame Kleidung und war von Kopf bis Fuß in einen anscheinend handgemachten, durchsichtigen Plastikanzug gehüllt. In der Hand hielt er ein kleines Gerät, das die Quelle des lauten Surrens zu sein schien.

»Weißt du, was das ist, Wurm?«, fragte das Monster und deutete auf das Gerät.

Wurm schüttelte den Kopf.

»Das ist ein elektrischer Schleifer. Fantastische kleine Maschine. Sehr leistungsstark.«

Wurm blickte das Monster voller Entsetzen an. Ihm lief ein kalter Schauer über den Rücken.

Das Monster lächelte ihn an. »Ganz genau, Wurm. Du hast es erfasst. Ich werde ihr das Gesicht abschleifen. Sieh nur hin.« Er zeigte auf den Fernseher.

Der Junge rührte sich nicht. War wie gelähmt.

»Sieh hin«, befahl das Monster, packte den Jungen am Kinn und drehte sein Gesicht mit Gewalt zum Bildschirm.

Sharon war vollkommen panisch, sie schrie wie von Sinnen und warf sich auf ihrem Stuhl hin und her, doch ihre verzweifelten Bemühungen schienen das Monster kein bisschen zu beeindrucken. Im Gegenteil, sie schienen es nur noch mehr zu erregen. Es trat näher und hob das Schleifgerät, bis es nur noch wenige Zentimeter von ihrem Gesicht entfernt war. Als sie den Luftzug und die Hitze spürte, die die mit vierhundertzwanzig Watt rotierende Scheibe verursachte, explodierte ihre Angst, und sie verlor die Kontrolle über ihre Blase.

Der Junge konnte nicht mehr hinsehen. Instinktiv schloss er die Augen und wandte den Kopf ab.

KLATSCH.

Das Monster schlug ihm mit solcher Kraft ins Gesicht, dass Wurm vom Sofa auf den Boden fiel und kleine helle Punkte vor den Augen sah.

Das Monster hielt den Film an.

Der Junge hob die Hand an seine schmerzende Wange. Tränen liefen ihm über das Gesicht. Aus seinem Mundwinkel rann ein dünnes Rinnsal Blut.

»Mach die Augen auf und setz dich wieder hin, Wurm. Wenn du auch nur mit dem Gedanken spielst, sie wieder zuzumachen, wirst du am eigenen Leib erfahren, wie schmerzhaft eine elektrische Schleifmaschine sein kann, denn ich werde dir die Haut vom Rücken schälen. Hast du verstanden?«

Wurm holte zitternd Luft. »Ja, Sir. Es tut mir leid, Sir.« Auf wackligen Beinen stand der Junge auf und kehrte zum Sofa zurück.

»Brav.«

Sein Entführer drückte wieder auf »Play«. Auf dem Bildschirm hatte Sharon aufgehört sich zu bewegen. Ihre Angst war so übermächtig, dass sie davon wie gelähmt war. Jetzt konnte sie nur noch auf ein Wunder hoffen. Aber das Wunder blieb aus.

Als das Gerät mit ihrem Gesicht in Berührung kam, spritzten Blut und Hautfetzen von der Schleifscheibe in alle Richtungen wie ein roter Regen. Der Schrei, den sie ausstieß, kam tief aus ihrer Kehle und war so markerschütternd, dass er sogar das ekelhafte Sirren des Schleifgeräts übertönte.

Wurm spürte, dass er sich jeden Moment übergeben würde, doch er wusste, wenn er wegsah oder die Augen schloss, würde das Monster ihm weh tun, wie es ihm noch nie zuvor weh getan hatte. Da er keine andere Möglichkeit sah, tat der Junge das Einzige, was ihm einfiel. Um nicht die Augen zu schließen, hob er die Hände ans Gesicht und hielt sich mit Daumen und Zeigefinger die Augenlider gewaltsam offen. So starrte er weiter auf den Bildschirm.

36

»Detective Garcia, Mord I«, sagte Garcia in sein Handy, nachdem es zweimal geklingelt hatte. Er und Hunter waren gerade ins Police Administration Building zurückgekehrt, nachdem sie den Großteil des Morgens und Nachmittags am Tatort in Venice verbracht hatten.

»Detective, hier ist Officer Woods.«

Officer Gary Woods leitete die Haustürbefragung in den Hollywood Hills. Wegen der Ereignisse am Vormittag hatte Garcia überhaupt nicht mehr daran gedacht.

»Sir, Sie hatten mich gebeten, Sie umgehend zu informieren, falls sich etwas ergibt.«

»Ja, das ist richtig.«

»Ich glaube, wir haben hier einige neue Informationen für Sie.«

»Okay. Sind schon unterwegs.«

Wegen des spätnachmittäglichen Stop-and-go-Verkehrs dauerte die Fahrt von South Central zurück zum Upper Laurel Canyon fast siebzig Minuten. Als Hunter und Garcia endlich ihr Ziel erreicht hatten, warteten Officer Woods und sein Partner in ihrem Streifenwagen auf sie. Sie parkten vor Haus Nummer 8420, zehn Häuser von den Bennetts entfernt.

»Detectives«, grüßte Woods und stieg aus dem Wagen. Er war etwa fünfundvierzig Jahre alt und hatte glatte rostrote Haare, volle Lippen, lange, buschige Augenbrauen und dunkelbraune, fast schwarze Augen. Er sah aus wie ein nachdenklicher Wolf in Polizeiuniform. Sein Partner, der den Eindruck machte, als würde er bereits die Minuten bis zum Ende seiner Schicht zählen, blieb im Wagen sitzen.

Hunter und Garcia erwiderten die Begrüßung.

»Also«, begann Woods. »Wie angewiesen, haben wir an

jede Tür geklopft, von ganz oben an der Straße bis runter zur Laurel Pass Avenue, einschließlich der Häuser im Carmar Drive.« Er zeigte auf die Straße, die rechts von der Allenwood Road abzweigte. »Macht insgesamt neunundsechzig Häuser. Wir haben mit jedem Bewohner gesprochen, der zu Hause war, auch mit Minderjährigen.« Sein Blick pendelte von Hunter zu Garcia, dann zurück zu Hunter. »Ich muss gestehen, in Anbetracht der Gegend hier kam mir das anfangs vollkommen sinnlos vor. Und das Ergebnis war auch wie erwartet, genau wie bei der ersten Haustürbefragung konnte sich niemand daran erinnern, etwas oder jemand Ungewöhnliches beobachtet zu haben – in erster Linie weil es hier oben so was wie »ungewöhnlich« nicht gibt, wenn Sie verstehen, was ich meine. Aber nach etwa der Hälfte der Häuser sind wir dann doch auf etwas gestoßen, das zumindest vielversprechend klang.« Er machte eine Pause und zuckte mit den Schultern. »Es könnte auch vollkommen unwichtig sein, aber das ist nicht meine Entscheidung. Ich erstatte nur Bericht, so wie angeordnet.«

»Okay«, sagte Garcia. »Also, wo müssen wir hin?«

»Genau hier«, sagte Woods und drehte sich zum Haus Nummer 8420 um, einem zweigeschossigen Gebäude aus roten Ziegeln mit Walmdach, einem akkurat gemähten Rasen und Gartenwegen, die sich durch gepflegte Blumenbeete schlängelten. Zwei Fahrzeuge parkten in der Einfahrt – ein weißer GMC Yukon und ein metallicblauer Tesla S.

»Die Info kam von einem Kind«, fuhr Woods fort und deutete mit einem Kopfnicken in Richtung Haus. »Marlon Sloan. Dreizehn Jahre alt. Machte einen ziemlich intelligenten Eindruck, war aber furchtbar schüchtern.« Er zückte seinen Notizblock. »Soll ich Ihnen erzählen, was der Junge mir gesagt hat, oder wollen Sie lieber selbst mit ihm sprechen?«

Hunter stellte ein gewisses Zögern im Tonfall des Officers fest. »Warum? Wissen Sie nicht mehr genau, was er Ihnen gesagt hat?«

Woods legte den Kopf schief und zog die Brauen zusammen. Es sah aus, als wollten sich zwei haarige Raupen küssen.

»Wie gesagt«, meinte er. »Der Junge ist extrem schüchtern. Während er mir die Geschichte erzählt hat, konnte er mich kaum ansehen. Er wirkte nervös, beinahe schon verängstigt. Vielleicht ist das einfach sein Naturell, aber könnte ja auch sein, dass mehr dahintersteckt. Ich bin mir nicht sicher. Aber ich weiß, dass Detectives gerne die Menschen beobachten, während sie mit ihnen reden, deshalb habe ich Sie hergebeten.«

Garcia nickte, ehe er sich an Hunter wandte. »Na ja, jetzt, wo wir schon mal hier sind, können wir uns doch mit dem Jungen unterhalten.«

Wenige Sekunden nachdem Officer Woods geklingelt hatte, öffnete ihnen eine vielleicht ein Meter fünfundsechzig große Frau Anfang vierzig, die eher nett aussehend als attraktiv war. Sie trug ein schwarzes Kleid mit Spaghettiträgern, schwarze Strumpfhosen und flache Pumps. Ihre von Natur aus gewellten kastanienbraunen Haare reichten ihr bis knapp über die Schultern und umrahmten ein zierliches, rundes Gesicht.

»Hallo noch mal, Ms Sloan«, sagte Woods.

Der Blick der Frau ruhte nur kurz auf dem Officer, ehe sie sich fragend den anderen beiden Männern zuwandte, die auf ihrer Schwelle standen.

Kurz nachdem Hunter und Garcia sich vorgestellt hatten, tauchte ein blasser, dünner Junge mit kurzen blonden Haaren und einer Drahtbrille einige Meter hinter Ms Sloan im Flur auf. Er war gut zwei Zentimeter größer als seine Mutter, trug Jeans und ein schwarzes T-Shirt mit der Abbildung eines reich verzierten Totenschädels. Unter dem Schädel stand in weißen Buchstaben der Name einer Band – *Aesthetic Perfection.*

Hunter neigte den Kopf zur Seite, um die Aufmerksamkeit des Jungen zu erregen.

»Na?«, sagte er und winkte lässig. »Ich bin Detective Robert Hunter vom LAPD, und das da ist mein Partner, Detective Carlos Garcia. Du bist bestimmt Marlon, oder?«

Der Junge nickte stumm. Er hielt Hunters Blick nur eine Sekunde stand, ehe er wieder wegschaute.

Woods sah Hunter und Garcia an. Sein Blick sagte: *Ich hab's Ihnen doch gesagt, der Junge ist schüchtern.*

»Hi, Marlon«, sagte Woods und spähte über Ms Sloans Schulter hinweg. »Das hier sind die Detectives, von denen ich dir vorhin erzählt habe. Sie haben noch ein paar Fragen an dich. Würde es dir was ausmachen, ihnen noch mal zu erklären, was du mir eben gesagt hast?«

»Entschuldigen Sie«, schaltete sich die Mutter ein. Sie klang ein wenig gestresst. »Aber das ist doch wohl reine Zeitverschwendung – für uns wie für Sie. Er wird den beiden auch nichts anderes sagen können, als was er Ihnen vorhin schon gesagt hat.« Sie sah auf ihre Uhr. »Außerdem haben wir in weniger als einer Stunde einen Termin beim Therapeuten.« Sie wandte sich an ihren Sohn. »Wir müssen bald los.«

Hunter beobachtete den Jungen; als seine Mutter das Wort »Therapeut« erwähnte, schaute Marlon nach links, presste die Lippen aufeinander und vergrub die Hände tief in den Taschen seiner Jeans. Eine ablehnende Reaktion, die durchblicken ließ, dass er selbst von seinen Therapiesitzungen nicht besonders angetan war.

»Wir machen es so kurz wie möglich, Ms Sloan«, versprach Hunter ruhig, um ihr und dem Jungen die Unsicherheit zu nehmen. »Aber es ist wirklich sehr wichtig.«

Ehe Ms Sloan etwas erwidern konnte, sprach Hunter den Jungen direkt an.

»Marlon, wir brauchen wirklich deine Hilfe. Wenn du nur ein paar Minuten Zeit für uns hättest. Bitte.«

Endlich kam Marlon nach vorn und stellte sich neben seine Mutter.

»Können Sie sich ausweisen?«, fragte er. Diesmal hielt er den Blickkontakt ein wenig länger aufrecht als zuvor.

Von dieser Frage waren alle überrascht, selbst die Mutter des Jungen, die ihn ansah, als hätte er etwas sehr Unhöfliches gesagt.

»Sicher«, sagte Hunter, griff nach seinem Dienstausweis und reichte ihn dem Jungen. Garcia machte es ebenso.

Der Junge studierte sie aufmerksam und gründlich, als wäre er ein Experte, der echte von gefälschten Dienstausweisen unterscheiden konnte.

»Morddezernat«, sagte er, als er den beiden Detectives die Ausweise zurückgab.

»Wie bitte?«, fragte Ms Sloane erstaunt. Sie sah erst ihren Sohn an, dann Hunter und Garcia. Als sie vorhin die Dienstausweise der Männer betrachtet hatte, war ihr dieses Detail nicht aufgefallen. »Morddezernat?«

»Ja, das ist korrekt, Ma'am«, sagte Hunter und gab ihr erneut seinen Ausweis. »Leider hat sich das, was als Entführung anfing, zu einem Mordfall ausgeweitet. Die Leiche der Frau wurde gestern Morgen gefunden. Deshalb befragen wir jetzt noch einmal sämtliche Anwohner.«

»O mein Gott!«, rief Ms Sloan und gab Hunter seinen Ausweis zurück. Ihre Genervtheit war verflogen. »Das tut mir so schrecklich leid. Ich hatte ja keine Ahnung.« Sie legte ihrem Sohn in einer schützenden Geste den Arm um die Schultern und zog ihn an sich.

»Diesmal könnte jede Einzelheit, egal wie nebensächlich sie Ihnen vielleicht erscheint, sehr wichtig für uns sein«, betonte Hunter.

»Natürlich, natürlich«, sagte Ms Sloan entschuldigend, ehe sie einen Schritt nach links trat. »Bitte, warum kommen Sie nicht herein?«

37

Hunter, Garcia und Officer Woods folgten Ms Sloan und Marlon durch einen kleinen Vorraum, dann an einer Wendeltreppe vorbei ins Wohnzimmer des Hauses. Antike Möbel beherrschten den großen, einladenden Raum. Die Wände, mit einer breit gestreiften Tapete in Grün- und Olivtönen tapeziert, schmückten mehrere Ölgemälde, die allesamt wie Originale aussahen. Ein großer langfloriger Teppich mit grünen und weißen Streifen lag in der Mitte des Raumes, darum herum stand ein beeindruckendes Ensemble geschnitzter Mahagonisofas und Sessel im viktorianischen Stil. Von der Mitte der Decke hing ein eleganter Kristallkronleuchter, der das Zimmer in sanftes Licht tauchte.

Ms Sloan führte die Gruppe zu den Sitzmöbeln. Sie und ihr Sohn nahmen auf einem der Sofas Platz, Hunter und Garcia auf dem anderen. Officer Woods entschied sich für einen der holzgerahmten Sessel. Als sie saßen, legte Ms Sloan ihrem Sohn erneut den Arm um die Schultern.

Hunter beobachtete den Jungen aufmerksam. Officer Woods hatte nicht übertrieben, er war wirklich ungewöhnlich schüchtern. Er fühlte sich in Gegenwart von Menschen, vor allem wenn es Fremde waren, unwohl und hilflos und ging damit um, indem er so wenig wie möglich mit anderen interagierte, sich auch körperlich in sich zurückzog und keinen oder nur sehr wenig Blickkontakt aufbaute. Er umgab sich gewissermaßen mit Mauern, um sich gegen das unangenehme Gefühl zu schützen – ein Verhalten, das ihm vermutlich gar nicht bewusst war und das in der Welt von heute durchaus keine Seltenheit darstellte. Die Umarmung seiner Mutter schien ihm peinlich zu sein.

Hunter wollte nicht zu viel von ihrer Zeit in Anspruch

nehmen, gleichzeitig war es ihm wichtig, dass Marlon sich einigermaßen wohl fühlte.

»Übrigens, tolle Band«, sagte er, als er und Garcia sich setzten, und deutete auf das T-Shirt des Jungen.

Marlon hob langsam den Blick vom Fußboden und sah Hunter an. Erstaunen gepaart mit einer Spur Unglauben spiegelte sich in seinem Gesicht. Immerhin, diesmal brach er den Augenkontakt nicht gleich wieder ab.

»Sie kennen Aesthetic Perfection?« Marlons Tonfall, anders als sein Gesichtsausdruck, war wesentlich stärker von Unglauben als von Erstaunen geprägt.

Hunter nickte. »Ich habe sie ein paarmal live gesehen.«

Marlon rückte die Brille auf seiner Nase zurecht und betrachtete den Detective einen Moment lang.

Hunter war sich bewusst, dass er begutachtet wurde.

»Echt?«, sagte Marlon schließlich. Der Unglauben war einer verhaltenen Skepsis gewichen. »Haben Sie einen Lieblings-Song?«

Der Junge ist schlau, dachte Hunter bei sich. *Und sehr vorsichtig*. Er hatte aus Hunters freundlich gemeinter Bemerkung einen Test gemacht.

»Ich würde nicht unbedingt sagen, dass ich einen Song am tollsten finde«, antwortete er. »Ich mag eigentlich fast alles von ihnen, vor allem die beiden letzten Alben. Aber wenn ich einen aussuchen müsste, der mir besonders gut gefällt, dann vielleicht ›Antibody‹ oder ›Lights Out‹. Und du, hast du einen Lieblings-Song?«

Erneut zögerte der Junge, sichtlich perplex über eine Antwort, mit der er nicht gerechnet hatte. In der Folge wurde seine steife Körperhaltung ein wenig lockerer. Ganz unbewusst verzogen sich seine Lippen zur Andeutung eines Lächelns.

»›Antibody‹ ist ein cooler Song«, stimmte er zu. »Und ›Inhuman‹ mag ich auch ganz gern. Aber Sie haben recht, eigentlich sind fast alle Songs super.« Er betrachtete Hunter erneut eine Zeitlang. »Kennen Sie auch eine Band namens God Module?«

Hunter dachte eine Weile angestrengt nach. »Nein, ich glaube, von der habe ich noch nicht gehört.«

»Wenn Sie Aesthetic Perfection mögen, gefällt Ihnen God Module garantiert auch. Hören Sie mal rein.«

»God Module.« Hunter nickte. »Danke. Werde ich mir merken.«

Ms Sloan verfolgte diesen kurzen Wortwechsel halb verdattert, halb fasziniert. Sie erlebte es nur höchst selten, dass ihr Sohn sich freiwillig mit einem Fremden auf ein Gespräch einließ.

»Tut mir leid«, wandte sich Hunter an Ms Sloan. »Ich weiß, Sie sind in Eile.«

»Äh ... ja, ein bisschen, das stimmt.« Sie warf einen Blick auf ihren Sohn.

»Marlon«, begann Hunter. »Könntest du uns noch mal schildern, was du vorhin Officer Woods erzählt hast?«

Der Junge nickte. »Klar. Er hat mich gefragt, ob ich mich an ein Fahrzeug erinnern kann oder an jemanden, der in den letzten Wochen hier in der Straße gewesen ist – also, jemanden, der nicht hier wohnt. Oder ein Auto, das ich noch nie hier gesehen habe.«

»Genau«, bestätigte Hunter.

»Ich möchte nur kurz dazu sagen, dass Marlon nicht gerne aus dem Haus geht, verstehen Sie?«, ging Ms Sloan dazwischen. »Er fühlt sich draußen nicht so wohl.«

»Mom«, fiel Marlon seiner Mutter ins Wort. Er klang verärgert und verlegen. »Dann bin ich halt lieber im Haus, na und? Augen hab ich trotzdem. Und mein Zimmer hat ein großes Fenster, da gucke ich gerne raus.« Er zuckte kurz mit den Schultern, um den Arm seiner Mutter abzuschütteln.

»Dann hast du also was durch dein Fenster gesehen?«, fragte Hunter ruhig, um Marlons Aufmerksamkeit wieder auf sich und den Grund ihres Hierseins zu lenken.

»Ja, hab ich«, bestätigte der Junge und rückte einige Zentimeter von seiner Mutter ab. »Ich hab von meinem Zimmer aus einen ziemlich guten Blick auf den Großteil der Straße.«

Schon draußen war Hunter die strategisch günstige Lage des Sloan-Hauses in Beziehung auf den Straßenverlauf und das Haus der Bennetts aufgefallen.

»Okay, und was hast du gesehen?«

»Na ja, also, ich glaube, dazu muss ich ein bisschen weiter ausholen«, begann Marlon. »Vor ungefähr vier Wochen gab es hier nämlich ein Problem mit den Telefonmasten. Genauer gesagt, mit *einem* Mast. Dem vor Haus Nummer 8456.« Er zeigte Richtung Norden. »Alle Telefone im Umkreis waren tot.«

»Ja, daran erinnere ich mich noch«, unterbrach Ms Sloan erneut.

Ehe er fortfuhr, warf Marlon ihr einen Blick zu, wie um zu sagen: *Jetzt lass mich doch einfach mal erzählen, Mom.*

»Also«, nahm er den Faden wieder auf. »Am späten Nachmittag sind dann zwei Techniker von AT&T gekommen und haben den Schaden repariert. Ich hab gesehen, wie sie oben am Mast an den Kabeln gearbeitet haben.«

Hunter nickte, sagte jedoch nichts, sondern ließ den Jungen in seinem eigenen Tempo weitererzählen.

»Was mir komisch vorkam«, sagte Marlon, »war, dass zwei Tage später noch mal ein Techniker kam und an demselben Mast was gemacht hat.«

Garcia runzelte die Stirn. »Warum kam dir das komisch vor?«

Erneut rückte Marlon seine Brille zurecht. »Na ja, erstens weil es gar kein Problem mit den Telefonleitungen mehr gab. Der Fehler war ja zwei Tage vorher repariert worden. Und zweitens, weil dieser Techniker ganz allein kam und eine Teleskopleiter benutzt hat, um zu den Kabeln oben am Mast raufzukommen. Das ist ein ziemlich hoher

Mast. Die AT&T-Techniker davor hatten einen Wagen mit Hebebühne.«

Garcia schielte zu Hunter, dessen Blick weiterhin auf den Jungen gerichtet war.

»Und dann«, fuhr Marlon fort, »vor einer Woche oder so, war derselbe Techniker noch mal da, wieder an demselben Telefonmast. Und wieder mit einer Teleskopleiter, nicht mit einer Hebebühne. Aber diesmal hab ich ihn auch wegfahren sehen.« Marlon machte eine Pause – vielleicht des Effekts wegen, vielleicht weil er Luft holen musste. »Er fuhr aber keinen Lieferwagen von AT&T oder von irgendeiner anderen Telefongesellschaft, sondern einen Yukon, den hatte er auf der anderen Straßenseite abgestellt. Er sah genauso aus wie der von Mom, nur in schwarz. Er hat die Leiter oben aufs Dach geschnallt und ist weggefahren.«

»Und das war vor ungefähr einer Woche?«, vergewisserte sich Hunter.

»Ja«, bestätigte Marlon. »Ich glaube, zwei oder drei Tage bevor die Polizei das erste Mal bei uns geklingelt hat.«

Diesmal tauschten Hunter und Garcia einen leicht beunruhigten Blick.

Ein lautes Knacken kam aus dem Funkgerät an Officer Woods' Gürtel. Rasch griff er danach und stand auf.

»Bitte entschuldigen Sie mich, Ma'am.« Dann wandte er sich an die Detectives. »Ich habe auf eine Info gewartet, das wird sie sein. Ich warte draußen auf Sie.« Er wandte sich erneut an Ms Sloan, die Anstalten machte aufzustehen. »Schon gut, Ma'am, ich finde allein raus.« Damit drehte er sich um und verließ das Zimmer.

Hunter machte mit der Befragung weiter. »Konntest du diesen Techniker gut sehen?«

»Nur von hinten, während er oben auf dem Mast war«, antwortete der Junge und machte ein enttäuschtes Gesicht. »Er war groß, ungefähr so wie Sie beide. Und er war nicht dick wie die anderen beiden Techniker.«

»War er dünn? Muskulös?« Diesmal kam die Frage von Garcia.

»Konnte ich nicht sehen. Er hatte eine Jacke an.«

»Eine AT&T-Jacke?«

»Weiß ich nicht mehr, aber ich glaub nicht.«

»Was ist mit seiner Haarfarbe?«

Abermals schüttelte der Junge niedergeschlagen den Kopf. »Tut mir leid, die konnte ich nicht richtig erkennen. Er hatte eine Baseballkappe auf. Ich hab auch nicht weiter auf ihn geachtet, es hat ja nicht so ausgesehen, als würde er was Verbotenes machen. Er ist mir überhaupt nur wieder eingefallen, weil der Officer vorhin noch mal nachgefragt hat. Die einzigen Leute in der Straße, die keine Anwohner waren, waren die beiden AT&T-Techniker, dieser andere Techniker, von dem ich eben erzählt hab, und die Polizei. Mehr nicht.«

Die Schilderung des Jungen war leicht nachzuvollziehen.

»Was war mit seinem Auto?«, fragte Hunter weiter. »Du hast gesagt, es war ein schwarzer GMC Yukon?«

»Ja, genau.«

Hunter bemerkte, wie Ms Sloan erneut auf die Uhr schielte.

»Und er hatte einen Dachgepäckträger«, fügte er hinzu.

»Ja.«

»Ist dir an dem Wagen sonst noch was aufgefallen? Zum Beispiel ... ob er Beulen oder Kratzer hatte? Aufkleber an der Stoßstange oder an den Scheiben? Irgendwas, woran du dich erinnern kannst?«

Marlon betrachtete seine Hände. »Tut mir leid. Ich weiß nur noch, dass es ein schwarzer Yukon war.«

Hunter und Garcia wechselten erneut einen Blick. Sie hatten alles, was sie von Marlon und seiner Mutter brauchten – zumal Letztere jetzt wieder recht ungeduldig wirkte.

Sie standen auf, bedankten sich bei Marlon und Ms Sloan und machten sich auf den Weg zur Tür. Als Ms Sloan sie hinausbegleitete, richtete Hunter das Wort an sie.

»Die Therapie, zu der Sie jetzt mit Marlon wollen, ist die wegen seiner Angststörung?«

Ms Sloan zog die Brauen zusammen, überrascht von der präzisen Diagnose. Ihre nächsten Worte klangen sehr vorsichtig. »Ja ... das ist richtig.«

Hunter warf einen Blick auf Marlon, der gleich hinter seiner Mutter stand. Er hatte die Frage gehört und schien sich zu schämen.

»Seit wann?«, fragte Hunter weiter. »Wie lange macht er die Therapie schon?«

Ms Sloans Stirnrunzeln vertiefte sich.

»Tut mir leid, aber ich verstehe nicht ganz, wieso Sie das etwas angeht, Detective?«

»Es hat bislang nicht viel gebracht, oder?«

Ms Sloan wirkte beleidigt.

»Sie sollten damit aufhören«, sagte Hunter.

Hinter dem Rücken seiner Mutter zeigte Marlon das Gespenst eines Lächelns.

»Wie bitte?«, sagte Ms Sloan.

»Sie sollten die Therapie abbrechen«, wiederholte Hunter.

»Und warum um alles in der Welt sollte ich das tun?«

Hunters Blick fand den von Marlon und kehrte dann wieder zu seiner Mutter zurück. »Die traurige Wahrheit ist, dass Therapien und Besuche beim Psychologen größtenteils meist nichts bringen. Es liegt im finanziellen Interesse der Therapeuten, dass ihre Klienten immer wiederkommen. Marlons Zustand ist weitaus normaler, als Sie denken, Ms Sloan. Und obwohl Sie vielleicht glauben, dass Sie Ihrem Sohn helfen, indem Sie ihn so behüten, irren Sie sich.«

Ms Sloan funkelte Hunter an. Sie war sichtlich empört.

Hunter jedoch ignorierte sie und wandte sich stattdessen direkt an Marlon. »Versuch mal, dich jede Woche einen Block weiter aus deiner Komfortzone hinauszubewegen,

Marlon – egal wie weit das ist. Wenn du einen ganzen Block nicht schaffst, dann eben einen halben. Such dir eine Bank und setz dich hin. Sobald deine Atmung sich beruhigt hat, fragst du einen Passanten nach der Uhrzeit. In der nächsten Woche fragst du zwei. In der Woche danach drei. Nächsten Monat gehst du noch einen Block weiter aus deiner Komfortzone heraus und machst genau dasselbe wie vorher. Du wirst sehen, in null Komma nichts findest du neue Freunde, und die Sache mit der Angst hat sich erledigt.«

Ms Sloans Blick war jetzt nicht mehr giftig, sondern unverhohlen neugierig.

»Du brauchst keinen Therapeuten, der dir irgendwas einredet, um das zu schaffen, Marlon. Das kannst du ganz alleine. Einen Schritt nach dem anderen.«

38

Vorsichtig hob Wurm die linke Hand ans Gesicht, doch seine Fingerspitzen berührten nur Luft. Einen Zentimeter vor der geschwollenen Haut, die sein linkes Auge umgab, hielten sie inne.

Sein Trick im Kinoraum hatte gut funktioniert. Mit beiden Daumen und Zeigefingern hatte er sich die Augen offen gehalten, während sich vor ihm auf dem großen Bildschirm die grauenhaftesten Szenen abspielten, die er je gesehen hatte. Das Monster schien es nicht weiter zu stören, dass er die Finger zu Hilfe nahm. Im Gegenteil, es lachte sogar und lobte Wurm für seinen Einfallsreichtum.

»Gefällt mir, Wurm«, sagte es, während es mit seinem dreckigen Fingernagel zwischen seinen Zähnen stocherte. »Du warst mit einem Problem konfrontiert, und du hast dir eine gute Lösung einfallen lassen. Das ist schlau. Schlau gefällt mir.«

Wurm hatte gar nicht gemerkt, wie ihm das Atmen immer schwerer fiel. Er hatte noch nie in seinem Leben so viel Blut gesehen. Er hatte auch noch nie solche Schreie gehört wie die der Frau – rau und herzzerreißend und voller Schmerzen und Angst und vollkommen ohne jede Hoffnung.

Sharon, das war ihr Name. Der Mann hatte ihm befohlen, ihn während des Films noch einige Male zu wiederholen. Wurm würde den Namen nie mehr vergessen.

Sharon hatte irgendwann das Bewusstsein verloren. Sie hatte die Schmerzen länger ertragen, als Wurm für möglich gehalten hätte. Mehrere Minuten lang. Wurm hatte gehofft, dass sie ihren Willen zu leben aufgeben und sich ins Unvermeidliche fügen würde. Dass der Film und ihre Qualen dann endlich vorbei wären. Er irrte sich gründlich.

Der Film ging weiter. Wurm sah, wie das Monster das Schleifgerät ausschaltete, auf den Boden legte und dorthin ging, wo die Kamera aufgebaut war. Es zoomte näher an die widerliche Fleischmasse ihres Gesichts heran. Hautlappen und Muskelfetzen hingen an ihrer Stirn. Das Blut lief in Strömen aus den Wunden. Es lief über das, was noch von ihrem Gesicht übrig war, an ihrem Kinn entlang und tropfte auf ihren nackten Oberkörper. Aber Wurm sah, dass Sharon noch atmete.

Ihre Tortur war noch längst nicht zu Ende.

»Augen offen lassen, Wurm«, sagte das Monster voller Aufregung in der Stimme. »Gleich wird es erst richtig gut.«

Wurm hatte das Gefühl, als hätte er etwas Lebendiges im Magen, das langsam nach oben in Richtung Brust kroch. Vor Entsetzen war sein Mund halb geöffnet. Seine Hände zitterten, und er musste immer wieder die Finger anspannen, um ja nicht seine Lider loszulassen. Kalter Schweiß lief ihm über das Gesicht und rann seinen Rücken hinab.

Das Bild wurde kurz schwarz, dann ging der Film weiter.

»Ich musste eine kleine Pause machen.« Aus irgendeinem Grund hatte der Mann das Bedürfnis, die Unterbrechung zu erklären. »Ich habe fast zwanzig Minuten gebraucht, um sie wieder aufzuwecken. Eins sag ich dir, Wurm, das war eine ganz schön zähe Schlampe.« Er ließ ein krächzendes, überschnappendes Lachen hören, bei dem es den Jungen eiskalt überlief.

Der neue Teil begann dort, wo der andere aufgehört hatte. Mehr Blutspritzer und winzige Hautfetzen flogen durch die Gegend, herumgeschleudert von der rotierenden Schleifscheibe, bevor sie wie Regen herabfielen.

»Das nächste Mal kannst du vielleicht dabei sein, Wurm. Wie fändest du das? Wäre es nicht toll, wenn du alles hautnah miterleben könntest?«

Was auch immer in Wurm hochkrabbelte, es wurde immer schneller. Dann schoss es ganz plötzlich mit ungeheurer Geschwindigkeit seine Kehle hinauf.

Wurm hätte es nicht für möglich gehalten, aber Sharons Schreie waren noch lauter geworden. Sie stachen in seinen Ohren wie Nadeln. Er bemühte sich immer noch krampfhaft, die Augen offen zu halten, aber er war machtlos gegen das Ding, das mit der Gewalt einer rollenden Lawine aus seinem Magen hochkam und seinen Mund überschwemmte.

Wurms Körper zuckte krampfend nach vorn, und er erbrach das wenige, was er im Magen hatte, in einem Schwall auf dem dunkelgrauen Linoleumfußboden. Einige Spritzer landeten auf dem Fernseher.

»Du undankbare kleine Ratte«, knurrte das Monster und sprang mit einem Satz vom Sofa auf. Es musste aufpassen, um nicht in das Erbrochene zu treten.

Der Junge sah zu dem Mann auf, nackte Panik in den Augen. »Es tut mir leid, Sir, ich mache es wieder sauber. Es tut mir leid.« Er fiel auf die Knie und versuchte das Erbrochene mit den Händen aufzusammeln.

PENG.

Die offene Handfläche des Mannes traf seine Wange direkt unterhalb des linken Auges mit solcher Kraft, dass der Junge über den Boden flog und mit dem Kopf gegen die Wand schlug. Wurms Augen verdrehten sich in ihren Höhlen, dann brach er wie ein leerer Sack am Boden zusammen.

Das Monster packte den bewusstlosen Jungen bei den Haaren, schleifte ihn aus dem Zimmer und warf ihn wieder in seine Zelle.

39

»Was war denn das gerade?«, wollte Garcia von Hunter wissen, als die beiden sich wieder zu Officer Woods neben dessen Streifenwagen gesellten.

»Ach, nichts weiter. Ich wollte dem Jungen nur einen kleinen Rat geben.«

»Okay«, sagte Woods, nachdem er etwas auf seinen Notizblock geschrieben hatte. »Ich hatte gerade Funkkontakt mit der Zentrale. Bevor Sie zwei hergekommen sind, hatte ich sie gebeten, Marlons Aussage zu überprüfen. Das war die Info, auf die ich gewartet habe.«

Hunter und Garcia waren insgeheim beeindruckt von Officer Woods' Eigeninitiative. Die meisten Polizisten hätten eine solche Arbeit den Detectives überlassen.

»Und?«, fragte Garcia.

»Sagen Sie es mir«, meinte Woods und schaute in seine Notizen. »Es gab wirklich ein Problem mit den Telefonleitungen, das letzten Monat gemeldet wurde. Am zwölften hat AT&T zwei Techniker geschickt, und ja, sie hatten eine Hebebühne. Die Störung wurde noch am selben Tag behoben. Seitdem hat AT&T keine weiteren Fehlermeldungen reinbekommen, und ihnen liegen keine Angaben über andauernde Probleme mit den Telefonleitungen in dieser Gegend vor. Sie haben auch gesagt, dass sie seit Beseitigung des Fehlers keine Techniker mehr hergeschickt haben. Weder am Vierzehnten letzten Monats noch an irgendeinem anderen Tag, einschließlich der vergangenen Woche.«

»Und es hätte nicht eine andere Telefongesellschaft sein können?«, fragte Garcia.

»Nein«, antwortete Woods. »Kein anderer Anbieter führt hier in der Gegend Wartungsarbeiten durch.« Er klappte seinen Notizblock zu. »Wie es aussieht, haben Sie einen mysteriösen Telefontechniker zu viel.«

»Marlon hat gesagt, sie hätten an dem Telefonmast vor Haus Nummer 8456 gearbeitet«, meinte Hunter und schaute in Richtung Norden.

»Stimmt«, bestätigte Woods. »Das ist der da, an der Ecke.« Er deutete auf den T-förmigen Telefonmast direkt vor einem weißen eingeschossigen Haus, das dort stand, wo die Allenwood Road einen scharfen Linksknick machte, etwa dreißig Meter nördlich ihres gegenwärtigen Standortes.

Hunter und Garcia gingen hin, um sich die Sache aus der Nähe anzusehen. Officer Woods folgte ihnen.

Es war ein gewöhnlicher brauner Telefonmast aus Sumpfkiefer. Er war zwischen zehn und fünfzehn Meter hoch, und insgesamt liefen sieben Telefonkabel über ihn – fünf führten ganz oben am horizontalen Arm des T entlang, die übrigen zwei waren etwa einen Meter weiter unten direkt am vertikalen Mast angebracht.

Hunter und Garcia betrachteten den Mast nicht einmal zehn Sekunden lang, bevor sie beide zu demselben Ergebnis kamen.

Um zu den unteren Kabeln zu gelangen, hätte ein Techniker gut acht bis zehn Meter in die Höhe klettern müssen.

Kein Wunder, dass die AT&T-Techniker eine Hebebühne benutzt hatten. Ein einzelner Techniker hingegen, selbst wenn er eine lange Teleskopleiter dabeihatte, stünde vor einer schwierigen und potentiell gefährlichen Aufgabe.

Hunter ging einmal um den Mast herum und betrachtete ihn von beiden Seiten.

»Sind diese Leitungen für die ganze Straße?«, fragte Garcia, den Blick immer noch nach oben gerichtet.

»Keine Ahnung«, gab Woods Auskunft. »Denke schon.« Er beobachtete die beiden Detectives einen Augenblick lang.

»Glaubst du, er war es?«, wollte Garcia von seinem Partner wissen.

Hunter hielt inne und betrachtete die Stelle, an der die Straße wenige Meter entfernt hinter dem Haus Nummer 8456 eine Biegung nach links machte.

Garcia wartete.

Als Nächstes schaute Hunter nach Süden, dorthin, wo die Sloans und die Bennetts wohnten. Falls Marlon jetzt gerade am Fenster seines Zimmers stand, konnte Hunter ihn nicht sehen. Der Winkel des Fensters im Verhältnis zum Standort des Mastes sowie die Lichtspiegelung in der Glasscheibe machten es für jemanden, der bei dem Mast stand, praktisch unmöglich, in das Fenster zu schauen.

»Ja«, sagte Hunter endlich. »Ich glaube, er war es.«

Garcias Blick ging zu den Leitungen. »Denkst du, er hat die Leitungen angezapft?«

Abermals schaute Hunter nach oben. »Dafür gibt es keinen Grund«, entgegnete er. »Das hätte er wesentlich leichter haben können, indem er über den Verteilerkasten geht.«

»Also, wenn Sie denken, dieser geheimnisvolle Telefontechniker könnte Ihr Mann sein«, sagte Woods, »was hatte er dann da oben auf dem Mast zu suchen?«

Erneut blickte Hunter in Richtung Norden. Ein paar Meter hinter dem Mast verschwand die Straße außer Sicht.

Das Haus, vor dem sie standen, blockierte den Blick auf den weiteren Straßenverlauf, so dass man von ihrem Standpunkt aus in diese Richtung keine weiteren Häuser sehen konnte. Das bedeutete natürlich, dass man ihn von den Häusern aus genauso wenig sah. Dann drehte er sich um und blickte wieder gen Süden. In diese Richtung hatte er einen unverstellten Blick auf jedes Haus in der Allenwood Road, einschließlich dem der Bennetts.

Am Ende beantwortete Hunter Woods' Frage mit einer Gegenfrage.

»Was meinen Sie – wie schwierig wäre es, da oben eine Kamera anzubringen?«

40

Im Sommer dauert es lange, bis der Abend kommt. Er schleicht sich an, gewinnt lautlos an Boden wie ein Soldat. Zuerst bilden sich lange Schatten in den Gassen, die dann über die Gehwege kriechen, die Wände hinauf, in die Fenster hinein und immer weiter, bis sie schließlich über allem liegen. Als Hunter und Garcia am Rechtsmedizinischen Institut ankamen – eine halbe Stunde zuvor hatten sie einen Anruf von Dr. Hove erhalten –, hatte sich die Dunkelheit still und heimlich bis in nahezu jeden Winkel der Stadt ausgebreitet. Einzige Ausnahme war ein dünner violetter Streifen Himmel, der den Horizont über Santa Monica färbte. Doch auch dieser Streifen würde bald verschwunden sein.

Am Tatort in Venice hatte die Spurensicherung abgesehen von mehreren blutigen Fußabdrücken auf dem Wohnzimmerteppich auch noch diverse Fasern, Haare und Staubpartikel sichergestellt. Alles war eingetütet und für weitere Analysen ins Labor geschickt worden. Niemand versprach sich allzu viel davon, schließlich wusste man, wie vorsichtig der Täter war, aber die Hoffnung starb bekanntlich zuletzt.

Sharon Barnards Kabinentrolley hatte direkt neben der Haustür im Wohnzimmer gestanden. Darin waren ein Satz getragener Kleider, ein Kulturbeutel, ein Schminktäschchen sowie ein passwortgeschütztes Tablet gefunden worden. Ihr Handy hatte auf dem Küchentresen gelegen, der Bildschirm war mit einer sechsstelligen PIN gesichert. Beide elektronischen Geräte waren an die EDV-Einheit des LAPD übergeben worden.

Die Spurensicherung hatte außerdem zahlreiche Fingerabdrücke im Haus sichergestellt, doch genau wie die Abdrücke am Griff der Haustür stammten sie, das hatte der Fingerabdruck-Experte mit bloßem Auge feststellen können, von nur zwei Personen, von denen eine mit großer Wahrscheinlichkeit weiblich war. Die Schlussfolgerung lag nahe, dass es die Abdrücke von Sharon Barnard sowie von ihrem Mitbewohner Tom Hobbs waren. Aufgrund der großen Anzahl von Fingerabdrücken würde die endgültige Bestätigung noch vierundzwanzig bis achtundvierzig Stunden auf sich warten lassen.

Tom Hobbs stand noch immer unter Schock. Im Laufe des Tages hatte er, ausgelöst durch Erinnerungsfetzen, mehrere Angstanfälle erlitten und war in Tränen ausgebrochen. Dem LAPD war es gelungen, seine Eltern zu kontaktieren, die gekommen waren, um ihn mit zu sich nach Pomona Valley zu nehmen, allerdings hatte er vorher von einem Sanitäter sediert werden müssen.

Nachdem sie sich beim diensthabenden Mitarbeiter am Empfang des Instituts ausgewiesen hatten, teilte dieser Hunter und Garcia mit, dass Dr. Hove im Sektionssaal Nummer I auf sie warte. Es war derselbe Saal, in dem sie schon gestern gewesen waren.

Schweigend nahmen Hunter und Garcia ihren Weg durch glänzende Flure und Schwingtüren, bis sie den kleinen Vorraum erreicht hatten, der zum Sektionssaal I führte. Hunter betätigte den Summer neben dem elektronischen Zahlenfeld rechts vom Eingang, fünf Sekunden später gingen zischend die Türen auf.

Obwohl sie wussten, was sie erwartete, fröstelte Garcia in der Kälte des Sektionssaals, als sie eintraten. Das war jedes Mal so.

»Robert, Carlos.« Dr. Hove grüßte die beiden Detectives mit einem Nicken. Sie trug einen gewöhnlichen hellblauen Laborkittel und hatte einen medizinischen Atemschutz um den Hals hängen. Die Haare hatte sie sich zurückgebunden und oben am Kopf zu einem Knoten gedreht. Sie lächelte, was jedoch nicht die Anzeichen von Erschöpfung in ihrem Gesicht zu verbergen vermochte. Sie sah aus wie jemand, der stundenlang ohne Pause in künstlichem Licht gearbeitet hatte.

Sharon Barnards Leiche lag offen auf dem Stahltisch in der Mitte des Raumes. Die unförmige Masse aus Muskeln und Gewebe, die noch von ihrem Gesicht übrig war, hatte inzwischen die bräunliche Farbe von Trockenfleisch angenommen. Ihr rechtes Auge, das nicht mit dem Schleifgerät in Kontakt gekommen war, hatte sich milchig eingetrübt, und ihre Haut war gespenstisch weiß.

Dr. Hove ging zum Tresen mit den Instrumenten auf der anderen Seite des Untersuchungstischs. Hunter und Garcia folgten dicht hinter ihr. Sie nahm zwei Exemplare des Autopsieberichts und reichte jedem einen davon.

»Leider«, sagte sie und klang genauso müde, wie sie aussah, »hat diese Autopsie nicht allzu viele neue Erkenntnisse gebracht.« Sie schaltete die leistungsstarke Halogenleuchte über dem Stahltisch ein.

Hunter und Garcia blinzelten mehrmals, weil ihre Augen sich an das gleißende Licht erst gewöhnen mussten.

»Wie man auf den ersten Blick sehen kann« – sie lenkte ihre Aufmerksamkeit auf Sharon Barnards Oberkörper, Arme und Beine –, »wurde dieses Opfer im Gegensatz zum ersten nicht gefoltert, bevor der Täter ihr Gesicht verstümmelt hat. Es gibt keine wie auch immer gearteten Striemen oder Schnittwunden. Auch nicht am Rücken.« Sie drehte sich um und deutete auf die Tabelle an der Wand, in der das Gewicht von Gehirn, Herz, Leber, Nieren und Milz der Toten verzeichnet waren. »Alle inneren Organe, einschließlich des Gehirns, waren in tadellosem Zustand, wie man es bei einer gesunden zweiundzwanzigjährigen Frau erwarten würde.«

Hunter und Garcia blätterten zur zweiten Seite des Berichts vor. So wie der Leiter der Kriminaltechnik am Tatort, Dr. Brian Snyder, bereits gemutmaßt hatte, lautete die Todesursache Herzversagen, verursacht durch massiven Blutverlust.

»Außerdem gibt es, anders als beim ersten Opfer, keinerlei Anzeichen einer Vergewaltigung.«

Diese Entdeckung überraschte Garcia weit mehr als Hunter. Wenn Hunter ehrlich war, hatte er sogar damit gerechnet. Als er am Morgen Sharon Barnards Leiche am Tatort inspiziert hatte, hatte er an der Innenseite ihrer Schenkel und im Schritt keinerlei Hämatome oder Abschürfungen gefunden.

»Außerdem«, sagte Dr. Hove, »gab es diesmal keine Botschaft. Sie hatte weder etwas im Hals noch sonst wo am oder im Körper.«

Garcia nickte und erklärte: »Die Botschaft stand auf dem Teppich im Haus der Toten. Geschrieben mit ihrem Blut.«

Dr. Hoves Miene zeigte unverhohlene Neugier. »Und wie lautete die Botschaft?«

»Es war dieselbe wie beim letzten Mal, Doc. ICH BIN DER TOD. Das war's. Mehr nicht. In Großbuchstaben.«

Hoves Blick kehrte zu Sharon Barnard und den Trümmern ihres Gesichts zurück. »Ich gebe zu, ich habe noch nie so schwere Gesichtsverletzungen gesehen, außer vielleicht bei einem Opfer, dem aus nächster Nähe mit einer Schrotflinte ins Gesicht geschossen wurde.«

»Der Unterschied ist«, sagte Hunter mit ernster Stimme, während er auf die andere Seite des Tisches ging, »dass bei einem Schuss ins Gesicht die Wahrscheinlichkeit hoch ist, dass man sofort stirbt. Keine Schmerzen.« Er schüttelte den Kopf. »Die Absicht des Täters hier war eine ganz andere.«

Alle schwiegen einen Augenblick lang.

Garcia, der nun wieder Sharon Barnards Leiche betrachtete, stieß einen tiefen Seufzer aus.

»Ich kapier das nicht. Ich kapier das alles einfach gar nicht. Wie kann ein Täter seine Vorgehensweise so radikal ändern? Von so einem Fall habe ich noch nie gehört.«

»Genau derselbe Gedanke lässt mich auch nicht los, seit ich mit der Autopsie angefangen habe«, sagte Dr. Hove. »Hätte man es mir nicht vorher gesagt, wäre ich nie auf die Idee gekommen, dass dies ein Opfer desselben Täters ist, der die Tote von gestern Morgen gefoltert und ermordet hat. Es hätte auch keinerlei Möglichkeit gegeben, es durch die Autopsie festzustellen.«

»Eben«, pflichtete Garcia ihr bei und nickte in Hoves Richtung, ehe er sich an seinen Partner wandte. »Wir hatten schon früher mit Mördern zu tun, die gerne experimentieren. Mörder, deren Methode von einem Mord zum nächsten leicht variiert. Aber das hier ist was ganz anderes. Es besteht ein totaler Bruch zwischen der Vorgehensweise beim ersten Mord und diesem hier. Wie Dr. Hove sagte: Man hat den Eindruck, es wären verschiedene Täter gewesen. Wenn er nicht die Angewohnheit hätte, seine Werke zu signieren, hätten wir doch niemals auch nur geahnt, dass die beiden Fälle zusammenhängen. Dann würden wir jetzt nicht mal hier in diesem Raum stehen.«

In seinem Frust wiederholte Garcia das, was Hunter und

Dr. Hove bereits wussten. »Sein erstes Opfer hat er entführt und vermutlich fünfeinhalb Tage lang gefoltert, bevor er sie umgebracht hat. Ihr Körper war voller Peitschenhiebe und Schnittwunden – insgesamt einhundertzwanzig. Wir alle wissen, dass Entführung und Folter zentrale Bestandteile der Vorgehensweise eines Mörders sind. Aber hier ist was ganz anderes passiert.« Er deutete zu der Leiche auf dem Tisch. »Das zweite Opfer wurde nicht verschleppt. Es wurde in seinem eigenen Haus überwältigt und getötet, und zwar nicht im Laufe mehrerer Tage, sondern innerhalb weniger Stunden. Außerdem war die Todesursache beim ersten Opfer gewissermaßen nicht gewaltsam. Er hat sie so lange kopfüber aufgehängt, bis sie an einem Gehirnödem starb. Schmerzhaft. Ja. Brutal? Irgendwie nicht. Und jetzt schaut euch das an.« Erneut wies Garcia auf die Leiche. »Er hat ihr das komplette Gesicht mit einem elektrischen Schleifgerät abgeschliffen und sie verbluten lassen. Schmerzhaft? Und wie? Brutal? Ich kann mir nichts Brutaleres vorstellen.«

Garcia trat einen Schritt vom Sektionstisch zurück und verschränkte die Arme vor der Brust. Die Kälte im Raum setzte ihm zu.

»Und mein letzter Punkt«, fuhr er fort, »der mich mehr verwirrt als alle anderen, ist die Tatsache, dass Opfer Nummer eins mehrfach vergewaltigt wurde.« Er zuckte beim Sprechen mit den Schultern. »Täter, die von sexuellen Trieben beherrscht werden und aufgrund dieser Triebe immer und immer brutalere Verbrechen begehen, finden nie genug Befriedigung, um irgendwann mit dem Morden aufzuhören. Das ist uns allen bekannt. Sie können einfach nicht anders, sie müssen töten. Und jetzt hat sich herausgestellt, dass Opfer Nummer zwei in keiner Weise sexuell missbraucht wurde.« Garcia hielt inne, um Luft zu holen. »Wenn man die beiden Verbrechen betrachtet, sind die einzigen Ähnlichkeiten, abgesehen von diesem ›ICH BIN DER TOD‹-

Mist, dass beide Opfer weiblich und Anfang zwanzig waren. Mehr Übereinstimmungen gibt es nicht. Es passt absolut nichts zusammen. Nicht mal der Grad der Gewaltanwendung.«

Hunter vergrub die Hände tief in seinen Hosentaschen. »Das weiß ich, Carlos, und du hast in allen Punkten recht. Soziopathen, die einem unkontrollierbaren Drang folgen, wie dem nach sexueller Gewalt, extremem Sadismus oder Entführung, gefolgt von Folter und Mord, weichen nur höchst selten von ihrer Vorgehensweise ab. Und wenn sie es tun, handelt es sich in der Regel um eine Eskalation oder eine leichte Variation, nicht um etwas komplett Neues wie bei diesem Opfer hier. Seit ich sie heute Morgen gesehen habe, zermartere ich mir das Hirn nach einer halbwegs plausiblen Theorie.«

Garcia betrachtete Hunter fragend.

»Das Einzige, was mir dazu einfällt, ist, dass unserem Täter ebendieser unkontrollierbare Drang fehlt.«

Garcia reagierte auf Hunters Behauptung erst mit Schweigen, dann, indem er erneut Sharon Barnards verstümmeltes Gesicht betrachtete.

»Dieser unkontrollierbare Drang«, wiederholte Hunter, »das unbedingte Verlangen, das viele der Täter sich selbst nicht erklären können und dem sie völlig hilflos ausgeliefert sind. Es ist so, wie du eben gesagt hast – sie *können* ganz einfach nicht anders. Und ich glaube nicht, dass unser Täter Nicole Wilson verschleppt, vergewaltigt, gefoltert und getötet hat, dass er in Sharon Barnards Haus eingebrochen ist und sie auf so grausame Weise verstümmelt hat, weil er nicht anders *kann*. Das ist nicht der Grund für seine Taten.«

Ein nachdenkliches Schweigen senkte sich über den Raum. »Was ist dann der Grund?«, fragte Dr. Hove irgendwann.

Hunter schüttelte den Kopf. »Ich bin mir noch nicht sicher, was ihn antreibt. Aber unser Mann ist nicht außer

Kontrolle, Doc. Er verliert nicht den Kampf gegen seine inneren Begierden. Im Gegenteil, er hat die *absolute* Kontrolle über alles, was er tut. Er entführt, er vergewaltigt, er foltert, er tötet – aber nicht, um irgendeinen überwältigenden Trieb in seinem Innern zu stillen.«

Hunter wandte sich wieder der Leiche zu.

»Er tut es, weil er es will. Er zeigt uns, dass er die Art Mörder sein kann, die er sein will. Dass er sich innerhalb kürzester Zeit von einem Typ Mörder in einen anderen verwandeln kann. Weil er eben nicht seinen Trieben unterworfen ist. Er tötet aus freien Stücken.«

41

Garcia war derjenige, der bei Captain Blake anklopfte. Sie hatte beide Detectives für ein spontanes Meeting in ihr Büro zitiert, was nicht weiter ungewöhnlich war. Überraschend war allerdings, dass der Polizeichef James Bracco ebenfalls auf sie wartete.

Captain Blake stand beim Regal an der südlichen Wand, während Chief Bracco in einem der zwei Chesterfield-Sessel vor dem Schreibtisch Platz genommen hatte. Er hielt eine volle Tasse Kaffee in den Händen, aus dem kein sichtbarer Dampf aufstieg. Seine Körperhaltung und seine Miene waren, gelinde gesagt, angespannt.

Als Hunter und Garcia das angenehm klimatisierte Büro betraten, erhob sich Chief Bracco augenblicklich von seinem Platz und drehte sich zu ihnen um. Statt der üblichen rabenschwarzen Polizeiuniform mit vier silbernen Sternen auf jeder Seite des Hemdkragens trug er einen maßgeschneiderten silbergrauen Anzug, dessen geöffnetes Sakko den Blick auf eine blaue Krawatte und ein weißes Hemd freigab. Sein Hufeisenschnurrbart war ebenso graumeliert wie sein Haupthaar.

»Detectives«, sagte er, kam ihnen einen Schritt entgegen und reichte ihnen zum Gruß die Hand.

Eine Vorstellung war nicht nötig. Obwohl er erst acht Monate zuvor den Posten des Polizeichefs übernommen hatte, waren Hunter und Garcia dem neuen Chief schon mehrmals begegnet.

Nach dem Händeschütteln ging Hunters Blick zu Captain Blake. Er sah sofort, dass sich ein Teil von Braccos Nervosität auf sie übertragen hatte.

»Okay, Sie beide wissen, dass ich kein Mann bin, der gerne um den heißen Brei herumredet«, begann der Chief und stellte seine unberührte Kaffeetasse auf das kleine Tischchen zwischen den beiden Sesseln. Seine Stimme war fest, aber ein wenig heiser, als wäre er entweder müde oder hätte eine schwere Erkältung hinter sich. »Deshalb will ich auch weder Ihre noch meine Zeit mit irgendwelchem Geschwafel vergeuden.«

Captain Blake kehrte an ihren Schreibtisch zurück, aber statt sich hinzusetzen, blieb sie hinter ihrem Stuhl stehen, die Unterarme auf die Lehne gestützt.

»Obwohl wir unser Bestes getan haben, die Einzelheiten der Ermittlung unter Verschluss zu halten«, fuhr Chief Bracco fort, »müssen wir den Tatsachen ins Auge blicken: Morgen wird die Presse über den Fall berichten.« Er hob mahnend den rechten Zeigefinger, damit niemand dazwischenfragte, ehe er fertig war. »Unser Pressebüro wird morgen früh eine offizielle Stellungnahme abgeben. Soweit wir wissen, sind den Medien noch keine schauerlichen Details bekannt. Sie wissen nichts über den Grad der Gewalt bei den Morden oder dass dieser Verrückte sich als ›Tod‹ ausgibt.« Der Chief hob ironisch die Augenbrauen. »So originell er auch sein mag. Und sie haben noch keine Ahnung davon, dass der Mord von heute Morgen mit der Leiche in

Verbindung steht, die gestern in der Nähe des Flughafens gefunden wurde. Insofern wird das Wort ›Serienmörder‹ nicht fallen. Nicht von Seiten der Presse, nicht auf der PK morgen und auch nicht aus dem Mund von einem von uns. Ich muss hier ja niemanden daran erinnern, wie reißerisch die Presse in L. A. schreiben kann. Die haben den Ausdruck ›reißerisch‹ praktisch erfunden. Wenn irgendwas von dem hier nach außen dringt, wird das eine stadtweite Panik auslösen, die schwerer einzudämmen ist als die Duftwolke eines Stinktiers. Und ich hasse Stinktiere.«

Chief Bracco rückte seine Krawatte zurecht, ehe er fortfuhr.

»Wie wir ja alle wissen, hat dieser Schwachkopf aus unerfindlichen Gründen beschlossen, Bürgermeister Bailey in die Sache mit hineinzuziehen, indem er ihm den Brief und das Foto geschickt hat. Die Wahlen stehen kurz bevor, da ist es kein Wunder, dass der Bürgermeister am Rad dreht.« Er hielt kurz inne, während sein Blick von einem Detective zum anderen sprang. »Und offen gesagt geht es mir ähnlich. Wenigstens ein bisschen. Die Ermittlungen sind erst zwei Tage alt – *zwei Tage* –, und wir haben schon genauso viele Leichen. Der Killer scheint so richtig in Fahrt zu sein.« Er atmete tief durch und schüttelte den Kopf. »Ich war zwar nicht am Tatort, aber ich habe die Fotos gesehen. Wer zum Henker ermordet jemanden, indem er ihm das Gesicht mit einer elektrischen Schleifmaschine abträgt?«

Niemand gab eine Antwort, in der Annahme, dass es sich um eine rhetorische Frage handelte.

Das war ein Irrtum.

Chief Bracco fixierte Hunter mit einem Blick, von dem Milch sauer geworden wäre.

»Wie ich höre, haben Sie einen Doktor in Kriminal- und Biopsychologie, Detective Hunter.«

Hunters Reaktion war ein verhaltenes Nicken.

»Und angeblich gibt es niemandem, der mit Fällen dieser Art mehr Erfahrung hat als Sie beide.« Sein Blick ging zu Garcia, dann wieder zu Hunter.

»Also bitte, tun Sie mir den Gefallen. Was für einen Wahnsinnigen suchen wir hier, außer dass er sich daran aufgeilt, Menschen zu töten?« Er deutete mit dem Kinn auf Captain Blake. »Barbara hat mir bereits gesagt, dass Sie trotz der sternförmigen Position, in der die erste Leiche abgelegt wurde, nicht glauben, dass wir es mit einem Ritualmörder zu tun haben. Also, mit wem dann?«

Hunter betrachtete den Polizeichef eine Zeitlang.

»Es ist zu früh, um das zu sagen, Sir«, entgegnete er. Wir sind noch dabei, die wenigen Fakten auszuwerten, die uns bis jetzt vorliegen. Wie Sie selbst eben richtig bemerkt haben: Der Fall ist noch nicht einmal achtundvierzig Stunden alt.«

»Das ist mir durchaus bewusst, Detective, und wie ich ebenfalls sagte, hat der Wahnsinnige in der kurzen Zeit bereits zwei Menschen umgebracht. Ich würde meinen, das gibt Ihnen genug Fakten zum Auswerten, finden Sie nicht?« Chief Bracco schüttelte den Kopf. »Ich bitte Sie nicht um ein ausführliches psychologisches Profil, Detective. Ich möchte einfach nur Ihre ganz persönliche Meinung über den Täter hören.«

Hunter schwieg. Erneut nahm der Polizeichef ihn aufs Korn, diesmal mit einem fast bohrenden Blick. Doch Hunters Miene gab nichts preis.

Chief Bracco konsultierte seine Armbanduhr.

»In weniger als einer Stunde habe ich ein Treffen mit dem Bürgermeister und dem Gouverneur von Kalifornien. Möchte einer von Ihnen vielleicht raten, worum es dabei hauptsächlich gehen wird?«

Diesmal *war* es eine rhetorische Frage.

»Wenn Ihnen also mein Seelenfrieden am Herzen liegt, Detective, und Sie mir helfen wollen, wenigstens die Hälfte von dem Mist zu glauben, den ich in sechzig Minuten Bailey und dem Gouverneur und morgen früh der versammelten Presse von Los Angeles verkaufen muss – dann sagen Sie mir irgendwas. Bitte.«

»Bislang habe ich nichts als ein paar Ideen und Mutmaßungen, Sir«, antwortete Hunter nach längerem Zögern. »Nichts Konkretes.«

»Das verstehe ich, Detective«, gab Chief Bracco zurück und hob die Hand, um Hunter das Wort abzuschneiden, bevor dieser ihm noch mehr Entschuldigungen auftischte. »Und Ideen sind alles, worum ich Sie bitte. Wir wissen ja ohnehin, dass psychologische Profile von Kriminellen im Grunde genommen nichts anderes sind als eine Reihe Vermutungen auf der Grundlage vorliegender Beweise. Profiling ist keine exakte Wissenschaft, und das wird es auch niemals sein. Mit was für einem kranken Bastard haben wir es hier zu tun? Leidet er unter Wahnvorstellungen? Ist er schizophren? Hört er Stimmen? Was?«

»Nein. Er leidet nicht unter Wahnvorstellungen, er ist nicht schizophren, und ich glaube auch nicht, dass er Stimmen hört, Sir.«

Hunter war zu erschöpft, um eine umfassende psychologische Erklärung für seine Einschätzung zu liefern. Stattdessen machte er einfach mit den Fakten weiter.

»Was wir wissen, ist, dass er sehr methodisch vorgeht, geduldig und äußerst diszipliniert ist. Die Risiken, die er eingeht, sind wohlkalkuliert. Er übereilt nie etwas, weil er weiß, dass er es nicht muss. Er hinterlässt keine Spuren, weil seine Planung so gut wie fehlerfrei ist. Er gerät nicht in Panik, wenn etwas nicht wie vorgesehen läuft, weil er weiß, dass er sich jederzeit auf sein Improvisationstalent verlassen kann. Er hat keine Probleme damit, in andere Rollen zu schlüpfen. Er lügt mühelos, sehr glaubwürdig und ohne zu zögern.«

»Und worauf genau fußen all diese Annahmen?«, fragte Chief Bracco, wobei er eher neugierig als kritisch klang.

»Alles, was der Täter bis jetzt getan hat, hat einwandfrei funktioniert, Sir«, klinkte sich Garcia in das Gespräch ein. »Keine Fehler. Keine Pannen. Er hat nicht ein Staubkörnchen am Tatort zurückgelassen, das er nicht zurücklassen wollte. Sein Timing bei beiden Opfern war perfekt. Die Gefahr, dass jemand ihn stört, während er mit ihnen beschäftigt ist, war praktisch gleich null, weil er alles bis ins letzte Detail vorausberechnet hatte. Nichts von dem, was er tut, Sir, auch nicht, dass er so gründlich und praktisch unsichtbar ist, verdankt er dem Zufall.«

Der Polizeichef dachte eine Zeitlang über diese Erklärung nach. »Moment mal. Wollen Sie mir sagen, dass Sie denken, der Mörder wusste im Voraus, dass die Opfer am fraglichen Abend allein sein würden?«

Garcia nickte. »Da sind wir uns relativ sicher.«

»Wie? Woher soll er das gewusst haben?«

»Das ist noch nicht klar, Sir«, antwortete Hunter. »Aber es wäre nicht allzu schwer, sich solche Informationen zu beschaffen, wenn man weiß, wie man es anstellen muss. Viele Leute geben solche Dinge freiwillig in den sozialen Netzwerken preis.«

»Verdammt noch mal.« Chief Bracco wusste, dass Hunter recht hatte. Ganz egal, wie oft er seine Tochter bezüglich der Risiken warnte, sie hörte nicht auf, persönliche Details über ihren Tagesablauf auf ihrer Facebook-Seite zu posten.

Hunter nickte. »Die beiden Opfer wurden nicht zufällig ausgewählt, Sir. Es gibt einen Grund, weshalb er gerade sie ausgesucht hat.« Jetzt war Hunter derjenige, der die Hand hob, um Chief Bracco daran zu hindern, eine Zwischenfrage zu stellen. »Und nein, Sir, im Augenblick kennen wir diesen Grund noch nicht. Aber wir tun alles, um ihn herauszufinden.«

»Gibt es eine Verbindung zwischen den Opfern?«

»Das wissen wir noch nicht, Sir.« Diesmal antwortete Garcia. »Wir sind eben erst vom Tatort beziehungsweise aus dem Rechtsmedizinischen Institut zurückgekommen. Aber ein Team arbeitet bereits daran. Wenn es eine Verbindung zwischen ihnen gibt, werden wir sie ganz sicher finden.«

»Was ist mit dem Brief und dem Foto, die an Bürgermeister Baileys Büro geschickt wurden?«

»Sauber«, antwortete Garcia mit einem Kopfschütteln. »Kein einziger Fingerabdruck. Wir warten noch auf die Analyse der Tinte, des Papiers und der Handschrift.«

»Woher kam das Päckchen?«

Garcia berichtete ihm kurz von dem Ablenkungsmanöver mit der Rauchbombe bei der FedEx-Paketstation.

Chief Bracco strich sich einige Male mit Daumen und Zeigefinger über seinen Bart.

»Wenn ich es also richtig verstehe«, sagte er und schaute die beiden Detectives an, »dann wollen Sie im Wesentlichen sagen, dass der Kerl, hinter dem wir her sind, besonnen, geduldig, gut organisiert, einfallsreich und vermutlich hochintelligent ist.«

Hunter nickte. »Sie wollten wissen, wer dieser Mörder ist, Sir?« Sein Blick blieb kurz auf Captain Blake hängen, bevor er zu Chief Bracco zurückkehrte.

»Dieser Mörder ist der perfekte Jäger.«

42

Es war kurz vor Viertel vor fünf am Morgen, als Hunter endlich seine Zweizimmerwohnung im dritten Stock eines heruntergekommenen Mietshauses in Huntington Park in Southeast Los Angeles betrat.

Nachdem er das Büro gegen einundzwanzig Uhr verlassen hatte, war er noch lange in der Stadt herumgefahren.

Das tat er oft. Aus unerfindlichen Gründen – er konnte es selbst nicht erklären – beruhigte es ihn, nachts durch die Straßen von Los Angeles zu kurven. Es half ihm beim Denken.

Schon beim Verlassen des Büros hatte er geahnt, dass ihm eine unruhige Nacht voller Alpträume bevorstand – falls er überhaupt einschlafen würde. Am nächsten Morgen wäre er dann noch geräderter, als wenn er gar nicht geschlafen hätte, also beschloss er kurzerhand, die ganze Nacht aufzubleiben.

Hunter fuhr ziellos durch die Straßen von Central, East und South L. A., dann durch The Harbor und South Bay, ehe er einmal quer durch die Stadt bis nach Santa Monica fuhr. Die Uhr an seinem Armaturenbrett zeigte zwei Uhr zweiundzwanzig, als er endlich beschloss, den Wagen stehen zu lassen und einen Spaziergang am Strand zu machen.

Hunter liebte den Strand, doch im Gegensatz zu den meisten anderen Menschen kam er besonders gern in der Dunkelheit her.

Er mochte es, zu dieser Zeit aufs Meer zu schauen. Da war nur der Klang der Wellen, die an den Strand spülten, und die Stille der frühen Morgenstunde erinnerte ihn an seine Eltern und an seine Kindheit.

Sein Vater hatte siebzig Stunden die Woche in zwei schlechtbezahlten Jobs geschuftet. Um auszuhelfen, hatte seine Mutter jede Arbeit angenommen, die sie bekommen konnte – Putzen, Bügeln, Waschen, was immer sich anbot. Hunter konnte sich an kein Wochenende erinnern, an dem sein Vater nicht gearbeitet hätte, und trotzdem kamen sie kaum über die Runden. Doch trotz aller Schwierigkeiten beklagten sich Hunters Eltern nie. Sie nahmen ihr Schicksal in Kauf und hatten trotz allem immer ein Lächeln auf den Lippen.

Jeden Sonntag, wenn sein Vater von der Arbeit kam, gingen sie zusammen an den Strand. Meistens waren die anderen dann schon weg, und die Sonne war bereits untergegangen. Aber das störte Hunter nicht. Im Gegenteil, er mochte es sogar lieber. Er hatte dann immer das Gefühl, als gehörte der ganze Strand ihm und seinen Eltern. Nach dem Tod seiner Mutter behielten er und sein Vater diese Tradition bei. Manchmal beobachtete Hunter, wie sein Vater sich die Tränen aus dem Gesicht wischte, während er auf die Wellen blickte.

Als Hunter endlich sein Auto abschloss und hinauf zu seiner Wohnung ging, bemerkte er den schwarzen GMC Yukon nicht, der um die Ecke in der Dunkelheit parkte.

Am Steuer saß geduldig ein Mann und beobachtete Hunter mit düsterer Miene.

43

Ohne Licht zu machen und eher aus Gewohnheit denn aus Hunger, ging Hunter in die Küche, öffnete die Tür des Kühlschranks und schaute hinein. Wie immer war die Auswahl an Lebensmitteln darin recht dürftig – ein bisschen Obst, eine Tüte Milch, eine Dose mit einem billigen Energy-Drink, der eines Tages mit Sicherheit ein Loch in seine Magenwand fressen würde, und eine halbe Packung Beefjerky mit Chiligeschmack. Er liebte Beefjerky und aß es am liebsten kalt, obwohl es dann noch schwerer zu kauen war.

Er starrte die Sachen in seinem Kühlschrank etwa eine Minute lang an, nahm aber nichts heraus. Obwohl er seit dem Morgen fast nichts gegessen hatte, fehlte Hunter der Appetit – was vielleicht nicht überraschend war.

Die Bilder von Nicole Wilsons geschundenem Körper

und die von Sharon Barnards zerfleischtem Gesicht schienen sich auf die Innenseiten seiner Augenlider gebrannt zu haben. Jedes Mal, wenn er die Augen schloss, waren sie da – die eine vergewaltigt und zu Tode gefoltert, die andere nur noch eine unkenntliche Masse aus Haut, zerfetztem Fleisch und Blut. Beide hatten durch die Hand eines wahren Monsters unaussprechliches Leid erfahren müssen.

Hunter schloss die Kühlschranktür und tauchte Küche und Wohnung wieder in Dunkelheit. Er rührte sich nicht. Stattdessen massierte er sich mit der rechten Hand die harten Muskeln an Hals und Schultern. Seine Fingerspitzen berührten die hässliche Narbe in seinem Nacken und hielten kurz inne, betasteten die ledrige, wulstige Haut. Eine Mahnung, wie nahe er in seinem Beruf schon dem Tod gekommen war; wie unerbittlich, tödlich und böse der Geist eines Mörders sein konnte. Als die Erinnerungen in ihm erwachten, ließ er die Hand sinken und schüttelte den Kopf, um die Gedanken wieder in die dunkelsten Winkel seines Gedächtnisses zu verbannen, einen Ort, den er nach Möglichkeit nie aufsuchte.

Im Bad lehnte sich Hunter trotz der warmen Nacht gegen die geflieste Wand der Dusche, schloss die Augen und genoss den starken heißen Wasserstrahl, der ihm beinahe die Haut verbrühte. Das fast schmerzhafte Gefühl von Hitze wurde ausgeglichen durch die wohltuende Wirkung auf seine verspannten Muskeln. Als er das Wasser abdrehte, war seine sonnengebräunte Haut leicht gerötet, und seine Fingerspitzen sahen aus wie Backpflaumen.

In ein weißes Handtuch gewickelt, kehrte er ins Wohnzimmer zurück, knipste eine Stehlampe an und dimmte sie auf mittlere Helligkeit herunter. Dann trat er an seinen Barschrank, der zwar klein war, aber eine beachtliche Auswahl von Single Malt Scotch enthielt. Scotch war vermutlich Hunters größte Leidenschaft. Obwohl er durchaus ein paarmal über die Stränge geschlagen hatte, wusste Hunter Geschmack und Qualität eines guten Single Malt zu würdigen, anstatt sich einfach nur sinnlos damit zu betrinken.

Sein Blick wanderte von einer Flasche zur nächsten. Heute brauchte er etwas Starkes, aber zugleich auch Sanftes und Beruhigendes. Er musste nicht lange suchen. Seine Entscheidung war getroffen, kaum dass sein Blick auf die Flasche mit dem achtzehn Jahre alten Auchentoshan fiel.

»Der müsste genau richtig sein«, sagte Hunter und griff nach der Flasche. Er goss sich einen doppelten Whisky ein, gab etwa ein Fünftel Wasser dazu und ließ sich dann auf das schwarze Kunstledersofa gegenüber dem Fernseher fallen, den er seit sechs Monaten nicht mehr eingeschaltet hatte. Seit dem Super-Bowl-Spiel im Februar, um genau zu sein.

Er nippte an seinem Drink und genoss das robuste, würzige Aroma des Scotchs, das einen Hauch von holzigen Mandeln, braunem Zucker und Vanille enthielt.

Das tat gut, keine Frage.

Obwohl er sich nach Kräften bemühte, nicht an den Fall zu denken, konnte er die Bilder dessen, was er in den letzten zwei Tagen gesehen hatte, nicht einfach verbannen. Sie schwirrten permanent in seinem Kopf herum, eins widerwärtiger als das andere, wie ein schnell geschnittener Horrorfilm in Endlosschleife.

Hunter leerte sein Glas und beschloss, sich noch ein zweites zu genehmigen. Sein Gaumen hatte sich an den kräftigen Geschmack des Single Malt gewöhnt, deswegen nahm er ihn diesmal pur, ohne Wasser. Statt sich jedoch wieder aufs Sofa zu setzen, ging er zum Fenster und blickte nach draußen. Alles war still. Selbst der schmale zunehmende Mond, der scheu am Himmel leuchtete, schien sich vor dem Bösen zu fürchten, das in der Stadt Los Angeles umging.

Hunters Blick schweifte zu den Lichtern in der Ferne. Der Ausblick von seinem Fenster war nicht der beste, trotzdem erkannte er die charakteristische Silhouette der Ansammlung von Hochhäusern, die den zentralen Geschäftsbezirk der Stadt, auch bekannt als Downtown L. A., bildeten.

Hunter hatte inzwischen auch seinen zweiten Scotch ausgetrunken und stellte das Glas aufs Fensterbrett.

»Wo versteckst du dich, du Scheißkerl?«, flüsterte er zu sich selbst, während er mit den Augen langsam den Horizont absuchte.

Hunters Körper war müde, aber sein Kopf arbeitete noch auf Hochtouren. Ins Bett zu gehen wäre völlig sinnlos. Er würde sich nur ruhelos hin und her wälzen, in einem Kampf, von dem von vornherein feststand, dass er ihn nicht gewinnen konnte. Also beschloss er, sich noch einen dritten Whisky einzuschenken. Als er sich vom Fenster in den Raum wandte, stutzte er und runzelte die Stirn.

»Was ist denn das?«

Auf dem Fußboden, etwa dreißig Zentimeter von seiner Wohnungstür entfernt, lag ein brauner Papierumschlag. Er brauchte nicht erst zu überlegen, er wusste genau, dass er eben noch nicht da gewesen war. Jemand musste ihn unter seiner Tür durchgeschoben haben.

Hunters Blick ging zur Uhr an der Wand – fünf Uhr siebenundvierzig.

Ihm fiel kein Grund ein, weshalb einer seiner Nachbarn ihm einen Brief durch den Türschlitz schieben sollte, noch dazu um diese Zeit.

Augenblicklich war jeder Muskel in Hunters Körper in Alarmbereitschaft versetzt. Rasch ging er zu dem Stuhl, auf dem er sein Pistolenhalfter abgelegt hatte, öffnete die Schnalle, zog seine HK Mark 23 Halbautomatik heraus und entsicherte sie.

Seine Wohnungstür hatte er abgeschlossen. Dessen war er sich absolut sicher. Die Kette war ebenfalls vorgelegt.

Der Flur draußen war knapp zwanzig Meter lang; von ihm gingen acht Wohnungen ab, Treppe und Lift befanden sich am östlichen Ende. Das Licht im Flur wurde durch einen hochsensiblen Bewegungsmelder gesteuert, wenn also jemand seine Wohnung verließ oder aus dem Treppenhaus oder dem Lift in den Flur trat, ging sofort das Licht an und brannte für sechzig Sekunden.

Hunter sah kein Licht durch den Spalt unter seiner Wohnungstür. Falls jemand dort draußen war, stand er oder sie seit geraumer Zeit vollkommen still.

Mit behutsamen, lautlosen Schritten durchquerte Hunter sein Wohnzimmer. Als er bei dem Umschlag ankam und ihn ansah, versteiften sich seine Muskeln.

Der Umschlag war mit der beschrifteten Seite nach oben unter seiner Tür durchgeschoben worden. Er hatte keine Briefmarke und auch keine Empfängeradresse, nur eine einzelne, in roter Tinte geschriebene Zeile – *Detective Robert Hunter, LAPD Raub- und Morddezernat.*

Hunter musste ihn sich nicht näher anschauen, um zu wissen, dass die Worte in der Handschrift des Mörders geschrieben waren.

44

Adrenalin donnerte durch Hunters Adern wie eine Stampede wütender Büffel. Im ersten Moment dachte er gar nicht daran, was der Umschlag auf dem Fußboden vielleicht enthielt, sondern bezog rasch rechts neben der Wohnungstür Aufstellung, wobei er sich mit dem Rücken flach gegen die Wand presste. Dann wartete er. Lauschte.

Dreißig Sekunden.

Nichts.

Sechzig.

Kein Laut.

Neunzig.

Totenstille.

Einhundertzwanzig.

Das Licht im Flur war immer noch aus.

Mit der linken Hand enthakte Hunter die Kette an der Tür, bevor er den Schlüssel umdrehte. Er war dabei so leise wie möglich. Als das erledigt war, wartete er weitere zehn Sekunden ab, erst dann drehte er den Knauf und zog die Tür auf.

Sofort reagierten die Bewegungsmelder, und das Licht ging an.

Hunters Wohnung lag ganz am Ende des Flurs, am gegenüberliegenden Ende von Lift und Treppenhauseingang.

Da seine Tür die letzte auf der linken Seite war, bedeutete das, dass daneben nur noch die Wand kam. Dort konnte sich niemand versteckt halten. Mit dieser Gewissheit im Hinterkopf, den Rücken nach wie vor an die Wand innen neben der Wohnungstür gedrückt, reckte Hunter den Hals und spähte in Richtung Treppe.

Niemand.

Die Waffe fest in einem zweihändigen Griff, trat Hunter aus seiner Wohnung auf den Flur hinaus. Er bewegte die Waffe von links nach rechts und suchte nach einem Ziel.

Er fand keins. Der Flur war leer.

Von seiner Position aus konnte er sehen, dass sich der Aufzug im Erdgeschoss befand. Soweit ersichtlich, war das Treppenhaus ebenfalls leer. Wer immer ihm den Umschlag unter der Tür durchgeschoben hatte, war längst auf und davon.

Hunter atmete aus und sicherte seine Waffe, doch die Anspannung in seinen Muskeln blieb. Sobald er wieder einatmete, spürte er eine unangenehme Woge heftiger Emotionen durch seinen Körper rauschen, als hätte er mehr als nur Sauerstoff eingeatmet. Er fühlte sich so, wie wenn er zum ersten Mal an einen grausigen Tatort kam:

Ihm war, als hätte dort, wo jetzt er stand, noch kurz zuvor das Böse gestanden.

Wieder in der Wohnung, verriegelte er die Tür, holte sich ein Paar Latexhandschuhe aus dem Bad und hob endlich den Umschlag vom Boden auf. Auf der Rückseite stand keine Absenderadresse.

Hunter hielt den Umschlag ins Licht der Stehlampe. Das Einzige, was er im Innern erkennen konnte, war ein in der Mitte gefaltetes Blatt Papier. Es gab keine dunkleren Schatten, was darauf hindeutete, dass sich außer dem Blatt nichts weiter im Umschlag befand.

Hunter ging in die Küche, nahm sich ein Messer aus der Schublade und schlitzte den Umschlag vorsichtig oben auf. Einige Sekunden später begann er den neuesten Brief des Killers zu lesen.

45

Das Haus von Tom Hobbs' Eltern lag in einer beschaulichen Straße, nur einen Block entfernt vom katholischen Friedhof Holy Cross in Pomona. Das Beruhigungsmittel, das die Sanitäter Tom am Tag zuvor verabreicht hatten, hatte seine Wirkung getan. Er hatte zwölf Stunden am Stück geschlafen, und obwohl der Schrecken dessen, was er gesehen hatte, für immer in seinem Kopf bleiben würde, war er wenigstens über das erste Schockstadium hinweg.

Toms Mutter, eine sehr elegant gekleidete Frau in den Fünfzigern, bat Garcia in das weiße zweigeschossige Haus, das von gepflegten Koniferen umgeben war.

Während Mrs Hobbs nach oben ging, um ihren Sohn zu holen, betrachtete Garcia die Bücherregale in der prachtvoll ausgestatteten Bibliothek. Sie waren voller Klassiker, von Tolstoi und Victor Hugo bis zu Jane Austen und Charles Dickens.

Am hinteren Ende eines Regals entdeckte Garcia mehrere in einer Reihe angeordnete gerahmte Fotos. Sie alle zeigten Tom und seine Familie.

Beim Klang näher kommender Schritte wandte Garcia sich von den Bildern ab und drehte sich um. Tom Hobbs stand neben seiner Mutter im Türrahmen zur Bibliothek. Er trug ausgewaschene Jeans, alte schwarze Converse All Stars und ein langärmeliges weißes Hemd, das ihm mindestens zwei Nummern zu groß war.

»Hallo«, sagte Garcia, trat vor und bot Tom die Hand. »Ich bin Detective Carlos Garcia von LAPD. Wir haben uns gestern schon bei Ihrem Haus gesehen, aber vielleicht erinnern Sie sich nicht mehr daran.«

Tom sah zum Gotterbarmen aus. Seine Haare waren ungekämmt und lagen hinten platt am Kopf an. Seine faszinierenden Augen hatten dunkle Ringe, waren gerötet und verquollen, und die Haut in seinem Gesicht sah fleckig und trocken aus.

»Ich ... ich bin mir nicht ganz sicher, ob ich mich erinnere oder nicht«, sagte Tom erschöpft und schüttelte Garcia die Hand. »Meine Erinnerungen an gestern sind ein bisschen verschwommen.« Er ließ Garcias Hand los und wandte den Blick ab. »Ich hab so sehr gehofft, ich würde heute Morgen aufwachen und alles wäre nur ein böser Traum gewesen.« Die Stimme versagte ihm. »Aber es ist alles wahr, oder?« Er sah Garcia an.

»Leider.«

Toms Mutter küsste ihren Sohn auf die Wange.

»Ich habe gehofft, Ihnen vielleicht ein paar Fragen stellen zu können«, brach Garcia das Schweigen. »Nicht wegen gestern, sondern über Sharon Barnard ganz allgemein. Soweit ich weiß, kannten Sie sie besser als jeder andere.«

Tom nickte. »Sie war meine beste Freundin.«

»Würde es Ihnen etwas ausmachen?«, fragte Garcia und deutete auf die Couchgarnitur. »Ich fasse mich auch so kurz wie möglich.«

Tom drehte sich zu seiner Mutter um. »Mom, könntest du uns einen Moment allein lassen bitte?«

Mrs Hobbs bedachte Garcia mit einem flehentlichen Blick, der hieß: *Bitte regen Sie meinen Sohn nicht auf.*

Garcia hatte diesen Blick schon oft gesehen. Er nickte Mrs Hobbs unmerklich zu.

Sie verließ den Raum und schloss die Tür hinter sich.

»Bitte, setzen Sie sich doch, Detective«, bot Tom an und nahm selbst in einem der Sessel Platz. Garcia wählte den anderen.

»Ich muss mich für meine Mutter entschuldigen«, sagte Tom. Er saß ganz weit vorn auf der Kante des Sessels, die Arme vor der Brust verschränkt. Hin und wieder presste er sie eng an den Körper, als fröre er.

»Dazu besteht kein Grund. Ich war selbst Einzelkind wie Sie. Meine Eltern wollten mich auch immer vor allem beschützen.«

Einen Moment lang runzelte Tom die Stirn.

Garcia bemerkte seine Verwirrung und erklärte: »Die Fotos da auf dem Regal.« Er deutete in die entsprechende Richtung. »Abgesehen von Ihren Eltern sind Sie die einzige Person, die darauf zu sehen ist.«

Tom nickte, als sein Blick die gerahmten Fotos streifte.

Garcia begann mit einfachen Fragen, damit Tom sich ein wenig entspannte. Tom Hobbs kannte Sharon Barnard seit mehr als sechs Jahren. Sie waren zusammen auf die Claremont Highschool gegangen und seit dem ersten Highschool-Jahr beste Freunde. Tom zufolge hatte Sharon nie Feinde gehabt, weder in der Schule noch auf der Arbeit, zumindest keine Feinde im engeren Sinne.

Nach fünf Minuten klang Tom bereits etwas gelöster. Er

hatte die Armhaltung gelockert und es sich in seinem Sessel bequem gemacht.

Garcia glaubte nicht, dass einer der beiden Morde ein Verbrechen aus Leidenschaft gewesen war, doch die Erfahrung lehrte ihn, dass der Mörder mit großer Wahrscheinlichkeit zu irgendeinem Zeitpunkt vor der Tat direkten Kontakt zu seinen Opfern gehabt hatte. Das war die Stelle, an der er ansetzen musste.

»Wissen Sie, ob Ms Barnard aktuell eine Beziehung hatte?«

Tom lachte ein wenig verlegen. »Sharon ist nicht der Typ für Beziehungen, wenn Sie wissen, was ich meine, Detec–« Er unterbrach sich, und sein Blick verschleierte sich. Er würde noch einige Zeit brauchen, bis er sich angewöhnte, von seiner besten Freundin in der Vergangenheitsform zu sprechen. »Entschuldigen Sie.«

»Schon gut.«

»Sharon *war* nicht der Typ für Beziehungen«, setzte Tom erneut an. »Selbst auf der Highschool ist sie nur mit ein paar Jungs ausgegangen, und keine Beziehung hat länger als ein paar Monate gedauert. Außerdem – bei unserem Job? Man ist andauernd unterwegs, nie lange am selben Ort.« Er schüttelte bei dem Gedanken den Kopf. »Es ist ziemlich schwierig, einen Partner zu finden, der bereit ist, so einem Terminkalender hinzunehmen. Nicht, dass sie nach einem Partner gesucht hätte.«

Garcia konnte die Einschränkungen von Toms Beruf gut nachvollziehen. Sein Job war zwar ganz anders, brachte aber ähnliche Nachteile mit sich.

»Irgendwelche zwanglosen Affären?«

Zum ersten Mal erschien die Andeutung eines Lächelns auf Toms Lippen. »Sie wollen wissen, ob sie Sexbuddys hatte?«

Garcia nickte. »Leider bin ich gezwungen, Ihnen einige ziemlich persönliche Fragen zu stellen.«

Tom hob die Hand. »Sie müssen sich nicht entschuldigen, Detective. Ich verstehe das vollkommen, das ist schließlich Ihr Job. Und ja, natürlich hatte sie Sexbuddys. Sharon ist –« wieder eine gefühlsgeladene Pause –, »*war* eine sehr attraktive Frau. Sie hat jede Menge Aufmerksamkeit von Männern bekommen, mitunter auch von Frauen. Sie wurde andauernd angesprochen, vor allem von verheirateten Männern. Aber die hat sie nicht mal mit der Kneifzange angefasst. ›Mann plus Ehering gleich Riesenärger‹, hat sie immer gesagt.«

Garcia schenkte Tom ein mitfühlendes Lächeln.

»Ist Ihnen vielleicht bekannt, ob einige von Ms Barnards Bekanntschaften hier in Los Angeles leben?«, fragte Garcia weiter.

»Nein. Keine. Das war eine von ihren ›kleinen Regeln‹.« Mit den Fingern malte Tom Anführungsstriche in die Luft. »Davon hatte sie einige. Sie hat nie was mit Männern aus derselben Stadt angefangen.«

»Und warum nicht?«

Tom zuckte die Achseln. »Um Komplikationen zu vermeiden – jetzt und in Zukunft.«

Garcia nickte zum Zeichen, dass er verstanden hatte. »Hat Ms Barnard je davon gesprochen, dass einer ihrer Bekannten ihr gegenüber zudringlich geworden ist? Sie zu irgendwas gedrängt hat? Oder dass er was Ernstes wollte, sie aber nicht?«

Tom brauchte nicht lange, um zu antworten. »Nein. Nie. Natürlich wären einige der Männer, mit denen sie was am Laufen hatte, gerne mehr für sie gewesen als bloß eine Affäre. Wie gesagt, Sharon war eine sehr attraktive Frau, und die meisten Männer würden liebend gerne eine Beziehung mit jemandem wie ihr haben, aber soweit ich weiß, hat sie immer sofort Schluss gemacht, sobald jemand durchblicken ließ, dass er mehr wollte.«

Garcia beobachtete Toms Körpersprache und Mimik. Im

Vergleich zum Anfang ihres Gesprächs hatte er sich merklich entspannt, und das war so geblieben. Garcia sah das als ein gutes Zeichen. Toms Antworten kamen spontan, ohne Zögern, und es gab keine verräterischen Ticks, die darauf hingedeutet hätten, dass er etwas zu verbergen versuchte.

Falls der Täter vor der Mordnacht also tatsächlich direkten Kontakt zu Sharon Barnard aufgenommen hatte, dann offenbar nicht als ihr Liebhaber. Garcia beschloss, diese Richtung vorerst nicht weiterzuverfolgen.

»Und hat sie jemand anderen erwähnt, den sie in letzter Zeit kennengelernt hatte?«, wollte er wissen. »Nicht unbedingt einen Liebhaber oder jemanden, der sie angraben wollte, sondern vielleicht jemanden, der sie im Supermarkt angesprochen hat, in einem Café oder auf der Straße ... egal, wo. Jemand, mit dem sie sich eine Weile unterhalten hat, der ihr aber keine sexuellen Avancen gemacht hat.«

Diesmal ließ Toms Antwort etwas länger auf sich warten.

»Nein, ich kann mich nicht erinnern, dass sie was in der Art erwähnt hätte.«

»Sind Sie sicher?«

Tom überlegte eine Weile.

»Ja, ziemlich sicher.«

Der Mörder hatte kein Problem damit, in verschiedene Rollen zu schlüpfen. Das hatte er bewiesen, als er gegenüber Nicole Wilson als Cousin von Audrey Bennett aufgetreten war. Insofern musste Garcia annehmen, dass er ein Meister der Tarnung und Täuschung war. Wenn er Sharon Barnard vor der Mordnacht wirklich begegnet war, dann höchstwahrscheinlich nicht als er selbst.

»Hat sie dann vielleicht von jemandem gesprochen, bei dem sie glaubte, ihn schon mal gesehen zu haben? Vielleicht ein Gesicht, das ihr bekannt vorkam, das sie aber nicht einordnen konnte? Hat sie jemals eine Bemerkung in dieser Richtung gemacht?«

Tom kratzte sich am linken Ellbogen und kniff die Augen zusammen, während er angestrengt nachdachte.

»In unserem Job passiert so was oft, Detective. Es ist nicht ungewöhnlich, dass wir bis zu fünfzehn Flüge die Woche haben. Sie können sich ja vorstellen, dass das ziemlich viele Gesichter sind, die man begrüßt, anlächelt, bedient, wieder anlächelt und beim Aussteigen verabschiedet. An einige kann man sich aus dem einen oder anderen Grund später noch gut erinnern, aber die meisten speichern wir höchstens im Unterbewusstsein ab und vergessen sie gleich wieder. Wenn ich für jedes Mal, wenn einer meiner Kollegen sagt: ›Der kommt mir aber bekannt vor‹ einen Penny bekäme, wäre ich Milliardär.«

Das sah Garcia ein. Einen Versuch war es vielleicht trotzdem wert.

»Ja, ich kann mir vorstellen, dass das andauernd vorkommt«, sagte er. »Wahrscheinlich öfter als in jedem anderen Beruf, aber trotzdem – können Sie sich daran erinnern, dass Ms Barnard kürzlich von jemandem gesprochen hat, der ihr bekannt vorkam?«

»Hmm …« Tom runzelte die Stirn. »Jetzt, wo Sie es sagen – da war tatsächlich jemand.«

46

Bei dieser Antwort bewegten sich Garcias Augenbrauen erwartungsvoll ein kleines Stückchen in die Höhe. Er war schon kurz davor gewesen, die Befragung abzubrechen.

»Es ist noch gar nicht lange her, da hat ein Passagier ihre Aufmerksamkeit erregt. Attraktiver Typ, sportlich, schicke Klamotten, sehr höflich, sehr ruhig.«

»Sie haben ihn auch gesehen?«

»Ja, wir waren für denselben Flug eingeteilt. Sharon war total scharf auf ihn.« Tom berichtete Garcia, wie Sharon ihn gefragt hatte, was er von dem Passagier halte, und erklärte ihm auch ihr kleines Ratespiel.

Nach außen hin blieb Garcia ruhig. All das musste nicht zwangsläufig etwas bedeuten. Wie Tom gesagt hatte: Als Flugbegleiterin hatte Sharon Barnard im Laufe des Jahres – im Laufe ihres Lebens – eine enorm hohe Anzahl von Gesichtern gesehen. Darüber hinaus war Garcia sich der Tatsache bewusst, dass das Unterbewusstsein nicht nur relativ frische Erinnerungen ausspuckte. Es konnten auch Erinnerungen an die Oberfläche kommen, die Monate, sogar Jahre oder Jahrzehnte alt waren. Dennoch bestand zumindest die Chance, dass es sich bei dem Passagier um den Gesuchten handelte. Garcia brauchte mehr Details.

»Sie haben nicht zufällig seinen Namen mitbekommen, oder?«

»Nein, tut mir leid, Detective.«

»Kein Problem.« Garcia rutschte auf seinem Sessel ein Stück nach vorn. »Dieser Passagier hat selbst aber nicht den Anschein erweckt, als würde er Ms Barnard wiedererkennen, auch wenn sie meinte, sie hätte ihn schon mal gesehen?«

Tom schüttelte den Kopf. »Soweit ich weiß, nicht. Sonst hätte sie die Gelegenheit bestimmt beim Schopf ergriffen.«

Garcia war unschlüssig, ob das für oder gegen den Mann als Verdächtigen sprach.

»Kam Ihnen der Passagier auch bekannt vor?«, fragte Garcia. »Könnte es sein, dass Sie ihm auf einem früheren Flug begegnet sind?«

»Nein, auf keinen Fall. Ehrlich gesagt war er auch für mich zum Anbeißen. Wenn ich ihm schon mal begegnet wäre, hätte ich mich garantiert an ihn erinnert.« Tom sah Garcia forschend an. »Glauben Sie, der Typ könnte was mit dem Mord an Sharon zu tun haben?«

»Wahrscheinlich nicht«, gestand Garcia. »Aber wir müssen jeder Spur nachgehen.«

Diese letzten Worte schienen Tom ein wenig zu trösten.

»Wissen Sie noch, welcher Flug das war?«, fragte Garcia weiter.

Tom kaute auf seiner Unterlippe. »Nicht mehr so richtig. Aber ich weiß, dass es noch nicht lange her ist.«

»Letzte Woche? Vorletzte Woche?«

»Hmm ...« Er kniff die Augen zusammen. »Ich glaube, länger als eine Woche ist es nicht her.«

»Sie sind ganz sicher, dass Ihnen nicht mehr einfällt, welcher Flug es war? Das würde mir enorm weiterhelfen.«

Tom rieb sich die Augen, während er angestrengt überlegte. »Tut mir leid«, sagte er nach einer ganzen Weile. »Ich weiß es nicht mehr. In meinem Kopf herrscht totales Chaos.«

»Nicht so schlimm«, beschwichtigte Garcia ihn. Wenn er die Anzahl der in Frage kommenden Personen verringern wollte, musste er es wohl mit einem anderen Ansatz versuchen. »Auf wie vielen Flügen haben Sie und Ms Barnard in der vergangenen Woche zusammengearbeitet, können Sie mir das sagen?«

»Nicht aus dem Gedächtnis, aber ich kann mein Handy holen und nachschauen.«

Als Tom die Tür der Bibliothek erreichte, blieb er stehen und sah zurück zu Garcia.

»Möchten Sie vielleicht was trinken, Detective? Einen Kaffee? Saft, Wasser?«

»Nein, ich brauche nichts, danke.«

Tom verschwand. Als er zurückkam, hielt er ein Smartphone in der rechten Hand.

»Wir hatten letzte Woche fünf Flüge zusammen«, verkündete er, noch bevor er wieder in seinem Sessel Platz genommen hatte.

Mist!, fluchte Garcia. Das war immer noch eine verdammt große Zahl von Passagieren.

»Erinnern Sie sich vielleicht noch an etwas anderes auf diesem Flug, das uns dabei helfen könnte, es weiter einzugrenzen?«

Tom machte ein nachdenkliches Gesicht. »Es war Morgen, das weiß ich noch.« Erneut konsultierte er sein Handy. »Okay, Sharon und ich hatten letzte Woche nur drei Flüge am frühen Morgen. Am Montag hatten wir einen Hin- und Rückflug L. A.–Frisco. Wir haben LAX um sechs Uhr früh verlassen, sind etwa um halb acht in San Francisco gelandet, dann um halb neun wieder gestartet und waren gegen zehn am LAX. Am selben Abend sind wir nach Sacramento geflogen, aber da war der Rückflug erst am Dienstag.«

Tom hob eine Hand und schnitt eine Grimasse, als wäre ihm soeben etwas eingefallen.

Garcia wartete.

»Okay«, sagte Tom. »Ich weiß jetzt wieder, dass es ein Flug nach L. A. war, kein Flug in eine andere Stadt.«

»Sind Sie sicher?«

»Ziemlich. Nach der Landung haben Sharon und ich nämlich bei Brioche Dorée in Terminal vier noch schnell ein Sandwich gegessen und einen Kaffee getrunken. Ich erinnere mich, weil sie sich dabei die ganze Zeit umgeschaut hat. Sie hat gehofft, den Typen vielleicht noch irgendwo zu entdecken.«

Blieben also nur zwei Flüge übrig.

»Wissen Sie sonst noch was, das uns helfen könnte, den Passagier zu identifizieren?«, fragte Garcia. »Oder den Kreis zumindest noch ein bisschen weiter einzugrenzen?«

Gleich darauf sah er, wie Toms Augen sich weiteten und seine Augenbrauen in die Höhe schossen. Ihm war noch etwas eingefallen.

»Er saß im vorderen Bereich der Maschine«, sagte Tom triumphierend. »Das weiß ich noch, weil ich ihn von der vorderen Bordküche aus gut sehen konnte. Von dort haben Sharon und ich unser Spiel gespielt. Aber wenn mich nicht alles täuscht, saß er nicht ganz vorn, deshalb würde ich sagen, wir können Reihen eins bis sechs ausschließen. Er muss irgendwo zwischen Reihe sieben und vierzehn gesessen haben.«

Garcia schrieb die Information in sein Notizbuch. Es war ein Anfang. Da der Bürgermeister und der Gouverneur von Kalifornien sich des Falls persönlich angenommen hatten, würde es sicher keine Probleme geben, die Passagierlisten von der Fluggesellschaft zu erhalten.

»Und das ist Ihres Wissens der einzige Passagier, von dem Ms Barnard in der letzten Zeit meinte, er käme ihr bekannt vor?«

Tom nickte. »Wie gesagt, Detective, so was passiert oft – aber ja, er ist der Einzige, der mir einfällt.«

»Wären Sie damit einverstanden, wenn ich heute im Laufe des Nachmittags einen Polizeizeichner bei Ihnen vorbeischicke?«

»Ich weiß nicht, ob ich mich *so* gut an ihn erinnern kann, Detective.«

»Jedes Detail kann uns helfen«, entgegnete Garcia. »Und die Zeichner verstehen ihr Handwerk.«

Tom blickte kurz auf seine Schuhe. »Ja, natürlich. Ich tue alles, damit dieses kranke Schwein gefasst wird, das Sharon das angetan hat.«

»Eine Sache wäre da noch«, sagte Garcia.

»Klar.«

»Ich nehme an, dass Ihr und Sharons Freundeskreis, auch aufgrund Ihres Berufs, relativ überschaubar ist, liege ich da richtig?«

»Ja, kann man so sagen.«

Garcia langte in seine Tasche und zog ein mitgebrachtes Foto hervor. Es war ein Porträt von Nicole Wilson.

»Wissen Sie zufällig, ob Sharon diese Frau hier gekannt hat? Könnten sie Freundinnen gewesen sein?«

Tom nahm das Foto und betrachtete es mehrere Sekunden lang, ehe er es Garcia zurückgab und den Kopf schüttelte. »Nein, ich glaube nicht. Ich hab sie noch nie vorher gesehen. Ist sie auch Flugbegleiterin?«

»Nein, einfach jemand, den wir gestern vernommen haben. Sie hat behauptet, Sharon Barnard gekannt zu haben«, log Garcia.

»Aha.« Tom nickte. »Vielleicht stimmt das ja. Ich kann mich bloß nicht daran erinnern, sie schon mal mit Sharon gesehen zu haben.«

Garcia erhob sich. »Ich danke Ihnen vielmals für Ihre Zeit, Mr Hobbs. Sie waren eine große Hilfe.«

Sie gaben einander zum Abschied die Hand, und Garcia hielt Tom eine seiner Visitenkarten hin. »Wenn Ihnen noch irgendwas einfällt, ganz egal wie unbedeutend es Ihnen auch erscheint, zögern Sie nicht, mich anzurufen. Es könnte für uns von großer Wichtigkeit sein. Meine Handynummer steht hintendrauf.«

Tom nahm die Karte und warf einen kurzen Blick darauf, bevor er sie in seine hintere Hosentasche steckte.

»Sicher. Mache ich.«

Tom begleitete Garcia zur Haustür.

»Detective«, rief er, als Garcia schon auf dem Weg über den Rasen zur Straße war.

Garcia wandte sich um.

»Sie kriegen den Verrückten, der Sharon das angetan hat, oder? Bitte sagen Sie mir, dass Sie ihn kriegen.« Seine Augen wurden glasig, während er auf Garcias Antwort wartete.

Garcia nickte einmal. »Wir kriegen ihn.«

Als er zu seinem Auto ging, hoffte er, dass er seine Worte mit mehr Überzeugungskraft gesagt hatte, als er empfand.

47

Alison Atkins war zwölf Jahre zuvor im zarten Alter von sechzehn Jahren nach L. A. gekommen. Damals hatte sie noch nicht Alison geheißen. Ihr richtiger Name lautete Kelly, Kelly Decker. Aber sie hatte sich geschworen, diesen Namen niemals wieder zu verwenden. Das durfte sie auch nicht. Um ihrer eigenen Sicherheit willen.

Wie Unzählige andere vor ihr hatte Alison nur wenige Habseligkeiten, dafür aber umso mehr Träume und Hoffnungen im Gepäck. Aber im Gegensatz zu den meisten, die in die Stadt der Engel kamen, träumte sie nicht davon, ein Star zu werden, Karriere in Hollywood oder im Musikgeschäft zu machen. Nein, sie wollte einfach nur ein besseres Leben. Ein normales Leben. Und jedes Leben wäre besser als das, das sie in Summerdale, Alabama – einem Nest von nicht mal tausend Einwohnern – hinter sich gelassen hatte.

Alison war das einzige Kind strenggläubiger Zeugen Jehovas. Ihr Vater besaß einen Laden. Ihre Mutter war bei ihrer Geburt gestorben, weil es zu Komplikationen gekommen war und die Zeugen Jehovas aus religiösen Gründen die Gabe von Bluttransfusionen ablehnten. Der Vater jedoch gab nicht der Borniertheit seines Glaubens die Schuld am Tod seiner Frau, sondern dem Baby. Und das ließ er Alison ihre ganze Kindheit und Jugend hindurch deutlich spüren.

Mit eiserner Faust setzte er durch, dass Alison sämtliche Vorschriften seiner Religion bis ins Kleinste befolgte. Sie durfte keinen Umgang mit Andersgläubigen haben. Sie durfte nicht vor der amerikanischen Flagge salutieren, das Treuegelöbnis aufsagen, die Nationalhymne singen oder auch nur aufstehen, wenn sie gespielt wurde. Wählen gehen war ebenfalls nicht erlaubt. Alison hatte auch noch nie einen einzigen ihrer Geburtstage gefeiert, weil die Religion ihres Vaters es ihr verbot. Trotzdem war es kein Tag wie jeder andere, denn an jedem Geburtstag schlug ihr Vater Alisons Rücken mit Birkenzweigen, bis ihre Haut wund war. Dann sperrte er sie für vierundzwanzig Stunden ohne Essen und Wasser in einem dunklen Raum ein, damit sie darüber nachdenken konnte, was der Tag ihrer Geburt wirklich war – ein Tag der Schmerzen und des Leids.

Trotz seiner Frömmigkeit war Alisons Vater ein brutaler, grausamer Mann, der nicht davor zurückscheute, seinem Willen mit körperlicher Gewalt Geltung zu verschaffen. Alison konnte sich an keinen Tag unter seinem Dach erinnern, an dem er sie nicht angeschrien, erniedrigt oder mindestens einmal ins Gesicht geschlagen hätte. Und das waren noch die guten Tage. Manchmal waren die Prügel und Züchtigungen, die sie unter seiner Hand erfuhr, so schlimm, dass sie davon das Bewusstsein verlor. Trotzdem ging er immer äußerst geschickt vor – nie gab es Platzwunden, nie Knochenbrüche.

Als Alison drei Jahre alt war, nahm ihr Vater sich eine neue Frau. Alisons Stiefmutter war genauso gewalttätig wie er. Sie wusste nicht nur von den Schlägen, sie verprügelte Alison sogar oft selber und war bei den anderen Züchtigungen meistens zugegen, um ihren Mann zu noch größerer Härte anzutreiben.

Als Alison vierzehn war, teilte ihr Vater ihr mit, dass sie nun eine richtige Frau sei und daher »reif«, um Kinder zu gebären. »Reif« war genau das Wort, das er benutzte.

Eines Abends hörte Alison zufällig mit, wie ihr Vater der Stiefmutter erzählte, er habe bereits einen Mann für seine Tochter ausgesucht – den achtzehnjährigen Sohn einer anderen Familie von Zeugen Jehovas aus Tennessee, die sie im Jahr zuvor kennengelernt hatten. Diese Information erfüllte Alison mit größerer Angst als alle Schläge, die sie jemals bekommen hatte. Sie schwor sich, dass sie lieber sterben als jemanden heiraten würde, der demselben Glauben anhing wie ihr Vater.

Alison war keine Diebin, aber in ihrer Verzweiflung sah sie keinen anderen Ausweg. Wenige Tage nach dem Gespräch, während ihr Vater und ihre Stiefmutter schliefen, stahl sie die Hälfte der Wocheneinnahmen aus dem Laden ihres Vaters und floh. Mitten in der Nacht lief sie siebzehn Meilen ohne Pause, bis sie die Ortschaft Fairhope erreichte, wo sie sich eine Busfahrkarte in die Stadt der Engel kaufte.

Sie saß achtundvierzig Stunden lang im Bus, fuhr 2030 Meilen und plante währenddessen, wie sie ihr neues Leben beginnen wollte. Während dieser langen Busfahrt entstand auch der Name Alison Atkins. Die Idee dafür lieferten ihr zwei Werbetafeln, an denen sie während ihrer zweitägigen Fahrt vorbeikam. Die erste warb für das neue Album einer Sängerin namens Alison Krauss. Sie hatte noch nie von ihr gehört, fand aber den Namen, genau wie die Sängerin, wunderschön. Es war eine völlig spontane Entscheidung – auf einmal war aus Kelly Alison geworden. Sie nahm sich vor, herauszufinden, wie sich die Musik dieser Alison Krauss anhörte.

Die zweite Werbetafel fiel ihr während einer Pause ins Auge. Darauf wurde für irgendeine Diätmethode geworben. Alison hatte sich vorgenommen, sich ganz und gar zu verwandeln – Aussehen, Verhalten, Stimme, Haarfarbe, Frisur, Körperform, Aussprache, Körperhaltung, Gang –, alles, was sich verändern ließ, wollte sie verändern. Ihr erster Gedanke, als sie das Plakat sah, war, dass sie diese Atkins-Diät vielleicht einmal ausprobieren sollte. Ihr zweiter Gedanke war: *Atkins – der Name gefällt mir.* Im nächsten Augenblick begann sie es schon vor sich hin zu sprechen – *Alison Atkins, Alison Atkins, Alison Atkins.* Das hörte sich gut an ... sehr gut sogar.

Ihr neuer Name zauberte ihr ein Lächeln ins Gesicht. Er

klang nach Neuanfang. Vielleicht würde es doch gar nicht so schwer werden, von vorne anzufangen.

Sie irrte sich.

Das Leben in Los Angeles war viel härter, als Alison sich hätte träumen lassen. Gleich nach ihrer Ankunft suchte sie sich ein billiges Zimmer im Süden der Stadt. Der Vermieter wollte keinen Ausweis sehen, was Alison nur recht war. Andererseits: Ohne Ausweis oder sonstige Dokumente einen Job zu finden erwies sich als schwierig, erst recht für jemanden, der so jung aussah wie sie. Fast alles in L. A. war teurer als in Summerdale, und so war das bisschen Geld, das sie mitgenommen hatte, schneller aufgebraucht als erwartet.

Der Vermieter, ein kleiner, glatzköpfiger Mann mit Schmutz unter den Fingernägeln und wettergegerbter Haut, der immer nach schalem Schweiß und frittiertem Hühnchen roch, schlug Alison ein Geschäft vor. Wenn sie nett zu ihm wäre, wäre er auch nett zu ihr, und sie könne mietfrei bei ihm wohnen. In ihrer Naivität glaubte Alison, dass der Vermieter es gut mit ihr meinte und ihr nur helfen wollte. Als er sie daher eines Abends bat, in seine Wohnung zu kommen, nahm sie an, dass sie vielleicht für ihn putzen oder ihm das Essen kochen sollte.

Der Vermieter war ein gerissener Kerl. Er wusste genau, dass ein Haus wie seins, noch dazu in einer Stadt wie Los Angeles, eine ganz bestimmte Sorte Menschen anzog. So war es immer schon gewesen, und er hatte schon Dutzende junger Mädchen und Frauen wie Alison gekannt, die Todesangst davor hatten, ihr altes Leben, das sie in irgendeinem Kuhkaff hinter sich gelassen hatten, könnte sie einholen. Er wusste, dass sie lieber sterben würden, als zur Polizei zu gehen. Denn zur Polizei zu gehen würde bedeuten, ihren wahren Namen zu nennen, sich auszuweisen und zu gestehen, woher sie wirklich kamen. Das wollten sie um jeden Preis vermeiden. Zumindest am Anfang.

Bis zu diesem Tag hatte Alison immer gedacht, der Tod ihrer Mutter bei ihrer Geburt und die brutalen Prügel ihres Vaters wären das Schlimmste, was einem widerfahren konnte. An diesem Abend jedoch lernte Alison eine ganz neue Form von Angst und Schmerzen kennen. Eine neue Dimension der Gewalt gegen Körper und Seele, die sie niemals auch nur für möglich gehalten hätte. An diesem Abend ging sie durch die Hölle.

Als der Vermieter mit ihr fertig war, kehrte Alison zitternd und blutend in ihr Zimmer zurück, raffte ihre wenigen Sachen zusammen und lief zum zweiten Mal innerhalb weniger Wochen davon – wieder mitten in der Nacht. Es war die Nacht, in der Alison zum ersten Mal der Gedanke kam, dass ihr Vater mit dem, was er ihr so viele Male ins Gesicht geschleudert hatte, vielleicht recht hatte – dass sie ein Fehler war und niemals hätte geboren werden dürfen, dass ihre Existenz auf der Erde eine Strafe war und sie deswegen ihr ganzes Leben lang leiden würde. Aber Alison wollte nicht mehr leiden. Sie wollte, dass alles ein Ende hatte.

Es war ungefähr sechs Uhr morgens, als sie zufällig Renell über den Weg lief.

Renell war eine zweiunddreißigjährige Afroamerikanerin, die Ähnliches wie Alison und noch Schlimmeres erlebt hatte. Sie arbeitete für eine gemeinnützige Organisation, die es sich zum Ziel gemacht hatte, jungen Frauen zu helfen, die Opfer von Gewalt geworden waren, sei es durch Eltern oder Lebenspartner.

Renells Organisation nahm Alison in jener Nacht auf. Hier fand sie eine vorübergehende Bleibe, bekam zu essen und wurde medizinisch versorgt, und als es ihr wieder besserging, half man ihr, eine Arbeit zu finden.

Wie es der Zufall wollte, war Alisons Geschichte der von Renell, die ursprünglich einmal Alisha geheißen hatte, sehr ähnlich. Sie wurden beste Freundinnen, und Renell war es auch, die Alison mit Hilfe ihrer Kontakte auf der Straße schließlich zu einem Ausweis mit ihrem neuen, selbstgewählten Namen verhalf.

Jetzt, zwölf Jahre später, waren sie immer noch beste Freundinnen.

48

Es war kurz vor Mittag, als Garcia zurück ins Police Administration Building kam. Über dem Zentrum von Los Angeles hatten sich vereinzelt weiße Wolken gebildet, die, wenngleich nur in Form einiger verstreuter Schattenflecken, lang ersehnte Erholung von der unerbittlichen Sommerhitze boten.

»Könnte sein, dass es einen kleinen Lichtblick gibt«, verkündete Garcia aufgeregt, sobald er das Büro betrat.

Hunter, der an seinem Schreibtisch saß, ließ die Akten sinken, in denen er gerade geblättert hatte, und sah seinen Partner an.

Ohne Umschweife berichtete Garcia ihm von dem Passagier, der Sharon Barnard während eines morgendlichen Fluges aufgefallen war.

»Ich habe die Zentrale schon darauf angesetzt«, fügte er hinzu. »Sie wollen sich mit US Airways und der Luftfahrtaufsicht in Verbindung setzen, um die Passagierlisten für beide Flüge zu bekommen.« Er hob die Hand. »Ja, ich weiß, wenn er tatsächlich unser Mann ist, hat er bestimmt einen falschen Namen benutzt und sich wahrscheinlich irgendwie verkleidet. Aber falls wir feststellen, dass er es sein *könnte,* würde uns die Liste immerhin ermöglichen, den Passagier zu kontaktieren, der neben ihm gesessen hat. Vielleicht ist ihm oder ihr etwas an ihm aufgefallen, das

Tom Hobbs übersehen hat. Außerdem« – dies schien Garcia am meisten zu freuen, denn seine Brauen schossen dabei in die Höhe – »gibt es am Flughafen jede Menge Überwachungskameras, auch im Transitbereich. Wenn er unser Mörder ist«, sagte Garcia und nickte nachdrücklich, »haben wir ihn auf Band.«

Garcia war so sehr auf die Möglichkeit fixiert, sie könnten eine verwertbare Spur haben, wie winzig sie auch immer sein mochte, dass er bis zu diesem Augenblick den durchsichtigen Asservatenbeutel gar nicht bemerkt hatte, der auf Hunters Schreibtisch lag. Jetzt stutzte er und legte den Kopf schief.

Der Beutel enthielt den braunen Papierumschlag, den Hunter in den frühen Morgenstunden in seinem Wohnzimmer auf dem Boden gefunden hatte.

Garcia kam näher, damit er besser sehen konnte. Gleich darauf stockte ihm der Atem. Er musste die Handschrift nicht erst vergleichen, er erkannte sie sofort.

»Was zum Teufel ist das, Robert?«

»Genau das, wonach es aussieht.« Hunter schob seinem Partner den Beutel hin.

»Wurde der hier abgegeben?«, fragte Garcia, ohne danach zu greifen.

»Nein. Jemand hat ihn gestern Nacht unter meiner Tür durchgeschoben.

»Unter deiner Tür? Im Sinne von – unter deiner *Wohnungstür*?«

Hunter nickte.

»*Jemand* hat ihn unter deiner Tür durchgeschoben? Wer?«

Hunter schüttelte den Kopf. »Als ich den Umschlag bemerkt habe, war der Kerl längst weg.«

»Der Mörder?«

»Ich wüsste nicht, wer es sonst gewesen sein sollte. Du?«

»Verdammte Scheiße, Robert. Willst du mir ernsthaft

sagen, dass der Killer bei deiner Wohnung vorbeigekommen ist, um dir das da zukommen zu lassen? Er stand direkt vor deiner Tür?«

Wieder ein Nicken von Hunter, diesmal etwas beklommener als zuvor.

»Sieht ganz danach aus.«

Garcia fuhr sich mit den Händen durch die Haare. Am Hinterkopf angekommen, hielt er inne. »Was soll das, Robert? Warum? Warum macht er so was?«

»Ich habe da so einen Verdacht, aber ich möchte, dass du erst mal den Brief liest und mir sagst, was du davon hältst.«

Obwohl ihr Fall es noch nicht in die Nachrichten geschafft hatte, wäre es für den Täter nicht weiter schwer gewesen, sich Hunters Adresse zu beschaffen. Er hätte nur im PAB anrufen und den Namen des leitenden Detectives erfragen müssen. Auf Basis dieser Information auch noch die Wohnanschrift zu ermitteln wäre dann ein Kinderspiel gewesen.

»Hat die Kriminaltechnik das schon gesehen?«

»Noch nicht«, antwortete Hunter. »Ich wollte es vorher noch dir zeigen.«

»Alles klar«, sagte Garcia, hob den Beutel auf und ging damit zu seinem Schreibtisch. Er setzte sich, zog die rechte obere Schreibtischschublade auf, langte hinein und holte ein Paar Latexhandschuhe heraus. Nachdem er sie übergestreift hatte, richtete er seine ganze Aufmerksamkeit auf den Umschlag.

49

Es war ein typisches amerikanisches Diner mit einem flackernden Neonschild vor der Tür, auf dem in großen roten Buchstaben DONNY'S stand. Es lag in einer Ladenzeile wenige Blocks vom Herzen des Finanzbezirks in Downtown L. A. entfernt. Obwohl es mitten am Tag war, wurde der Gastraum von Neon und den blinkenden Lichtern einer Jukebox erhellt. Sämtliche Sitznischen und Tische waren belegt, was nicht weiter ungewöhnlich war, denn das Essen war gut und preiswert und der Kaffee wesentlich besser als der, den man in den Coffeeshop-Ketten überall in der Stadt bekam. Bei Donny's herrschte immer viel Betrieb, und die Mittagszeit war die Mutter aller Rushhours.

Sobald ein Zweiertisch frei wurde, sprühte Alison Atkins, die älteste der vier Kellnerinnen, die an diesem Nachmittag Schicht hatten, die Tischoberfläche mit Desinfektionsmittel ein, wischte sie mit dem Lappen ab, den sie an ihrer Schürze hängen hatte, und signalisierte dann ihrer Kollegin Rita an der Tür, dass sie Platz für zwei neue Gäste hatte. Sofort schickte Rita ein Pärchen, das seit zehn Minuten wartete, zu Alison.

Als die beiden an Tisch sieben vorbeikamen, dem zweiten Tisch rechts vom Eingang, achteten sie nicht weiter auf den einzelnen Mann, der dort saß. Er schien in Gedanken versunken und machte den Eindruck, als nähme er die lauten Gespräche und die andauernde Bewegung um ihn herum gar nicht wahr. Für einen oberflächlichen Betrachter musste es so aussehen, als sei das Einzige, wofür er sich wirklich interessierte, sein doppelter Espresso, in dem er seit nunmehr dreißig Sekunden rührte.

Der Gast an Tisch sieben war etwa eine Stunde zuvor in den Diner gekommen. Beim Eintreten hatte er Rita, der jungen Kellnerin, die ihn begrüßt hatte, höflich zugelächelt und um einen Tisch für eine Person gebeten. Zu der Zeit waren keine Tische frei gewesen, woraufhin er ihr mitgeteilt hatte, dass es ihm nichts ausmache zu warten. Also hatte er gewartet, und zwar annähernd zwanzig Minuten lang. Als er dann endlich einen Platz zugewiesen bekam, vergingen noch einmal fast zehn Minuten, bis die Kellnerin Zeit fand, seine Bestellung aufzunehmen. Doch auch das brachte ihn nicht aus der Ruhe. Er wartete geduldig und ohne das geringste Anzeichen von Verärgerung, als hätte er alle Zeit der Welt.

Irgendwann hörte er auf zu rühren, tippte den Teelöffel gegen den Rand der Espressotasse, legte ihn auf den Unterteller und führte die Tasse zum Mund. Man musste zugeben, der Kaffee bei Donny's wurde seinem guten Ruf gerecht.

»Bei Ihnen ist alles in Ordnung, Sir?«, erkundigte sich Alison, als sie an seinen Tisch kam, und schenkte ihm dasselbe einnehmende Lächeln wie jedem Gast.

Alison hatte das Versprechen, das sie sich vor all den Jahren im Greyhound-Bus nach Los Angeles gegeben hatte, gehalten. Sie hatte ihr Aussehen verändert, ihren Akzent, ihre Körperhaltung, die Art, wie sie ging ... einfach alles an sich. Es war nichts mehr übrig von der jungen Kelly Decker aus Summerdale, Alabama. Alison hatte sich zu einer sehr attraktiven Frau entwickelt. Ihre mittellangen kupferblonden Haare glänzten in jedem Licht, selbst wenn sie wie an diesem Nachmittag zu einem praktischen Pferdeschwanz zurückgebunden waren. Ihre Haut war zart und gepflegt, und ihre aparten Augen strahlten so wach und lebendig, dass es praktisch unmöglich war, sie nicht zu bemerken. Außerdem war Alison mit einem aktiven Stoffwechsel gesegnet, der sie, hätte es die Möglichkeit gegeben, ihn in Flaschen abzufüllen und zu verkaufen, sicher zur Milliardärin gemacht hätte. Sie konnte essen, was sie wollte, ohne jemals ein Gramm zuzunehmen. Ihre langen Beine waren straff und muskulös wie die einer Sportlerin, allerdings nicht etwa weil sie ins Fitnessstudio ging oder am Strand joggte – dafür hatte sie gar keine Zeit –, sondern weil sie in ihrem Job jeden Tag stundenlang auf den Beinen war.

Donny, der Inhaber des Diners, und die anderen Kellnerinnen hatten längst aufgehört zu zählen, wie viele Gäste – darunter auch Frauen – Alison schon einen Zettel mit Namen und Telefonnummer zugesteckt und sie beschworen hatten, dass sie auf die große Leinwand gehöre, statt für einen Hungerlohn und ein paar Dollar Trinkgeld in einem schmierigen Diner in South Central zu schuften.

Alison nahm diese Zettel jedes Mal mit einem höflichen Lächeln und einem Dankeschön entgegen. Sobald sie in die Küche kam, wanderten sie in den Müll.

»Weißt du, Alison«, hatten die anderen schon oft zu ihr gesagt. »Es könnte doch sein, dass einige dieser Typen die Wahrheit sagen. Wir sind hier in L. A., vergiss das nicht. Hollywood ist gleich um die Ecke. Da ist es doch gar nicht so abwegig zu denken, dass einige dieser Typen es vielleicht ernst mit dir meinen. Man hört doch immer wieder Geschichten von Stars, die als Kellnerinnen oder hinter Gittern entdeckt wurden. Du solltest wenigstens mal drüber nachdenken, zurückzurufen. Würdest du nicht gern den Job hier hinschmeißen und aus dieser beschissenen Gegend rauskommen? In Malibu leben? Oder wo auch immer?«

Alisons Antwort fiel immer gleich aus.

»Ich mag meinen Job, und ich liebe die Gegend.«

Das war nicht gelogen. Alison war vollkommen zufrieden mit ihrem Leben. Aber es gab auch noch einen anderen Grund: Ganz egal wie viel Zeit vergangen war und wie sehr sie sich verändert hatte, die Angst war immer noch da. Berühmtheit, in welcher Form auch immer, war das Letzte, wovon Alison Atkins träumte. Sie musste nicht reich und prominent werden, um glücklich zu sein.

Der Gast an Tisch sieben sah zu Alison auf. Sein Lächeln war genauso entwaffnend wie ihres.

»Ja«, antwortete er. »Alles bestens, vielen Dank.«

Der Mann hatte seine Erscheinung ebenfalls komplett verändert, seit er das letzte Mal bei Donny's gewesen war, doch in seinem Fall hatte die Verwandlung nicht Jahre, sondern nur eine Stunde gedauert. Mittlerweile war er, was Make-up und Maskenbildnerei anging, zu einem wahren Experten geworden. Er konnte sich nach Belieben attraktiv oder hässlich machen, gerade so, wie die jeweilige Situation es verlangte. Er konnte seine komplette Person, einschließlich seiner Sprache, von jetzt auf gleich vollkommen umkrempeln. Er konnte an einem Tag in mehrere unterschiedliche Rollen schlüpfen, ohne dass jemand etwas bemerkte. Der Gast an Tisch sieben war ein echtes menschliches Chamäleon.

An diesem Tag hatte er sich für kinnlanges schwarzes Haar, dunkelbraune Augen, eine runde Brille, die er in Wahrheit gar nicht brauchte, sowie ein modisches Ziegenbärtchen entschieden. Seine Wangenknochen waren ein klein wenig ausgeprägter als sonst, und seine Zähne waren weißer und gerader, was ihm ein nahezu perfektes Lächeln verlieh. Er trug eine dunkle Hose und schwarze Schuhe, einen farblich abgestimmten Blazer und darunter ein edel aussehendes blaues Hemd.

Die anderen drei Kellnerinnen der Mittagsschicht hatten bereits versucht, mit dem Gast an Tisch sieben zu flirten, doch der schien mit seinen Gedanken woanders zu sein und schaute die ganze Zeit mit unbewegter Miene geradeaus. Ihre Bemühungen blieben erfolglos.

Auch Alison fand ihn ziemlich attraktiv. Etwas an ihm kam ihr bekannt vor, sie konnte nur nicht sagen, was. Weder sie noch eine ihrer Kolleginnen erinnerte sich, ihn jemals bei Donny's gesehen zu haben.

Obwohl sein Blick immer geradeaus gerichtet war, hatte er Alison die ganze Zeit beobachtet.

»Ach, es tut mir so leid«, sagte er nun und schenkte ihr ein weiteres Lächeln. »Das ist wirklich schrecklich egoistisch von mir.«

»Was denn?«, fragte Alison verdattert.

»Es ist brechend voll, draußen stehen die Leute Schlange und warten auf einen Tisch, und ich sitze hier eine Ewigkeit mit meiner Tasse Kaffee. Ich muss mich bei Ihnen entschuldigen. Wenn Sie mir die Rechnung bringen, bin ich sofort weg.«

Seine Stimme war fest, aber zugleich auch sanft.

»Ach, deswegen müssen Sie sich doch keine Sorgen machen«, sagte Alison mit einem Kopfschütteln. »Lassen Sie sich ruhig so viel Zeit, wie Sie wollen.« Sie sah auf die Uhr. »Es wird jetzt sowieso leerer.«

»Ach ja?« Er schaute sich um. Es war immer noch brechend voll. »Hätte ich gar nicht gemerkt.«

Alison schmunzelte.

Jetzt warf auch der Mann einen Blick auf seine Uhr. »Aber nein, ich muss wirklich los.«

»Kein Problem. Dann mache ich Ihnen die Rechnung fertig.«

Während Alison an die Kasse ging, trank der Mann ohne Eile seinen doppelten Espresso aus.

»Bitte schön«, sagte Alison, als sie ihm die Rechnung auf den Tisch legte.

Der Mann warf einen Blick auf die Summe, griff nach seinem Portemonnaie und legte ein paar Scheine auf die Rechnung. Alison fielen zwei Dinge auf. Erstens: Der Mann hatte zwanzig Dollar zu viel gegeben. Zweitens: Seine Hände sahen ledrig aus und glänzten, als wären sie mit einer dünnen Schutzschicht aus Plastik überzogen. Sie fragte sich, ob das vielleicht eine Therapie gegen eine Hautkrankheit war.

»Der Rest ist für Sie«, sagte er und stand auf.

»Sind Sie sicher?«, fragte sie zweifelnd.

»Aber klar.« Der Mann zwinkerte ihr auf derart charmante Weise zu, dass Alison rot wurde.

Aus einem Impuls heraus tat Alison etwas, das sie sonst nie tat. Sie stellte ihm eine Frage, gerade als er sich zum Gehen wandte.

»Ich habe Sie nicht zufällig schon mal hier gesehen, oder?«

Der Mann drehte sich um. »Nein, ich war heute zum ersten Mal da.«

»Na gut.« Sie zwinkerte zurück. »Dann hoffe ich sehr, dass Sie mal wiederkommen.«

Ihre Blicke hielten einander einen Augenblick lang fest. Der Mann nickte höflich.

Alison hörte nicht, was er flüsterte, als er sich endgültig abwandte und zur Tür ging.

»Du wirst mich schneller wiedersehen, als du denkst, Alison.«

50

Garcia nahm vorsichtig den Umschlag aus dem Beutel, als würde er eine gefährliche, instabile Substanz handhaben. Dann zog er ein einzelnes Blatt aus dem Umschlag. Es war einmal in der Mitte gefaltet, sodass es perfekt in den Umschlag hineinpasste.

Hunter wartete, während Garcia das Blatt auseinanderfaltete und vor sich auf den Tisch legte. Genau wie der Brief an Bürgermeister Bailey war auch diese Nachricht mit rotem Kugelschreiber von Hand geschrieben.

Sie sind also angeblich der Beste der Besten. Der sogenannte Experte, dem die Bürde auferlegt wurde, mir das Handwerk zu legen? Sie sind derjenige, der dafür sorgen soll, dass den Opfern Gerechtigkeit widerfährt. Derjenige, der mir in die Augen schauen und erkennen soll, was aus mir geworden ist.

Und?

Wie läuft es bis jetzt, Detective Hunter?

Macht es Ihnen Spaß, oder bin ich zu schnell für Sie?

Zählen Sie noch mit, oder türmen sich die Leichen allzu rasch?

Eins kann ich Ihnen sagen: Ich freue mich auf die Herausforderung. Die Frage ist nur: Werden auch Sie nur sehen, was Sie sehen wollen, oder werden Sie mich widerlegen, Detective Hunter? Denn bislang haben Sie noch gar nichts gesehen. Es geht gerade erst los.

Wenn Sie sich nun fragen, warum ich all das tue, ist die Antwort darauf simpel. Ich schreibe Geschichte. Oder, wenn man so will: Ich schreibe sie neu.

Wollen Sie wissen, wer ich bin, Detective Hunter?

Wollen Sie es wirklich wissen?

Nun, die Hinweise sind im Namen.

DENN ICH BIN DER TOD.

Garcia las den Brief mehrmals durch, bevor er endlich den Blick hob und seinen Partner ansah, der an der Kante seines Schreibtischs lehnte.

»Und? Was meinst du?«

Garcia stand auf, schob seinen Stuhl zur Seite und ging zur Pinnwand.

»Weißt du noch, wie wir über den Brief gesprochen haben, den Bürgermeister Bailey bekommen hat?«, fragte er und deutete auf die Pinnwand, wo Kopien der ersten beiden Nachrichten des Mörders nebeneinanderhingen. »Wir waren uns einig, dass der dritte Absatz eine Art Herausforderung darstellen soll, stimmt's?« Garcia wartete nicht auf Hunters Antwort. »Also, ich sehe das so: Diese neue Botschaft, abgesehen davon, dass sie vor Arroganz nur so trieft, ist von Anfang bis Ende eine Herausforderung.«

Hunter kratzte sich am Kinn. »Ich bin ganz Ohr.«

»Der Unterschied ist nur«, fuhr Garcia fort, »dass der Täter es jetzt auf eine persönliche Ebene gehoben hat. Hier, schau dir das an.« Er ging an seinen Platz zurück, Hunter hinterher. Garcia deutete auf die fünf Stellen, in denen der Täter Hunter beim Namen nannte. »Er hat es sogar auf eine *sehr* persönliche Ebene gehoben, Robert. Er ist extra zu dir nach *Hause* gekommen, um dir die Nachricht zu überbringen.«

Hunter nickte zustimmend, ließ Garcia jedoch fortfahren, ohne ihn zu unterbrechen.

»Und hier.« Garcia ging erneut zur Pinnwand, nahm die Kopie der zweiten Nachricht an Bürgermeister Bailey ab und brachte sie zu seinem Schreibtisch. »Am Anfang nimmt er gleich mehrfach Bezug auf seinen vorherigen Brief.« Beim Lesen wies Garcia jeweils auf die entsprechenden Zeilen in der Nachricht. »*Der Beste der Besten, sogenannter Experte, dafür sorgen, dass den Opfern Gerechtigkeit widerfährt*, nur *das sehen, was Sie sehen wollen*, und *Derjenige, der mir in die Augen schauen und erkennen soll, was aus mir geworden ist.* Mit dem Unterschied, dass es in dem Brief an Bailey noch wie eine offene Einladung an das LAPD, das FBI oder irgendeine andere Strafverfolgungsbehörde klingt – aber diesmal nicht. Diesmal richtet sich die Herausforderung an eine konkrete Person.« Garcia zog die Brauen hoch und nickte seinem Partner vielsagend zu. »Nämlich an dich. Ob es dir gefällt oder nicht, er hat dich zu seinem Gegner gemacht.«

Bis jetzt stimmte Garcias Einschätzung des Briefes zu hundert Prozent mit der von Hunter überein. Hunter jagte diesen Mörder nicht allein, und er ging davon aus, dass der

Täter sich dessen bewusst war. Trotzdem hatte er in seinem neuesten Brief jede einzelne Herausforderung direkt an Hunter gerichtet, nicht an das Ermittlerteam, das LAPD, das FBI oder die UV-Einheit. Und wieder einmal hatte sich der Täter allergrößte Mühe bei der Formulierung gegeben, damit an seiner Botschaft so wenig Zweifel wie möglich blieben.

»Allerdings glaube ich nicht, dass es ›persönlich‹ persönlich ist.« Mit den Fingern zeichnete Garcia Anführungszeichen in die Luft.

Hunter kniff fragend die Augen zusammen.

»Anders ausgedrückt: Ich glaube nicht, dass der Kerl einen persönlichen Groll gegen dich hegt«, stellte Garcia klar. »Ich denke zum Beispiel nicht, dass es jemand ist, den du irgendwann mal ins Gefängnis gebracht hast, oder ein Verwandter von jemandem, den du ins Gefängnis gebracht hast. Ich würde sogar wetten, dass sich eure Wege noch nie gekreuzt haben.«

»Wäre das nämlich der Fall«, führte Hunter den Gedanken seines Partners weiter, »hätte er schon seine erste oder zweite Nachricht direkt an mich richten können. Warum erst Bürgermeister Bailey einen Brief schicken?«

»Eben«, sagte Garcia. »Meiner Einschätzung nach hätte er sich früher oder später in jedem Fall persönlich an den Leiter der Ermittlungen gewandt, ganze egal, wer es ist. Wir haben bloß Pech gehabt.«

Hunter verzog das Gesicht. »Ist das nicht immer so?«

»Aber jetzt, wo er ein Gegenüber hat, wiederholt er nicht nur die Herausforderung aus seinem zweiten Brief, er geht sogar noch einen Schritt weiter. Er verspottet dich.« Erneut zeigte Garcia auf den Brief:

Und? Wie läuft es bis jetzt, Detective Hunter?

Macht es Ihnen Spaß, oder bin ich zu schnell für Sie?

Zählen Sie noch mit, oder türmen sich die Leichen allzu rasch?

Werden auch Sie nur sehen, was Sie sehen wollen, oder werden Sie mich widerlegen, Detective Hunter?

»Und dann spricht er eine Drohung aus«, fügte Garcia hinzu.

Denn bislang haben Sie noch gar nichts gesehen. Es geht gerade erst los.

»Und nachdem er dir gedroht hat«, fuhr Garcia fort, »hat er noch das Bedürfnis zu erklären, weshalb er das alles tut. Obwohl diese Erklärung meiner Meinung nach ein einziger Schwachsinn ist.«

»Größenwahn«, warf Hunter ein. »Du weißt ja, dass die meisten Soziopathen damit ein Problem haben. Und weil einige von ihnen der festen Überzeugung sind, besser zu sein als gewöhnliche Menschen, sich ihnen in jeder Hinsicht überlegen fühlen, glauben sie logischerweise auch, dass wir als Normalsterbliche ihr Tun niemals begreifen können – es sei denn, sie erklären es uns. Und selbst dann erwarten sie eigentlich nicht, dass wir die Gründe für ihr Handeln oder das Ausmaß ihres Genies wirklich nachvollziehen.« Hunter zuckte mit den Achseln. »Wie sollten wir auch, wenn sich unser Intellekt in keiner Weise mit dem ihren messen kann?«

Garcia lachte leise und schüttelte angesichts der Absurdität des Ganzen den Kopf. »Dieser Verrückte glaubt allen Ernstes, dass er Geschichte schreibt?«

»Oder, wie er es formuliert hat, *neu* schreibt.«

»Ja, aber wessen Geschichte?«

Hunter wandte sich zur Pinnwand. »Keine Ahnung. Vielleicht seine eigene.«

»Und was um alles in der Welt soll dieser Mist am Ende?«, sagte Garcia und lenkte Hunters Aufmerksamkeit einmal mehr auf den Brief. »Ist das als Witz gemeint? Ich gebe dir einen Hinweis darauf, wer ich bin, und der Hinweis liegt in meinem Namen – TOD? Wahnsinnig komisch.«

Hunter wusste selbst nicht genau, was der Mörder damit gemeint hatte. Aber er war sich ziemlich sicher, dass es kein Witz war.

51

Die Treppe, die in die Unterführung hinabführte, erinnerte Alison an einen dieser billigen alten Schwarzweißfilme, die eigentlich nicht gruselig sein sollten, aber man gruselte sich trotzdem. Ihre Schritte hallten laut von den Setzstufen aus Beton wider, und auf einmal wurde sie sich bewusst, dass sie ganz allein war – allein in einem schlecht beleuchteten, einsamen Fußgängertunnel.

Alison Atkins hatte ihren Ausstieg verschlafen. In den letzten drei Tagen hatte sie drei Doppelschichten bei Donny's geschoben, und als sie vor knapp einer Stunde in den Bus nach Hause eingestiegen war, war sie zu Tode erschöpft gewesen, wie nach einer langen schweren Krankheit. Sie hatte sich wie immer alleine einen Platz ganz hinten gesucht und nach zehn Minuten der insgesamt vierzigminütigen Fahrt den Kopf gegen die Scheibe gelehnt, nur ganz kurz, um einen Moment lang ihre müden Augen auszuruhen. Schon fünf Minuten später hatte sie sie wieder aufgemacht – dachte sie wenigstens.

Doch als sie sich aufsetzte und aus dem Fenster sah, wurde ihr ganz mulmig zumute. Hastig rieb sie sich die trüben Augen, drehte sich um und schaute aus dem Fenster auf der anderen Seite.

Die Gegend kam ihr völlig unbekannt vor.

Sie reckte den Hals und warf einen Blick auf die Digitaluhr vorne beim Fahrer.

Kein Zweifel, sie hatte ihren Ausstieg verpasst.

»Mist«, fluchte sie durch zusammengebissene Zähne, sprang auf und drückte den Halteknopf.

Eine Minute später hielt der Bus an der nächsten Haltestelle.

Mit ihr zusammen stiegen noch zwei Passagiere aus – eine Frau und ein Mann mittleren Alters. Der Mann, der es eilig zu haben schien, ging sofort mit raschen Schritten in westlicher Richtung davon. Die Frau, etwa im selben Alter wie Alison, machte sich in nördlicher Richtung auf den Weg.

Alison stand unschlüssig da und sah sich um. Es war keine angenehme Gegend. Normalerweise hätte sie nicht mal tagsüber freiwillig einen Fuß in dieses Viertel gesetzt, geschweige denn nachts.

Sie sah auf ihre Uhr – fünf nach eins. Ihre Busstrecke war nicht an das Nachtlinien-Netz angeschlossen, auf dem vierundzwanzig Stunden lang Busse fuhren, aber immerhin wusste sie, dass der Verkehr auf ihrer Linie erst um zwei Uhr nachts eingestellt wurde. Alison überquerte die Straße und steuerte die Bushaltestelle auf der gegenüberliegenden Seite an. Sie langte in ihre Tasche, doch als sie nach ihrem Portemonnaie greifen wollte, rutschte ihr das Herz in die Hose.

Es war nicht da.

Sie blieb stehen, riss ihre Tasche mit beiden Händen ganz weit auf und begann hektisch darin herumzuwühlen.

Nichts.

»O nein, nein, nein, nein, nein«, rief Alison und verschwand vor lauter Verzweiflung fast mit dem Kopf in der Tasche. Lippenstift, Puder, Pinsel, Kleingeld, Handy, ein Stift und ihr Hausschlüssel.

Ihr Portemonnaie war verschwunden.

»So eine Scheiße!«

Sie wusste ganz genau, dass sie es beim Einsteigen in

den Bus noch gehabt hatte, weil sie ihre aufladbare TAP-Karte für den öffentlichen Nahverkehr darin aufbewahrte.

Während ihres kurzen Schlafs hatte sie natürlich nicht gemerkt, wie der achtzehnjährige Junge mit Kapuzenjacke, der ihr anfangs gegenübergesessen hatte, unauffällig neben sie geschlüpft war, nachdem er festgestellt hatte, dass sie tief und fest schlief. Als er ausstieg, war seine Tasche ein bisschen schwerer und Alisons dafür ein bisschen leichter.

»Scheiße, Scheiße, Scheiße!«

Während ihrer Doppelschicht heute hatte sie insgesamt zweihundertzwölf Dollar Trinkgeld eingenommen.

Sie fühlte sich, als hätte sie einen Stein im Magen. Sie brauchte das Geld, sonst konnte sie ihre Rechnungen nicht bezahlen.

Wieder sah Alison sich um. An den Haltestellen zu beiden Seiten der Straße wartete kein Mensch, die Straßen wirkten wie ausgestorben. Sie kannte die Gegend nicht, aber sie wollte hier weg. Sie fühlte sich schutzlos.

Wütend und frustriert überlegte Alison, was sie jetzt tun sollte. Sie konnte die Polizei rufen, aber die würde ihr auch nicht weiterhelfen. Lorena, eine ihrer Kolleginnen aus dem Diner, war vor ein paar Monaten auf einer anderen Buslinie bestohlen worden. Sie war zur Polizei gegangen. Dort hatte man ihre Personalien aufgenommen und ihr anschließend einen Vortrag darüber gehalten, dass sie an bevölkerten Orten vorsichtiger sein und besser auf ihre Sachen achten solle. Man hatte ihr das Gefühl vermittelt, selbst an dem Unglück schuld zu sein.

Alison beschloss, dass es das Sinnvollste wäre, so schnell wie möglich zu Fuß nach Hause zu gehen.

Sie umklammerte ihre Tasche und machte sich mit schnellen Schritten auf den Weg.

Sie war etwa eine Dreiviertelstunde gegangen, als sie auf die Unterführung stieß. Sie hatte sie schon oft benutzt, allerdings noch nie so spät in der Nacht. Aber immerhin: Von hier aus waren es nur noch fünf Minuten bis zu ihrer Wohnung.

Alison ging zügiger. Dann hörte sie plötzlich neben dem Echo ihrer eigenen Schritte noch etwas anderes. Mit klopfendem Herzen sah sie sich um. Da war niemand, weder vor noch hinter ihr, aber aufgrund der vielen Schatten und der schlechten Beleuchtung im Tunnel konnte sie sich nicht ganz sicher sein.

Definitiv eine Szene aus einem Horrorfilm, schoss es ihr durch den Kopf.

Alison atmete langsam aus, als könne sie mit ihrer warmen Atemluft zugleich auch die Angst ausstoßen, die Augenblicke zuvor ihr Herz ergriffen hatte. Die Echos verklangen, und sie lauschte ihrem keuchenden Atem.

Sekunden später lief sie weiter, und wieder hätte sie schwören können, dass da irgendwo ein fremdes Geräusch war, allerdings kam diesmal auch noch ein Gefühl wachsender Beklemmung hinzu. Es war, als würden die Wände des Tunnels immer enger zusammenrücken.

Alison schüttelte den Kopf und hoffte, dass die heftige Bewegung das ungute Gefühl vertreiben würde.

Es funktionierte nicht. Stattdessen wurde das Gefühl immer stärker und schlug schließlich in Angst um.

Sie fuhr herum und schaute erneut hinter sich.

Das war der Moment, in dem sie ihn sah.

Es war der Mann, der zusammen mit ihr ausgestiegen war. Er war ihr seit Verlassen des Diners gefolgt. Als sie ihre Haltestelle verschlafen hatte, war auch er geduldig sitzen geblieben. Er war ausgestiegen, als sie ausstieg, und hatte sie aus gebührender Entfernung verfolgt.

Auf einmal war er bis auf vier Schritte an sie herangekommen.

Wo kommt der auf einmal her? Wie kann er so schnell gewesen sein?

Drei Schritte.

Er nahm die Hand aus der Jackentasche.

Zwei.

Er hielt etwas in der Hand.

Noch ein Schritt.

O mein Gott, ist das eine Spri–

Zu spät. Die Nadel steckte bereits in ihrem Hals.

52

Als Hunter am nächsten Morgen ins Büro kam, stand Garcia mit vor der Brust verschränkten Armen breitbeinig vor seinem Schreibtisch, als warte er auf etwas. Dabei schaute er auf die Ausdrucke, die auf seinem Schreibtisch in ordentlichen kleinen Stapeln arrangiert waren.

»Was ist das alles?«, fragte Hunter und betätigte an seiner Tastatur die Leertaste, um den Rechner aus dem Ruhezustand aufzuwecken.

»Berichte von der Spurensicherung«, gab Garcia zurück, ohne den Blick von den Unterlagen abzuwenden. »Sind vor zehn Minuten reingekommen. Ich habe sie ausgedruckt.« Er nahm einen der Berichte und reichte ihn Hunter. »Der Tox-Report für unser erstes Opfer, Nicole Wilson, war negativ«, verkündete er. »Der Täter hat ihr zu keinem Zeitpunkt irgendwelche Substanzen verabreicht, während er sie vergewaltigt und gefoltert hat. Sie war die sechs oder sieben Tage lang bei vollem Bewusstsein. Auf die Ergebnisse von Sharon Barnard warten wir noch.«

Er wandte sich zu seinem Partner um.

Hunter nickte, während er den Bericht überflog.

Garcia stützte sich auf die Kante seines Schreibtischs. »Wäre es ein anderer Täter, würde ich ja vermuten, dass die Tox-Ergebnisse beim zweiten Opfer genauso ausfallen wie beim ersten, aber bei unserem Kerl ...« Garcia hob die Schultern, »müssen wir mit allem rechnen. Wie wir wissen, hat er ja nicht mal eine feste Vorgehensweise. Würde mich nicht wundern, wenn sich rausstellt, dass Sharon Barnard im Gegensatz zu Nicole Wilson bis zur Halskrause mit Drogen vollgepumpt war.«

Hunter musste seinem Partner im Stillen recht geben.

Garcia schnappte sich einige weitere Blätter von seinem Schreibtisch und gab sie Hunter.

»Aber gut, weiter im Text«, sagte er. »Die Spurensicherung hat den Telefonmast in der Allenwood Road unter die Lupe genommen. Sie haben keine Fingerabdrücke gefunden, aber dafür zwei winzige Schraublöcher, die nicht dort hingehören. Sie waren ziemlich hoch oben, direkt oberhalb der unteren Kabel. Sie haben den Mast mit den anderen Masten in der Straße verglichen.« Garcia schüttelte den Kopf. »Keiner von denen hatte solche Löcher. Und AT&T hat bestätigt, dass die Löcher dort nichts zu suchen haben.«

»Eine Kamerahalterung?«

»Würde ich auch sagen«, meinte Garcia. »Die EDV meint, so ein Gerät wäre leicht zu installieren. Die Aufnahmen hätten entweder auf einer Festplatte gespeichert werden können, oder er hätte sie live übers Internet an seinen Rechner senden können.«

Hunter wirkte skeptisch. »Wenn er die Aufzeichnungen auf einer Festplatte direkt im Gerät gespeichert hätte, hätte das die Kamera unnötig groß gemacht. Das wäre sicher nicht in seinem Sinne gewesen. Oder aber er hätte ein externes Speichermedium anschließen müssen. Die Kriminaltechnik hat nur zwei Löcher gefunden?«

»Ganz genau.«

»Also kein externer Speicher. Und eine große Kamera hätte man von der Straße aus zu leicht bemerken können. Ich glaube, die Methode wäre nicht seine erste Wahl gewesen.«

»Ich auch nicht. Live-Streaming klingt wie die bessere Option. Die EDV sagt, dass eine Wi-Fi-fähige Kamera sich in die WLAN-Verbindung eines der Nachbarhäuser hätte einklinken können, ohne dass jemand was mitbekommt. Einige dieser Kameras sind klein und leicht wie eine Kreditkarte.«

»Mit anderen Worten: Unser Killer konnte gemütlich zu Hause sitzen und von seinem Wohnzimmer aus die Straße in Laurel Canyon beobachten«, sagte Hunter. »Keine verdächtigen Personen oder Fahrzeuge. Das Risiko, entdeckt zu werden – null.«

Garcia nickte wieder. »Der Typ ist gerissen – als hätten wir das nicht schon vorher gewusst.« Er schob die Unterlagen zur Seite und nahm ein neues Blatt in die Hand. »Die Kriminaltechnik konnte auch den Stift identifizieren, mit dem der Killer den Brief an Bürgermeister Bailey geschrieben hat.«

»Und? Was sagen sie?«

»Er hat einen roten BIC Cristal Kugelschreiber mit dicker Mine benutzt.« Als Garcia »dick« sagte, hob er zur Betonung den rechten Zeigefinger. »BIC Cristals sind vermutlich die beliebtesten Kugelschreiber in ganz Amerika«, erklärte er weiter. »Sie sind preiswert, und man kann sie praktisch überall kaufen – Kiosk, Supermarkt, Schreibwarenladen, Postamt, was weiß ich. Das Interessante ist allerdings, dass die meistgekauften BIC Cristals die mit der mittelstarken Mine sind, nicht die mit der dicken. Die sind ein bisschen seltener.«

Hunter betrachtete die Kopien der Briefe an der Pinnwand, ehe er sich wieder Garcia zuwandte.

»Trotzdem«, fügte Garcia hinzu. »Selbst wenn die dicken Kugelschreiber nicht so beliebt sind wie die anderen, sind sie immer noch *ziemlich* beliebt.«

Das wunderte Hunter nicht.

Garcia wandte sich einem anderen Dokument zu. »Auf

Nicole Wilsons Laptop haben wir noch nichts Relevantes gefunden«, sagte er. »Auch nichts in ihren E-Mails, aber dafür hat die EDV endlich das Passwort für Sharon Barnards Tablet und Handy geknackt. Ich habe jemanden gebeten, die Dateien auf dem Tablet durchzugehen, aber bis jetzt ist noch nichts dabei rausgekommen.« Garcia zog dramatisch die Augenbrauen hoch, als hätte er sich das Beste bis zum Schluss aufbewahrt. »Allerdings haben wir etwas sehr Interessantes auf ihrem Handy entdeckt.«

53

Hunter, der noch immer die Informationen in dem Bericht durchging, den Garcia ihm zuletzt gegeben hatte, hob überrascht den Blick.

Garcia suchte kurz unter den Ausdrucken auf seinem Schreibtisch, dann reichte er Hunter zwei Blätter, ehe er erklärte: »Das hier sind die Niederschriften der letzten SMS, die Sharon Barnard geschrieben und empfangen hat.« Er wurde ernst. »Es war eine Konversation zwischen Sharon und ihrem Mörder.«

Hunter setzte sich auf. Damit hatte er nicht gerechnet.

Die erste Nachricht ganz oben war mit einem Zeitstempel versehen – 19:23.

Komm schon, geh ans Telefon, Sharon. Hast du keine Lust zu spielen?

Hunter las diese zwölf Worte, dann hielt er inne und sah Garcia an.

»Wir haben die Nummer des Absenders überprüft«, versicherte der. »Überraschung, Überraschung: Prepaid-Handy, nicht ortbar. Außerdem gab es keinerlei Telefonate oder Textnachrichten vor oder nach denen, die er Sharon geschickt hat. Alle Anrufe und Kurzmitteilungen von dem Handy waren an Ms Barnards Nummer. Danach war das Signal tot. Er hat das Handy zerstört.«

Hunter richtete seine Aufmerksamkeit wieder auf das Blatt Papier.

Sharon Barnards Antwort:

Fick dich ins Knie, Arschloch. Wer immer du bist, ich sperre deine Nummer.

Dann der Täter:

Weißt du, was? Vergiss das Telefon. Ich will dich was fragen: Hast du daran gedacht, die Haustür abzuschließen?

Keine Antwort von Sharon.

Täter:

Komm schon, mach die Tür auf, Sharon. Ich stehe draußen. Lass uns ein bisschen Spaß haben.

Hunter wandte sich der zweiten Seite zu.

Auch hier wieder keine Reaktion von Sharon Barnard.

Täter:

Okay, wer braucht schon die Tür? Mal sehen, ob ich auf anderem Weg ins Haus komme.

An dieser Stelle war das Protokoll zu Ende.

Hunter las es mehrmals durch. »Das ist alles?«

»Das ist alles«, bestätigte Garcia. »Mehr haben wir nicht. Aber der Täter hat sie zweimal angerufen, bevor er angefangen hat, ihr zu simsen. Keins der Telefonate war besonders lang.«

Hunter warf ihm einen fragenden Blick zu.

»Ja, wir haben schon Kontakt zu ihrem Handy-Provider aufgenommen und gefragt, ob man uns dort eine Aufzeichnung oder wenigstens ein Protokoll der Gespräche zur Verfügung stellen kann. Morgen kriegen wir vielleicht was.«

Garcia begann vor der Pinnwand auf und ab zu gehen. »Ist dir schon mal so jemand begegnet, Robert? Der Typ ist ein scheißverdammtes Chamäleon.« Er deutete zu den Unterlagen auf Hunters Schreibtisch. »Die Textnachrichten belegen eine weitere krasse Abweichung von seinem Vorgehen beim ersten Mord.«

Hunter wusste, worauf sein Partner anspielte.

»Diesmal wollte er seinem Opfer Angst machen«, stimmte er Garcia zu und sah ihm in die Augen.

»Genau. Nicole Wilson hat er vorher nicht terrorisiert. Er hat sich sogar mit ihr angefreundet, indem er ihr diese dämliche Nummer von Mrs Bennetts Cousin aus Texas vorgespielt hat. Er wollte ihr keine Angst machen. Er wollte ihr Vertrauen gewinnen. Aber bei Sharon Barnard –« Garcia schüttelte den Kopf – »wollte er, dass sie sich fürchtet.«

»Was er auch erreicht hat«, meinte Hunter. »Die fehlenden Antworten auf seine Nachrichten.« Er wies auf die Niederschrift. »Sie hat ihn nicht ignoriert; sie hatte rasende Angst. Sie wusste, dass er kurz davor war, ins Haus einzudringen.«

»Warum hat sie dann nicht die Polizei gerufen?«

»Vielleich hat sie das ja, und der Anruf kam nicht durch. Vielleicht hatte sie auch keine Zeit mehr. Oder vielleicht hat sie in ihrer Panik gar nicht daran gedacht. Es ist schwer, rational zu denken, wenn man Angst um sein Leben hat, Carlos.«

Jemand klopfte dreimal an die Tür zu ihrem Büro.

»Herein«, rief Garcia.

»Detectives«, sagte der Mann, der die Tür öffnete. In der rechten Hand hielt er eine blaue Mappe. »Ich glaube, das hier wird Sie interessieren.«

54

An diesem Morgen, wie an bisher jedem Morgen seiner Gefangenschaft, sperrte das Monster um genau fünf Uhr fünfundvierzig die Tür zu Wurms Zelle auf. Wurm hatte sich die ganze Nacht über krank gefühlt. Sein Abendessen gestern hatte aus seinem eigenen Erbrochenen bestanden, das er vom Fußboden des Kinoraums gegessen hatte. Das Monster hatte ihn gezwungen, alles bis auf den letzten Rest aufzuessen. Danach hatte Wurm sich erneut übergeben müssen, aber diesmal erst in seiner Zelle, nicht unter den Augen des Mannes. Aus lauter Angst, was passieren würde, wenn er den Boden schmutzig machte, hatte er seinen Toiletteneimer benutzt.

»Morgenstund hat Gold im Mund, Wurm!«, rief das Monster von der Tür mit fröhlicher, jovialer Stimme. »Es ist Viertel vor sechs. Zeit für deine Pflichten.«

Wurm hatte kaum geschlafen. Sein linkes Auge war immer noch fast zugeschwollen, und die Schmerzen wüteten in seinem Magen wie Messerstiche. Sie kamen vom Hunger und von dem langen Würgen bei leerem Magen. Schreckliche Kopfschmerzen hatte er auch. Sie fühlten sich an, als säßen in seinem Schädel, genau hinter den Augen, Dornen, die sich unerbittlich in sein Hirn bohrten. Irgendwann während der Nacht hatte er sich gefragt, ob er halluzinierte oder das Monster wirklich ein neues Opfer mit nach Hause gebracht hatte, denn er hatte gemeint, die Schreie einer Frau zu hören.

»Ich weiß genau, dass du mich gehört hast, Wurm. Also beweg deinen faulen Arsch und steh auf. Zwing mich nicht, zu dir zu kommen.«

Wurm lag, zu einer Kugel zusammengerollt, seitlich auf seiner verdreckten Matratze, den Blick auf die Wand gerichtet. Als er die Stimme des Mannes hörte, merkte er, wie ihn aller Lebenswille verließ.

Und diesmal wehrte Wurm sich nicht länger dagegen.

Warum sollte er weiterleben? Noch einen Tag länger das Monster ertragen?

Wurm wusste genau, was ihn erwartete, denn es war jeden Tag dasselbe. Er wurde geschlagen, vergewaltigt, musste hungern, dann wurde er noch einmal geschlagen – an den meisten Tagen so lange, bis er ohnmächtig wurde und das Monster ihn zurück in seine Zelle warf, damit das Ganze am nächsten Tag wieder von vorn beginnen konnte.

»Steh jetzt auf, Wurm.«

Wenn er sich nicht bewegte ... wenn er nicht reagierte ... wenn er den Befehlen des Mannes einfach nicht gehorchte, würde dann vielleicht alles aufhören? Vielleicht würde das Monster so wütend werden und ihn so heftig verprügeln, dass sein schwacher Körper und seine Organe endlich den Dienst versagten. Dann wäre alles vorbei.

War es falsch, wenn ein Elfjähriger sterben wollte?

Wurm fand das nicht. Seiner Ansicht nach war es falsch, wenn ein Elfjähriger so leben musste wie er.

Wurm hatte das Beten aufgegeben. Er wusste nicht, zu wem er noch beten sollte. Wenn es einen Gott gab, musste Wurm irgendetwas getan haben, um ihn gegen sich aufzubringen, auch wenn er keine Ahnung hatte, was das gewesen sein könnte.

Wieder einmal schossen dem Jungen Tränen in die Augen. Er war diese Tränen so leid. Er war die Schmerzen leid und den Hunger und die Angst und die Dunkelheit. Aber am allermeisten war Wurm es leid zu leben.

Als er hörte, wie der Mann den ersten schweren Schritt in die Zelle machte, begann er zu zittern. Instinktiv rollte er sich noch fester zusammen und wappnete sich für das Unvermeidliche.

Aber eigentlich war es Wurm egal. Er wäre lieber tot.

Alles, was ich tun muss, dachte er, *ist ihn so wütend zu machen, dass er nicht mehr aufhört, mich zu schlagen, selbst wenn ich schon bewusstlos bin. Ja, genau. Ich muss ihn wütend machen, und das ist nicht schwer.*

Das Monster machte einen weiteren Schritt auf den Jungen zu.

Wurm holte tief Luft, wie um sich Mut einzuflößen. Dann drehte sich auf der Matratze um, sodass er seinem Entführer geradewegs in die Augen blicken konnte.

»Leck mich, du krankes Arschloch.«

55

Garcia kannte den Mann nicht, der in der Tür zu ihrem Büro stand. Für einen Kriminaltechniker war er mit seinem schwarzen Anzug, dem gebügelten weißen Hemd und der roten Seidenkrawatte jedenfalls zu gut angezogen. Und wie jemand aus der EDV sah er auch nicht aus – es sei denn, es gab eine Sorte EDVler, die Garcia bis jetzt noch nicht kennengelernt hatte.

»Bitte, kommen Sie rein«, sagte Hunter und erhob sich. »Carlos, das ist Detective Troy Sanders«, erklärte er auf Garcias fragenden Blick hin. »Er ist der Chef der Spezialeinheit der Vermisstenstelle in der Ramirez Street. Er war im Fall Nicole Wilson der leitende Ermittler.«

»Nennen Sie mich Troy«, bat Sanders und gab Garcia die Hand, ehe er sich an Hunter wandte. »Ich bin nur kurz rübergekommen, um Ihnen das hier vorbeizubringen«, sagte er und deutete mit einem Kopfnicken auf die Akte, die er in der Hand hielt. »Das sind die Ergebnisse der Suchanfrage, die ich für Sie gemacht habe.«

Als Sanders Hunter die Akte reichte, glitt sein Blick an

dem Detective vorbei zu der Pinnwand hinter ihm. Seine Augen weiteten sich.

»Herr des Himmels«, murmelte er halblaut.

Hunter und Garcia folgten seinem Blick.

»Es gibt schon ein zweites Opfer?«, fragte Sanders, während sein Blick über die Pinnwand wanderte.

Weder Hunter noch Garcia gaben ihm eine Antwort.

»Wann?«

»Ihre Leiche wurde vorgestern gefunden«, sagte Garcia.

Sanders war fassungslos. »Gerade mal einen Tag nachdem das erste Opfer entdeckt wurde?«

Garcia nickte knapp.

Sanders runzelte die Stirn, während er ein ganz bestimmtes Foto betrachtete.

»Sharon Barnard … Sharon Barnard …«

Von der Pinnwand ablesend, murmelte er den Namen zweimal vor sich hin, als durchforste er sein Gedächtnis, aber am Ende schüttelte er den Kopf. »Weder der Name noch das Gesicht kommt mir bekannt vor.« Er sah Hunter und Garcia an. »Wurde sie auch als vermisst gemeldet?«

»Sie wurde nie vermisst«, klärte Hunter ihn auf. »Diesmal gab es keine Entführung. Der Mörder ist in ihr Haus eingedrungen und hat sie in ihrem Wohnzimmer getötet.«

Sanders' Stirnrunzeln vertiefte sich. Er schien verwirrt. »Was, keine Entführung? Der Täter ist von seiner Vorgehensweise beim ersten Mord abgewichen?«

»Kommen Sie uns bloß nicht mit dem Wort ›Vorgehensweise‹«, sagte Garcia und hob resigniert die Hände. Dann ging er auf die andere Seite des Raumes, um Sanders' Blick von der Pinnwand abzulenken.

Hunter folgte seinem Beispiel.

Garcia kam wieder auf ihr ursprüngliches Thema zu sprechen. »Das da sind die Ergebnisse der Suchanfrage? Welcher Suchanfrage denn?« Die Frage war eher an Hunter als an Sanders gerichtet.

»Eigentlich war es ein Schuss ins Blaue«, erklärte Hunter ihm. »Ich hatte es zwischenzeitlich ganz vergessen. Ich hatte Detective Sanders gebeten, in der nationalen Vermisstendatenbank nach Fällen zu suchen, bei denen die Entführung unter ähnlichen Umständen stattgefunden hat wie bei Nicole Wilson.«

Garcia dachte kurz nach.

»Ich muss gestehen, von der Seite hatte ich die Sache bis dahin noch gar nicht betrachtet«, meinte Sanders. »Aber es macht Sinn. Der Tatort im Bennett-Haus war einfach zu sauber. Die Kriminaltechnik war volle zwei Tage vor Ort und hat nicht das Geringste gefunden – keine Abdrücke, keine Fasern, keine Haare, nicht den kleinsten Fussel. Gar nichts. In meinen zehn Jahren bei der Vermisstenstelle habe ich noch nie einen derart klinisch reinen Tatort gesehen. Ein solches Maß an Perfektion ist nicht leicht zu erreichen, schon gar nicht für einen Einzeltäter und bei seiner allerersten Entführung.«

»Von Anfang an«, sagte Hunter, an Garcia gewandt, »hatten wir den Verdacht, dass der Täter wieder töten würde, weißt du noch? Dass er zum Wiederholungstäter werden würde.«

»Was, wenn er bereits Wiederholungstäter *war*?«, sagte Garcia, der verstanden hatte, worauf Hunters Gedankengang abzielte.

Sanders nickte zustimmend. »Genau. Wenigstens, was die Entführungen anging.« Erneut deutete er auf die von ihm mitgebrachte Akte. »Na ja, vielleicht hat sich Ihr Schuss ins Blaue ausgezahlt. Schauen Sie da mal rein.«

56

Leck mich, du krankes Arschloch.

Leck mich, du krankes Arschloch.

Wurm wiederholte diese Worte immer wieder in seinem Kopf. Er hatte die felsenfeste Absicht, sie seinem Entführer ins Gesicht zu schreien, aber als das Monster näher kam und Wurm sich zu ihm umdrehte, übernahm sein Überlebensinstinkt, der grundlegendste aller menschlichen Instinkte, die Führung, und er war stärker als je zuvor. Statt das zu sagen, was er sagen wollte, kam ihm etwas ganz anderes über die Lippen.

»Es tut mir leid, Sir. Ich stehe jetzt sofort auf.«

Trotzdem hatte Wurm zu langsam reagiert. Die Züge des Mannes waren bereits wutverzerrt. Er packte den Jungen bei den Haaren und riss ihn hoch.

Vergeblich krallte Wurm die Finger in die geschlossene Faust des Mannes. Der Schmerz jagte mit der Geschwindigkeit eines Blitzeinschlags durch seinen Körper. Er wollte schreien, aber er war so schwach, dass seine Stimmbänder nicht mehr als ein klägliches, röchelndes »Uhh« zustande brachten.

»Das muss besser werden, Wurm. Ich verliere allmählich die Geduld mit dir.«

Das Monster ließ Wurms Haare los, doch weil dessen Beine zu schwach waren und ihn nicht aufrecht halten konnten, sackte der Junge erst auf die Knie und dann auf alle viere.

Wurm musste seine gesamte Willenskraft aufbringen, um die Tränen zurückzuhalten, die ihm erneut in die Augen schossen.

Ich werde nicht mehr weinen, schwor er sich durch zusammengebissene Zähne. *Nein. Nie mehr.*

»Na, komm, Wurm. Gehen wir.«

Noch immer zitternd, rappelte Wurm sich auf und folgte dem Mann aus der Zelle in die Küche. Wie immer hatte das Monster bereits Frühstück gemacht. An diesem Morgen bestand es aus Rührei, drei gebutterten Scheiben Toast, drei Scheiben Bacon, einer Schüssel Cornflakes mit Milch und einem großen Glas Orangensaft.

Wurms erste Pflicht des Tages bestand darin, dem Mann beim Frühstücken zuzusehen. Es war egal, wie hungrig er war wenn er sich auch nur kurz die Lippen leckte, selbst wenn seine Zunge nur für den Bruchteil einer Sekunde zu sehen war, ohrfeigte ihn das Monster so heftig, dass ihm hinterher das Blut aus dem Mund lief. Wenn das Monster satt war, warf es die Reste – falls es denn welche gab – auf den Fußboden. Von dort durfte Wurm sie mit seinen gefesselten Händen aufessen. Besteck zu benutzen war ihm nicht erlaubt. Danach musste er das Geschirr des Monsters abwaschen, einschließlich aller Töpfe und Pfannen, die sich in der Spüle stapelten.

Dann musste der Küchenfußboden geschrubbt werden, und zwar mit einer Bürste, die kaum größer war als eine Zahnbürste. War das Monster mit dem Ergebnis nicht zufrieden, musste Wurm den Boden ablecken.

Wurm nahm seinen Platz ein, mit dem Rücken zur Wand, den Blick auf den Frühstückstisch und seinen Entführer gerichtet. Normalerweise begann das Monster jetzt zu essen. Es benutzte das Plastikmesser und die Plastikgabel, um sein Essen kleinzuschneiden und aufzuspießen und jeden Bissen langsam zum Mund zu führen. Dabei ließ er den hungrigen Jungen nicht aus den Augen, und bei jedem Mundvoll quälte er Wurm, indem er zufriedene Geräusche von sich gab, als wäre es das köstlichste Essen auf der ganzen Welt.

Wurm durfte nicht die Augen schließen oder wegschauen. Wenn er es doch tat, wurde er bestraft.

Leck mich, du krankes Arschloch.

Die Worte spukten ihm noch immer im Kopf herum. Sie befanden sich irgendwo auf halbem Weg zwischen seiner Zunge und seinen Lippen, aber sein Überlebensinstinkt war stärker als das Bedürfnis zu sterben.

Der Junge hielt den Mund.

Als das Monster sich an seinen Platz setzte, streifte sein Blick zunächst die Tageszeitung neben seinem Teller, dann den Teller selbst. Doch er griff nicht zum Besteck. Stattdessen wanderte sein Blick weiter bis zu dem Jungen, der an der Wand stand und ihn ansah.

Wurm zitterte immer noch. Er wusste nicht, wie lange seine Beine ihn noch tragen würden. Aber bislang war er seinem Schwur treu geblieben und hatte keine weitere Träne vergossen.

Der Mann folgte dem Blick des Jungen, der erstaunlicherweise nicht auf dem Essen, sondern auf der Zeitung ruhte.

Wurms Entführer hielt inne und betrachtete die Szene eine Weile. Er lächelte – und dann tat er etwas scheinbar völlig Absurdes. Er schob seinen Teller weg, ohne auch nur einen Bissen angerührt zu haben.

»Weißt du, was, Wurm?«, sagte er. »Ich habe heute Morgen keinen Hunger. Nimm du mein Essen. Du kannst alles haben.«

Wurm rührte sich nicht vom Fleck. Er war ganz sicher, sich verhört zu haben.

»Hier«, sagte das Monster und schob nun auch den Orangensaft und die Cornflakes-Schüssel von sich. »Nimm auch den Saft und die Cornflakes. Durst habe ich auch keinen.«

Ein Traum. Das muss ein Traum sein, dachte Wurm. Es gab keine andere Erklärung für den Wahnsinn, der sich hier gerade abspielte. *Ich bin in einem verrückten Traum, auch wenn alles total echt wirkt. Gleich ist es Viertel vor sechs, das Monster sperrt meine Zelle auf, und der richtige Tag fängt an.*

»Na, komm, greif zu, Wurm, bevor ich es mir anders überlege.«

Noch immer rührte sich der Junge nicht.

Das Monster lehnte sich zurück, hob eine Hand ans Gesicht und strich sich sanft mit den Fingerspitzen über die Lippen.

»Ich habe gesehen, wie du die Zeitung angeschaut hast«, sagte er. Es lag keinerlei Wut in seiner Stimme. »Möchtest du sie gerne lesen?«

Der Traum wird immer seltsamer. Was kommt als Nächstes? Fragt er mich gleich, ob er mich nach Hause fahren soll? Doch dann kam Wurm ein Gedanke. *Schmerzen.* Unten in seiner Zelle, als der Mann ihn bei den Haaren gepackt hatte, hatte er Schmerzen empfunden – unerträgliche Schmerzen. Im Traum fühlte man keine Schmerzen, auch wenn alles andere wirklich erschien. Das hatte er mal gelesen. *Ist dieser Wahnsinn echt?*

»Es ist alles real, Wurm«, sagte das Monster, als besäße es die Macht, die Gedanken des Jungen zu lesen. Beim Sprechen machte es zeigende Handbewegungen. »Das Essen ist real, dieses Haus ist real, die Wände sind real, deine Fesseln sind real, deine Zelle ist real, und ich bin real. Das alles passiert wirklich. Dein Leben gehört nicht mehr dir. Es gehört mir, und ich kann damit machen, was ich will.«

Wurms unverletztes Auge zuckte durch den Raum, als wüsste es nicht, worauf es fokussieren sollte. Endlich kehrte sein Blick wieder zu der Zeitung zurück.

»Ich weiß, warum du sie lesen willst«, sagte das Monster. »Du bist neugierig, willst was über die Ermittlungen erfahren, stimmt's?« Er machte eine effektheischende Pause, während der er den Jungen weiterhin betrachtete. »Du kannst sie gerne lesen, wenn du möchtest. Ich habe nichts dagegen.«

Als das Monster das Wort »Ermittlungen« erwähnte, spürte Wurm, wie seine Atmung sich beschleunigte. Er war sicher, dass die Polizei nach ihm suchte. Sie *musste* nach ihm suchen. Er war seit Tagen verschwunden, wie lange genau, wusste er nicht. Trotz seines schwierigen Verhältnisses zu seinem Vater waren sie immer noch eine Familie, und tief im Herzen liebten sie einander. Als Wurm nicht nach Hause gekommen war, hatte sein Vater bestimmt in der Schule angerufen und dann bei der Polizei. Ganz bestimmt. Ja, Wurm war fest überzeugt davon, dass die Polizei nach ihm suchte. Aber während dieser Gedanke ihm anfangs noch einen Funken Hoffnung gegeben hatte, vermochte er das inzwischen nicht mehr. Wenn sie ihn nach so vielen Tagen immer noch nicht gefunden hatten, würden sie irgendwann einen Teil ihrer Kräfte abziehen. Die Suche nach ihm würde nur noch nebenbei weiterlaufen; und bald, falls es noch nicht passiert war, würde er auf dem Stapel ungelöster Fälle landen. Noch ein vermisstes Kind, das nie gefunden worden war. Ein spurlos Verschwundener unter vielen.

Deshalb willst du, dass ich die Zeitung lese, oder?, dachte der Junge. *Weil da drinsteht, dass die Polizei die Suche nach mir eingestellt hat, stimmt's? Ich bin schon jetzt nur ein Opfer. Eine Zahl. Keiner kommt, um mir zu helfen. Nicht mehr. Du willst, dass ich das weiß, stimmt's?*

Wurm hatte das Gefühl, als würde das Herz in seiner Brust zusammenschrumpfen.

»Na, komm.« Der Mann deutete zu einem der drei freien Stühle am Tisch. »Setz dich. Iss. Heute musst du nicht vom Fußboden essen.«

Wurm rührte sich noch immer nicht. War das eine Falle? Wollte das Monster ihn dazu bringen, sich zu bewegen, nur damit es ihn wieder schlagen konnte?

Aber das ergab keinen Sinn, weil das Monster gar keinen Grund brauchte, um ihn zu schlagen. Es tat es einfach, wann immer ihm danach war.

Also, was soll das dann alles?

»Das Essen ist nicht vergiftet«, beteuerte der Mann, als hätte er wieder einmal die Gedanken des Jungen erraten. Und das hatte er in der Tat. »Hier. Ich beweise es dir.« Er nahm die Plastikgabel, spießte ein Stück Rührei auf und aß es, diesmal ohne genüssliches Schmatzen.

Wurm sah ihm schweigend zu.

Plötzlich verdüsterte sich das Gesicht des Mannes, dann riss er die Augen auf. Er ließ seine Gabel fallen und griff sich mit beiden Händen an die Kehle. Sein panischer Blick zuckte zu dem Jungen, der in vollendeter Verwirrung zusah.

»Hilfe ...« Die Stimme des Mannes klang gepresst. Verzweifelt. Sein Gesicht lief rot an.

Aus purem Instinkt machte Wurm einen Schritt nach vorn, dann blieb er stehen.

Was passierte hier gerade?

»Arghhh ...«

Leck mich, du krankes Arschloch.

»Arghhh ... Ha, ha, ha, ha, ha.« Völlig unvermittelt ließ der Mann seinen Hals los und begann schallend zu lachen wie ein Kind, das soeben den besten Witz aller Zeiten gehört hatte.

»Dachtest du im Ernst, es wäre Gift im Essen, Wurm? Was für ein Scheiß. Wieso denn? Ha, ha, ha, ha, ha. Wenn ich dich töten wollte, warum sollte ich dann das Essen vergiften? Das würde doch überhaupt keinen Spaß machen.« Die Belustigung verschwand aus der Stimme des Mannes und machte tödlichem Ernst Platz. »Der Spaß liegt doch gerade darin, sich die Hände schmutzig zu machen, Wurm. Das warme Blut auf der Haut zu spüren. Sie zu bestrafen. Du bist eins mit ihrem Atem, während sie sterben, du begleitest jeden ihrer Atemzüge. Bis hin zum allerletzten. Bis sie aufhören.« Das Monster lachte abermals. »Du hättest dein Gesicht sehen sollen. Entsetzt und glücklich zur selben Zeit.« Er schüttelte den Kopf. »Tut mir leid, Wurm. Der einzige Weg, mich loszuwerden, ist, wenn ich dich loswerde. Dein wertloses kleines Leben gehört mir.«

Wurm kam sich vor wie Alice, die in den Kaninchenbau gefallen war. Als wäre er plötzlich in eine ganz andere Welt versetzt worden.

»Nein, das ist keine Einbildung«, bekräftigte der Mann.

Ohne es zu merken, hatte Wurm seine Gedanken laut geäußert.

»Ich weiß, du fragst dich jetzt bestimmt, was hier los ist. Warum überlasse ich dir mein Essen, ohne es auch nur angerührt zu haben? Warum habe ich es nicht auf den Boden geworfen, damit du es aufleckst? Warum bin ich so ...« Das Monster starrte in die Luft und suchte nach dem passenden Ausdruck. »Nett.« Der Mann hob die Hände, krümmte die Finger nach innen und inspizierte seine Nägel. »Und glaub mir, so nett werde ich nie wieder zu dir sein.« Er sah den Jungen an. »Du willst wissen, warum?«

Keine Reaktion. Keine Bewegung.

»Oder nicht, Wurm?«

»Doch, Sir.«

»Also gut.« Er klopfte zweimal mit der rechten Hand auf die Tischplatte. »Dann setz dich. Iss dein Frühstück. Ich werd's dir sagen.«

57

Die Akte, die Detective Sanders Hunter gebracht hatte, begann mit dem Schwarzweißfoto eines Mannes in seinen späten Dreißigern. Er war ein interessant aussehender Typ. Sein Schädel war kahlrasiert, das Gesicht rund und an sich eher gewöhnlich, mit kleiner Nase und schmalen Lippen. In seinen wasserblauen Augen allerdings lag eine nahezu hypnotische Kraft. Aus ihnen sprach große Intelligenz und zugleich eine tiefe Traurigkeit.

Das Erste, was Hunter beim Anblick des Fotos durch den Kopf ging, war, dass dieser Mann, wer immer er war, mit Ausnahme seiner Augen über genau die Art unscheinbares Durchschnittsgesicht verfügte, das sich mit Leichtigkeit verwandeln ließe. Das wie dazu gemacht war, in der Menge unterzugehen.

»Detectives«, sagte Sanders. »Darf ich Ihnen Tedd Robin vorstellen?«

»Okay. Und wer ist Tedd Robin?«, fragte Garcia.

»Na ja, nach Detective Hunters Vorgaben habe ich eine Suche in der nationalen Vermisstendatenbank gestartet, und zwar nach Entführungsfällen, bei denen die Umstände ähnlich waren wie bei Nicole Wilson; bei denen das Opfer beispielsweise aus dem Haus heraus verschleppt wurde oder wo der Tatort relativ sauber war. Ich habe die Suche auf L. A. und einen Zeitraum von zwanzig Jahren beschränkt.« Sanders schüttelte den Kopf. »Das hat keine nennenswerten Ergebnisse geliefert. Ich habe Robert eine Mail geschickt und ihm mitgeteilt, dass seine Suche keine Treffer ergeben hat, daraufhin hat er mich gebeten, es noch mal zu probieren, diesmal für ganz Kalifornien. Dabei hat die Datenbank vier verschiedene Fälle ausgespuckt.«

Endlich riss Garcia den Blick von Robins Konterfei los und sah Sanders an.

»Die Tatorte in allen vier Fällen waren nicht annähernd so sauber wie in Ms Wilsons Fall«, fuhr Sanders fort, »aber ähnlich. Das Dumme war nur, dass zwei der vier Täter mittlerweile verstorben sind und die anderen beiden lebenslänglich einsitzen. Ich habe Robert die Ergebnisse gemailt, und daraufhin hat er mich gebeten, noch eine letzte Suchanfrage zu starten.«

»Eigentlich wollte ich schon aufgeben«, übernahm Hunter das Wort. »Es war ja von vornherein ein Schuss ins Blaue gewesen. Einfach nur ein Versuch in der wilden Hoffnung, dass sich vielleicht etwas daraus ergibt.«

»Aber die neue Anfrage war erfolgreich«, verkündete Sanders, hielt kurz inne und korrigierte sich dann. »Eigentlich war es ja keine *neue* Anfrage, sondern dieselbe wie vorher, bloß dass Robert dahintergekommen ist, was wir falsch machen – wir hatten die ganze Zeit nur unter den abgeschlossenen Fällen gesucht.«

Wurde ein Vermisstenfall von der Vermisstenstelle als »abgeschlossen« gekennzeichnet, bedeutete das, dass der oder die Täter entweder gefasst oder getötet worden waren. Von den Verurteilten hatte nur eine verschwindend geringe Anzahl – diejenigen, die nicht als gefährlich eingestuft wurden und bei denen das Risiko einer Wiederholungstat gering war – Aussicht darauf, irgendwann auf Bewährung freigelassen zu werden. Der Rest saß lebenslang in Haft. Die wenigen, denen es gelang, aus dem Gefängnis auszubrechen, wurden entweder auf der Flucht erschossen oder innerhalb weniger Tage gefasst. Kurzum: Wenn Sanders' und Hunters Suchanfrage sich auf abgeschlossene Fälle beschränkt hatte, war es kein Wunder, dass sie keine brauchbaren Ergebnisse erzielt hatten.

»Und Mr Tedd Robin ist das Ergebnis dieser letzten Suchanfrage, nehme ich an«, sagte Garcia und tippte auf das Foto. »Oder zumindest eins der Ergebnisse.

»Ganz genau«, bestätigte Sanders. »Der Bericht ist dahinter abgeheftet«, sagte er und deutete auf die Akte.

Als Hunter umblätterte, begann Sanders gleichzeitig zu erzählen.

»Im Februar 2009 verschwand eine einundzwanzigjährige Studentin namens Tracy Dillard in Fresno, während sie für eine Bekannte das Haus hütete. Besagte Bekannte war während der Semesterferien für ein paar Wochen nach Arizona gefahren, um dort ihre Eltern zu besuchen, und hatte Ms Dillard gebeten, auf das Haus aufzupassen – in erster Linie damit jemand in ihrer Abwesenheit die Katzen fütterte. Bis zum heutigen Tag fehlt von Ms Dillard jede Spur. Es gab keine Anzeichen gewaltsamen Eindringens, trotzdem sind die Ermittler zu dem Schluss gelangt, dass sie aus dem Haus verschleppt wurde. Es gab auch keinerlei Hinweise auf ein Kampfgeschehen. Die Spurensicherung konnte keine fremden Fingerabdrücke finden, allerdings stellten sie einige Fasern sicher, die zu einer Art Jacke gehörten. Dummerweise passten die Fasern zu einem sehr beliebten Typ von Arbeitsjacke, die man damals für nicht mal fünfzig Dollar in jedem Wal-Mart kaufen konnte. Und man fand einige männliche Fußabdrücke hinten im Garten.«

Hunter und Garcia, die mitlasen, während Sanders berichtete, blätterten zur nächsten Seite.

»Im Zuge der Ermittlungen hat die Vermisstenstelle in Fresno mehrere Personen von besonderem polizeilichem Interesse vernommen«, fuhr Sanders fort. »Unter anderem auch Tedd Robin.«

»Wie kam es dazu?«, wollte Garcia wissen.

»Er war so eine Art Alleskönner. Handwerker. Extrem intelligent, geschickt, anpassungsfähig. Sein IQ lag irgendwo in den 130ern. Es gab praktisch nichts, womit er sich nicht auskannte – Installation, Elektronik, Mechanik, Tischlerei, Dachdecken, Mauern, Gartengestaltung, Innenausbau ... die ganze Palette. Wenn etwas im und am Haus kaputt war und repariert werden musste, war er der Mann dafür. Er konnte auch Dinge bauen, wenn man etwas Bestimmtes brauchte, und anscheinend machte er seine Arbeit immer sehr gut.« Eine kurze Pause. »Außerdem war er noch ausgebildeter Schlosser.«

Sanders' letzte Worte ließen Hunter und Garcia aufhorchen.

»In der Woche, in der Ms Dillard aus dem Haus ihrer

Freundin verschwand, hatte Tedd Robin in derselben Straße bei zwei Häusern die Dächer geflickt. Er wurde dabei gesehen, wie er zu ein oder zwei verschiedenen Gelegenheiten auf der Straße eine Unterhaltung mit Ms Dillard führte. Einen Tag vor ihrem Verschwinden waren die Dachdeckarbeiten abgeschlossen. Die Stiefelabdrücke aus dem Garten hatten Robins Schuhgröße, nur passte das Sohlenprofil zu keinem der Schuhe, die die Polizei in seinem Haus sichergestellt hat.«

Welche Schuhgröße hatte er?«

»Zweiundvierzig«, sagte Sanders und verzog das Gesicht. »Ja, ich weiß, die am weitesten verbreitete Herren-Schuhgröße in den USA.«

»Was war mit den Fasern von der Jacke?«, fragte Garcia weiter.

»Mr Robin hat gegenüber der Polizei ausgesagt, dass er genau so eine Jacke besitzt, sie aber alt und zerrissen ist und er sie daher einige Tage vor seiner Vernehmung weggeworfen hat.«

»Wie praktisch«, bemerkte Garcia.

»Wurde er verhaftet?«, wollte Hunter wissen.

»Nein. Es gab zwar einen Anfangsverdacht, aber keine hinreichenden Gründe für eine Verhaftung.« Sanders warf den beiden Detectives einen flüchtigen Blick zu. »Ich weiß, was Sie jetzt denken – dieser Tedd Robin wurde also im Rahmen eines Vermisstenfalls in Fresno von der Polizei vernommen – na und?«

Keiner der beiden sagte etwas. Ihr Schweigen war Antwort genug.

»Ich kann's Ihnen nicht verübeln. Dasselbe habe ich auch gedacht. Aber es kommt noch mehr«, fügte Sanders hinzu. »Blättern Sie mal um. Ab der nächsten Seite wird es interessant.«

58

Obwohl er durch die Ereignisse noch immer vollkommen verwirrt war, holte Wurm tapfer Luft und machte zaghaft einige Schritte in Richtung Frühstückstisch. Die ganze Zeit behielt er dabei den Mann im Auge. Er rechnete immer noch damit, dass das alles eine Falle war. Dass das Monster jeden Moment aufspringen und ihm mit solcher Wucht die Faust in den Leib rammen würde, dass seine Knochen brachen. Und dann würde es ihn auslachen, weil er sich so leicht hatte reinlegen lassen.

Doch nichts dergleichen geschah.

»Na, komm schon, Wurm«, sagte das Monster und klopfte erneut mit der rechten Hand zweimal einladend auf die Tischplatte. »Setz dich. Iss dein Frühstück.« Es griff nach der Zeitung und schob sie quer über den Tisch. »Wirf einen Blick in die Zeitung, wenn du magst. Mir soll's recht sein.«

Als Wurm näher kam, rückte der Mann den Stuhl neben sich zurecht.

»Das ist kein Trick, Wurm«, beteuerte er noch einmal, als er die Furcht in den Augen des Jungen las. »Ich gebe dir mein Wort. Ich verstehe natürlich, weshalb du so vorsichtig bist. Ich an deiner Stelle würde genauso reagieren – aber ich meine es wirklich ernst. Das Essen gehört dir, wenn du es möchtest.«

Endlich ging Wurms Blick vom Gesicht des Mannes zu dem Teller, und augenblicklich lief ihm das Wasser im Mund zusammen. Sein Magen knurrte wie ein kranker Hund.

»Ich höre doch, wie hungrig du bist«, sagte der Mann und legte das Plastikbesteck neben den Teller. »Hier. Heute musst du auch nicht mit den Händen essen. Du kannst die hier benutzen.«

Wie in Zeitlupe setzte sich Wurm an den Tisch. Noch

immer voller Argwohn, ließ er den Mann und seine im Schoß gefalteten Hände nicht aus den Augen.

»Das Essen springt nicht von selbst in deinen Mund, Wurm. Und glaub ja nicht, dass ich dich füttere.«

Am Ende gewann Wurms Hunger die Oberhand, und er griff nach Messer und Gabel. Dabei schrammte die schwere Kette an seinen Handgelenken mit einem lauten Rasseln über die Tischplatte. Um ein Haar hätte er die Schüssel mit den Cornflakes umgestoßen und den Teller vom Tisch gefegt.

»Warte«, sagte der Mann und fischte einen Schlüssel aus der Hosentasche. »Ich helfe dir damit.«

Er nahm den Arm des Jungen und schloss eine der Metallmanschetten um seine Handgelenke auf.

Wurm blickte auf seine Hände herab. Dort, wo die Manschette gesessen hatte, war die Haut rot und entzündet. Instinktiv berührte er sie mit den Fingerspitzen der anderen Hand, doch kaum streiften sie die offene Wunde, fuhr ein stechender Schmerz seinen Arm hinauf. Trotzdem, es fühlte sich so unglaublich gut an.

Okay. Das ist wirklich ein Traum. Das kann nicht real sein.

Der Mann schaute auf den Frühstücksteller und machte eine brüske Kopfbewegung. »Iss.«

Mit der freien Hand griff Wurm nach der Gabel. Mit seinem unverletzten Auge betrachtete er, was auf dem Teller lag, und überlegte, womit er anfangen sollte. Er wusste gar nicht mehr, wann er zuletzt eine richtige warme Mahlzeit bekommen hatte. Gleich darauf schoss seine Hand auf den Teller zu, und er schaufelte so viel von dem Rührei auf die Gabel, wie nur irgendwie darauf passte. Eine Millisekunde später war die Gabel in seinem Mund. Er wiederholte den Vorgang mit einer Geschwindigkeit, die man mit bloßem Auge kaum verfolgen konnte. Seine eingefallenen Wangen blähten sich wie Luftballons, so voll war sein Mund. Er konnte kaum kauen.

»Nicht so hastig«, mahnte der Mann und hob die Hand. »Immer langsam, Wurm, sonst wird dir noch schlecht. Das Essen läuft dir ja nicht weg. Ich habe dir doch gesagt, du kannst alles haben. Ich werde es dir nicht wegnehmen.«

Wurm kaute noch immer, so schnell er konnte. Sobald er die ersten Bissen heruntergeschluckt hatte, wischte er sich mit dem Handrücken den Mund ab. Abermals schielte er ängstlich zu dem Mann, der jedoch vollkommen entspannt wirkte.

Der Junge griff nach einer Scheibe Toast.

Der Mann sah ihm schweigend zu. Wurm aß immer noch schnell, allerdings nicht mehr ganz so hastig wie zu Beginn. Er trank den Saft in tiefen Zügen, dann löffelte er die Cornflakes in Rekordzeit aus, ohne einen einzigen Tropfen zu verschütten. Er wollte gerade den letzten Bissen, ein Stück Bacon, in den Mund stecken, als der Mann erneut das Wort ergriff.

»Du hast wirklich keine Ahnung, was für ein Tag heute ist, oder?«

Wurm hielt inne, das Stück Bacon auf halber Strecke zwischen Teller und Mund.

»Gar keine Idee?«, fragte sein Entführer.

Wurm runzelte die Stirn, antwortete aber nicht.

»Also gut, ich sage es dir.« Eine effektheischende Pause folgte. »Heute ist dein Geburtstag, Wurm.«

Erschrocken starrte der Junge seinen Geiselnehmer an. Das Stück Bacon fiel ihm von der Gabel zurück auf den Teller.

In den vergangenen Tagen hatte Wurms Leben eine derart radikale Wendung genommen, dass er keinen einzigen Gedanken an seinen Geburtstag verschwendet hatte. Das letzte Mal hatte er am Tag seiner Entführung daran gedacht, beim Verlassen der Schule. Damals waren es nur noch neun Tage gewesen.

Der Blick des Jungen ging an seinen dürren Armen hinunter bis zu seinen Händen. Getrocknetes Blut überkrustete seine Knöchel und klebte an den eingerissenen Fingernägeln. Er hatte keine Ahnung, wie sein Gesicht aussah, da es nirgendwo im Haus einen Spiegel oder andere reflektierende Oberflächen gab, aber Wurm war ohnehin nicht sicher, ob er sich wirklich sehen wollte. Er wusste nur, dass er sehr stark abgenommen hatte. Er war dünn wie ein Gerippe.

Gott! Ich bin erst seit neun Tagen hier?

Ihm kam es wie ein ganzes Jahr vor. Oder noch länger.

»Damit wäre auch geklärt, weshalb ich heute so nett zu dir bin«, sagte der Mann und lehnte sich auf seinem Stuhl zurück. »Also: Herzlichen Glückwunsch zum Geburtstag, Wurm. Das Frühstück war mein Geschenk an dich.«

Der Junge spürte, wie ihm die Tränen kamen, doch dann fiel ihm ein, was er sich geschworen hatte, und irgendwoher nahm er die Kraft, sie zurückzuhalten.

»Willst du die Zeitung nicht lesen?«

Wurm beäugte die Zeitung, doch seine Hände bewegten sich nicht.

»Du bist doch bestimmt gespannt, was draußen in der Welt so vor sich geht, oder nicht? Schließlich bist du schon seit mehreren Tagen verschwunden. Die Polizei scheut sicher keine Kosten und Mühen, um dich zu finden, was meinst du?«

Keine Antwort. Keine Regung.

»Na, komm schon, wirf einen Blick hinein. Ich helfe dir auch.« Der Mann griff nach der Zeitung und schlug die Seiten mit den Polizeimeldungen auf, bevor er sie dem Jungen hinlegte. Er sah zu, wie Wurms unverletztes Auge sich hin und her bewegte, während er hastig die Schlagzeilen überflog.

Nichts.

»Oh!«, rief das Monster in gespielter Enttäuschung. »In der Zeitung von heute steht nichts. Komisch, oder? Möchtest du in den älteren Zeitungen nachsehen?«

Ihre Blicke trafen sich.

»Ich habe sie alle aufbewahrt.« Das Monster deutete mit einer Kopfbewegung nach links. »Sie sind da im Schrank. Warte, ich hole sie dir.« Er stand auf, ging zu den Hochschränken an der Wand und öffnete die zweite Tür von links. Er nahm einen Stapel gefalteter Zeitungen heraus.

»Hier sind sie«, sagte er und ließ den Stapel auf den Tisch fallen. »Jede Ausgabe der *L. A. Times* seit dem Tag, nachdem ich dich mitgenommen habe.«

Wurm war fassungslos, dass das Monster über die Ereignisse jenes Tages redete, als handle es sich um einen völlig alltäglichen Vorgang; als hätte es Wurm einfach nur ganz normal von der Schule abgeholt.

»Na los«, drängte ihn der Mann. »Schau nach.«

Der Junge griff nach der obersten Zeitung, der *L. A. Times* vom Vortag, und klappte sie auseinander. Dabei stellte er fest, dass die Zeitungen bereits auf den Polizeimeldungen aufgeschlagen waren. Diesmal ließ er sich etwas mehr Zeit mit dem Lesen der Artikel und Überschriften. Bei den Vermisstenmeldungen stieß er auf einige Fotos, die meisten von gleichaltrigen oder jüngeren Kindern. Seins war nicht darunter. Er legte die Zeitung weg und griff rasch nach der nächsten – der Ausgabe von vor zwei Tagen. Auch hier befand sich sein Foto nicht unter den Vermisstenmeldungen.

Ein kaltes, unangenehmes Gefühl breitete sich in seinem Magen aus.

Zeitung Nummer drei.

Kein Foto.

Nummer vier.

Dasselbe.

Das unangenehme Gefühl wurde zu Übelkeit und schließlich zu einem Stechen, das direkt in sein Herz drang.

Nummer fünf.

Nichts.

Das Monster beobachtete Wurm seelenruhig, seine Augen blitzten zufrieden.

Sechs.

Nein.

Die letzte Zeitung. Die vom Tag nach seiner Entführung.

Sein Bild war nicht darin.

Falls es bis dahin noch etwas gegeben hatte, das Wurm als Welt bezeichnet hätte, so brach es in diesem Moment vor seinen Augen zusammen.

Okay, das ist ein Traum. Ich träume. Es gibt keine andere Erklärung für diesen völlig verrückten, irrsinnigen, schrecklichen Morgen.

»Nichts drin?«, fragte das Monster, und seine Lippen verzogen sich zu einem bösartigen Lächeln.

Wurm starrte noch immer auf die Zeitungen, die jetzt fast den gesamten Küchentisch bedeckten. Sein intaktes Auge sprang von einer zur anderen.

Ich muss was übersehen haben. Es muss da irgendwo drin sein. Es muss einfach.

»Dein Bild wird nicht plötzlich wie von Zauberhand in einer der Zeitungen auftauchen, nur weil du sie anstarrst, Wurm. Du kannst dir die Mühe sparen. Da ist nichts. Da war auch nie etwas.«

Wurm begann zu zittern.

»Hast du dich nicht gewundert, woher ich wusste, dass heute dein Geburtstag ist, Wurm?« Der Mann zuckte mit den Schultern. »Ich habe dich nie danach gefragt. Du hast es mir nie gesagt.«

Der Junge drehte sich um und sah das Monster an. Der ganze Morgen war so wahnwitzig gewesen, dass Wurm gar nicht die Gelegenheit gehabt hatte, sich darüber Gedanken zu machen.

Woher wusste er, dass heute mein Geburtstag ist?

»Die Frage kann ich dir beantworten, indem ich zunächst ein paar andere Fragen beantworte.« Wieder hielt das Monster inne und hob die Augenbrauen, um seine Worte zu bekräftigen. »Wie kommt es, dass kein Foto von dir in den Zeitungen ist? Wie kommt es, dass niemand eine Meldung über den Jungen schreibt, der vor knapp anderthalb Wochen auf dem Nachhauseweg von der Schule spurlos verschwunden ist?«

Wurm hatte das Gefühl, als würde ihm jemand das Herz in seiner Brust zerquetschen. Er sagte nichts. Er hätte gar nicht gewusst, *was* er sagen sollte.

»Und die Antwort lautet – weil du nie als vermisst gemeldet wurdest, Wurm.«

59

»Blättern Sie mal um«, sagte Sanders. »Ab der nächsten Seite wird es interessant.«

Hunter tat wie geheißen, und Sanders fuhr in seinem Bericht fort.

»Fünf Monate nach Ms Dillards Verschwinden, im Juli 2009, verschwand Sandra Oliver, eine vierundzwanzigjährige Bankangestellte aus Fresno. Sie lebte allein im westlichen Teil der Stadt. Auch in ihrem Fall gelangte die Vermisstenstelle zu dem Schluss, dass der Täter sie aus ihrem Haus entführt haben musste, und auch bei ihr gab es keinerlei Anzeichen eines Einbruchs oder Kampfes. Der Tatort war praktisch eine exakte Kopie des Tatorts von Ms Dillard – fast keine forensischen Beweise, keine Fingerabdrücke, keine Unordnung, lediglich ein paar Fasern und Schuhabdrücke in der Nähe der Hintertür. Schuhgröße und Sohlenprofil passten zu den Abdrücken, die hinter dem Haus von Ms Dillards Bekannter gefunden worden waren, deshalb bestand der begründete Verdacht, dass es sich um denselben Täter handelte. Und jetzt raten Sie mal, wer in der Woche vor Ms Olivers Verschwinden am Nachbarhaus gearbeitet hat.« Sanders wartete nicht auf eine Antwort. »Genau, unser Freund Tedd Robin. Er hatte verschiedene kleinere Reparaturen am Haus durchgeführt und den Vorgarten neu gestaltet. Die Arbeiten endeten, zwei Tage bevor Sandra Oliver verschwand. Und wieder hat die Polizei an Mr Robins Tür geklopft, und wieder hatten sie nicht genug konkrete Beweise, um ihn zu verhaften. Der leitende Detective bei den Ermittlungen konnte zwar einen Durchsuchungsbefehl für Robins Haus erwirken, aber man fand nichts Belastendes. Anderthalb Wochen nach ihrem Verschwinden wurde Ms Olivers Leiche auf einem Rasenstück im Norden der Stadt aufgefunden.«

Hunters und Garcias Neugier wuchs.

»Und jetzt sagen Sie mir, ob Ihnen das bekannt vorkommt«, fuhr Sanders fort. »Als die Leiche gefunden wurde, war sie vollständig bekleidet und in Form eines menschlichen Kreuzes drapiert – die Beine lang ausgestreckt, die Arme zu den Seiten ausgebreitet, Handflächen nach oben. Fesselmale an Handgelenken und Knöcheln.«

Hunter und Garcia hoben den Kopf und sahen den Detective der Vermisstenstelle an.

»Ihr Foto kommt als Nächstes«, sagte Sanders erwartungsvoll und deutete auf die Akte.

Erneutes Umblättern. Die Detectives erstarrten.

Sandra Oliver war eine zierliche Frau mit Gesichtszügen, die denen von Nicole Wilson sehr ähnlich sahen. Genau wie Nicole hatte Sandra ein rundes Gesicht, das von schulterlangen dunkelbraunen Haaren eingerahmt wurde.

Hunter betrachtete auch das nächste Foto. Es war eine Aufnahme vom Tatort, die die Position von Sandra Olivers Leiche zeigte. Wären ihre Beine gespreizt gewesen, hätte sie in exakt derselben Position dagelegen wie die tote Nicole Wilson, noch dazu auf einer sehr ähnlichen Brachfläche.

Um die beiden Leichen besser miteinander vergleichen zu können, warf Hunter einen Blick auf das Foto von Nicole Wilson an der Pinnwand. Sanders hatte nicht gelogen. Die Sache war wirklich interessant geworden.

Sanders' Blick folgte Hunter, ehe er hinzufügte: »Bei der Autopsie kam heraus, dass Ms Oliver vor ihrem Tod mehrere Tage lang gefoltert worden war.«

»Auf welche Weise gefoltert?«, fragte Garcia.

»Sie wurde brutal geschlagen. Unter ihrer Kleidung war ihr Körper übersät mit blauen Flecken und Hämatomen. Allerdings keine Schnittwunden. Aus irgendeinem Grund hat der Täter auch ihr Gesicht unberührt gelassen, wie Sie ja auf den Fotos sehen können. Dem Gerichtsmediziner zufolge wurde ihr die stumpfe Gewalt ausschließlich mit Händen zugefügt – mit Fäusten, um genau zu sein –, und zwar von jemandem, der relativ große Hände hatte.« Sanders hielt inne, um Luft zu holen. »Wer immer sie geschlagen hat, war ein Experte. Es gab nur oberflächliche Verletzungen. Keine Knochenbrüche, keine Verletzungen der inneren Organe.«

»Wurde sie vergewaltigt?«, fragte Garcia.

»Wiederholt, aber der Entführer war klug genug, ein Kondom zu benutzen. Es wurden keine Spermaspuren gefunden. Leider förderte die Autopsie nichts weiter zutage, was einen Hinweis auf die Identität des Mörders hätte geben können. Die Ermittlungen endeten in einer Sackgasse.«

»Todesursache?«

»Ersticken. Der Gerichtsmediziner konnte nicht sagen, wie genau es passiert ist, aber stranguliert wurde sie nicht.«

Sanders gab Hunter und Garcia einen Moment Zeit, damit sie den Autopsiebericht lesen konnten.

»Aber da hört es noch nicht auf«, fuhr er dann fort. »Ein

Jahr nachdem Ms Olivers Leiche gefunden wurde, zog Tedd Robin nach Sacramento. Sechs Monate später verschwand eine Zwanzigjährige namens Grace Lansing in River Park im Osten der Stadt. Sie wurde aus dem Haus ihrer Eltern verschleppt, die übers Wochenende verreist waren. Genau wie Tracy Dillard, die Studentin aus Fresno, wurde auch Grace nie gefunden.«

»Stand Tedd Robin auch für die Polizei in Sacramento auf der Liste der Verdächtigen?«, fragte Garcia

»O ja«, kam die Antwort von Hunter. Er hatte es in der Akte gelesen.

»Hatte er wieder in der Nachbarschaft zu tun gehabt?« Auch dieser Einwurf kam von Garcia, doch er war eher eine Vermutung als eine Frage.

Sanders nickte. »Er hatte einen Job bei einer Dachdeckerfirma gefunden. Die Firma führte Reparaturarbeiten an einem der Häuser in der Straße durch, in der auch Lansings Eltern wohnten. Wieder hatte Tedd Robin kein Alibi für die Nacht von Ms Lansings Verschwinden, aber auch diesmal konnte die Polizei keine konkreten Beweise gegen ihn finden, die eine Verhaftung gerechtfertigt hätten.«

Hunter las weiter in der Akte.

»Mir ist natürlich klar, dass das alles vielleicht gar nichts zu bedeuten hat«, sagte Sanders und hob die Hände. »Kann sein, dass es bloß Zufall ist, aber ich wollte Ihnen die Akte auf jeden Fall vorbeibringen, damit Sie sich selbst ein Bild machen können. Vor allem wegen des letzten Fotos.«

Hunter und Garcia betrachteten es. Es war ein Polizeifoto von Tedd Robin. Mit Ausnahme der einen oder anderen Falte sah er noch genauso aus wie auf dem ersten Foto in der Akte.

»Ein Polizeifoto?«, wunderte sich Garcia.

Sanders nickte. »Es wurde vor sieben Monaten gemacht. Tedd Robin wurde nach einer tätlichen Auseinandersetzung in einer Bar festgenommen ...« Sanders verstummte.

»Okay«, sagte Garcia.

»In East L. A.«, fügte Sanders hinzu. »Tedd Robin lebt nicht mehr in Sacramento. Er lebt jetzt hier.«

60

Das Monster lügt.

Das war Wurms erster Gedanke, nachdem er den Mann gehört hatte.

Es kann nur eine Lüge sein. Natürlich hat mein Vater mich als vermisst gemeldet.

Der Mann sah, wie sich das Verhalten des Jungen veränderte. Er kehrte an seinen Platz zurück, stützte die Ellbogen auf den Tisch und verschränkte vor dem Kinn die Finger ineinander.

»Du glaubst mir nicht, was, Wurm?«, sagte er und musterte den Jungen. »Ich nehme es dir nicht übel. Warum solltest du auch? Aber lass mich dir eine kurze Geschichte erzählen. Vielleicht änderst du danach deine Meinung.«

Wurm starrte das Monster wortlos an.

»Vor ein paar Monaten saß ich in einer runtergekommenen Kneipe nicht weit von deiner Schule. Es war schon spät, so zwischen ein und zwei Uhr nachts, würde ich sagen. Es herrschte nicht viel Betrieb, höchstens fünf oder sechs Gäste. Ich saß also am Tresen, nichts Böses ahnend, da kommt einer der Stammgäste rein. Ich weiß, dass es ein Stammgast war, weil der Barkeeper ihn mit seinem Vornamen angeredet hat – Pete. Dieser Typ, Pete, war schon ziemlich hinüber, aber weil er ein Stammgast war, hat der Barkeeper ein Auge zugedrückt. Pete bestellte einen Bourbon pur und nahm den Hocker neben mir. Ein bisschen komisch, da ja die Bar fast leer war, aber wir leben in einem freien Land, und jedermann hat das Recht zu sitzen, wo er will, solange er niemanden belästigt.«

Die Finger nach wie vor verschränkt, rieb sich der Mann mit beiden Daumen das Kinn.

»Sobald der Barkeeper Pete seinen Drink hingestellt hatte, sah der mich an, wahrscheinlich weil ich der einzige andere Gast am Tresen war. Er hob sein Glas und nuschelte ein ziemlich pampiges ›Prost‹. Ich bin ein höflicher Mensch, deshalb habe ich ebenfalls mein Glas gehoben, und wir beide tranken einen Schluck. Dann stellte Pete sein Glas hin, drehte sich auf seinem Hocker zu mir um und musterte mich von oben bis unten. In so einer Kneipe reicht das normalerweise, um entweder eine Schlägerei anzuzetteln oder ein Gespräch in Gang zu bringen. Mir war nicht nach Prügeln, deshalb kamen wir ins Gespräch. Wir unterhielten uns eine Weile über dies und das, und irgendwann zogen wir an einen Tisch um. Die ganze Zeit trank Pete Bourbon pur und ich billigen Whiskey. Sobald wir am Tisch saßen, fing Pete davon an, wie sehr er sein Leben hasst, dass seine Frau ihn vor Jahren ohne Grund verlassen hat und dass er jetzt mit seinem Sohn ganz alleine dasteht.«

Der Mann beobachtete Wurms Reaktionen, doch der Junge sah aus, als befände er sich in einer Art Schockstarre. Sein gesundes Auge war weit aufgerissen. Völlig regungslos blickte er seinen Geiselnehmer an.

Der fuhr ungerührt fort. »Pete redete und redete. Erzählte mir, was für eine Pest der Junge doch ist, dass er ein Unfall war, der niemals hätte passieren dürfen, und so weiter und so fort. Man kann sagen, Pete gab seinem Jungen die Schuld für alles Schlechte, was ihm jemals im Leben widerfahren war. Ich sag dir, Wurm, der Kerl hat seinen Sohn gehasst, und zwar glühend. Er hat mir erzählt, dass er schon öfter nachts nach Hause gekommen ist und den Jungen fast im Schlaf erwürgt hätte. Ich habe ihn gefragt: ›Und warum hast du es nicht gemacht?‹, und er hat gesagt, er hätte es ja gemacht, wenn er sicher gewesen wäre, dass man ihn dafür nicht drankriegt.«

Der Mann hielt inne, angelte sich das Stückchen Bacon, das Wurm nicht mehr gegessen hatte, vom Teller und warf es sich in den Mund. Er redete erst weiter, als er zu Ende gekaut hatte.

»Da habe ich Pete erklärt, dass es viele Möglichkeiten gibt, einen Mord zu begehen und nicht erwischt zu werden. Man muss nur wissen, wie.«

Bei diesen Worten schien es im Raum plötzlich kalt zu werden.

»Da schaute Pete mich an«, fuhr der Mann fort, »und die nächsten Worte aus seinem Mund klangen wie eine Herausforderung.« Das Monster sprach mit tieferer Stimme weiter. »›Ach ja? Okay, du Großmaul, na, wenn das so einfach ist, warum machst du es dann nicht für mich?‹«

Das Monster ließ diese Frage eine Weile in der Luft hängen und wartete ab, bis jede Silbe zu dem Jungen durchgesickert war.

»Ich habe erst mal nichts dazu gesagt, aber der Typ wollte die Sache nicht auf sich beruhen lassen. Er hat immer weiter gedrängt. ›Ich mein's ernst, Mann‹, hat er gesagt. ›Mach das Balg kalt, ich bezahl dich auch dafür.‹« Das Monster lächelte den Jungen an. »Offenbach hatte Pete nicht die geringste Ahnung, mit wem er da sprach. Also habe ich ihm tief in die Augen gesehen und ihn gefragt, wie viel er mir denn dafür bezahlen würde. Ich muss gestehen, ich dachte, er meint es gar nicht wirklich ernst. Er war betrunken, nur deswegen verzapfte er diesen ganzen Mist, von wegen, er will seinen Sohn loswerden. Aber verdammt noch mal, ich habe mich geirrt. Er meinte jedes Wort so, wie er es gesagt hatte.«

Wurms Blick ruhte auf dem Mann, doch seine Gedanken waren weit weg. Er sah die Szene in der Bar vor seinem inneren Auge, und währenddessen merkte er, wie etwas in seinem Magen zum Leben erwachte. Das ganze Essen, das er gerade heruntergeschlungen hatte, drohte wieder hochzukommen, und dieses eine Mal war es ihm vollkommen gleichgültig.

»Sobald klar war, dass keiner von uns Witze macht«, fuhr das Monster mit seiner Geschichte fort, »haben wir uns auf eine Summe geeinigt. Möchtest du gerne erfahren, wie hoch diese Summe war, Wurm? Möchtest du wissen, wie viel dein Vater mir geboten hat, damit ich dich mitnehme und umbringe?«

61

Detective Sanders hatte recht, vielleicht war die Sache mit Tedd Robin nichts als ein bizarrer Zufall. Schließlich hatte, allen Verdachtsmomenten zum Trotz, weder die Polizei von Fresno noch die von Sacramento ausreichend Beweise zusammenbekommen, um einen Haftbefehl gegen ihn zu erwirken. Andererseits glaubten weder Hunter noch Garcia an Zufälle, erst recht dann nicht, wenn sie sich in derartig augenfälliger Weise häuften. Woran sie jedoch sehr wohl glaubten, war das Motto »Immer alles überprüfen«.

Sobald Sanders sich verabschiedet hatte, rief Garcia in der Zentrale an, damit man dort ein detailliertes Profil von Tedd Robin erstellte, das bis zurück in seine Kindheit reichte. Bis es fertig war, würden mindestens vierundzwanzig Stunden vergehen, daher standen ihnen fürs Erste nur die recht kümmerlichen Informationen aus der Akte zur Verfügung. Viel war es nicht, aber immerhin ein Anfang.

Tedd Robins Wohnanschrift, wie auf dem Festnahmeprotokoll vermerkt, lag irgendwo im Osten von Los Angeles, unweit der Bar, in der er nach der Schlägerei festgenommen worden war. Mit dem Auto brauchten sie eine gute halbe Stunde dorthin. Während der Fahrt hatte Hunter Robins Akte aufgeschlagen auf dem Schoß liegen. Er hatte sie bereits zweimal durchgelesen, und nun blätterte er immer wieder zwischen dem alten Porträt und dem aktuellen Polizeifoto von Robin hin und her, als müsste er an beiden Bildern denselben Fehler entdecken.

»Weißt du«, sagte Garcia, als er in nördliche Richtung vom Santa Ana Freeway abfuhr. Er konnte nicht umhin zu bemerken, wie oft Hunter Robins Fotos betrachtete. »Mich stört an ihm auch irgendwas.« Er tippte mit dem Finger auf das Polizeifoto. »An seinen Augen.«

»Was denn?«

»Weiß nicht genau. Aber sieh sie dir doch an. Dieser starre Blick.«

Hunter studierte Robins Augen zum gefühlten millionsten Mal.

»So tot und kalt. Voller Hass und –« Garcia musste nach dem passenden Wort suchen – »Entschlossenheit.«

Hunter nickte zustimmend, sagte jedoch nichts. Garcia brauchte ihm nicht näher zu erklären, was er meinte. Er und Hunter waren einem solchen Blick schon oft begegnet – öfter, als ihnen lieb war. Es war ein Blick, von dem sie wussten, dass man ihn auf keinen Fall übersehen durfte.

Garcia schaute Hunter aus dem Augenwinkel an. »Aber das war es nicht, was du dir angeschaut hast, oder?«

»Was meinst du?«

»Komm schon, Robert. Du starrst die ganze Zeit diese Bilder an, als wolltest du Nemo finden. Ich verrate dir was: Nemo ist nicht da. Also, was ist los?«

Zum x-ten Mal verglich Hunter die beiden Fotos. »Eigentlich nichts weiter. Da war nur was, das der Killer in seiner zweiten Nachricht erwähnt hat.«

Diesmal schaute Garcia seinen Partner nicht nur kurz von der Seite an. Er drehte sich vollständig zu ihm herum.

»Scheiße!«, stieß er hervor, ehe er zitierte: »*Wenn einer dieser sogenannten Experten jemandem wie mir Auge in Auge gegenüberstünde, würde er die Wahrheit in mir erkennen? Würde er sehen, was aus mir geworden ist, oder würde er zögern?*«

Auch Garcia kannte den Brief des Mörders inzwischen auswendig.

»Das hatte ich ganz vergessen«, gestand er. »Aber wenn man sich die Fotos so anschaut, ist eins ja wohl klar: Diese Augen sprechen Bände.«

»Na ja, es sind bloß Fotos«, meinte Hunter und schlug endlich die Akte zu. »Wenn wir ihn erst mal persönlich treffen, können wir uns ein besseres Bild machen ...«

»... und ihm in die Augen schauen«, beendete Garcia den Satz.

62

Ihr zurückkehrendes Bewusstsein war wie Wellen, die an einen Strand schlugen. Nur der Schmerz war die ganze Zeit da, ob sie wach war oder nicht. Es war ein eigenartiger Schmerz, ein dumpfes Pochen, das in der linken Halsseite begann und sich von dort mit der Zielstrebigkeit einer Schar Soldatenameisen bis in den letzten Winkel ihres Körpers ausbreitete. Aber am schlimmsten war es in den Handgelenken – ein Brennen, als wären ihr die Hände mit einer stumpfen Bügelsäge abgesägt worden.

Ihr Kopf hing kraftlos auf ihrer Brust. Wann immer sie zu Bewusstsein kam, blinzelte Alison, und hin und wieder erhaschte sie dabei einen Blick auf rote Zehennägel, weiter unten auf dem Fußboden. Sie brauchte eine ganze Weile, bis sie begriffen hatte, dass es sich um ihre eigenen Zehennägel handelte. Sie war nackt.

Alison hatte keine Ahnung, wo sie war, aber es war dunkel und heiß. Die Wände waren mit dicken Schaumstoffplatten verkleidet. An der Decke verliefen mehrere Metallrohre.

Instinktiv versuchte sie sich zu bewegen, aber dadurch wurden die Schmerzen in ihren Armen nur noch stärker. Etwas grub sich in ihre Handgelenke, als hätte man dünne Eisenstangen hineingebohrt, die nun zur Seite verdreht wurden. Der Schmerz fuhr hinauf bis in ihre Schulter, wo er sich einnistete. Es war ein Gefühl, als würden ihr ganz langsam die Arme aus den Gelenken gerissen.

Um besser verstehen zu können, was mit ihr los war, hob Alison den Kopf – eine Bewegung, bei der prompt eine Woge der Übelkeit durch ihren Magen schwappte. Sie verdrehte die Augen, und ihre Lider flatterten. Sie musste all ihre Kraft aufbringen, um nicht erneut in den Abgrund der Bewusstlosigkeit zu stürzen.

Mit äußerster Anstrengung gelang es ihr, sich auf ihre Arme zu konzentrieren. Sie waren hoch über ihrem Kopf ausgestreckt. Erst jetzt begriff sie, warum sie so weh taten: Ihre Handgelenke waren mit einer Eisenkette gefesselt. Sie war blutbespritzt und oben an der Decke an einem der dicken Metallrohre befestigt. Ihr gesamtes Körpergewicht hing an ihren dünnen Armen, und die Kette schnitt tief in ihre blutig gescheuerten Handgelenke.

Die Zeit dehnte sich ins Endlose. Sie versuchte sich zu erinnern, was passiert war. Wieso war sie in diesem Höllenloch? Doch das unerbittliche Pochen in ihrem Schädel machte das Denken unmöglich. Ihre Kehle war so stark angeschwollen, dass sie die Luft geradezu in ihre Lungen zwingen musste, und ihr Mund war knochentrocken.

Alison kämpfte verzweifelt gegen die Schmerzen an. Sie sah erneut auf und inspizierte ihre Fesseln, so gut sie konnte. Die Kette um ihre Handgelenke war mit einem kleinen Vorhängeschloss aus Messing gesichert. Ein größeres Schloss hielt die Kette am Deckenrohr fest.

Was um alles in der Welt geht hier vor? Wo bin ich?

Nichts ergab einen Sinn.

Ihre Augen hatten sich mittlerweile besser an das trübe Licht gewöhnt, und sie konnte sich in ihrer Umgebung umsehen. Der Boden war aus Beton. Und mit Flecken in verschiedenen Größen übersät, aber Alison konnte nicht erkennen, was für Flecken es waren – Öl, Wasser, Blut?

Links von ihr sah sie einige Stufen, die zu einer verschlossenen Tür führten. Es gab keine Fenster im Raum, woraus sie schloss, dass sie sich in einem Keller befinden musste. Rechts von ihr, teilweise im Schatten verborgen, konnte sie eine Werkbank ausmachen, auf der mehrere Gegenstände lagen. Sie konnte nicht alle erkennen, aber diejenigen, die sie erkannte, ließen ihr das Blut in den Adern gefrieren – eine Schleifmaschine mit rundem Blatt, ein Bolzenschneider, eine Gartenschere, eine Peitsche und eine Auswahl verschiedener chirurgischer Skalpelle und Zangen.

Sie versuchte sich mit den Füßen hochzustemmen und so den Druck auf ihre Arme zu verringern, aber ihre Zehen berührten kaum den Boden. Alles, was sie tun konnte, war, auf den Zehenspitzen zu balancieren, und das kostete sie so viel Anstrengung, dass genau das Gegenteil vom erhofften Ergebnis eintrat und ihre Arme noch stärker belastet wurden. Der neuerlich aufflammende Schmerz entlockte ihr einen Schrei, doch der Schaumstoff an den Wänden schluckte jedes Geräusch, als wäre sie unter Wasser.

Trotzdem musste irgendjemand sie gehört haben, denn Sekunden später öffnete sich die Tür oberhalb der Treppe, und im Lichtschein tauchte eine männliche Gestalt auf. Einen Augenblick lang stand er schweigend da, die muskulösen Arme locker an den Seiten.

»W ... wer sind Sie?«, keuchte Alison, aber ihre Stimme war so schwach, dass sie gar nicht wusste, ob er sie gehört hatte. Sie versuchte es ein zweites Mal. »Warum tun Sie mir das an?«

Keine Antwort. Keine Reaktion.

Das machte Alisons Angst nur noch größer.

»Bi ... bitte.«

Endlich tastete die Gestalt nach dem Lichtschalter an der Wand hinter der Tür. An der Decke erwachte eine Halogenlampe in einem Metallschirm zum Leben und flutete das Kellergelass mit Licht.

Von der plötzlichen Helligkeit geblendet, wandte Alison den Blick ab und kniff die Augen zu. Gleich darauf öffnete sie sie wieder und versuchte sich auf die Gestalt im Türrahmen zu fokussieren. Seine Schuhe hallten auf den Stufen wider, als er zu ihr nach unten kam. Alison verfolgte jede seiner Bewegungen.

»Bitte. Was wollen Sie von mir? Wer sind Sie? Warum bin ich hier?«

Der Mann ging zu der Werkbank, blieb dort stehen und drehte sich zu ihr herum. Lange Zeit sahen sie einander an.

»Du erkennst mich nicht wieder, stimmt's?«, sagte er irgendwann. Seine Stimme war tief, kalt und rau – und sie strotzte nur so vor Selbstvertrauen. Er stand fest und aufrecht wie ein Krieger vor der Schlacht.

Alison konzentrierte sich. Nein, sie erkannte ihn nicht wieder. Trotzdem erschien ihr etwas an ihm vertraut, besonders an seinen Augen.

Sie musste ihm nicht antworten. Er wusste, dass sie nicht wusste, wer er war. Seine Tarnung war immer perfekt.

Er wandte sich zur Werkbank und griff nach etwas, das Alison nicht sehen konnte.

»Ich möchte dir eine Frage stellen, Alison.«

Der Mann begann sich das Hemd aufzuknöpfen.

Alison spürte, wie ihr Körper vor Angst zu krampfen begann.

»O nein, nein, nein.«

Er ließ zu, dass die Pause sich dehnte. Die Anspannung wuchs ins Unerträgliche.

»Wie viel weißt du über Schmerz?«

Er drehte sich zu ihr um.

Ihr Blick fiel auf den Gegenstand, den er in der Hand hielt, und ihr versagte die Stimme.

»Denn ich weiß ... alles.«

63

»Okay, hier ist es«, meldete Garcia, als er seinen Wagen vor dem alten dreigeschossigen Haus zum Halten brachte. Es lag an einer vielbefahrenen Straße und wirkte stark vernachlässigt. Die meisten Fenster sahen so aus, als wären sie noch nie geputzt worden, wenigstens nicht auf der Außenseite, und das, was eigentlich ein Rasen hätte sein sollen, hatte eher Ähnlichkeiten mit den Überresten eines Schlachtfeldes.

Drinnen wurde es nicht besser.

Die hölzerne Eingangstür knarrte geräuschvoll, als Hunter sie aufdrückte, und gab den Blick auf einen kleinen, schlecht beleuchteten Eingangsbereich frei, in dem es nach tausend Aschenbechern roch. Wasserflecken zierten die Decke wie Sommersprossen ein Gesicht. An einigen Stellen war das Wasser sogar die Wände herabgelaufen und hinter die Tapete gedrungen, so dass diese nun pralle Blasen warf, die kurz vor dem Platzen zu sein schienen. Brandlöcher von Zigarettenkippen bildeten ein faszinierendes

Muster auf dem alten, fleckigen Teppich, der in der Mitte des Raumes lag.

»Hübsch. Stilvoll«, meinte Garcia, als er und Hunter eintraten.

Wie es schien, diente das schauerliche Knarren der Angeln an der Eingangstür zugleich als eine Art Klingel, denn kaum war das Geräusch verklungen, tauchte ein übergewichtiger, mexikanisch aussehender Mann hinter dem Tresen an der südlichen Seite des Raums auf. Er roch nach scharfem Bohnenmus und Tacosauce, und die fettigen Haarsträhnen klebten ihm an der verschwitzten Stirn, als hätte er eben das härteste Sportprogramm der Menschheitsgeschichte hinter sich.

»Was kann ich für Sie tun, meine Her–« Er verstummte mitten im Wort und ließ die Schultern hängen, als wäre er des Lebens überdrüssig. »Ach, *chinga tu madre.* Die Bullen.«

Hunter hatte bereits den Verdacht gehegt, dass es sich bei dem Gebäude nicht um ein normales Wohnhaus handelte. Von außen sah es aus wie einer der Komplexe, in denen je nach Wunsch stunden-, tage-, wochen- oder monatsweise vermietet wurde und wo keine Fragen gestellt wurden, solange das Geld stimmte.

»Sieht man uns das an?«, wandte sich Garcia an Hunter und musterte seinen Partner von Kopf bis Fuß.

»Glaube nicht.«

»Was? Machen Sie Witze, *esé*?«, sagte der Mann hinter dem Tresen. Sein mexikanischer Akzent war nicht halb so breit wie er. »Sie haben Ihre Dienstmarken praktisch auf die Stirn tätowiert. Warum rückt ihr Typen mir andauernd auf die Pelle? Ich will doch einfach nur auf ehrliche Weise mein Brot verdienen.«

»Ja, das ist wirklich unerklärlich«, sagte Garcia und sah sich demonstrativ in der Eingangshalle um, wobei er sich die Nase zuhielt. »Dabei ist hier doch alles tadellos, einschließlich Ihres Benehmens.«

Der Mann brummelte etwas Unverständliches vor sich hin, aber Hunter schnitt ihm das Wort ab.

»Wir sind nicht hier, um Ihnen auf die Pelle zu rücken«, sagte er, trat näher an den Tresen und zeigte seine Marke.

»Oder um Ihr hübsches Domizil zu kritisieren«, fügte Garcia hinzu, der sich zu Hunter gesellt hatte. »Aber richtig, wir sind Bullen.«

»Und ich nehme mal an, dass Sie hier der Hausmeister sind, Mr ...?«, sagte Hunter und steckte seine Marke wieder ein.

»Moreno«, sagte der Mann missmutig. »Arturo Moreno. Ja, ich bin der Hausmeister.«

Die Schweißflecke unter seinen Achseln machten den Eindruck, als würden sie wachsen.

»Gut«, sagte Hunter und legte Tedd Robins Porträt – das ältere, nicht das Polizeifoto – auf den Tresen. »Uns liegen Informationen vor, dass dieser Mann hier wohnt. In Apartment zweihundertelf?«

Moreno betrachtete das Bild eine Zeitlang.

»M-hm.« Er nickte gelangweilt. »Aber als ›wohnen‹ würd ich das, was er in Apartment zweihundertelf macht, nicht gerade bezeichnen.«

Hunter hob fragend die Augenbrauen. »Aha. Wie würden Sie es dann bezeichnen?«

»Er kommt und geht«, antwortete Moreno. »Wie die meisten hier. Manchmal ist er eine Woche da. Manchmal länger, manchmal kürzer. Und manchmal bleibt er auch genauso lange weg. Oder noch länger. Unregelmäßig. Wie das halt so ist hier.«

»Ist er jetzt gerade da?«, fragte Garcia, während sein Blick zu der Treppe links vom Tresen ging. Der stark fadenscheinige schwarzrote Teppich war an der Kante jeder Stufe zerrissen. An einigen Stellen klafften die Risse so weit auseinander, dass Garcia sich fragte, ob sie nicht ein erhebliches Sicherheitsrisiko darstellten.

Moreno schüttelte den Kopf. »Nein, ist er nicht. Hab ihn seit …« Er verstummte und sah zu den Spinnweben an der Decke empor, als befände sich die Antwort dort oben zwischen all dem Staub, »fünf, sechs Tagen nicht mehr gesehen. Vielleicht auch weniger, weiß nicht genau. Beim letzten Mal war er nur für ein paar Tage hier. Wenn ich mich recht erinnere, hatte er einen Freund dabei.«

»Einen Freund?«

»Na ja«, sagte Moreno wegwerfend. »Die kamen zusammen rein, haben sich unterhalten, als wären sie Freunde, also schätze ich mal, dass sie's auch waren.«

»War es ein Mann oder eine Frau?«, wollte Hunter als Nächstes wissen.

»*Hombre*«, antwortete Moreno. »Mann.«

»Haben Sie diesen Bekannten früher schon mal gesehen?«

Moreno musste nicht lange überlegen. »Nein. Kann ich nicht behaupten.« Er begann sich im Nacken zu kratzen, als hinge sein Leben davon ab.

Garcia runzelte die Stirn, bevor er einen Schritt zurückwich. Es hätte ihn nicht gewundert, wenn das Haus von Flöhen oder Bettwanzen befallen gewesen wäre.

»Aber in einem Haus wie dem hier, *esé*«, fuhr Moreno fort, »kommen und gehen jede Menge Leute.« Er hörte mit dem Kratzen auf und inspizierte nun seine Nägel, ehe er sie an seiner Hemdbrust rieb. »Sie wissen doch, wie das ist. Außerdem: Was die Leute in ihren Wohnungen treiben, ist ihre Angelegenheit, *comprendes*? Ich kümmere mich nur ums Haus.«

Und das machen Sie ganz fantastisch, dachte Garcia im Stillen.

»Haben Sie jemals gesehen, dass er eine Frau mitgebracht hat?«, erkundigte sich Hunter.

Moreno ließ ein hustendes Lachen hören. »Ist das Ihr Ernst, *esé*? Klar hab ich gesehen, wie er Frauen mitgebracht hat, und bevor Sie fragen: Meines Wissens waren die alle volljährig.«

»War vielleicht eine dieser beiden Frauen darunter?«, fragte Hunter und zeigte dem Hausmeister die Fotos von Nicole Wilson und Sharon Barnard.

Während Moreno sie betrachtete, fuhr er sich bei geschlossenem Mund mit der Zunge über die oberen Schneidezähne, so dass sich seine Oberlippe wölbte.

»Hmm ... nein. Kommen mir nicht bekannt vor.«

»Sind Sie sicher?«, hakte Garcia nach.

Moreno betrachtete die Fotos noch ein Weilchen länger. »Ja. Ganz sicher, *esé*.«

»Wer arbeitet hier sonst noch? Wer vertritt Sie beispielsweise, wenn Sie mal einen Tag frei haben oder Ihre wöchentliche Dusche nehmen?«

Garcias Witz ging völlig an Moreno vorbei.

»Mein Cousin, *esé*, aber der kommt erst wieder Ende der Woche. Sie können zurückkommen und mit ihm reden, wenn Sie wollen.«

»Ja, vielleicht machen wir das«, meinte Garcia.

»Sie haben einen Schlüssel zu Apartment zweihundertelf, richtig?«, fragte Hunter.

Moreno sah erst ihn, dann Garcia, dann wieder Hunter an. »Klar hab ich den. Aber brauchen Sie für so was nicht eine Anordnung vom Richter oder so? Das Haus hier ist vielleicht ein bisschen runtergekommen, aber keine gesetzesfreie Zone, *esé*.«

»Sicher«, sagte Garcia. »Wir können uns eine richterliche Anordnung besorgen, wenn Sie darauf bestehen. Und wer weiß, vielleicht bringen wir dann ja noch mehr mit als nur den Durchsuchungsbeschluss für Apartment zweihundertelf, *esé*. Vielleicht haben wir dann einen für das gesamte Gebäude, einschließlich Ihres Büros da hinten.« Er zeigte auf die geschlossene Tür direkt hinter Moreno. »Und wenn wir schon mal dabei sind, bringen wir gleich auch noch ein paar Inspektoren vom Gesundheitsamt und der Einwanderungsbehörde mit. Klingt das gut?«

»Ach, *pinche culero.*« Moreno rieb sich seine fettige Stirn, während er zu Boden schaute.

»*¿Usted sabe que hablamos español también, no?*«, sagte Garcia, um Moreno darauf aufmerksam zu machen, dass sowohl er als auch Hunter des Spanischen mächtig waren.

Moreno würdigte ihn keines Blickes. Stattdessen öffnete er einfach eine der Schubladen hinter dem Tresen und nahm einen Schlüssel heraus.

»Okay, *esé*. Aber Sie gehen nur da rauf, wenn ich mitkomme.«

»Anders würde ich es auch gar nicht wollen, *esé*«, erwiderte Garcia, machte einen Schritt zurück und deutete in Richtung Treppe. »Nach Ihnen, *compadre.*«

64

Als sie die vier Treppenabsätze in den zweiten Stock hinter sich gebracht hatten, sah der Hausmeister aus, als wäre er unmittelbar vor dem Herzkollaps. Schweiß rann ihm von der Stirn, und sein Atem ging so röchelnd, dass er wie ein asthmatischer Darth Vader klang.

»Alles in Ordnung mit Ihnen?«, erkundigte sich Hunter, als Moreno endlich den zweiten Stock erreicht hatte. Für die fünfzig Stufen hatte er annähernd zwei Minuten gebraucht.

»*Hijo de perra*«, japste er. »Ja ... alles gut, *esé* ...«, antwortete er nach einiger Zeit zwischen pfeifenden Atemzügen, während er sich an der Wand abstützte. »Ich brauche nur eine Minute.«

»Ja, das sieht man«, bemerkte Garcia. »Und man hört es.«

Auch dieser sarkastische Kommentar wurde von Moreno ignoriert.

Am Ende des kurzen Flurs öffnete sich eine Wohnungstür gerade so weit, dass jemand nach draußen spähen konnte; eine Sekunde später wurde die Tür wieder zugeknallt.

»Also«, sagte Moreno, richtete sich auf und wischte sich mit der Handfläche die verschwitzte Stirn. »Bringen wir's hinter uns. Wenn Sie beide hier im Hausflur rumlungern, ist das schlecht fürs Geschäft, *comprendes*? Sie riechen sogar wie Bullen.«

Garcia sah Hunter stirnrunzelnd an, bevor er den linken Unterarm an die Nase hob, schnupperte und dann dasselbe mit dem rechten machte.

»Sie meinen, wir verleihen Ihrer Bruchbude einen angenehmen Duft?«, sagte er.

Moreno sah ihn an, als läge ihm eine Erwiderung auf der Zunge. Dann besann er sich eines Besseren.

Apartment Nummer zweihundertelf war das erste auf der linken Seite. Moreno wollte gerade seinen Generalschlüssel ins Schloss stecken, als Hunter ihn am Arm fasste und ihm ein Zeichen gab, er solle noch warten. Er zog den Hausmeister auf die Seite, weg von der Tür.

»Wir klopfen erst mal«, raunte Hunter ihm zu.

»Wieso, *esé*? Ich hab Ihnen doch gesagt, er ist nicht zu Hause.«

»Mag sein. Trotzdem klopfen wir.«

Hunter schob sich und Moreno ein Stück die Wand entlang, bis sie links neben der Tür standen. Garcia bezog auf der rechten Seite Position.

Hunter klopfte dreimal an die Tür.

Keine Reaktion.

Er klopfte wieder dreimal.

Noch immer keine Antwort.

»Sehen Sie? Sag ich doch, *esé*.«

»Alles klar.« Hunter nickte. »Sie können jetzt aufschließen.«

Als Moreno die Tür öffnete, knarrte sie genauso laut in den Angeln wie die Eingangstür unten.

Von draußen konnten sie nur so weit in die Wohnung schauen, wie das Licht aus dem Flur es erlaubte – und das war nicht sehr weit. Der Großteil des Raumes lag in Dunkelheit, denn sämtliche Vorhänge waren zugezogen.

»Licht?«, fragte Hunter und zog Moreno erneut einige Schritte zurück.

»An der Wand.« Moreno zeigte von draußen, wo sie suchen sollten. »Rechts bei der Tür.«

Garcia tastete nach dem Schalter und betätigte ihn.

In der Mitte der Decke flackerte eine Birne zweimal auf, ehe sie anging und den kleinen Raum in helles, kaltes Licht tauchte.

»Tedd Robin?«, rief Hunter von der Tür her.

Keine Reaktion.

»Tedd Robin?«, rief Hunter ein zweites Mal. »Hier ist das LAPD. Wir würden Ihnen gerne ein paar Fragen stellen.«

Niemand da.

Als die Detectives schließlich die Wohnung betraten, blieben sie zunächst einmal stehen und suchten den Raum mit Blicken ab. Es roch leicht nach Bleiche und Desinfektionsmittel mit einem Hauch von Orangenduft, als hätte jemand vor gar nicht allzu langer Zeit den Frühjahrsputz gemacht.

Garcia drehte sich um und überprüfte noch einmal die Nummer auf der Tür – 211. Sie waren in der richtigen Wohnung.

Der Raum war leer bis auf einen schlichten hölzernen Schreibtisch am Fenster, einen Stuhl und eine Kommode mit zwei Schubladen links daneben. Es gab kein Sofa, keinen Teppich, keine Stühle, keinen Fernseher, keine Bilder an den Wänden – kurzum: keinen einzigen der Gegenstände, die man gemeinhin in einem Wohnzimmer erwartete.

»Wie gesagt, *esé*«, sagte Moreno erneut. »Er ist nicht hier. Ich hab ihn seit Tagen nicht gesehen.«

»Sieht so aus, als wäre er *nie* hier«, bemerkte Garcia, während er sich umsah.

Vom Wohnzimmer gingen zwei Türen ab. Eine führte in eine kleine Küche, die andere zu Schlaf- und Badezimmer.

Während Garcia ans Fenster ging und die Vorhänge zurückzog, nahm Hunter sich das Schlafzimmer vor. Es war ähnlich kahl wie das Wohnzimmer. An der Wand stand ein Einzelbett, darüber hinaus gab es nur noch einen Nachttisch ohne Schubladen und einen zweitürigen Kleiderschrank.

Es lag keine Bettwäsche auf dem Bett, als würde nie jemand darin schlafen. Neben dem Schrank standen ein leerer Plastikeimer und ein Wischmopp.

Hunter zog ein Paar Latexhandschuhe aus der Tasche und streifte sie über, ehe er die Kleiderschranktüren aufzog.

Leer.

Unten im Schrank befand sich ein Schubfach.

Ebenfalls leer.

Hunter ging auf die Knie und schaute unter Bett und Schrank.

Nichts. Wo man auch hinschaute, gähnende Leere.

Er hob die Matratze an.

Auch nichts.

Er strich mit der Hand oben über den Kleiderschrank.

Nur Staub. Nichts, was dort nicht hingehörte.

Er rückte den Schrank von der Wand weg und spähte dahinter.

Nichts an der Wand.

Nichts an der Schrankrückseite.

Als Nächstes überprüfte Hunter den Plastikeimer. Komplett trocken. Nicht mal ein Tropfen Wasser. Er hob den Eimer hoch und roch daran. Es war derselbe Geruch von Bleiche und Desinfektionsmittel mit Orangennote wie im Wohnzimmer.

Hunter stellte den Eimer wieder an seinen Platz und inspizierte den Mopp. An seinen Fasern spürte man noch einen kleinen Rest Feuchtigkeit. Er roch genauso wie der Eimer, bloß etwas stärker. Hunter schätzte, dass er vor vier, maximal fünf Tagen benutzt worden war.

Er stellte den Mopp zurück an seinen Platz, wandte sich ab und betrat das kleine weiß gekachelte Bad. Links an der Wand war ein Waschbecken angebracht, darüber hing ein Spiegel. Die Toilette befand sich gegenüber dem Waschbecken, rechts daneben die Duschkabine. Auf dem Waschbeckenrand lagen ein Rasierer und eine halbleere Tube Zahncreme – keine Zahnbürste. Das Stück Seife in der Dusche sah aus, als wäre es nur wenige Male benutzt worden. Es gab kein einziges Handtuch im Badezimmer, nicht mal Papiertücher. Toilettenpapier war auch nicht da.

Hunter blieb vor dem Spiegel stehen und starrte einen Moment lang auf sein müdes Gesicht, als könnte das Glas, wenn er nur lange und angestrengt genug hineinsah, ihm entweder eine Geschichte erzählen oder das Bild desjenigen offenbaren, der zuletzt davorgestanden hatte.

Nichts geschah.

Hunter kehrte ins Schlafzimmer zurück.

Für ihn stand fest, dass Apartment Nummer zweihundertelf nicht mehr als eine Übernachtungsmöglichkeit war, ein Unterschlupf, den Tedd Robin von Zeit zu Zeit und nie länger ein paar Tage am Stück benutzte. Wohnen tat er jedenfalls nicht hier – und wenn er wirklich ihr gesuchter Mörder war, dann war dies ganz sicher nicht der Ort, an dem er seine Opfer gefangen hielt.

65

Während Hunter Schlafzimmer und Bad durchsucht hatte, hatte Garcia sich den Rest der Wohnung vorgenommen.

Wenigstens müsste es schnell gehen, dachte er bei sich, als er an die drei einsamen Möbelstücke im ansonsten kahlen Wohnzimmer herantrat.

Schreibtisch und Stuhl wirkten relativ neu, aber die Kommode sah aus, als wäre sie von einer Müllkippe gerettet worden. Sie war übersät mit Kratzern und Schrammen. Die gute Nachricht war, dass die Schubladen keine Schlösser hatten. Das erleichterte die Sache erheblich.

Aus seiner Tasche holte Garcia ein Paar Latexhandschuhe und zog sie über, ehe er die obere Schublade der Kommode aufzog. Darin befand sich ein Stoß weißes Druckerpapier, sonst nichts. Er nahm die Blätter heraus und sah sie rasch durch.

Sie waren alle unbeschrieben.

Nur um ganz sicherzugehen, wechselte er den Stapel von der einen in die andere Hand und fächerte sie auch von der anderen Seite auf.

Ja, alle leer.

Er legte den Stapel zurück in die Schublade, schob sie zu und machte mit der unteren weiter. Diese war wesentlich schwerer zu öffnen als die erste, als wäre eine der Laufschienen kaputt.

So wie die Kommode aussah, wunderte das Garcia nicht.

Die Schublade ließ sich nur zur Hälfte aufziehen, bevor sie klemmte.

Garcia versuchte es noch einmal.

Dasselbe Ergebnis. Die Schublade saß fest.

Er versuchte es ein drittes Mal, diesmal mit einem energischen Ruck. Aber es brachte nichts, die Schublade blieb immer an derselben Stelle stecken. Allerdings rollte durch die heftige Bewegung etwas, das ganz hinten in der Schublade gelegen hatte, nach vorne – ein roter BIC Cristal Kugelschreiber.

Eine Millisekunde später spuckte Garcias Gedächtnis Bilder der zwei Briefe aus, die der Mörder an Bürgermeister Bailey geschickt beziehungsweise unter Hunters Wohnungstür durchgeschoben hatte. Beide waren auf reinweißem Druckerpapier geschrieben worden, und die Kriminaltechnik hatte den benutzten Stift als einen roten BIC Cristal Kugelschreiber mit dicker Mine identifiziert.

Garcia nahm den Stift aus der Schublade und spürte, wie sich ihm die Nackenhaare aufstellten. Auf dem Plastikgehäuse des Kugelschreibers sah er winzig klein das weiße BIC-Logo, dahinter die Bezeichnung »Cristal 1,6 mm«.

Er hielt einen roten BIC Cristal Kugelschreiber mit dicker Mine in der Hand.

Garcia unterdrückte seine Erregung und fischte einen Asservatenbeutel aus Plastik aus der Tasche. Er ließ den Stift hineinfallen und verschloss den Beutel.

Als Nächstes ging Garcia in die Hocke und spähte in die Tiefen der klemmenden Schublade. Abgesehen von dem Stift schien sie leer zu sein. Er griff mit der Hand hinein und tastete den Boden ab. Nichts. Er schloss die Schublade wieder und öffnete noch einmal die obere. Er nahm das oberste Blatt vom Stapel und hielt es ans Fenster, um es im Gegenlicht zu betrachten.

Er suchte nach Abdrücken. Je nachdem, wie viel Druck man beim Schreiben ausübte, drückten sich die Buchstaben teilweise oder vollständig auf das darunterliegende Blatt durch.

Das Blatt wies keine Abdrücke auf.

Jetzt nahm Garcia das unterste Blatt und wiederholte

den Vorgang, nur für den Fall, dass er den Stapel falsch herum in die Schublade zurückgelegt hatte.

Auch nichts.

Trotzdem, zusammen mit dem roten BIC-Stift würden alle Blätter zur Analyse ins Labor gehen.

Garcia verließ das Wohnzimmer und betrat die Küche. Sie war noch kahler als das Wohnzimmer. Auf der einen Seite des kurzen Arbeitstresens stand eine Kühl-Gefrier-Kombination, in der Mitte befand sich ein Spülbecken und gegenüber davon ein kleiner Herd. Unter der Arbeitsplatte zählte Garcia zwei Schubladen sowie drei Schränke. Drei weitere Schränke hingen an der Wand über der Spüle. Der einzige Gegenstand auf dem verchromten Abtropfgitter links neben der Spüle war ein Schwamm. Ein elektrischer Wasserkocher stand links neben dem Herd. Es gab keine Geschirrspülmaschine, keine Waschmaschine und auch keine Mikrowelle. Genau wie in der restlichen Wohnung hing auch hier ein schwacher Geruch von Desinfektionsmittel mit Orangenduft im Raum.

Garcia begann mit dem Kühlschrank. Der enthielt nichts außer zwei kleine ungeöffnete Flaschen Wasser. Das Innere des Kühlschranks war klinisch sauber. Der Gefrierschrank war leer.

Als Nächstes sah er in den drei Hochschränken nach.

Der linke.

Leer.

Der mittlere.

Leer.

Der rechts.

Garcia fand eine Dose Tomatensuppe, ein Glas Kaffee und eine kleine Tüte Zucker. Das war alles.

Er machte mit den Schränken unter der Spüle weiter.

Der linke enthielt eine Flasche Bleiche, eine Flasche Geschirrspülmittel, eine Sprühflasche Orange Plus, zwei große Schwämme sowie eine Packung Putztücher.

Mittlerer Schrank. Zwei Teller, zwei Gläser und ein Kaffeebecher, alle aus Plastik.

Rechter Schrank.

Leer.

Garcia schloss die Schränke wieder und griff nach dem Schwamm auf dem Abtropfgitter. Sowohl Gitter als auch Schwamm waren trocken. Sie waren seit einer ganzen Weile nicht mehr benutzt worden.

Er legte den Schwamm zurück und öffnete die Schublade neben dem Kühlschrank.

Leer.

Er ging ans andere Ende der Arbeitsplatte und öffnete auch die andere Schublade. Alles, was er darin fand, waren eine Gabel, ein Messer und ein Teelöffel – auch aus Plastik – sowie ein schwarzes Streichholzbriefchen ohne Aufdruck. Garcia nahm es in die Hand und klappte es auf. Die Streichhölzer waren ebenfalls schwarz mit leuchtend roten Köpfen. Fünf fehlten. Das Innere des Streichholzbriefchens unterschied sich von der Außenseite, denn es war nicht schwarz, sondern weiß.

Garcia starrte mehrere Sekunden lang darauf, bevor ihm endlich klar wurde, was er da anschaute.

Erneut bekam er eine Gänsehaut im Nacken.

»Scheiße!«

66

Wurm saß mit dem Rücken zur Wand in der Dunkelheit seiner Zelle. Er hatte die Knie an die Brust gezogen, und seine Arme umschlangen seine Beine so fest, dass sie fast taub wurden. Seine Zehen bewegten sich mechanisch auf und ab, als folgten sie dem Rhythmus einer langsamen

Melodie, die nur er hören konnte. Trotz der Finsternis hatte der Junge sein unverletztes Auge geöffnet und blickte ins Leere. Die Schmerzen in seinem linken Auge hatten nicht nachgelassen, aber inzwischen war Wurm alles gleichgültig.

Das Monster war gegangen, kurz nachdem es Wurm verraten hatte, wie viel Geld sein Vater ihm bezahlt hatte, damit es ihn von seinem Jungen erlöste.

»Weißt du, was dein Vater zu mir gesagt hat?«, hatte er Wurm in der Küche gefragt. »Er hat mir gesagt, solange ich ihn von ›der Pest‹ in seinem Leben befreie, kann ich mit dir machen, was mir gefällt – ich kann dich umbringen, auf welche Weise ich will –, solange deine Leiche nie gefunden wird. Was für ein Vater redet so über sein eigen Fleisch und Blut?«

Wurm hatte bei diesen Worten gezittert. Nicht weil er Angst vor dem Tod hatte – irgendwie hatte er sich bereits damit abgefunden, dass er sterben würde –, sondern weil er wusste, dass die Geschichte des Monsters wahr war. Genau so hatte sein Vater ihn immer genannt – »Pest«.

Sofort war eine Lawine aus Erinnerungen über ihn hereingebrochen.

Allesamt schreckliche Erinnerungen.

Weißt du was? Du bist eine verdammte Krankheit. Eine gottverdammte Pest in meinem Leben!

Du bist der Grund, weshalb deine Mutter abgehauen ist, weißt du das eigentlich? Du bist die reinste Pest. Kein Wunder, dass du keine Freunde hast. Niemand kann dich leiden. Niemand will dich.

Geh mir aus den Augen, du gottverdammte Pest, oder ich reiß dir den Arsch auf.

»Ich hätte es auch umsonst gemacht, weißt du?«, hatte das Monster gesagt und den Jungen in die Realität zurückgeholt. Seine nächsten Worte hatten eiskalt geklungen, aber trotzdem voll von kranker Leidenschaft.

»Was soll ich sagen? Ich töte gerne Menschen. Ich mag es, ihnen in die Augen zu schauen, während das Leben aus ihnen weicht. Ich weide mich an ihrer Angst. Ich mag es, wenn sie mich um Gnade anflehen ... nicht Gott ... mich. Ich mag es, wenn sie schreien und weinen. Wenn sie mir versprechen, alles zu tun, was ich will. Ja, das mag ich, Wurm. Aber am meisten mag ich es, wie ich mich dabei fühle.«

An der Stelle hatte der Mann einen Augenblick innehalten müssen. Allein darüber zu sprechen hatte ihn so berauscht, dass er zitterte.

»Weißt du, wie man sich fühlt, wenn man einen Menschen tötet, Wurm? Mächtig ... stark ... unvergleichlich. Niemand kann dir je wieder sagen, dass du nichts wert bist, denn in dem Augenblick weißt du, dass du wichtiger bist als Gott.« Das Monster hatte den Kopf hin und her gewiegt, dann war ein Schauer durch seinen Körper gegangen. Es war ein unheimlicher Anblick gewesen. »Du bist ihr Gott.«

Das Monster hatte gelacht, als es Wurms entsetztes Gesicht gesehen hatte.

Danach hatte er Wurm wieder in seine Zelle gesperrt und ihm angekündigt, dass er ihn später am Abend noch einmal besuchen werde. Das war jetzt mehrere Stunden her. Wurm hatte sich auf seine verdreckte Matratze gehockt, die Arme um die Knie geschlungen und sich seitdem nicht von der Stelle bewegt.

Der Verstand des Jungen wollte es nicht wahrhaben, aber je länger er darüber nachdachte, desto glaubhafter erschien es ihm.

Weil sein Vater aufgrund seiner Alkoholsucht keinen Job lange halten konnte, waren sie in den letzten drei Jahren fünfmal umgezogen. In den letzten fünf Jahren sogar achtmal. Es war schwierig für ihn, Freunde zu finden, und praktisch unmöglich, sie zu behalten. Allein deswegen gehörte Wurm zu einer nicht sehr beliebten Gattung Mensch – der

Gattung Einzelgänger. Er hatte keine Freunde, und seit seine Mutter verschwunden war, auch keine Familie mehr – mit Ausnahme seines Vaters. Niemand kannte ihn wirklich, weil er gelernt hatte, die Rolle des Eigenbrötlers zu spielen. Er sonderte sich weitgehend ab, vor allem in der Schule. In den Augen der anderen war er so gut wie unsichtbar – und was hätte besser zum Plan seines Vaters gepasst? Alles, was er tun musste, war, bei der Schule vorbeizufahren und dort bekanntzugeben, dass sie erneut umziehen würden. So einfach war das. Problem gelöst.

Wegen ihrer Familiengeschichte würde sich niemand darüber wundern.

Niemand würde Fragen stellen.

Und niemand würde ihn vermissen.

Sein Vater konnte dann in eine andere Stadt ziehen und ein neues Leben als alleinstehender, kinderloser Mann anfangen, weil die »Pest« in seinem Leben endlich ausgemerzt war.

Die Leere in Wurms Innern war so schrecklich, dass er das Versprechen brach, das er sich am Morgen gegeben hatte. Tränen traten ihm in die Augen, und in der Einsamkeit seiner Zelle weinte er.

Jetzt wusste er, dass niemand kommen würde, um ihn zu retten, weil niemand nach ihm suchte.

Es hatte nie jemand nach ihm gesucht.

67

Garcia war noch in der Küche beschäftigt, als Hunter aus dem Schlafzimmer zurück ins Wohnzimmer kam. Sofort fielen ihm die zwei Asservatenbeutel ins Auge, die Garcia auf dem kleinen Schreibtisch am Fenster bereitgelegt hatte – der eine mit dem Kugelschreiber, der andere mit dem weißen Druckerpapier. Als er sie betrachtete, erfasste ihn einen winzigen Moment lang dieselbe Erregung, die Augenblicke zuvor Garcias Nackenhaare aufgerichtet hatte. Allerdings war er besonnen genug, seinen Verstand nicht von der Begeisterung vernebeln zu lassen. Sie mussten die beiden Beweisstücke so schnell wie möglich ins kriminaltechnische Labor bringen.

»Robert!«, hörte Hunter seinen Partner rufen. »Komm mal und sieh dir das hier an.«

Hunter legte die Asservatenbeutel zurück auf den Tisch und ging in die Küche.

Dort stand Garcia mit ungeduldiger Miene am Herd.

»Was hast du da?«, fragte Hunter.

Garcia warf Hunter das Streichholzheftchen zu, der es mühelos auffing.

»Schau mal rein«, drängte Garcia ihn.

Hunter klappte das Streichholzheftchen mit dem Daumen auf und stutzte. Auf der Innenseite des Deckels stand etwas geschrieben. Wie hypnotisiert starrte Hunter darauf. Sein Herz schlug schneller.

In dem Streichholzbriefchen stand: *Midazolam 2,5 mg.*

»Weißt du, was das ist?«, fragte Garcia.

»Ich glaube, das ist ein Betäubungsmittel«, gab Hunter zur Antwort, ohne den Blick von der Notiz abzuwenden.

Obwohl Garcia das Medikament nicht kannte, hatte er bereits vermutet, dass es sich um ein Sedativum handelte. Doch das war nicht der Grund, weshalb er so aufgeregt war und Hunter wie angewurzelt dastand.

Der Grund war die Handschrift.

Die Handschrift, die sie in den vergangenen Tagen stundenlang angestarrt hatten.

Die Handschrift des Mörders.

68

Nachdem Hunter und Garcia Tedd Robins Wohnung verlassen hatten, war ihr erster Halt das kriminaltechnische Labor des LAPD in El Sereno im Osten der Stadt. Auf der Fahrt dorthin rief Hunter Dr. Brian Snyder an, der die forensischen Untersuchungen des Sharon-Barnard-Tatorts in Venice leitete. Er war gerade von einem Doppelmord in Westlake zurückgekommen.

Dr. Snyder kam persönlich in die Lobby des Labors, um Hunter und Garcia in Empfang zu nehmen.

»Detectives«, grüßte er die beiden und schüttelte ihnen die Hand. »Schön, Sie wiederzusehen. Wie kann ich Ihnen weiterhelfen?«

Hunter fasste in knappen Worten die Ereignisse der letzten vierundzwanzig Stunden zusammen, dann überreichte er Snyder die Asservatenbeutel.

Snyder betrachtete sie kurz, wobei er dem Streichholzbriefchen etwas mehr Zeit widmete als den anderen beiden Gegenständen.

»Midazolam«, las er laut vor. Man hörte deutlich die Besorgnis in seiner Stimme.

»Wissen Sie, was das ist?«, fragte Garcia.

Dr. Snyder nickte. »Sicher. Midazolam ist ein Anästhetikum auf Benzodiazepin-Basis mit schlaffördernden Eigenschaften.«

Garcia blinzelte verständnislos.

»Es gibt drei verschiedene Benzodiazepine, die heutzutage in handelsüblichen Beruhigungsmitteln Verwendung finden«, führte er aus. »Diazepam, Lorazepam und allen voran Midazolam. Es ist von den dreien am besten in Wasser löslich, was bedeutet, dass es am schnellsten vom Körper resorbiert wird und daher auch am schnellsten wirkt.

Seine wesentlichen Wirkeigenschaften sind Sedierung sowie in relativ geringem Maße Atemdepression und eine Herabsetzung der Herzfrequenz. Es wirkt angst- und krampflösend, zudem ist es ein sehr starkes, zentral wirkendes Muskelrelaxans. Es führt innerhalb von weniger als dreißig Sekunden zu Bewusstlosigkeit oder einem hypnotischen Stadium. Dabei ist Gedächtnisverlust eine sehr häufig auftretende Folgeerscheinung, von der Stärke her vergleichbar mit der Amnesie, wie sie durch Rohypnol, die klassische Vergewaltigungsdroge, ausgelöst wird. Der Patient beziehungsweise das Opfer kann sich hinterher an nichts erinnern.«

»Mit anderen Worten«, sagte Garcia, »die perfekte Droge, um jemanden kurzfristig außer Gefecht zu setzen.«

Dr. Snyder nickte. »Oder ihn, abhängig von der Dosis, zumindest so weit ruhigzustellen, dass er keinen Widerstand leistet. Wenn eine Person nur eine geringe Menge Midazolam im Blut hat, stellen sich ähnliche Erscheinungen ein wie bei starker Trunkenheit. Ein Unbeteiligter, der sieht, wie der Täter sein unter Midazolam stehendes Opfer wegschleppt, würde mit großer Wahrscheinlichkeit denken, dass da einfach nur jemand seinem betrunkenen Freund hilft.« Sein Blick kehrte für einen Moment lang zu dem Streichholzbriefchen zurück. »Aber die hier angegebene Dosis – zwei Komma fünf Milligramm – würde locker ausreichen, um beispielsweise einen von uns vollkommen wehrlos zu machen.«

»Wie schwer ist es, an das Mittel ranzukommen?«, wollte Hunter wissen.

»Nicht allzu schwer. Vor allem auf illegalen Seiten im Internet. Wenn man weiß, wo man suchen muss, ist so was kein Problem.«

»Perfekt«, knurrte Garcia.

»Was meinen Sie, Doc, wie lange wird es dauern, die Sachen hier zu analysieren?«, fragte Hunter.

Die Art, wie Dr. Snyder daraufhin das Gesicht verzog, stimmte sie nicht gerade hoffnungsvoll.

»Ich kann sie als eilig markieren«, sagte er. »Und ich verspreche Ihnen, ich tue, was ich kann, damit sie möglichst weit oben auf dem Stapel landen. Wenn wir Glück haben, kann ich Ihnen morgen oder übermorgen das Ergebnis der Handschriftenanalyse liefern.« Er sah reflexartig auf die Uhr, während er den benötigten Zeitrahmen kalkulierte. »Was die restlichen Sachen angeht – keine Ahnung. Zwei Tage vielleicht ... möglicherweise auch länger.«

Hunter und Garcia wussten, dass keiner von ihnen, weder sie noch Dr. Snyder, daran etwas ändern konnte. Das kriminaltechnische Labor war Teil des Hertzberg-Davis Forensic Science Center im regionalen forensischen Labor in L. A. Insgesamt fünf verschiedene Behörden teilten sich die Einrichtung, und natürlich wollten alle ihre Ergebnisse so schnell wie möglich. Die Labortechniker hatten mehr Arbeit, als sie bewältigen konnten. Kam die Eilanfrage direkt von einem Kollegen, war das ein Vorteil, aber keine Garantie. Fürs Erste blieb ihnen nichts weiter übrig, als zu warten.

69

Hunter brachte es nur auf dreieinhalb Stunden Schlaf, danach war sein Gehirn hellwach. Er hielt die Augen noch eine Zeitlang geschlossen und hoffte, er würde wieder einschlafen, aber tief im Innern wusste er, dass er den Kampf verloren hatte. Er konnte es sich noch so sehr wünschen, die Augen noch so fest zumachen – an Schlaf war nicht mehr zu denken.

Schließlich gab er auf, wälzte sich im Bett herum und öffnete die Augen. In seinem Kopf wirbelten die Gedanken wild durcheinander und sorgten für ein schier undurchdringliches Chaos. Er stieß schwerfällig den Atem aus, schwang die Beine aus dem Bett und blieb noch einen Moment auf der Bettkante sitzen, bis seine schlaftrunkenen Augen klar sahen. Dann warf er einen Blick auf die Digitaluhr auf dem Nachttisch – vier Uhr fünfundfünfzig.

Im Bad wusch sich Hunter das Gesicht und putzte die Zähne, ehe er sich einen Moment lang im Spiegel über dem Waschbecken betrachtete. Er sah vollkommen erledigt aus. Seine Augen waren blutunterlaufen, und die Ringe darunter wurden von Tag zu Tag dunkler. Allmählich sahen sie aus wie ein Make-up-Unfall.

Er ging ins Wohnzimmer und schaute automatisch auf den Boden in der Nähe der Wohnungstür.

Nichts.

Kein Umschlag.

Er schüttelte den Kopf, als ihm klar wurde, wie albern er sich verhielt.

Aber ist es wirklich albern?, hörte er eine Stimme im Hinterkopf wispern. Der Täter hatte es einmal getan, was hinderte ihn daran, es wieder zu tun? In seiner gesamten Karriere beim Morddezernat hatte Hunter es noch nie mit einem derart unberechenbaren Mörder zu tun gehabt.

Er durchquerte das Wohnzimmer und betrat seine Küche. Nachdem er sich ein Glas Wasser aus dem Wasserhahn eingegossen hatte, zog er die Kühlschranktür auf und spähte ins Innere. Die gähnende Leere entlockte ihm ein Schmunzeln. Alles, was er noch dahatte, waren der Energy Drink, zwei Äpfel und drei vertrocknete Stücke Pizza mit scharfer Salami. Das Beefjerky war alle, aber Hunter liebte kalte Pizza zum Frühstück. Während des Studiums hatte er sich praktisch von nichts anderem ernährt.

Er schnappte sich ein Stück und schlenderte zurück ins Wohnzimmer. Wieder fiel sein Blick auf den Fußboden vor der Tür.

Nichts.

»Okay, Robert, du musst echt damit aufhören«, ermahnte er sich und biss von seiner Pizza ab. Kalt schmeckte sie ihm noch besser als heiß.

Er trat ans Fenster und blickte ziellos nach draußen. Er wohnte in einer ruhigen Ecke von Huntington Park, und soweit sein Blick reichte, lagen die Straßen noch ausgestorben da.

Er nahm einen zweiten Bissen von seiner Pizza und kehrte dem Fenster den Rücken zu. Auf dem Tisch neben seiner kleinen Bar lag ein Foto der dritten Nachricht des Mörders. Er hatte sie so oft gelesen, dass er sie inzwischen vermutlich wortgetreu hätte aufsagen können – rückwärts.

Er sah auf die Uhr an der Wand: elf Minuten nach fünf.

Hunter aß sein Pizzastück auf, ging in die Küche und holte sich ein zweites. Auf dem Weg zurück ins Wohnzimmer schaute er wieder auf den Fußboden.

Nichts.

Er verfluchte sich für seine Paranoia und blieb vor dem Foto des Briefs stehen. Ohne sich hinzusetzen, und aus einiger Entfernung, las er ihn zweimal durch. Wie all die Male zuvor stach nichts heraus.

Er konzentrierte sich auf den letzten Teil.

Wollen Sie wissen, wer ich bin, Detective Hunter?

Wollen Sie das wirklich wissen?

Er hielt kurz inne.

Nun, die Hinweise sind im Namen.

DENN ICH BIN DER TOD.

Hunter war überzeugt, dass dies nicht als Scherz gemeint und auch kein bloßer Sarkasmus von Seiten des Täters war.

Er las die Nachricht ein weiteres Mal.

Nichts. Keine Idee.

Hunter gab es auf.

Als er in Richtung seines Barschranks schaute, streifte

sein Blick die letzte Zeile des Briefs. Er hatte keine Ahnung, warum, aber es war, als hätte sein Gehirn beschlossen, die Buchstaben auf ganz bestimmte Weise neu zu ordnen. Für den Bruchteil einer Sekunde sah er etwas, das ihn wie angenagelt stehen bleiben ließ.

»Was zum Teufel?«

Hunter starrte noch einmal auf die Zeilen. Sein Atem war ruhig, seine Augen suchten nach dem, was sie gerade eben gesehen hatten.

Nichts.

»Wo ist es?«, sagte er im Ausatmen. Er versuchte es erneut, wollte seine Augen zwingen, es zu sehen.

Er sah es nicht.

Hatte er es sich nur eingebildet?

Hunter sah weg, blinzelte einige Male und sah dann wieder hin.

Fehlanzeige.

Vielleicht war es wirklich nur Einbildung gewesen.

Er versuchte dasselbe noch einmal, wobei sein Blick diesmal die Wörter nur oberflächlich streifte.

Ihm stockte der Atem.

Da war es.

70

Garcia suchte sich eine Lücke auf dem Parkplatz des Police Administration Building, stellte den Motor seines Wagens ab und warf zum zehnten Mal, seit er am Morgen aufgestanden war, einen Blick auf das Display seines Handys. Nichts. Keine verpassten Anrufe. Keine Textnachrichten.

Selbst ohne offizielle Bestätigung aus dem kriminaltechnischen Labor hatte das, was sie tags zuvor in Tedd Robins Wohnung entdeckt hatten, überall die Alarmglocken zum Schrillen gebracht. Jede Polizeidienststelle und das Sheriffbüro von Los Angeles und Umgebung hatte einen Fahndungsaufruf bekommen. Ein Grafikexperte aus der EDV-Abteilung des LAPD hatte auf Grundlage des Polizeifotos von Tedd Robin mehrere Varianten seines Konterfeis erstellt, indem er ihm verschiedene Frisuren, Haarfarben und Bärte verpasste. Eine spezielle Notiz im Fahndungsaufruf wies darauf hin, dass der Gesuchte höchstwahrscheinlich geübt darin sei, sich zu tarnen und zu verkleiden, und dass die Bilder lediglich als Anhaltspunkte zu verstehen seien.

Nach einer längeren Unterredung mit Hunter und Garcia autorisierte Captain Barbara Blake eine Rund-um-die-Uhr-Überwachung von Tedd Robins Wohnung. Das erste Team der Special Investigation Section des LAPD war bereits gestern Abend zu der Adresse geschickt worden.

Die Special Investigation Section, kurz: SIS, war eine beobachtungstechnische Eliteeinheit des LAPD. Es gab sie seit mehr als vierzig Jahren, trotz der Bemühungen zahlreicher Menschenrechtsorganisationen und politischer Gruppierungen, sie abzuschaffen. Ihre Tötungsrate war höher als die jeder anderen Einheit, SWAT mit eingerechnet. SIS-Teams wurden vornehmlich zur Observierung gefährlicher Gewaltverbrecher eingesetzt, die nicht auf andere Weise zu überführen waren. Die Mitglieder des SIS waren nicht nur Meister in Tarnung und Überwachung, sondern darüber hinaus auch ausgebildete Nahkampf-Experten und exzellente Schützen. Ihre übliche Taktik bestand darin, einen Verdächtigen so lange zu beobachten, bis dieser erneut ein Verbrechen beging und er festgenommen werden konnte. Da die meisten Verdächtigen sich nicht kampflos ergaben, war tödlicher Schusswaffengebrauch keine Seltenheit. Dessen eingedenk waren sämtliche Mitglieder des

SIS-Teams angewiesen worden, sich Tedd Robin, sollte er gesichtet werden, nicht zu nähern. Ihre Aufgabe beschränkte sich ausschließlich darauf, ihn zu beschatten und im Auge zu behalten, bis die leitenden Detectives eintrafen.

Als Garcia mit dem Aufzug in den fünften Stock fuhr, schaute er noch einmal auf sein Handy.

Immer noch nichts.

Er saß nicht mal eine Minute an seinem Schreibtisch, als Hunter zur Tür hereinkam. Er sah erschöpft aus, trotzdem nahm Garcia noch etwas anderes an ihm wahr – Unsicherheit, gepaart mit einer gewissen Aufregung.

»Hast du was gehört?«, fragte er und spähte instinktiv erneut auf sein Telefon. Bei ihm war keine Nachricht eingegangen.

»Noch nicht. Du?«

Garcia schüttelte den Kopf. »Nichts vom SIS-Team, dem Sheriffbüro oder irgendeiner Dienststelle. Ich wollte gerade meine E-Mails lesen, aber wenn es was Neues aus der Kriminaltechnik gäbe, hätte Dr. Snyder sicher einen von uns angerufen.«

»Bei mir ist auch nichts eingegangen«, sagte Hunter, der ebenfalls einen Blick auf sein Handy warf. Die Ruftonlautstärke war auf maximale Stufe eingestellt. »Aber ich möchte, dass du dir was ansiehst und mir sagst, ob ich langsam anfange zu spinnen oder nicht«, setzte er hinzu, steckte das Handy zurück in seine Hosentasche und ging zur Pinnwand.

»Okay.« Garcia drehte sich auf seinem Stuhl herum. Er war neugierig.

»Heute Morgen«, fing Hunter an, »dachte ich, ich hätte was in dem Brief entdeckt, das mir bisher nicht aufgefallen war.«

Die Eindringlichkeit, mit der Hunter dies sagte, veranlasste Garcia dazu, aufzustehen und zu ihm zu kommen.

»Und was?« Er stellte sich neben Hunter vor die Pinnwand.

»Wie nennt sich der Killer?«, fragte Hunter.

Garcia runzelte die Stirn. »Wie bitte?«

»In seinen Nachrichten, wie nennt sich der Killer da?«

Garcia betrachtete alle drei Botschaften, dann ging sein Blick zu Hunter.

»Tod«, antwortete er und hob die Hände, um zu zeigen, dass diese Antwort auf der Hand lag.

»Und warum unterzeichnet er sie dann nicht mit ›Tod‹?«

Garcias Stirnrunzeln wich totaler Verwirrung.

»Okay, vielleicht spinnst du wirklich, Robert. Genauso unterzeichnet er doch seine Nachrichten.«

»Nein, tut er nicht«, widersprach Hunter. »Er unterzeichnet sie mit *Ich bin der Tod*, nicht einfach nur mit ›Tod‹. Warum?«

Garcia betrachtete erneut die Botschaften des Mörders. »Was? Irgendwie kann ich dir nicht ganz folgen.«

»Du musst nur hinschauen, Carlos.« Hunter tippte gegen die Pinnwand. »Sie alle enden mit dem Satz *Ich bin der Tod*, nicht nur mit dem Wort ›Tod‹. Das kennt man von keinem anderen Mörder, der sich jemals mit Botschaften oder Briefen an die Polizei gewandt hat – nicht von Jack the Ripper, nicht vom BTK-Killer, vom Zodiac-Killer, Son of Sam, und wie sie alle heißen. Sie alle haben ihre Botschaften mit einem Namen unterzeichnet, nicht mit einem ganzen Satz.«

Garcia ließ sich das gründlich durch den Kopf gehen. »Also schön, von mir aus. Aber was macht das für einen Unterschied?«

»Vermutlich gar keinen – wäre da nicht das, was er in seinem letzten Brief an mich geschrieben hat.« Hunter deutete auf die entsprechende Stelle.

Nun, die Hinweise sind im Namen.
DENN ICH BIN DER TOD.

»Das sehe ich«, sagte Garcia und hob in einer kapitulierenden Geste die Arme. »Aber mir ist immer noch nicht klar, worauf du hinauswillst, Robert.«

»Der Kerl spielt gerne Spielchen«, erklärte Robert. »Das wissen wir ja inzwischen. Die Botschaften sind ein Teil dieses Spiels, und wenn wir mit unserer Annahme richtigliegen, hält er sich für deutlich schlauer als uns. Für viel zu schlau. Gegen jemanden zu spielen, der ihm weit unterlegen ist, macht keinen Spaß. Und er will Spaß haben.«

»Okay«, räumte Garcia ein.

»Anfangs meintest du, es könnte vielleicht ein Witz oder Sarkasmus sein, weißt du noch? Aber was, wenn es nicht so ist? Was, wenn er uns damit wirklich einen Hinweis geben will?«

Garcia sah seinen Partner verständnislos an.

»Sieh hin«, forderte Hunter ihn auf. »Er hat geschrieben: *Die Hinweise sind im Namen.*« Er betonte das Wort »im« und tippte gleichzeitig mit dem Zeigefinger darauf. »Nicht ›*der* Name‹. Und er benutzt den Plural – Hinweis*e*, nicht Hinweis. Das deutet darauf hin, dass es mehr als einen gibt.«

Garcia studierte erneut die Nachricht, diesmal mit hochkonzentrierter Miene.

»*Im* Namen«, wiederholte Hunter und machte eine Pause.

Garcia starrte auf die Pinnwand. Stück für Stück stellte sein Gehirn die Zusammenhänge her. »*Im* Namen ... Du meinst, ein Anagramm oder so was?«

»Genau«, rief Hunter und klang dabei noch ein wenig aufgeregter als vorher. »Aber du darfst dir eben nicht nur das Wort ›Tod‹ anschauen. Du musst den ganzen Satz betrachten: ›Ich bin der Tod‹ – so unterschreibt er jede seiner Botschaften. Diese Signatur hat er in Nicole Wilsons Hals zurückgelassen und in Sharon Barnards Haus.«

Ohne darauf zu warten, dass Garcia verschiedene Buchstabenkombinationen ausprobierte, nahm Hunter einen Stift zur Hand, schrieb den Satz ICH BIN DER TOD auf eine freie Stelle an der Pinnwand. Dann brachte er die einzelnen Buchstaben in eine andere Reihenfolge, wobei er jeden Buchstaben, den er dafür verwendete, im ursprünglichen Satz durchstrich. Als er fertig war, ließ er den Stift sinken.

Garcia hatte sein Tun mit höchster Aufmerksamkeit verfolgt. Als Hunter fertig war, betrachtete Garcia, was sein Partner geschrieben hatte, dann den Original-Satz, dann wieder die neue Kombination.

Ohne dass er es merkte, fiel ihm die Kinnlade herunter.

»Scheiße. Das gibt's doch nicht!«

71

Alison erwachte mit einem Ruck. Sie röchelte und prustete, als ihr eine Ladung eiskaltes Wasser ins Gesicht klatschte. Instinktiv schüttelte sie den Kopf – etwas, das sie augenblicklich bereute. Die Schmerzen, die diese Bewegung in ihrem Schädel auslöste, waren so heftig, dass sie das Gefühl hatte, ihr Gehirn würde von einer riesigen Zange zusammengedrückt. Und doch waren die Schmerzen in ihrem Kopf nichts gegen die im Rest ihres Körpers, als das Wasser ihr aus dem Gesicht nach unten lief und mit den Dutzenden offener Wunden an Körper, Armen und Beinen in Berührung kam. Der animalische Schrei, der aus ihrer Kehle drang, klang wie der eines sterbenden Tieres.

Sie hustete erneut und versuchte, die Augen zu öffnen, aber ihre Lider waren schwer und verklebt, und es kostete sie enorme Willenskraft, sie aufzuzwingen. Wasser lief in ihren geöffneten Mund hinein, und jetzt begriff sie auch, warum ihr alles so entsetzlich weh tat. Das Wasser schmeckte nach Salz und Essig.

Ein einzelner Tropfen rann zwischen ihren Wimpern hindurch und fand den Weg in ihr Auge, wo er auf ihrer Hornhaut brannte. Reflexartig kniff sie die Lider zusammen, dann blinzelte sie fast eine Minute lang heftig.

Die Schmerzen waren mehr, als sie ertragen konnte. Sie stöhnte, und ein Beben ging durch ihren Körper, weil sie die Qualen nicht aushielt. Sie machte sich schon auf einen weiteren Eimer Essigwasser gefasst, doch der kam nicht.

Irgendwann gelang es ihr, die Augen offen zu halten. Das Stechen und Brennen war noch da, aber nicht mehr ganz so schlimm wie zuvor. Nur ihr Blick war noch ein wenig verschleiert.

Unmittelbar vor ihr stand der Mann. Regungslos. Starrend.

Irgendwann trafen sich ihre Blicke. Das Gefühl der Vertrautheit kehrte zurück, aber sosehr sie es auch versuchte, sie konnte sich nicht daran erinnern, woher sie ihn kannte.

Der Mann hatte die Kette, an der sie hing, ein wenig gelockert, so dass Alisons Füße jetzt vollständig den Boden berührten. Doch weil sie keine Kraft mehr in den Beinen hatte, hing der Großteil ihres Körpergewichts immer noch an ihren Armen und zog die Kette um ihre Handgelenke straff. Dort war die Haut inzwischen vollständig abgeschürft, und das Metall berührte nacktes Fleisch. Ihre Hände fühlten sich an wie mit Blut gefüllte Ballons, bei denen ein winziger Stich ausreichen würde, um sie zum Platzen zu bringen.

Weil Alison zwischendurch immer wieder das Bewusstsein verloren hatte, war ihr jedes Zeitgefühl abhandengekommen. Sie hatte keine Ahnung, wie lange sie schon hier war.

Der Mann fuhr derweil fort, sie schweigend zu mustern.

Ihr nackter Körper war durch die zahlreichen kleinen Schnitte und Verletzungen, die er ihr zugefügt hatte, noch schöner geworden. Wenigstens empfand er es so. Das Blut, das aus den Wunden lief, hatte ihrer Haut eine herrliche, tiefrote Farbe verliehen. Der Anblick erfüllte ihn mit einer beinahe überwältigenden Erregung, und sein Körper reagierte entsprechend.

Sie starrten einander lange an, bis der Mann irgendwann – überraschenderweise als Erster – den Blickkontakt abbrach. Stattdessen wandte er sich um und ging zu der Werkbank in der Ecke.

Alison wurde von blanker Panik erfasst. Am Abend zuvor hatte er sie ausgepeitscht wie eine Sklavin – so lange, bis sie ohnmächtig geworden war. Noch nie zuvor hatte sie so unerträgliche, so allumfassende Schmerzen gehabt.

»Bitte nicht, nein.« Die Worte taumelten zwischen ihren aufgesprungenen Lippen hervor, und ihre Augen füllten sich mit Tränen. »Nein ... nicht schon wieder.«

Alison hatte keine Ahnung, warum sie hier war, warum der Mann sie verschleppt hatte und warum er ihr diese schrecklichen Dinge antat. Hatte er mit ihrem Vater zu tun? Er hatte kaum ein Wort mit ihr gesprochen. Entweder er starrte sie wortlos an, oder er schlug sie.

»Bitte ... reden Sie doch mit mir ...«, flehte sie. »Warum tun Sie mir das an?«

Doch der Mann beachtete sie gar nicht weiter. Er nahm etwas von der Werkbank auf.

Jeder einzelne Muskel in Alisons Körper krampfte sich zusammen. Sie wollte aufs Neue flehen, wollte betteln, aber vor lauter Schluchzen brachte sie kein Wort heraus.

Der Mann drehte sich zu ihr um.

Alison kniff die Augen zusammen, um zu erkennen, was er in der Hand hielt, aber es war zu klein.

Der Mann kam näher.

Drei Schritte.

Zwei.

Einer.

Alison sah das Aufblitzen von Metall zwischen seinen Fingern.

Ein Messer?

Ein Skalpell?

Was?

Sie konnte nichts tun, außer hemmungslos zu weinen.

Sie schloss die Augen, hielt den Atem an und wappnete sich. Einen Augenblick später hörte sie das Schaben von Metall auf dem Betonboden.

Sie kniff die Augen noch fester zusammen.

Einige Sekunden vergingen, dann merkte sie, wie sie ein kleines Stück nach vorne pendelte, aber zu ihrer Verblüffung war die Bewegung nicht von Schmerzen begleitet.

Ihr erster Gedanke war, dass ihr Körper vielleicht schon so geschunden war, dass er den Schmerz gar nicht mehr richtig registrierte.

Sie wartete ab.

Dann setzte er ein.

In ihren Armen. So heftig, dass sie merkte, wie sie erneut in die Bewusstlosigkeit abzugleiten drohte. Ihre Augen zuckten, sie atmete aus, und ihr war, als stürze ihr Körper langsam in einen dunklen, kalten Schlund.

Doch ehe sie am Grund des Schlundes angelangt war, fing etwas oder jemand sie auf. Genau in dem Moment knickten die Beine unter ihr weg, und sie brach auf etwas Hartem, Unbequemem zusammen. Sie atmete ganz tief die stickige Luft ein, und da wurde ihr klar, dass es keine Einbildung gewesen war. Sie war wirklich gefallen, nur nicht in einen Abgrund, sondern zu Boden.

Was der Mann von der Werkbank genommen hatte, war ein Schlüssel gewesen. Er hatte sie von ihren Fesseln befreit. Und das metallene Scharren, das sie gehört hatte, war der Klappstuhl, den er ihr untergeschoben hatte.

Sie brach auf dem Stuhl zusammen, und ihre Arme fielen schlaff herab. Das Gefühl, das nun folgte, war eine Mischung aus unendlicher Erleichterung und rasenden Schmerzen. Zum ersten Mal seit Ewigkeiten konnte das Blut wieder frei in ihre Hände fließen, und das Gefühl war so intensiv, dass ihr Körper es nicht bewältigen konnte. Sie krümmte sich nach vorn und erbrach sich auf den Fußboden.

Seltsamerweise schien das ihren Entführer nicht weiter zu beeindrucken. Er packte sie, sobald sie fertig war, einfach bei den Haaren und zog sie zurück in eine aufrechte Sitzposition.

Stückchen von Erbrochenem tropften von ihrem Mund auf ihre nackte Brust und ihre Beine. Sie begann tief zu atmen, und ihr Brustkorb hob und senkte sich in einem stockenden Rhythmus. Ihre Arme brannten wie Feuer. Eine Million Stecknadeln stachen in Hände und Finger.

Sie konnte nicht verhindern, dass ihr Kopf erneut kraftlos nach vorn sackte, bis sie mit dem Kinn ihre Brust berührte. Der Mann, dem klar wurde, dass sie im Begriff war, erneut das Bewusstsein zu verlieren, griff ihr abermals in die Haare und riss ihren Kopf wieder hoch.

»Nein, nein, nein. Schön wach bleiben, Alison. Ich will, dass du bei Bewusstsein bist. Ich will, dass du *alles* spürst.«

Ihr Unterkiefer fiel herab, und er spuckte ihr in den Mund.

»Hörst du mir zu?«

Sie hustete und würgte an seinem Speichel. Er schmeckte nach saurer Milch und faulen Eiern, aber er hatte den erhofften Effekt. Alison war wieder wach.

»Braves Mädchen«, sagte der Mann, ließ ihre Haare los und trat einen Schritt von ihr zurück.

Diesmal gelang es ihr, den Kopf selbstständig oben zu halten. Trotzdem bezweifelte sie, dass sie ganz bei Bewusstsein war. Als nämlich der Mann erneut zur Werkbank ging, erhaschte sie einen flüchtigen Blick auf etwas, das ihre Seele zu Eis gefrieren ließ: Sie hätte schwören können, dass in einer Kellerecke, vom Schatten fast vollständig verborgen, ein kleiner Junge kauerte. Er starrte ihr mit weit aufgerissenen Augen ins Gesicht. Die Furcht in seinem Blick war dieselbe wie ihre.

72

»Ich weiß auch nicht genau, warum«, sagte Hunter. »Vielleicht lag es daran, dass ich so müde war, als ich den Brief heute früh noch mal gelesen habe, aber aus irgendeinem Grund hat mein Gehirn die Buchstaben durcheinandergeworfen, und für den Bruchteil einer Sekunde habe ich es gesehen ... Dann war es wieder weg.«

Garcia starrte noch immer auf die Pinnwand.

»Erst dachte ich, ich bilde es mir nur ein, aber ich habe immer wieder geblinzelt, weggeschaut, dann wieder hingeschaut ...« Hunter machte eine Pause und folgte dem Blick seines Partners. »Und dann haben sich die Buchstaben vor meinen Augen bewegt. Es war wie im Traum.« Er tippte auf die Pinnwand. »Und *das* hier kam dabei raus.«

Aus den Buchstaben der Wörter ICH BIN DER TOD hatte Hunter drei neue Wörter zusammengesetzt: ICH TEDD ROBIN.

»Das gibt's doch nicht«, sagte Garcia zum zweiten Mal. Endlich riss er den Blick von der Pinnwand los und sah Hunter an.

»Ich wollte es auch zuerst nicht glauben, aber da steht es. Schwarz auf weiß.«

»Ich weiß ja, dass unser Killer arrogant ist«, meinte Garcia. »Er traut sich so ziemlich alles zu – aber das da ist einfach nur grotesk, Robert.« Er deutete auf die Pinnwand. »So was gab es noch nie. Er gibt uns keine Hinweise. Er gibt uns seinen *Namen*. Warum macht er so was?«

»Weil er nicht weiß, dass wir Bescheid wissen«, antwortete Hunter. »Er weiß nicht, dass wir von Fresno wissen, von Sacramento oder von seiner Wohnung in East L. A. Er hat keine Ahnung, dass wir einen Verdächtigen im Visier haben und dass dieser Verdächtige Tedd Robin ist. Als ich den Brief bekommen habe, hatten wir noch keinen Verdächtigen. Wir wussten noch gar nicht, wer Tedd Robin ist, schon vergessen? Das kam erst danach.«

Langsam begriff Garcia.

»Also«, sagte er. »Selbst wenn wir irgendwie rausgefunden hätten, dass die Hinweise, auf die er sich in seinem Brief bezieht, die Form eines Anagramms haben, hätten wir gar nicht gewusst, wonach wir Ausschau halten sollen – nach einem Wort oder mehreren, nach einem ganzen Satz, einem Namen ... Wir konnten gar nicht wissen, dass er uns seinen Namen verrät. Wie viele verschiedene Buchstabenkombinationen hätten wir in dem Brief finden können?«

»Eben.«

Garcia betrachtete erneut den Satz ICH BIN DER TOD.

»Und wie viele dieser Kombinationen hätten vielleicht einen Namen ergeben oder die Kurzform eines Namens wie ›Rob‹ oder ›Ted‹ oder was auch immer?«, setzte Hunter hinzu. »Auch nicht zu vergessen: Wir sind hier in Los Angeles. Die Stadt ist ein internationaler Knotenpunkt. Der Name, von dem wir reden, hätte nicht mal ein amerikanischer Name sein müssen.«

»Und selbst gesetzt den Fall, wir wären dabei auf den Satz ICH TEDD ROBIN gestoßen«, fuhr Garcia fort, »wahrscheinlich hätten wir ihn gar nicht weiter beachtet, denn wir hätten ja gar nicht verstanden, dass das der Name einer tatsächlich existierenden Person ist. Familiennamen gibt es in allen möglichen Varianten und Schreibweisen.«

»Genau. Und es wäre vollkommen unrealistisch gewesen, jedes mögliche Anagramm zu verifizieren. Was hätten wir getan – jede Kombination, die einen Namen oder den Teil eines Namens ergibt, überprüfen lassen? Wohl kaum.«

Garcia musste lachen. Das war wirklich sehr schlau eingefädelt.

»Er hat sich das Anagramm ausgedacht, weil er nie damit gerechnet hat, dass wir ihm – sprich: Tedd Robin – auf die Schliche kommen«, spekulierte er weiter. »Warum sollte er auch? Die Wahrscheinlichkeit, dass unsere Ermittlungen uns zu ihm führen, ging gegen null. Er wurde nie verhaftet. Nie angeklagt. Er wurde lediglich im Zusammenhang mit drei verschiedenen Fällen vernommen, zweimal in Fresno und einmal in Sacramento. Aber nie hier in L. A. Außerdem liegt das viele Jahre zurück. Nie im Leben hat er damit gerechnet, dass wir das alles über ihn rausfinden.«

»Vermutlich nicht«, stimmte Hunter ihm zu. »Jetzt müssen wir nur noch abwarten, bis das Telefon klingelt.«

Wie auf ein Stichwort vibrierte Hunters Handy klappernd auf seinem Schreibtisch.

Garcias Augen weiteten sich.

»Das glaub ich ja nicht.«

73

Hunter konnte sich nicht erinnern, jemals so schnell ans Telefon gegangen zu sein. Er schlitterte zu seinem Schreibtisch, wobei er fast gestolpert wäre, und riss das Handy an sich.

»Detective Hunter, Morddezernat.«

»Detective«, sagte die Männerstimme am anderen Ende. »Hier ist Brian.«

In der Aufregung brauchte Hunter einen Moment, um den Namen mit der Stimme und beides mit einem Gesicht in Einklang zu bringen.

»Dr. Brian Snyder aus der Kriminaltechnik«, schob der Anrufer hilfsbereit nach, als er Hunters Zögern bemerkte.

Vielleicht hatte er doch länger gebraucht als nur einen Moment.

Garcia sah Hunter fragend an.

»Doktor«, sagte Hunter und schüttelte, an Garcia gewandt, den Kopf. »Natürlich. Entschuldigung.« Er bemühte sich um eine Erklärung. »Es ist ein ziemlich ereignisreicher Morgen.«

»Haben Sie Ihren Verdächtigen inzwischen gefunden?«, erkundigte sich Snyder, dessen zuvor neutraler Tonfall nun eine Spur freudige Erregung erkennen ließ.

»Nein, bis jetzt noch nicht, aber wir sind zuversichtlich. Haben Sie was für uns?«

»Und ob«, bestätigte Snyder. »Das Ergebnis der Handschriftenanalyse.«

»Okay. Eine Sekunde, Doc, ich stelle Sie auf Lautsprecher.« Hunter tippte auf die entsprechenden Tasten seines Handys und legte es auf den Schreibtisch.

Garcia trat näher.

»Also«, begann Dr. Snyder. »Graphologen brauchen im Normalfall von den sechsundzwanzig Buchstaben in unserem Alphabet zwischen dreizehn und fünfzehn, um eine zu hundert Prozent sichere Analyse zu liefern. Wie Ihnen vermutlich bewusst ist, enthält die Notiz in dem Streichholzbriefchen, das Sie mir gegeben haben – ›Midazolam 2,5 mg‹ – lediglich neun verschiedene Buchstaben sowie zwei Zahlen.«

Garcia warf Hunter einen Blick zu.

»Damit wir also eine gesicherte Aussage darüber treffen

können, ob die Handschrift mit der in den Briefen übereinstimmt, müssten Sie uns zunächst noch eine weitere Probe liefern.«

»Na ja«, sagte Garcia. »Das kommt momentan wohl eher weniger in Frage, Doc. Was ist denn mit einer *halbwegs* gesicherten Aussage?«

»Dazu wollte ich gerade kommen.«

»Oh. Tut mir leid«, sagte Garcia, hob die Hände und benutzte Hunters Entschuldigung von eben. »Ereignisreicher Morgen.«

»Unser Graphologe meinte, dass er zwar nicht offiziell bestätigen kann, dass die Handschriften übereinstimmen, er ist aber nach einer Analyse der Bögen und der Art, wie die einzelnen Buchstaben miteinander verbunden wurden, bereit, seinen guten Ruf darauf zu verwetten, dass derjenige, der die Notiz in dem Streichholzbriefchen geschrieben hat, auch der Verfasser der beiden Briefe ist. Mit anderen Worten: der Mörder.«

74

Disponentin Talicia Leon in der Notrufleitstelle des LAPD nahm ihre Brille mit gebogener Fassung ab, legte sie auf den Schreibtisch neben ihre leere Kaffeetasse und rieb sich die müden Augen mit Daumen und Zeigefinger. Sie wollte gerade Justin, dem Kollegen am Platz rechts neben ihr, mitteilen, dass sie fünf Minuten Kaffeepause machen würde, als ein neuer Anruf auf ihrem Monitor erschien.

Hastig setzte Talicia sich die Brille wieder auf.

Der Kaffee würde warten müssen.

»Neun eins eins, was ist Ihr Notfall?«, sagte sie, nachdem

sie den Anruf angenommen hatte, und rückte ihr Headset zurecht.

»Ja, ich habe ein Problem.« Die Stimme am anderen Ende war die einer Frau. Sie klang ein wenig verstört, allerdings hatte Talicia den Eindruck, als bemühe sie sich sehr darum, gefasst zu bleiben. »Ich habe keine Ahnung, wieso, aber der Zugang zu meinem Sparkonto wurde gesperrt. Ich komme nicht mehr an mein Geld, aber ich muss so schnell wie möglich Geld von einem Konto auf ein anderes überweisen.«

Na großartig, dachte Talicia. *Schon wieder jemand, der nicht richtig wählen kann.*

Im Durchschnitt nahm Talicia jede Woche etwa zehn Anrufe entgegen, die nichts mit irgendwelchen Notfällen zu tun hatten. Einige dieser Anrufer waren ernsthaft geistig minderbemittelt.

»Ma'am, Sie haben die Nummer der Notrufleitstelle gewählt«, erklärte sie ruhig. »Nicht die Ihrer Bank.«

»Ja, eben«, gab die Frau zurück. »Übers Internet geht es auch nicht, deshalb rufe ich ja an. Das Problem muss so schnell wie möglich behoben werden. Bitte.« Die Frau betonte die Worte »so schnell wie möglich« besonders deutlich, und bei dem Wort »Bitte« geriet ihre Stimme ein wenig ins Zittern. »Glauben Sie, Sie können mir damit helfen?«

»Nein, das glaube ich nicht, Ma'am. Dies hier ist die *Notrufnummer* der *Polizei*, nicht die Bank of America. Haben Sie nun einen Notfall zu melden oder nicht?«

»Aber natürlich, sonst hätte ich ja nicht angerufen. Der Name lautet Vivian Curtis.«

Plötzlich ging Talicia ein Licht auf. Vielleicht war es doch kein Scherz-Anruf. Augenblicklich wurde ihr Tonfall ernst.

»Gut, Vivian, Sie haben also einen Notfall zu melden.« Sie formulierte es nicht als Frage.

»Ja.«

»Und Sie können nicht offen sprechen, weil jemand in der Nähe ist?«

»Genau, ich habe meine Kontonummer und meine PIN eingegeben. Die Adresse, auf die das Konto registriert ist, lautet 13605 South Vermont Avenue, Gardena 90247.«

»Habe ich notiert, Vivian.« Talicia tippte so schnell sie konnte – und sie konnte schnell tippen. »Werden Sie körperlich bedroht?«

»Ja.«

»Sind Sie verletzt?«

»Ja. Dauert es denn noch lange? Ich muss nach meiner Tochter sehen.«

»Ihre Tochter ist ebenfalls verletzt und wird bedroht?« Talicia drückte »Enter«, um einen ersten Aufruf an die Streife loszuschicken.

»Ja, natürlich autorisiere ich das. Es ist ja mein Geld. Ich würde gerne die komplette Summe überweisen. Wie lange dauert es noch, bis ich oder *mein Partner* das Geld am Automaten abheben können?«

»Sie werden von Ihrem Partner bedroht?«

»M-hm.«

»Okay, Vivian, Hilfe ist bereits unterwegs. Halten Sie durch. Die Streife ist in weniger als vier Minuten bei Ihnen. Können Sie so lange in der Leitung bleiben? Telefonate mit Banken dauern ja oft länger, und wir können so tun, als gäbe es noch irgendeine kleinere Komplikation, bevor das Geld freigegeben werden kann.«

»Gut, dann warte ich.«

»Wie alt ist Ihre Tochter, Vivian?«

»Ich glaube, das muss am Zwölften dieses Monats gewesen sein.«

»Haben Sie oder Ihre Tochter lebensbedrohliche Verletzungen?«

»Nein. Bis jetzt habe ich noch nichts erhalten.«

Die Worte »bis jetzt« machten Talicia Sorgen.

»Gibt es Schusswaffen in Ihrem Haus?«

»Ja, und ich habe sie schon *zweimal* eingegeben.«

Zwei Waffen also. »Ist Ihr Partner jetzt in diesem Moment bewaffnet?«

»Nein, momentan nicht. Danke.«

Rasch gab Talicia weitere Instruktionen ein.

»Ist Ihre Haustür oder die Hintertür, falls Sie eine haben, unverschlossen, Vivian? Der Streifenwagen wird jeden Augenblick da sein.«

»Ja. Wie ich gesagt habe, ich möchte, dass alles überwiesen wird.«

Beide Türen unverschlossen.

»Also, kann ich dann jetzt zum nächsten Automaten gehen und das Geld abheben?« Vivians Stimme wurde immer verzweifelter.

»Nur noch ein paar Sekunden, Vivian. Der Streifenwagen biegt gerade in Ihre Straße ein. Wenn Sie Ihrem Partner jetzt sagen, dass er losgehen und das Geld abheben kann, kommt er nicht weiter als bis zu Ihrer Veranda.«

»Alles klar. Vielen Dank für Ihre Hilfe.«

Die Verbindung wurde unterbrochen.

Sofort überprüfte Talicia, ob es von Vivians Adresse zu einem früheren Zeitpunkt schon einmal Anrufe bei der Polizei gegeben hatte. In den letzten acht Monaten waren es acht Notrufe gewesen, alle im Zusammenhang mit häuslicher Gewalt.

Bevor Talicia auch nur Zeit zum Luftholen hatte, tauchte schon der nächste Anruf auf ihrem Monitor auf.

»Neun eins eins, was ist Ihr Notfall?« Sie schob sich die Brille auf die Nase.

»Sie ist tot.« Diesmal war es die Stimme eines Mannes. Die ruhige Heiterkeit, mit der er diese Mitteilung vorbrachte, weckte Talicias Unbehagen.

»Wollen Sie einen Mord melden, Sir?« Talicias Finger schwebten bereits über der Tastatur.

»Hier ist so viel Blut. Ihre Schreie waren so von Schmerz und Angst erfüllt. Es war wunderschön.«

Eiseskälte erfüllte augenblicklich jeden Winkel von Talicias Körper. Sie räusperte sich, weil sie einen Kloß im Hals hatte.

»Entschuldigen Sie, Sir. Wer, sagten Sie, ist tot?«

»Nummer drei.«

Talicia hielt einen Augenblick im Tippen inne.

»Wollen Sie damit sagen, dass es sich um drei tote Personen handelt?«

»Sie hören mir nicht zu«, sagte der Mann ruhig, gab Talicia jedoch keine Chance, etwas zu erwidern. »Nummer drei ist tot. Ihr Name lautet Alison. Nummer vier wird bald folgen. Viel früher, als Sie denken ... denn ich bin der Tod.«

Diesmal dachte Talicia das genaue Gegenteil von dem, was sie beim vorangegangenen Anruf gedacht hatte. Was ernst begonnen hatte, klang allmählich wie ein übler Scherz.

»Haben Sie das? Alison. Ihr Name ist Alison. Bitte überprüfen Sie, dass Sie es sich notiert haben. Sorgen Sie dafür, dass sie es erfahren.«

Talicia wollte kein Risiko eingehen.

»Alison. Habe ich aufgeschrieben, Sir. Hat sie auch einen Nachnamen?«

»Gut. Und jetzt schreiben Sie noch Folgendes auf. Sind Sie bereit?«

»Ja, Sir, ich bin bereit.«

»Ich. Bin. Der. Tod. Sagen Sie das den Cops, wenn Sie sie losschicken.«

»Ich habe alles notiert«, sagte Talicia. »Zu welcher Adresse soll ich sie schicken?«

»Orten Sie das Signal. Finden Sie das Telefon, dann finden Sie sie.«

»Sir? Hallo? Sir?«

Die Leitung war nicht tot, aber der Anrufer war verstummt.

75

Die Lopez Canyon Road in Lakeview Terrace verläuft vom Foothill Freeway bis zur westlichsten Spitze des Angeles National Forest, bevor sie einen scharfen Rechtsknick macht und bald auf die Kagel Canyon Road trifft, wo sie schließlich endet. Weniger als eine Meile hinter diesem Rechtsknick führt auf der rechten Seite eine stillgelegte, holprige Straße einen kleinen Hügel hinauf. Von dort war der Anruf gekommen, den Talicia entgegengenommen hatte; genauer gesagt: aus dem Innern eines verlassenen Holzhauses ganz oben auf dem Hügel.

Es war nach vierzehn Uhr, als Hunter und Garcia einen zweiten Anruf von Dr. Snyder bekamen. Er war gerade erst am Tatort eingetroffen und hatte, kaum dass er das Gebäude betreten hatte, sein Handy gezückt und die Detectives kontaktiert.

Trotz Blaulicht brauchten Hunter und Garcia eine Stunde für die Strecke, die sie durch South Central, auf den Glendale Boulevard und schließlich bis zur westlichen Spitze des Angeles National Forest führte.

Aufgrund der isolierten Lage und der Tatsache, dass die gesamte Zufahrtsstraße von unwegsamem Gelände und dichtem Buschwerk umgeben war, hatte das LAPD das Gebiet unmittelbar am Beginn der Straße absperren können. Kein Reporter oder Pressewagen würde auch nur auf eine Meile an das Gebäude herankommen.

Garcia zeigte den Polizisten an der äußeren Absperrung seine Marke, bog dann rechts ab und fuhr die holprige Piste hinauf.

»Das nenne ich mal abgelegen«, sagte Garcia, als er neben einem Van der Spurensicherung oben an der Straße parkte.

Hunter hatte gerade auf sein Handy geschaut – noch immer keine Neuigkeiten über Tedd Robin.

Nachdem sie ausgestiegen waren, nahm Hunter zunächst das Gebäude in Augenschein.

Es war ein relativ kleiner, rechteckiger Holzbau mit altmodischem Giebeldach. Der Zutritt erfolgte durch eine große Doppeltür auf der Ostseite. Sowohl Hunter als auch Garcia mussten bei dem Anblick unwillkürlich an eine Scheune denken, nur dass das Gebäude nicht so hoch war. Früher war die Außenfassade einmal weiß gestrichen gewesen, doch nachdem sie jahrelang schutzlos Sonne und Regen ausgesetzt gewesen war, hatte sich die Farbe nur noch an wenigen Stellen erhalten. Aufgrund des Witterungseinflusses waren an der südlichen Seite, dort, wo sie standen, einige Holzbohlen lose oder teilweise herausgebrochen.

Drei uniformierte Polizisten standen rechts neben der Tür. Alle drei sahen so aus, als hätten sie sich vor kurzem übergeben.

Als Hunter und Garcia auf das gelbe Flatterband zugingen, das den Eingang abriegelte, schlug ihnen ein sonderbarer Geruch entgegen – ein Bukett aus verfaulten Lebensmitteln mit einer süßlichen, metallischen Note. Beide Detectives erkannten den Geruch sofort, denn sie hatten ihn schon viel zu oft gerochen.

Blut.

Viel Blut.

Sie zeigten dem Officer mit dem Protokollbuch ihre Ausweise, woraufhin dieser ihnen je einen Tyvek-Overall und ein Paar Latexhandschuhe überreichte.

Hunter und Garcia kleideten sich ein, duckten sich unter das Absperrband und öffneten die Tür. Sie hatten erst zwei Schritte in den Raum gemacht, als die Wucht des Anblicks, der sich ihnen bot, ihnen alle Luft aus den Lungen presste und sie wie angewurzelt stehen bleiben ließ.

Jetzt begriffen sie, warum die Polizisten draußen so elend ausgesehen hatten.

Doch es war nicht die Bestialität der Szene, bei der es Hunter und Garcia vor Entsetzen die Sprache verschlug oder die dafür sorgte, dass ihr Herzschlag ins Stolpern geriet.

Sondern der Umstand, dass sie das Opfer kannten.

76

Hunter und Garcia standen im Eingang zu einem großen offenen Raum. Genau wie das Äußere erinnerte auch das Innere an eine Scheune, nur in kleinerem Maßstab. Durch die Sonne, die auf die alten Holzwände und das schwarze Giebeldach niederbrannte, war es heiß wie in einem Backofen. Sie waren noch nicht einmal zehn Sekunden drinnen, schon bildeten sich bei ihnen die ersten Schweißperlen auf Stirn und Nacken.

Dr. Snyder stand im hinteren Bereich des großen Raumes und besprach gerade etwas mit einem seiner Mitarbeiter. Als er die Detectives durch die Tür kommen sah, ging er zu ihnen, um sie zu begrüßen. Er musste sich dicht an der Wand halten, um nicht in Blut zu treten.

»Robert. Carlos«, sagte er mit einem verhaltenen Nicken. Der Reißverschluss seines Overalls war bis zum Hals hochgezogen, nur die Kapuze hatte er abgestreift. Auch diesmal trug er keine Atemmaske.

Beide Detectives erwiderten die Geste, doch ihr Blick ruhte weiterhin auf der Leiche. Ihr Kopf war nach vorn auf die Brust gesackt, trotzdem konnten sie ihr Gesicht erkennen. Und der Anblick ihres Gesichts war es auch, der Hunter und Garcia so erschüttert hatte.

Dr. Snyder sah die zwei durch schmale Augen forschend an. Etwas stimmte nicht. Trotz der Brutalität der Tat und der unglaublichen Menge an Blut schienen sie sich einzig und allein für das Gesicht des Opfers zu interessieren. Warum? Snyder wandte sich erneut an sie.

»Ihr Name ist –«

»Alison«, sagte Hunter mit roboterhafter Stimme. »Ihren Nachnamen kenne ich nicht.«

Snyders Verwirrung schlug in Erstaunen um. »Sie kennen sie?«

»Wir beide. Ja«, bestätigte Garcia. »Sie kellnert im Donny's.« Er verstummte, schloss die Augen, schüttelte leicht den Kopf und berichtigte sich. »Sie *hat* im Donny's gekellnert – das ist ein Diner zwei Blocks von PAB entfernt. Wir essen da manchmal.«

Dr. Snyder verarbeitete diese Informationen schweigend, ehe er sagte: »Atkins. Ihr Name war Alison Atkins. Sie war achtundzwanzig Jahre alt.« Er bemerkte, wie Garcia ihn ansah, und schickte, um dessen Frage vorwegzunehmen, hinterher: »Der Täter hat von ihrem Handy aus die Leitstelle angerufen. Als er fertig war, hat er das Handy neben die Tür gelegt, aber ohne die Verbindung zu beenden. Er wollte, dass es geortet wird, damit wir sie finden.«

Hunter nahm sich vor, gleich nach ihrer Rückkehr ins PAB eine Aufzeichnung des Notrufs zu besorgen.

»Sie war so freundlich«, sagte er. »Hat immer gelächelt. War zu allen höflich. Sie war einer von den Menschen, die das Leben lieben.«

In Hunters Stimme schwang eine Emotion mit, die Dr. Snyder nicht identifizieren konnte. Trauer? Wut? Er vermochte es nicht mit Bestimmtheit zu sagen.

»Glauben Sie, dass sie ermordet wurde, weil sie Sie kannte?«

Hunters Blick ruhte noch immer auf Alisons Gesicht.

Als Reaktion auf Snyders Frage zuckte er unmerklich mit den Schultern. Im Moment kannte er die Antwort noch nicht.

Snyder betrachtete erneut die Leiche.

Alison war nackt. Ihre Arme waren an den Handgelenken mit einer langen Eisenkette gefesselt, die um den dicksten der drei hölzernen Deckenbalken geschlungen und mit einem kleinen Vorhängeschloss gesichert war, so dass Alison mit über dem Kopf gestreckten Armen da hing. Ihre Füße berührten gerade eben den Boden, so dass ihr Körper nicht frei in der Luft pendelte.

Am Boden um sie herum war so viel Blut, dass Hunter auf den ersten Blick erkannte, dass sie verblutet war. Doch was die Polizisten draußen dazu veranlasst hatte, ihr Frühstück wieder von sich zu geben, war die Art, *wie* sie verblutet war.

Quer über ihren Unterbauch verlief ein langer horizontaler Schnitt. Durch diesen Schnitt waren Dünn- und Dickdarm aus dem Bauchraum entnommen und vor ihr auf dem Boden ausgebreitet worden. Allerdings waren weder Dünn- noch Dickdarm vollständig vom Körper abgetrennt, sondern immer noch mit ihrem Magen verbunden.

»Der Killer hat sie ausgeweidet?«, sagte Garcia ungläubig, als sein Blick zu der riesigen Blutlache ging.

»Genau das hat er getan«, bestätigte Dr. Snyder.

Der Täter hatte dem Opfer den Bauch aufgeschnitten, hineingegriffen und ihr bei lebendigem Leib die Gedärme herausgezogen.

Als Garcia einatmete, merkte er, wie ein Schauer durch seinen Körper ging.

»Ich habe schon ausgeweidete Leichen gesehen«, sagte er mit gepresster Stimme, »aber noch nie eine, bei der die Gedärme so in die Länge gezogen wurden. Wie lang sind die denn?«

Dr. Snyders Blick ruhte noch einen Moment lang auf Alison Atkins' ausgeweidetem Körper, bevor er Garcias Frage beantwortete.

»Beide Därme zusammen messen etwa siebeneinhalb Meter«, sagte er im selben gepressten Tonfall wie Garcia.

Der Täter hatte nicht nur Dickdarm und Dünndarm aus dem Unterbauch des Opfers entfernt, er hatte sie bis zu ihrer vollen Länge auseinandergezogen und sie zu Schleifen und Kreisen gelegt. Das Ergebnis war ebenso ungeheuerlich wie bizarr. Das Opfer hing mit über dem Kopf ausgestreckten Armen in der Luft, während die Gedärme aus ihrem Körper quollen wie die überdimensionale Nabelschnur eines Alien. Sie lagen ausgestreckt in Schlingen und Mäandern auf dem Boden inmitten einer riesigen Blutlache.

Doch der größte Wahnsinn war, dass er all das getan hatte, während sie noch am Leben – und höchstwahrscheinlich bei Bewusstsein – gewesen war. Sie musste langsam und unter schrecklichen Qualen gestorben sein. Weder Hunter noch Garcia mussten dazu weitere Fragen stellen. Sie waren mit den Fakten vertraut.

»Ich wollte, dass Sie sie so sehen, wie wir sie gefunden haben, bevor sie abgenommen wird«, sagte Dr. Snyder. »Sie merken es ja selbst, hier drin ist es heiß wie in der Sauna, und das beschleunigt den Verwesungsprozess. Als wir kamen, hatte die Totenstarre gerade eingesetzt, das bedeutet, der Mörder hat gewartet, bis sie tot war, ehe er den Notruf gewählt hat. Sie ist vor drei bis fünf Stunden gestorben.«

Erst jetzt gelang es Hunter, den Blick von Alison loszureißen. Als er und Garcia sich umdrehten und die Innenseiten der großen Eingangstüren betrachteten, stutzten sie.

Dort stand etwas geschrieben.

Die Signatur des Mörders in Blut – ICH BIN DER TOD.

»Glauben Sie, er hat die Tat auch diesmal wieder gefilmt?«, fragte Dr. Snyder, der sich nun ebenfalls der makabren Schrift zugewandt hatte.

»Wahrscheinlich«, sagte Garcia. »Die Taten zu filmen

oder zu fotografieren, das ist sein Souvenir. Seine Trophäe. Seine kranke Art und Weise, sie für immer lebendig zu erhalten. Für ihn ist die Aufnahme genauso wichtig wie das Morden, das Opfer oder der Gewaltakt an sich.«

Schweigend betrachteten die drei eine volle Minute lang die Schrift, ehe Dr. Snyder erneut das Wort ergriff.

»Das Gebäude ist ein kriminaltechnischer Alptraum. Es steht seit Jahren leer, hier ist alles voller Müll und Trümmer, die Gott weiß wie alt sind. Falls wir beschließen, uns das alles anzusehen, werden wir vielleicht tagelang beschäftigt sein.« Er hielt inne und verzog das Gesicht.

Hunter hatte keine Ahnung, ob sie etwas finden würden. Falls ja, dann nur, weil der Mörder es so gewollt hatte. Aber das war inzwischen ohnehin zweitrangig geworden. Was der Mörder nämlich nicht wusste, war, dass sie ihn bereits identifiziert hatten. Sie mussten ihn nur noch finden.

77

Hunter und Garcia verbrachten den restlichen Nachmittag am Tatort im Angeles National Forest. Sie sahen zu, wie Alison Atkins von ihren Ketten befreit, in einen Leichensack gelegt und in den Leichenwagen getragen wurde. Ihre Därme waren zuvor sorgsam von einem Kriminaltechniker aus Dr. Snyders Team eingesammelt worden. Trotz seiner langjährigen Berufserfahrung hatte der Mann dabei schrecklich elend ausgesehen.

Noch immer schauten beide Detectives alle paar Minuten auf ihr Handy. Und noch immer gab es kein Lebenszeichen von Tedd Robin. Hunter hatte auch bei der Kraftfahrzeugbehörde des Staates Kalifornien angerufen – momentan gab es kein auf Tedd Robin zugelassenes Fahrzeug. Sein letztes Auto war ein gebrauchter schwarzer Ford Escape, Baujahr 2003, gewesen, den er im Februar 2007 angeschafft und bis zum Oktober 2014 gefahren hatte. Danach folgten keine weiteren Einträge. Offene Bußgeldbescheide gab es ebenfalls nicht.

Gegen halb neun bekamen Hunter und Garcia einen Anruf von Snyder. Ihm lag das erste der zwei mit Ungeduld erwarteten Testergebnisse vor – die Analyse der Kugelschreibertinte. Die Kriminaltechnik hatte zunächst eine kleine Probe der Tinte von dem Brief an Bürgermeister Bailey genommen und deren chemische Zusammensetzung mit der Tinte in dem roten BIC Cristal verglichen, den Garcia in Tedd Robins Wohnung gefunden hatte. Das Ergebnis war nicht eindeutig gewesen, doch das Labor hatte nicht aufgegeben. Als Nächstes hatten sie den Kugelschreiber unter einem digitalen Leica-Mikroskop untersucht und festgestellt, dass die Kugel an der Spitze einige Unebenheiten aufwies – winzige Riefen. Diese Riefen waren für das bloße Auge unsichtbar, würden sich im Schriftbild jedoch deutlich abzeichnen. Und tatsächlich hatte die anschließende Untersuchung des Briefs offenbart, dass er mit demselben Kugelschreiber geschrieben worden sein musste wie die Notiz im Streichholzbriefchen.

Sie hatten ihren Mann.

Sie *hatten* ihn bloß noch nicht.

Nach dieser Entdeckung war ein neuer Fahndungsaufruf an die Dienststellen gegangen. Die Anweisung lautete nicht länger »beobachten und leitende Ermittler kontaktieren«, sondern »mit Vorsicht nähern und festnehmen«. Jetzt mussten sie nur noch warten, bis Tedd Robin gefasst wurde. Und hoffen, dass dies geschah, ehe er sein nächstes Opfer forderte.

Gegen einundzwanzig Uhr fuhr Garcia nach Hause, aber erst nachdem Hunter ihn praktisch dazu gezwungen hatte.

»Mach, dass du heimkommst, Carlos«, sagte er und deutete zur Tür. »Wenn nicht, ist Anna nämlich nicht auf dich sauer, sondern auf mich. Und ich würde lieber einem wütenden Serienmörder ins Auge blicken als einer wütenden Frau. Vor allem, wenn es sich um Anna handelt.«

»Eine sehr weise Entscheidung«, sagte Garcia, während er seinen Rechner ausschaltete. »Denn wenn Anna wütend ist, wirkt der Leibhaftige im Vergleich zu ihr wie Casper, der freundliche Geist.« An der Tür zum Büro blieb er noch einmal stehen. »Und was ist mit dir, Robert? Du willst dir doch nicht schon wieder die Nacht um die Ohren schlagen, oder? Wir können nichts tun außer warten. Dieser Robin wird schon irgendwann aufgegriffen. Das gesamte LAPD und das Sheriffbüro suchen nach ihm. Er kann sich nicht ewig verstecken.«

»Ja, ich weiß. Ich mache auch bald Schluss. Ich muss nur noch ein paar Sachen überprüfen, dann fahre ich nach Hause. Dauert höchstens noch zehn, fünfzehn Minuten.«

»Brauchst du Hilfe dabei?«

»Ich komme schon klar. Sag Anna einen lieben Gruß von mir, ja?«

Eine Stunde später saß Hunter immer noch an seinem Schreibtisch.

Er drehte sich auf seinem Stuhl herum und betrachtete die Pinnwand. Sie hatten mehrere neue Fotos aufgehängt – die zwei Bilder von Tedd Robin sowie einige Tatortfotos vom Nachmittag. Die Zentrale war noch dabei, ein ausführliches Dossier über Alison Atkins zu erstellen.

Hunter stieß die Luft aus, als er die Tatortfotos betrachtete. Er hatte Alison nicht wirklich gut gekannt, aber er hatte sie bei der Arbeit beobachtet, hatte gesehen, wie herzlich und lebensfroh sie war. Sie hatte für jeden Gast ein Lächeln übriggehabt, und dementsprechend waren seine Gefühle gewesen, als er sie von dem Deckenbalken hatte hängen sehen: erst tiefe Traurigkeit, dann glühender Zorn.

»Wo steckst du, du verdammtes Stück Scheiße?«, knurrte er durch zusammengebissene Zähne und richtete seine Aufmerksamkeit auf die zwei Porträtfotos von Tedd Robin.

Dann warf er zum x-ten Mal einen Blick auf sein Handy. Immer noch nichts.

Er schob den Stuhl vom Schreibtisch zurück, lehnte sich nach hinten und rieb sich mit beiden Händen das Gesicht. Er war müde, hungrig und ausgelaugt. Garcia hatte recht. Im Moment konnten sie nichts weiter tun. Vielleicht war es wirklich an der Zeit, nach Hause zu fahren.

Doch gerade als er dies dachte, fiel ihm etwas wieder ein, das er zwischenzeitlich ganz vergessen hatte – der Notruf. Der Täter hatte persönlich die Leitstelle angerufen, und zwar von Alison Atkins' Handy aus.

Hunter wollte sich unbedingt die Aufzeichnung des Telefonats anhören.

Rasch rollte er zurück an seinen Schreibtisch, begann Befehle in den Computer einzutippen, Dateiordner und interne Seiten zu durchforsten. Nach gut einer Minute hatte er gefunden, was er suchte. Er drehte die Lautstärke der Computerlautsprecher auf und öffnete mit einem Doppelklick die Audiodatei.

Als er hörte, wie ruhig und beherrscht der Täter klang, spürte Hunter, wie sich sein Herzschlag beschleunigte. Unmittelbar zuvor hatte Tedd Robin Alison Atkins ausgeweidet. Wahrscheinlich hatte er, während er mit der Disponentin sprach, in einer Lache ihres Blutes gestanden, war auf ihre Därme getreten und hatte in ihr lebloses Gesicht geblickt.

Wie konnte ein Mensch so kalt, so gnadenlos sein?

Als die Aufzeichnung zu Ende war, spielte Hunter sie gleich noch einmal ab. Dann noch ein drittes Mal. Und ein viertes. Bis ihm schließlich etwas Merkwürdiges daran auffiel.

»Moment mal«, flüsterte er, als er die Aufzeichnung zum fünften Mal ablaufen ließ.

»Wieso?«, sagte er plötzlich laut. Er wunderte sich über etwas ganz Bestimmtes, das der Mörder zu der Disponentin gesagt hatte. »Wieso sollte er das tun? Das ergibt keinen Sinn.«

Hunter stand auf, ging zur Pinnwand und las erneut den Brief durch, den er vom Mörder erhalten hatte.

Kurz darauf setzten sich die Zahnräder in seinem Kopf in Bewegung.

Er machte einen Schritt zurück und starrte eine Minute lang die Pinnwand in ihrer Gesamtheit an. Dann ging sein Blick von einem Opfer zum anderen. Vor und zurück, vor und zurück, vor und zurück.

Er las den Brief noch einmal. Die Räder in seinem Kopf liefen auf voller Geschwindigkeit.

»Das ist eine richtig bescheuerte Idee, Robert«, sagte er zu sich selbst und schüttelte den Kopf, um den neuen Gedanken zu vertreiben, der soeben in seinem Hirn Gestalt angenommen hatte.

Es funktionierte nicht.

Er warf einen Blick zur Uhr an der Wand – zweiundzwanzig Uhr achtundvierzig. »Verdammte Scheiße!«, fluchte er, als er sich wieder an seinen Computer setzte. »Das wird garantiert die reinste Zeitverschwendung.« Dann begann er zu suchen.

78

Welches Ergebnis seiner Suchanfrage sich Hunter auch immer vorgestellt hatte, es war nicht das, was am Ende auf seinem Bildschirm erschien. Als die seitenlangen Dokumente zu laden begannen, beugte er sich vor, stützte die Ellbogen auf die Tischplatte und das Kinn auf die Fäuste.

Hunter war ein schneller Leser. Genau genommen war er ein *sehr* schneller Leser, und folglich dauerte es nicht lange, bis er begriff, dass er in ein Minenfeld geraten war.

Dann ging die erste Mine hoch.

Er las den Absatz zweimal durch, um sicherzugehen, dass er sich nicht getäuscht hatte. Es verschlug ihm die Sprache.

Die zweite Explosion folgte unmittelbar darauf.

Hunter musste kurz Pause machen und tief Luft holen. Er konnte praktisch hören, wie das Adrenalin durch seine Adern rauschte. Dann stieß er auf die Bilder. Jedes einzelne traf ihn wie die Faust eines wütenden Schwergewichtsmeisters – und irgendwann kam der K.-o.-Schlag.

Kaum war das letzte Bild geladen, spürte er, wie ihm ein kalter Schauer den Nacken hinabrieselte.

»Das darf doch nicht wahr sein.«

Dann war Schluss.

Nichts ging mehr.

Mit derselben Geschwindigkeit, wie der Strom an Informationen seinen Bildschirm überschwemmt hatte, war er nun wieder versiegt.

Hunter versuchte es auf einem anderen Weg. Detective beim LAPD zu sein hatte schließlich gewisse Vorteile. Doch die Meldung, die auf seinem Monitor erschien, ließ ihn ungläubig zurückzucken.

EINGESCHRÄNKTER ZUGANG.

»Was soll das denn?«

Er versuchte es erneut.

EINGESCHRÄNKTER ZUGANG.

Noch einmal.

EINGESCHRÄNKTER ZUGANG.

»Das ist doch wohl ein Witz.«

Erneut nahm er sich einige seiner ursprünglichen Suchergebnisse vor.

Dann dämmerte es ihm.

Genau wie im Brief an Bürgermeister Bailey war auch in diesen Dokumenten vom FBI die Rede.

Hunter sah auf die Uhr – dreiundzwanzig Uhr achtundfünfzig. In Virginia war es kurz vor vier. Egal.

Hunter griff nach dem Telefon.

79

Adrian Kennedy war der Leiter des Nationalen Zentrums für die Analyse von Gewaltverbrechen NCAVC beim FBI. Und er war ein guter Freund von Hunter.

Trotz der späten – oder frühen – Stunde zuckte Kennedy mit keiner Wimper, als das Handy in seiner Jackentasche klingelte. Als Leiter des NCAVC war er daran gewöhnt, zur unchristlichsten Zeit Anrufe zu bekommen. Schlaf war ein Luxus, den jemand in seinem Job nur selten genießen durfte.

Er griff nach dem Handy und staunte, als er Hunters Namen auf dem Display las.

»Robert?«, meldete er sich, noch immer ein wenig verdattert.

»Hallo, Adrian.«

»Na, das nenne ich aber eine Überraschung.« Kennedys

von Natur aus heisere Stimme, die durch dreißig Jahre Zigarettenkonsum noch kratziger geworden war, klang müde, aber nicht gestresst. »Sind Sie wieder in L. A.?«

»Ja, bin ich.«

Kennedy sah auf die Uhr. »Wie spät ist es denn bei Ihnen? Mitternacht?«

»So ungefähr, ja.«

»Dann rufen Sie wohl nicht an, um mit mir zu plaudern.« Adrian lachte hustend. »Was kann ich für Sie tun, alter Freund?«

»Sind Sie gerade im Büro?«

»Jedenfalls bin ich nicht zu Hause in meinem Bett, wo ich hingehöre.«

»Ich muss Sie um einen Gefallen bitten«, sagte Hunter.

Kennedys Neugier war geweckt. Wenn es etwas gab, das er über Robert Hunter wusste, dann, dass er andere Menschen nur höchst ungern um Gefälligkeiten bat.

»Was brauchen Sie?« Kennedy machte es sich auf seinem ledernen Chefsessel bequem.

Ohne zu sehr ins Detail zu gehen, erklärte Hunter ihm sein Anliegen.

Kennedy setzte sich auf. »Soll das ein Witz sein?«

»Im Gegenteil.«

»Das ist vollkommen ausgeschlossen, Robert.« Kennedy wurde bitterernst. »Solche Informationen sind streng vertraulich. Die unterliegen praktisch derselben Geheimhaltungsstufe wie unser Zeugenschutzprogramm.«

»Für jemanden wie mich, klar«, gab Robert zurück. »Aber nicht für den Chef des NCAVC.«

»Trotzdem, Robert. Wir haben hier gewisse Regeln und Vorschriften.«

»Ja, und ich habe ein Ei.«

Kennedy runzelte die Stirn. »Wie bitte?«

»Ich dachte, wir zählen gerade Dinge auf, die man leicht brechen kann.«

»Sie Witzbold.«

Hunter schwieg.

»Passen Sie auf, Robert, ich kann nicht auf solche Informationen zugreifen, ohne dass hinterher eine Spur zu mir führt, die so lang und so breit ist wie die Route 66.«

»Na und? Dann hinterlassen Sie eben eine Spur.«

»Sie haben leicht reden.«

»Welche Rolle spielt das schon für Sie, Adrian? Sie tun nichts weiter als Informationen einzusehen. Das ist schließlich Ihr Job, oder nicht? Informationen zu beschaffen, zu verarbeiten und zu analysieren. Danach kräht doch kein Hahn.«

»Ich schon. Ich missachte nämlich die Dienstvorschrift, wenn ich mir Zugang zu extrem sensiblen Daten verschaffe und diese Daten dann auch noch weitergebe.«

»An einen Kollegen von einer anderen Strafverfolgungsbehörde, Adrian. Was glauben Sie denn, was ich damit vorhabe? Sie an die Presse verkaufen? Außerdem sind Sie mir noch was schuldig.«

Das stimmte. Darüber hinaus kannte Kennedy den LAPD-Detective gut genug, um zu wissen, dass er um nichts bitten würde, wenn es nicht absolut dringend war. Er seufzte.

»Das macht meine Schulden bei Ihnen dann aber mehr als wett, alter Freund.«

Hunter sagte nichts.

»Ach, was soll's?«, meinte Kennedy irgendwann resigniert. »Geben Sie mir eine halbe Stunde.«

80

Die nächsten zweiundzwanzig Minuten verbrachte Hunter damit, alles, was er bislang herausgefunden hatte, nochmals durchzulesen. Es diente nur dazu, das zu untermauern, was er bereits wusste – dass die Realität viel, viel perverser war als jede Fiktion. Das Problem war nur: Wenn er mit seinem Bauchgefühl recht hatte, würde die Realität bald noch viel perverser werden.

Er rief noch einmal sämtliche Fotos auf, die er bei seinen ursprünglichen Recherchen entdeckt hatte, und studierte sie eingehend. Vor allem das letzte Foto war es gewesen, das eine regelrechte Gedankenlawine in Hunters Kopf ausgelöst hatte. Und das ihn dazu veranlasst hatte, Adrian Kennedy anzurufen.

Trotz aller Bemühungen war es das einzige Foto der Person, das er hatte ausfindig machen können. Es war vor etlichen Jahren und aus erheblicher Distanz aufgenommen worden. Der Winkel war auch nicht gerade ideal, so dass die Person nur unscharf und verschwommen zu erkennen war.

Hunter versuchte das Foto mit Hilfe einer Bildbearbeitungs-Software zu optimieren, doch je stärker er es vergrößerte, desto grobkörniger und verschwommener wurde es. Trotzdem, irgendetwas an der Person weckte ein mulmiges Gefühl in ihm.

Hunter war so sehr mit dem Foto beschäftigt, dass er es fast nicht mitbekam, als sein Handy auf dem Schreibtisch vibrierte.

»Unbekannter Teilnehmer«, stand auf dem Display.

War Tedd Robin festgenommen worden?

»Detective Robert Hunter, Raub- und Morddezernat?«, sagte er, nachdem er das Telefon ans Ohr gehoben hatte.

»Robert, ich bin's, Adrian.«

Hunter atmete aus. »Konnten Sie was erreichen?«

Angespanntes Schweigen am anderen Ende.

»Adrian?«

»Ja. Ich habe die Akte, die Sie wollten. Ich maile sie Ihnen gerade.«

»Danke, Adrian. Dafür haben Sie was gut bei mir.«

»Das können Sie laut sagen. Robert?«, fügte Kennedy noch hinzu, ehe Hunter auflegen konnte.

»Ja?«

»Seien Sie vorsichtig, alter Freund.«

Hunter beendete die Verbindung und öffnete sein Mailprogramm. Sekunden später erschien Kennedys E-Mail in seinem Postfach. Die Betreffzeile war leer. Der eigentliche Text der Mail bestand lediglich aus zwei Worten – *viel Glück* –, aber dafür hatte die Nachricht drei Anhänge. Hunter öffnete den ersten und begann zu lesen. Die darin enthaltenen Informationen stimmten mit dem überein, was er selbst herausgefunden hatte, nur dass die Akte wesentlich detaillierter war.

Der zweite Anhang war ein einzelnes Schwarzweißfoto. Ein Foto derselben Person, in deren Bild Hunter gerade vertieft gewesen war, als Kennedy sich zurückgemeldet hatte. Als das Foto den Monitor ausfüllte, hörte er einen Augenblick lang auf zu atmen. Das Bild war alt, aber nicht so alt wie das, das er bei seinen Recherchen ausgegraben hatte. Es war kein Schnappschuss, sondern aus der Nähe aufgenommen. Die Person blickte direkt in die Kamera.

Hunter mochte seinen Augen nicht trauen.

Es dauerte eine ganze Weile, bis er seinen anfänglichen Schock überwunden hatte. Danach öffnete er endlich den dritten und letzten Anhang. Das geheimste aller Dokumente, die Adrian Kennedy ihm zugesandt hatte.

Und das verheerendste.

Beim Lesen überkam Hunter das Gefühl, als hätte das Leben jede Logik verloren.

Er stand auf und begann im Büro auf und ab zu gehen. Er versuchte seine Gedanken zu ordnen. Was sollte er jetzt tun?

Die Wanduhr zeigte null Uhr neunundfünfzig an.

Nein – er konnte auf gar keinen Fall bis zum Morgen warten.

Hunter nahm sein Handy und machte zwei Anrufe. Der zweite ging an seinen Partner.

81

Garcia war gegen Viertel nach neun nach Hause gekommen. Er hatte Anna noch vom Büro aus angerufen, um ihr mitzuteilen, dass er es – wieder einmal – nicht zum Abendessen schaffen würde. Und wie immer hatte Anna ihm gesagt, das sei nicht so schlimm, sie habe ohnehin nicht vor, früh ins Bett zu gehen, und würde das Essen einfach im Ofen warm halten, bis er nach Hause käme, dann könnten sie trotzdem noch gemeinsam essen.

Garcia und Anna waren seit der zwölften Klasse ein Paar, und Garcia hätte sich keine verständnisvollere Frau wünschen können. Anna wusste, wie viel ihm sein Beruf bedeutete. Sie hatte mit eigenen Augen gesehen, wie hart er gearbeitet hatte, um dorthin zu kommen, wo er jetzt war, und wie sehr er seine Arbeit liebte. Sie verstand auch, welche Einschränkungen und Opfer ein Job als Detective in einer Stadt wie Los Angeles mit sich brachte, und akzeptierte sie vorbehaltlos. Doch trotz ihrer bewundernswerten Stärke war es nur natürlich, dass sie manchmal Angst hatte. Angst, dass sie eines Tages einen Anruf bekommen oder mitten in der Nacht jemand an ihre Tür klopfen würde, um ihr die Nachricht zu überbringen, dass ihr Mann nie mehr nach Hause käme.

Nach Hunters und Garcias letztem Fall – der Fall, nach dessen Beendigung Captain Blake den beiden zwei Wochen Zwangsurlaub verordnet hatte – war Garcia kurz davor gewesen, seine Stelle im Morddezernat aufzugeben.

Garcia war kein furchtsamer Mensch, doch dieser letzte Fall hätte Anna beinahe das Leben gekostet, und das hatte ihm einen ungeheuren Schrecken eingejagt. Sie war das Wichtigste in seinem Leben. Wenn er sie verlor, würde er auch sich selbst verlieren. Er hatte Anna von seinem Entschluss erzählt, und sie war diejenige gewesen, die ihn zum Weitermachen überredet hatte.

An diesem Abend waren sie nach dem Essen zusammen unter die Dusche gegangen. Es erinnerte Garcia daran, wie sie zum allerersten Mal miteinander geschlafen hatten. Danach waren sie beide vollkommen erschöpft ins Bett gesunken.

Garcia glaubte zu träumen, als er rechts neben seinem Ohr ein leises Rattern hörte. Er drehte sich in die Richtung des Geräuschs, hielt die Augen aber geschlossen.

Brrrrrrrrrrr.

Schon wieder.

Er stöhnte verwirrt und öffnete die Augen gerade so weit, dass er sein Handy sehen konnte, das auf dem Nachttisch vibrierte. Weitere zwei Sekunden verstrichen, ehe sein schläfriges Gehirn begriffen hatte, was das bedeutete. Erst dann streckte er die Hand aus.

»Ja?«, murmelte er schlaftrunken, stand rasch auf und schlich aus dem Zimmer, damit er Anna nicht weckte.

Zu spät. Sie wälzte sich bereits unruhig hin und her.

»Carlos, ich bin's, Robert.«

»Hmm. Robert?«, nuschelte Garcia, etwas unsicher, wer dieser Robert war. Dann endlich machte es Klick. »*Robert.*«

Seine Stimme klang auf einmal drängend. »Was ist los? Haben wir ihn? Haben wir Tedd Robin?«

»Nein. Vergiss Tedd Robin, Carlos. Es ist alles ganz anders, als wir dachten. Wir haben uns geirrt.«

»Geirrt? Wobei haben wir uns geirrt, Robert?«

»Bei allem.«

82

Hunter war knapp eine Stunde unterwegs, als er endlich den schmalen, zwischen Büschen verborgenen Pfad entdeckte, der links von der Straße abging. Es gab weder ein Straßenschild noch sonst einen Wegweiser, von daher konnte selbst jemand, der wie Hunter gezielt nach der Abzweigung Ausschau hielt, leicht daran vorbeifahren. So war es ihm jedenfalls ergangen. Er war die Strecke zweimal hin- und hergefahren, ehe er endlich die Lücke zwischen den Sträuchern bemerkt hatte.

Er hielt an und leuchtete mit den Scheinwerfern den Weg entlang.

»Ist das richtig?«, fragte er sich und lehnte sich nach vorn, bis seine Brust das Lenkrad berührte. »Muss ja wohl. Sonst ist hier ja nichts.«

Er bog ab, und sein Wagen verschwand zwischen den Büschen, als hätte die Nacht ihn verschluckt.

Der Weg war voller Buckel und Löcher, und aufgrund der Finsternis war Hunter gezwungen, das Tempo bis auf Schrittgeschwindigkeit zu drosseln, auch wenn ihm das nicht gefiel. Nach etwa einer Dreiviertelmeile und zwei Biegungen – eine links, eine rechts – wurde das Buschwerk zu beiden Seiten des Weges lichter und machte schließlich einer scheinbar endlosen, leeren Ebene Platz, auf der es weit und breit nichts gab außer Staub, Nadelkissenkakteen und Wüstenringelblumen.

Hunter fuhr weiter und tat sein Bestes, um den größeren Schlaglöchern auszuweichen. Bei den kleineren war dies zwecklos. Es gab einfach zu viele. Die Straße bestand praktisch aus nichts anderem.

Nach einer weiteren halben Meile kam erneut eine Linkskurve, dann führte der Weg einen flachen Hügel hinauf. Als Hunter auf der anderen Seite den Hügel wieder hinunterfuhr, veränderte sich die Vegetation erneut. Statt der Ringelblumen wuchsen hier nun Josua-Palmlilien und Wüstenweiden. Staub und Kakteen gab es allerdings immer noch reichlich. Als Hunter um eine Gruppe besonders dicht stehender Kakteen herumfuhr, glaubte er in der Ferne etwas ausmachen zu können. Eine Art riesigen Schatten. Sofort hielt er an und schaltete die Scheinwerfer aus. Er griff nach dem Feldstecher, den er immer im Handschuhfach hatte, und stieg aus dem Wagen.

Er hatte Pech, denn es war eine wolkenverhangene Nacht – kein Mond, keine Sterne. Es war zu dunkel, um von seinem Standort aus etwas erkennen zu können. Auf der Suche nach einem Platz mit besserem Rundblick kletterte Hunter zuerst auf die Motorhaube seines Wagens und schließlich aufs Dach.

Er sah noch immer nichts.

Er musste näher heran.

Hunter stieg wieder in seinen Buick und fuhr ohne Licht weiter, noch langsamer als vorher. Nach einer Viertelmeile hielt er erneut an, stieg aufs Wagendach und suchte aufmerksam die Umgebung ab.

Nichts auf der rechten Seite.

Vor ihm auch nichts.

Nichts auf der ... Moment. Er stutzte, lehnte sich weiter nach vorn. Da war es. Noch eine gute Strecke entfernt und ein Stück links von ihm.

83

Aus der Distanz und in nahezu vollständiger Dunkelheit hatte Hunter Mühe zu deuten, was genau er eigentlich sah. In jedem Fall musste es sich um ein Gebäude handeln. Der Größe der schwarzen Silhouette nach zu urteilen, hätte es ein mittelgroßes, vielleicht zweigeschossiges Haus sein können – nur dass es nicht wie ein gewöhnliches Haus aussah. Es war quadratisch, wie eine große Schachtel, und hatte eine dunkle Farbe, die es in einer tintenschwarzen Nacht wie dieser, noch dazu weit draußen in der Wüste, praktisch unsichtbar machte. Hunter wunderte sich, dass er es überhaupt gesehen hatte, Feldstecher hin oder her.

Er schätzte die Entfernung zwischen seinem Standort und dem Gebäude auf etwa eine Viertelmeile ein. Er stieg wieder in den Wagen und zückte sein Handy.

Kein Netz. Nicht mal ein halber Balken. Er bewegte das Handy halbherzig hin und her, was jedoch nicht den geringsten Unterschied machte. Er befand sich am Ende der Welt.

»Toll.«

Hunter beschloss, den Wagen neben dem Weg stehen zu lassen und das letzte Stück zu Fuß zurückzulegen. So wäre er viel leiser und nicht so leicht zu entdecken.

Er überprüfte seine HK Mark 23. Das Magazin war voll, aber Hunter wollte kein Risiko eingehen. Aus dem Handschuhfach holte er eine Taschenlampe sowie ein gefülltes Ersatzmagazin.

Obwohl sein Ziel noch weit weg war, bewegte er sich so leise wie möglich und suchte, wann immer es ging, hinter Kakteen, Bäumen und den Wüstenweiden Deckung. Er schlich jeweils etwa fünfzehn bis zwanzig Meter in geduckter Haltung, blieb dann stehen, kauerte sich so dicht wie möglich an den Boden und spähte durch das Fernglas voraus. Nirgendwo regte sich etwas.

Er wiederholte dasselbe Vorgehen noch fünfmal, ehe er etwas entdeckte, das zuvor nicht zu sehen gewesen war – ein schwarzer GMC Yukon parkte rechts neben dem Gebäude.

Vom Fenster seines Kinderzimmers aus hatte Marlon beobachtet, wie der falsche Telefontechniker in einen schwarzen Yukon gestiegen war, nachdem er die oben am Telefonmast angebrachte Kamera abmontiert hatte.

Hunter holte tief Luft, wischte sich den Schweiß von der Stirn und pirschte weiter. Immer weiter näherte er sich dem Gebäude, bis er nur noch etwa vierzig Meter entfernt war. Er schlüpfte hinter eine Gruppe Weiden und spähte erneut durchs Fernglas. Er hatte recht gehabt. Das Gebäude hatte wirklich keinerlei Ähnlichkeit mit einem normalen Wohnhaus.

Hunter vermutete, dass er sich dem Gebäude nicht von vorn, sondern von der Seite genähert hatte. Zu dem Schluss war er gelangt, weil sich auf der Seite, die sich von seinem Standort aus überblicken ließ, keine Tür befand. Außerdem parkte der Yukon um die Ecke, und es war nur logisch, dass der Fahrer seinen Wagen in der Nähe des Eingangs abgestellt hatte.

Hunter wollte gerade näher heranschleichen, als ihm noch etwas auffiel. Auf der gesamten Gebäudeseite gab es nur ein einziges Fenster. Es befand sich hoch oben und ein Stück links von der Mitte, aber was Hunter stutzig machte, war die Tatsache, dass es trotz seiner hohen Lage mit dicken Eisenstäben vergittert war.

Dieses Gebäude war kein Haus.

Es war ein Gefängnis.

84

Noch immer in seinem Versteck hinter den Weiden kauernd, suchte Hunter mit Hilfe des Feldstechers die unmittelbare Umgebung des Gebäudes, das Dach sowie sämtliche Ecken ab, die er von seiner Position aus einsehen konnte. Er entdeckte keinerlei Überwachungskameras, wenigstens nicht auf der ihm zugewandten Seite. Erleichtert wagte er sich weiter vor. Weniger als zwanzig Sekunden später hatte er das Gebäude erreicht. Er presste sich mit dem Rücken an die Hauswand, bevor er nach links spähte.

Nichts.

Nach rechts.

Nichts.

So weit, so gut.

Dann rückte er vorsichtig in südliche Richtung vor, auf den geparkten Yukon zu. An der Hausecke angekommen, ging er in die Hocke, zog seine Waffe und schaute einmal blitzschnell um die Ecke.

Nichts zu sehen.

Er wartete noch einige Sekunden ab, dann riskierte er einen zweiten Blick.

Der Yukon parkte gut zehn Meter vom Gebäudeeingang – einer massiv wirkenden Holztür – entfernt. Bis auf den Wagen war nichts zu sehen.

Na, toll, dachte Hunter. *Und was jetzt? Die Tür ist ja wohl garantiert nicht offen. Das hier ist ein Gefängnis, kein Wohnhaus. Wenn es Sicherheitsmaßnahmen gibt, dann dienen sie nicht dazu, die Leute am Reinkommen zu hindern. Sondern daran, wieder rauszukommen.*

Hunter fiel nichts Besseres ein, als sich zunächst noch ein wenig näher heranzupirschen. Die Waffe in der Hand, den Rücken flach gegen die Wand gedrückt, umrundete er die Hausecke und schlich langsam auf die schwere Tür zu. Dort angekommen, spürte er, wie es in seinem Magen unangenehm zu rumoren begann.

Das Haus strahlte etwas unleugbar Böses aus. Selbst die Luft fühlte sich hier zäher an und erschwerte Hunter das Atmen.

Er inspizierte das Türschloss. Es war alt, machte aber einen soliden Eindruck. Er holte erneut tief Luft und sah sich um.

Nichts als Dunkelheit und Stille.

Er streckte die linke Hand aus, legte die Finger um den Türgriff, drehte ihn und drückte behutsam, aber mit Kraft gegen die Tür.

Er hatte sich geirrt.

Zu seiner großen Verwunderung ging die Tür nach innen auf. Sie war nicht abgeschlossen.

»Na, so was«, flüsterte er kaum hörbar.

Hunter hielt die geöffnete Tür noch eine Zeitlang fest, während er überlegte, was er als Nächstes tun solle.

Er war zu weit gekommen, um jetzt einen Rückzieher zu machen.

Ganz vorsichtig schob er die Tür noch ein paar Zentimeter weiter auf. Dann noch ein bisschen weiter. Und noch ein bisschen. Bis der Spalt groß genug war, dass er einen Blick ins Innere werfen konnte.

Nichts zu sehen. Der erste Raum, welchem Zweck er auch immer diente, schien vollkommen leer zu sein.

Mit angehaltenem Atem schob Hunter die Tür noch ein Stückchen weiter auf, schlüpfte lautlos hindurch und schloss sie danach ganz langsam hinter sich.

Die Luft im Innern des Gebäudes war warm und staubig und roch streng nach Bleiche und Desinfektionsmittel – ganz ähnlich wie Tedd Robins Wohnung in East Los Angeles.

Einen Moment lang stand Hunter ganz still, den Rücken

gegen die Innenseite der Tür gepresst. Seine Augen waren bereits an die mondlose Nacht gewöhnt, daher passten sie sich rasch an die Dunkelheit an, was ihm nur recht war. Wenn es irgend ging, wollte er seine Taschenlampe lieber nicht einschalten.

Hunter stellte fest, dass er sich am Anfang eines breiten Gangs befand, der keinerlei Möbel oder sonstige Einrichtungsgegenstände enthielt. Die Wände waren aus grauen Gasbetonsteinen, Decke und Boden aus massivem Beton. Im Wesentlichen sah der Gang aus wie ein Betontunnel mit quadratischem Querschnitt – eng und beklemmend. Er war etwa sieben Meter lang. Am Ende gab es eine zweite Tür. Sie war angelehnt, dahinter war schwach ein Lichtschein auszumachen.

Mit vorsichtigen, lautlosen Schritten pirschte Hunter auf die Tür zu. An der Wand rechts daneben hielt er inne. Regungslos stand er da, wartete und lauschte.

Eine Minute.

Zwei Minuten.

Die Stille dröhnte in seinen Ohren.

Schließlich drehte er den Oberkörper, reckte den Hals und spähte ganz vorsichtig durch den Türspalt. Die Lichtquelle, die Hunter nicht lokalisieren konnte, war sehr schwach, so dass der Großteil des Raums im Schatten lag. Von seinem Standort aus vermochte er, sofern er seine Deckung nicht aufgeben wollte, nur eine Hälfte des Raumes einzusehen. Er wirkte fast so kahl und steril wie der Gang, in dem er sich befand. Weiter hinten stand vor einer kahlen Wand ein mit dunklem Stoff bezogener Sessel. Links davon konnte Hunter einen kleinen hölzernen Beistelltisch erkennen, und auf dem Boden zwischen Sessel und Wand lag ein rechteckiger schwarzweißer Teppich. Das war alles. Die Ecken des Raums lagen in Finsternis.

Den Rücken noch immer an die Wand neben der Tür gedrückt, ließ er weitere zwei Minuten verstreichen.

Kein Geräusch, keine Bewegung.

Zeit, weiter vorzurücken.

Hunter holte tief Luft, dann drehte er sich in einer lautlosen, geübten Bewegung in den Raum hinein. Die Waffe in beiden Händen, suchte er mit vor dem Körper ausgestreckten Armen nach einem Ziel ... irgendwo ... überall.

Er fand keins.

Die zweite Hälfte des Raums war noch leerer als die erste.

Hunters Augen suchten fieberhaft weiter, doch wie sich herausstellte, blickte er in die falsche Richtung. Die Bewegung kam aus den Schatten unmittelbar hinter ihm.

Schnell.

Präzise.

Unaufhaltsam.

Als Hunter sich zurück in Richtung Tür drehte, bekam er einen Schlag auf den Hinterkopf, der so heftig war, dass es ihn nach vorn gegen die Wand schleuderte.

Einen Sekundenbruchteil später versanken seine Gedanken in völliger Dunkelheit.

85

Langsam und unter Schmerzen kam Hunter zu sich. Mit jedem Herzschlag pochte es wie rasend in seinem Schädel, als schwinge dort eine mit eisernen Stacheln besetzte Kugel hin und her. Er blinzelte ein paarmal, aber seine Lider waren zu träge, und es gelang ihm nicht, sie vollständig zu öffnen. Also hielt er sie fürs Erste geschlossen. Er nahm einen tiefen Atemzug, und als die warme Luft in seine Lungen strömte, schien sich gleichzeitig diese verfluchte Stachelkugel in seiner Schädelhöhle aufzublasen.

Ein wahnsinniger Schmerz explodierte in seinem Kopf wie ein Gewitter, und mit ihm stellte sich noch ein anderer, brennender, lähmender Schmerz ein. Dieser ging durch seine Arme, zog und zerrte an ihnen, als würden sie ihm jeden Augenblick brutal aus den Schultern gerissen.

Erneut blinzelte er, und diesmal fand er die Kraft, seine Augen aufzuzwingen. Wegen der Schmerzen und seiner Benommenheit dauerte es eine Weile, bis er begriff, was er sah – seine eigenen nackten Füße auf dem Boden, schlaff und leblos wie die Füße eines Toten. In dem Moment wurde ihm bewusst, dass er auf genau dieselbe Weise gefesselt sein musste wie Alison Atkins in der Scheune: die Arme hoch über dem Kopf, seine Handgelenke mit einer glänzenden Stahlkette zusammengebunden, die wiederum um ein Rohr an der Decke herumgeführt worden war. Zwei unterschiedlich große Vorhängeschlösser sicherten die Konstruktion. Sein gesamtes Körpergewicht hing an der Kette, die tief in seine Handgelenke schnitt. Dünne blutige Rinnsale liefen ihm die nackten Arme hinunter bis über die Schultern.

Hunter kämpfte gegen die bestialischen Schmerzen in Kopf und Armen an. Er hob den Blick. Sich alleine von den Fesseln zu befreien wäre vollkommen aussichtslos.

»Ich muss zugeben, Sie haben mich überrascht, Robert.«

Die Stimme kam von vorne, aus der Dunkelheit. Hunter blickte in die Richtung, sah aber niemanden.

»Ich war überzeugt, Sie würden nie herfinden. Ich war mir sicher, Sie würden nie dahinterkommen.«

Obwohl die Stimme etwas anders klang als in den Aufzeichnungen der beiden Notrufe, erkannte Hunter sie auf Anhieb wieder. Er hatte sie oft genug gehört.

Deshalb zeigte er auch keinerlei Erstaunen, als der Mann kurz darauf aus der Dunkelheit trat und vor ihm stehen blieb.

»Hallo, Robert.«

86

Wurm hatte nicht geschlafen. Wie auch? Jedes Mal, wenn er die Augen zumachte, sah er sie vor sich. Nackt. Die Arme über dem Kopf ausgestreckt. Wie sie von dem Holzbalken hing, gehalten nur von der Kette um ihre Handgelenke. Er würde sein Lebtag nicht vergessen, wie sie ihn angesehen hatte.

Das Entsetzen in ihren Augen.

Die Verzweiflung in ihrem Gesicht.

Die Angst, die aus jeder Pore ihres Körpers quoll.

Alison. So hatte sie geheißen. Genau wie bei den anderen Frauen hatte Wurm ihren Namen so oft wiederholen müssen, bis er unauslöschlich in sein Gehirn eingebrannt war.

Das Monster hatte Wurm aus seiner Zelle gezerrt, ihn an einen Stuhl gefesselt und ihn gezwungen, zuzusehen, wie er der armen Frau den Bauch aufschlitzte. Der Schnitt war so lang und tief, dass Wurm dachte, der Mann würde sie in zwei Hälften schneiden.

Das Blut lief in Strömen aus der Wunde und färbte ihre Beine rot, ehe es auf den Boden tropfte und dort die größte Blutlache bildete, die Wurm je gesehen hatte. Und der Geruch – so etwas hatte er noch nie gerochen. Süß und metallisch, als bestünde ihr Blut aus Kupfer.

Doch das war nichts im Vergleich zu dem, was dann kam. Mit einem Lächeln auf den Lippen war das Monster auf die Frau zugetreten, hatte ihr direkt in die Augen gesehen und dabei langsam die Hände in das Loch versenkt, das er in ihren Bauch hineingeschnitten hatte. Als er die Hände wenig später wieder herauszog, waren sie voll mit ihren Gedärmen.

Wurm schmeckte die bittere Galle, die ihm aus dem Magen in die Kehle stieg, aber inzwischen wusste er, dass er sich in Gegenwart des Monsters nicht übergeben durfte. Also biss er die Zähne zusammen und kniff ganz fest die Augen zu. So gelang es ihm, alles wieder hinunterzuwürgen.

Das Monster war noch nicht fertig. Vorsichtig begann es, das, was es aus der Frau herausgeholt hatte, auseinanderzuziehen und zu verdrehen, als wolle er daraus ein Garn spinnen, ehe er es in der immer größer werdenden Blutlache auf dem Boden ausbreitete.

Es war so lang. Wurm konnte kaum glauben, dass all das in ihrem Bauch gewesen war.

Aber was Wurm so sehr entsetzte, dass er die Kontrolle über seine Blase verlor, war, dass die Frau die ganze Zeit über noch lebte. Sie war bei Bewusstsein. Trotz der unvorstellbaren Schmerzen, die sie erlitt, musste sie zusehen, wie das Monster sie ausweidete wie ein Tier und ihre Gedärme wie Knetmasse über den Boden verteilte.

»Für so was wie das hier, Wurm, braucht man Geschick und Erfahrung«, wandte sich der Mann an ihn, als er ein weiteres Stück ihrer Därme zu Boden gleiten ließ. Sobald es den Anschein hatte, als würde sie ohnmächtig werden, schlug ihr das Monster entweder ins Gesicht oder hielt ihr ein kleines Fläschchen unter die Nase.

Wurm wollte eigentlich wegschauen, aber er konnte einfach nicht. Er war von der unvorstellbaren Brutalität wie hypnotisiert.

Jetzt, in seiner Zelle, kam ihm ein neuer Gedanke, und mit ihm stellte sich eine neue Hoffnung ein. Vielleicht suchte die Polizei nicht nach ihm – aber nach den Frauen würde sie doch ganz bestimmt suchen. Anders als sein Vater hatten die Väter dieser Frauen das Monster nicht dafür bezahlt, sie aus dem Weg zu schaffen. Dessen war Wurm sicher. Wenn also die Polizei nach einem Mann fahndete, der Frauen verschleppte und tötete, dann fahndete sie nach dem Monster. Und wenn sie es fand, würde sie auch Wurm finden.

Dieser Gedanke ließ im Herzen des Jungen ein neues Fünkchen Hoffnung aufglühen.

87

Hunters Hemd war klatschnass, und er fühlte, wie ihm der Schweiß hinten an den Beinen hinabrann. Er sah sich um, versuchte, sich einen Überblick über den Raum zu verschaffen, in dem er sich befand.

Trotz des schwachen Lichts, das irgendwo über seinem Kopf brannte, waren überall Schatten, so wie in dem Raum, den er betreten hatte, kurz bevor er vom Mörder überwältigt worden war. Trotzdem war es eindeutig nicht derselbe Raum. Die Wände waren gemauert, der Boden bestand aus Beton. An der Decke verliefen kreuz und quer Metallrohre. Links sah Hunter ein paar Stufen, die zu einer geschlossenen Tür hinaufführten. Er musste sich im Keller dieses schrecklichen Hauses befinden. Wenn man es überhaupt als Haus bezeichnen konnte.

Der Mann, der aus der Dunkelheit getreten war, blieb abwartend vor Hunter stehen.

Hunter sah ihn nicht an. Seine Hände waren steif und geschwollen. Die Kette um seine Handgelenke schnürte ihm den Blutfluss ab. Er versuchte die Finger zu bewegen. Er konnte sie strecken, allerdings verursachte ihm die Bewegung atemberaubende Schmerzen.

Hunter stöhnte auf.

Der Mann lächelte.

»Bitte, sagen Sie mir, Robert«, sagte Detective Troy Sanders, Leiter der Vermisstenstelle des LAPD, »wie sind Sie darauf gekommen?« Seine Haltung war entspannt, seine Stimme ruhig.

Hunter hob den Blick.

Sanders wartete.

»Sie haben es uns selbst gesagt«, antwortete Hunter. Er klang heiser und erschöpft.

»Habe ich das?«

»Die Nachrichten, die Sie uns geschickt haben. Erst an Bürgermeister Bailey, dann an mich. Sie waren voller Hinweise.«

Sanders lächelte. »Das stimmt.«

»Wir wussten nur nicht, wie wir sie deuten sollten ... bis heute Nacht.«

»Und wie haben Sie es entdeckt, Robert? Wodurch haben Sie schließlich verstanden, was die Hinweise bedeuten?«

Hunter musste husten, und erneut bohrte sich die stachelbewehrte Kugel in sein Gehirn.

»Durch Ihren letzten Anruf bei der Notrufleitstelle«, antwortete er schließlich.

Diese Auskunft schien Sanders zu überraschen. »Wirklich? Wie das?«

Hunter leckte sich die aufgesprungenen Lippen im Versuch, etwas Feuchtigkeit aus seinem Gesicht aufzunehmen. »Kommen Sie näher, dann sag ich's Ihnen.«

Sanders lachte, als er um Hunter herumging und hinter ihm verschwand.

»Damit kann ich leider nicht dienen, Robert. Aber mal sehen, was sich machen lässt.«

Plötzlich hörte Hunter das Geräusch von Metall auf Metall. Die Kette um seine Handgelenke verlor etwas an Spannung, und kurz darauf berührten seine Füße den Boden. Jetzt konnte er auf Zehenspitzen stehen und so immerhin einen kleinen Teil seines Körpergewichts mit den Beinen auffangen und seine Arme entlasten. Das Gefühl war unbeschreiblich.

»Besser?«, fragte Sanders.

Hunter schwieg.

»Also, erklären Sie mir das genauer, Robert: Inwiefern hat mein letzter Notruf Ihnen dabei geholfen, die Wahrheit herauszufinden?«

Hunter atmete langsam ein. »Der Name des Opfers«, sagte er. »Alison.«

Sanders ging zurück nach vorn.

»Sie haben ihn dreimal erwähnt«, sagte Hunter. »Sie haben sich extra vergewissert, dass die Disponentin ihn aufschreibt. Warum? Ihr Name wäre sowieso das Erste gewesen, was wir über sie rausgefunden hätten – erst recht, weil der Anruf von ihrem Handy kam.«

Sanders sagte nichts. Nur das Gespenst eines Lächelns huschte über seine Lippen.

Hunter bewegte sich auf Zehenspitzen ein kleines Stück nach links, um sein Gewicht besser halten zu können. »Dass Sie darauf bestanden haben, dass die Frau sich den Namen notiert – irgendwas daran kam mir komisch vor. Also habe ich mir den Brief noch mal vorgenommen, den Sie mir geschickt haben.«

Sanders wartete.

»*Die Hinweise sind im Namen*«, zitierte Hunter. »Das haben Sie geschrieben.«

Sanders nickte. Wieder die Andeutung eines Lächelns, diesmal etwas ausgeprägter.

»Die Hinweise *waren* die Namen«, sagte Hunter. »Die Namen der Opfer.«

Klatsch, klatsch, klatsch.

Sanders applaudierte ihm. »Sehr gut, Robert. Ich bin beeindruckt.«

Erneut leckte Hunter sich die Lippen. »Und Sie haben geschrieben, dass Sie –« Er hustete wieder und musste mehrere Sekunden lang den rasenden Kopfschmerz ertragen – »die Geschichte neu schreiben.«

Jetzt endlich kam Sanders' Lächeln wahrhaft zum Vorschein.

»Also haben Sie in der Geschichte nachgeforscht und die Namen der Opfer als Ansatzpunkt benutzt. Alle.«

Hunters Schweigen war ein klares und deutliches Ja.

»Lassen Sie mich raten«, sagte Sanders. »Was Sie rausgefunden haben, hat Sie ziemlich geschockt.«

Hunter schluckte, doch der Speichel glitt nur schwer seine geschwollene Kehle hinab. »Durch das, was ich rausgefunden habe, wurde auf einmal jeder Hinweis in Ihren Nachrichten lebendig. Schlagartig ergab alles einen Sinn. Das Geheimnis lüftete sich langsam.«

»Ich bin froh«, gestand Sanders. »Aber egal, was Sie auf Ihrer Suche entdeckt haben, Robert, sie kann nicht all Ihre Fragen beantwortet haben. Ein sehr wichtiger Teil des Rätsels fehlt noch.«

»Ja«, gab Hunter zu.

»Also ist Ihr Bild noch unvollständig, Robert. Sie haben nach wie vor keine Ahnung, wer ich wirklich bin, nicht wahr?«

Hunter und Sanders sahen einander an wie in einem stummen Kampf. Hunter blinzelte als Erster.

»Ihr bürgerlicher Name ist Richard«, sagte er. »Richard Temple.«

Sanders sah Hunter voller Erstaunen an. Er brauchte mehrere Sekunden, um seinen Schrecken über das, was er gerade aus Hunters Mund gehört hatte, zu überwinden. Dann lachte er, allerdings war es ein unheimliches, verstörendes Lachen, das Hunter zutiefst beunruhigte. Es gurgelte aus den Tiefen seines Körpers hervor, als wäre es lange in seinen Lungen gereift, ehe er es endlich ausspie. Es war rau und voller Schmerz. Seelischem Schmerz. Als er danach wieder sprach, tränkte derselbe Schmerz seine Worte.

»Sie irren sich, Robert. Mein Name ist nicht Richard. Mein Name ist ...«

Sanders machte eine Pause. Sein Kopf zuckte ängstlich erst nach links, dann nach rechts.

»Wurm.«

88

Sechs Jahre waren vergangen.

Wurms Hoffnung, die Polizei würde das Monster eines Tages für eins seiner grausamen Verbrechen fassen, war vor langer Zeit gestorben. Es würde keine Rettung geben. Das Monster würde ihn niemals freilassen.

Wurm war jetzt achtzehn Jahre alt. Er war immer noch mager, aber inzwischen fast so groß wie das Monster. Er hatte nicht gedacht, dass er noch leben würde, aber anscheinend gefiel es dem Monster, ihn um sich zu haben.

Jedes Jahr an Wurms Geburtstag saß das Monster mit ihm in der Küche, und sie unterhielten sich, als wären sie alte Freunde. Wurm hörte meistens nur zu, aber trotzdem, es war der einzige Tag, an dem das Monster ihn wie einen Menschen behandelte.

Heute war Wurms achtzehnter Geburtstag.

Das Monster hatte ihn früh geweckt – um fünf Uhr fünfundvierzig, wie jeden Tag in den vergangenen sechs Jahren. Er hatte ihn – nur mit einem Handgelenk – an einen der Ringe in der Küche gekettet und ihm erlaubt zu frühstücken. Nicht vom Fußboden. Nicht mit den Händen. Sondern wie ein zivilisierter Mensch.

»Ich habe eine Frage an dich, Wurm«, sagte das Monster, sobald Wurm mit seinem Schokoladenkuchen fertig war.

Die letzten fünf Jahre hatte das Monster ihm an jedem Geburtstag als Geschenk ein Stück Schokoladenkuchen zu essen gegeben. Es war zu einer Art Ritual geworden.

Ohne Blickkontakt aufzunehmen, nickte Wurm scheu.

Er war in beständiger Angst groß geworden. Er besaß keinen Funken Selbstwertgefühl. Der Vergleich mit einem verängstigten kleinen Hund wäre nicht weit hergeholt gewesen.

»Wie würde es dir gefallen, eine Frau zu besitzen?«

Wurm hielt inne. Diesmal sah er den Mann, der ihn nun schon all die Jahre gefangen hielt, doch an. Er konnte nicht anders.

»Du bist jetzt kein Kind mehr. Deshalb finde ich, es ist an der Zeit, dass du in jeder Hinsicht ein richtiger Mann wirst.« Das Monster schlug sich zweimal gegen die Brust. »Was hältst du davon, wenn du mit dem nächsten Dreckstück, das ich nach Hause bringe, ein bisschen Zeit verbringen darfst? Das würde dir gefallen, oder?«

Wurm erstarrte.

»Oder«, fuhr das Monster unbekümmert fort, »bei genauerem Nachdenken fällt mir noch was Besseres ein. Was viel Besseres. Wie wäre es, wenn du sie gleich auch noch erledigst, nachdem du mit ihr fertig bist? Du weißt, was ich mit ›erledigen‹ meine, nicht wahr?«

Die eintretende Stille war so bleischwer, dass Wurm glaubte, sie müsse ein Loch in den Erdboden schlagen.

»Du weißt, was zu tun ist, Wurm. Du hattest im Laufe der Jahre ja ausreichend Unterricht, nicht wahr?«

Sechs Jahre lang hatte das Monster Wurm gezwungen, bei jedem einzelnen seiner Morde zuzusehen. Insgesamt dreiunddreißig. Und Wurm hatte sich den Namen jedes Opfers einprägen müssen. Er würde sie nie vergessen. Er würde auch die Gesichter nie vergessen. Und er würde nie vergessen, auf welche Weise sie gestorben waren.

»Du kannst ihr weh tun, wie du willst, Wurm. Na, wie klingt das?«

Wurm brach den Blickkontakt ab. Ihm wurde die Kehle eng.

»Ich weiß doch, da steckt eine Menge Wut in dir.« Das Monster kratzte sich im Schritt. »Und vielleicht ist es an der Zeit, diese Wut freizulassen, Wurm. Ich sage dir, bestrafe sie mit allem, was du hast. Mach, dass sie vor Angst und vor Schmerz schreit, lass sie richtig leiden, und ich garantiere dir, du wirst dich viel freier fühlen ... bestätigt ... geläutert ... stark. Du wirst dich fühlen wie Gott.«

Wurms Herzschlag beschleunigte sich.

»Das ist mein Geschenk an dich, Wurm. Heute Abend wirst du nicht nur zum Mann werden, du wirst zu *Gott* werden.« Das Monster gab ein kehliges Lachen von sich. »Auf dieser Erde gibt es kein großartigeres Gefühl.«

Heute Abend?

Das Herz hämmerte in seiner Brust.

Heute Abend?

Es schlug immer schneller. Wurm hatte das Gefühl, als würde es gleich explodieren.

Heute Abend.

Zwei Worte, und sie versetzten ihn in Todesangst.

Ihm wurde schwindlig.

Heute Abend wirst du nicht nur zum Mann werden, du wirst zu Gott werden.

Er konnte nicht mehr atmen.

Angst erfüllte jede Faser seines Körpers.

Merkwürdigerweise war es genau diese Angst, diese unermessliche Angst, die ihm endlich den Mut verlieh, der ihm in den sechs Jahren gefehlt hatte. Mut, der jede Nacht in seinem Kopf kochte und brodelte, nur um sich allmorgendlich wieder zu verflüchtigen.

Heute war Wurms Geburtstag. Es war der einzige Tag im ganzen Jahr, an dem das Monster ihn für kurze Zeit mit nur einer Hand an die Wand kettete.

Die letzten drei Geburtstage hatte Wurm mit dem Gedanken gespielt, sich auf das Monster zu stürzen, wenn es gerade nicht hinschaute, aber dann hatte ihn jedes Mal in letzter Sekunde der Mut verlassen. Und wenn es Mut gewesen wäre, worauf Wurm an diesem Tag hätte zählen müssen, wäre er wieder gescheitert. Manchmal ist das Einzige, was die Angst besiegen kann, die Angst selbst.

Wurm betrachtete das Monster, das links neben ihm saß. Diesmal kämpfte in seinem Innern nicht Mut gegen Angst, sondern eine Angst gegen eine andere.

Als das Monster sich abwandte, um einen Blick auf die Wanduhr zu werfen, spannte Wurm sich an, schloss die Augen und ließ sich von seiner Angst leiten.

Wurm hatte noch nie von außerkörperlichen Erfahrungen gehört, aber anders hätte er die Szene, die sich im Folgenden vor seinen Augen abspielte, vermutlich nicht beschreiben können.

Es war, als würde er einen Film auf einer großen Leinwand ansehen. Wurm sah sich selbst in der Küche sitzen, rechts neben dem Monster. Plötzlich, als liefe der Film mit einem Bruchteil der normalen Geschwindigkeit ab, sah er, wie sein rechter Arm ausholte. Nicht der freie Arm, sondern der mit der Eisenmanschette am Handgelenk, von der eine lange Kette quer durch den Raum bis zu dem Eisenring an der östlichen Wand ging.

Der angekettete Arm nahm Geschwindigkeit auf. Er kam dem Gesicht des Monsters unaufhaltsam näher.

Der Zuschauer Wurm konnte kaum hinsehen. *Was machst du da? Hast du den Verstand verloren? Hör auf. Hör auf!*

Doch der Wurm im Film konnte ihn nicht hören. Er zielte auf das Kinn des Monsters, doch genau in dem Moment drehte sich das Monster zur Uhr. An diesem Tag schien das Glück auf Wurms Seite zu sein. Die Eisenmanschette an seinem Handgelenk traf das Monster gegen die rechte Schläfe.

Wurm der Zuschauer sah, wie die Augen des Mannes flackerten und dann in ihren Höhlen zurückrollten. Der Anblick schockierte und erregte ihn gleichermaßen.

Passierte das wirklich?

Die Zeit rann unaufhaltsam davon.

Zeit, die er nicht hatte.

Er schrie die Leinwand an.

Schlag ihn noch mal. Schlag ihn noch mal!

Diesmal schien der Wurm im Film die lauten Schreie gehört zu haben, denn er holte erneut mit der rechten Hand aus. Diesmal traf er das Monster noch härter, fast an derselben Stelle wie zuvor.

Kopf und Arme des Monsters zuckten wie unter einem Krampfanfall.

Wurm der Zuschauer konnte seinen Augen kaum trauen.

Noch ein letztes Mal. Tu es! Tu es jetzt!

Wurm landete einen dritten und letzten Schlag.

Ende.

Das Monster brach bewusstlos am Boden zusammen. Blut sickerte aus der Wunde an seinem Kopf.

Wurm, der Zuschauer flog durch die Luft und wurde wieder eins mit dem Wurm im Film.

Dem achtzehnjährigen Jungen war es egal, ob das Monster tot war oder nicht. Er schaute nicht nach. Er riss die Schlüssel aus der Hosentasche des Monsters, nahm sich selbst die blutige Eisenmanschette ab und legte sie dem Monster um.

Sekunden später hatte er die Haustür aufgeschlossen und war in eine Welt hinausgetreten, von der er nie geglaubt hatte, sie jemals wiederzusehen.

89

Die FBI-Akte, die Adrian Kennedy Hunter gemailt hatte, enthielt Wurms vollständige Aussage, zusammen mit einem einzelnen Foto des Achtzehnjährigen. Er sah viel dünner aus, und sein Kopf war nicht komplett kahlrasiert, so wie der von Detective Sanders, aber die Gesichtszüge waren dieselben, vor allem die stechenden hellblauen Augen. Hunter hatte ihn auf den ersten Blick wiedererkannt.

Schon wieder musste Hunter husten. Der Schmerz, den das in seinem Kopf auslöste, war bestialisch.

»Wurm.« Er wiederholte, was Sanders ihm gesagt hatte. »So hat Ihr Geiselnehmer zu Ihnen gesagt, nicht wahr? Ich habe es in Ihrer Akte gelesen. Sie haben ihn ›das Monster‹ genannt.«

Als er das hörte, wich Sanders unwillkürlich einen Schritt zurück.

Was Hunter nicht entging.

»Sie haben meine FBI-Akte gelesen?«, fragte Sanders verblüfft. »Wie kann das sein? Ich war im Opferschutzprogramm des FBI. Das Programm ist so geheim wie das Zeugenschutzprogramm. Nicht mal die FBI-Agenten selbst haben Zugriff auf die Daten, mit Ausnahme einiger hoher Tiere. So habe ich es überhaupt nur geschafft, ins LAPD zu kommen.« Er hob die Hände. »Im Rahmen des Programms habe ich eine neue Identität erhalten, eine komplett neue, glaubwürdige Lebensgeschichte, die jeder Prüfung durch Banken, Versicherungen, Privatermittler und Regierungsbehörden standhielt – das schließt auch das LAPD mit ein.«

»Ihr Beruf war die perfekte Tarnung«, stellte Hunter fest.

Sanders sah ihn halb belustigt an.

»O nein, nein, nein, nein. Enttäuschen Sie mich jetzt nicht, Robert. Bis jetzt haben Sie Ihre Sache so gut gemacht. Sie glauben, ich bin zum LAPD gegangen, damit ich unentdeckt töten kann?«

Hunter trippelte wieder ein Stück auf den Zehenspitzen, diesmal in die andere Richtung.

»Ich bin zum LAPD gegangen, weil ich den aufrichtigen Wunsch hatte, Menschen zu helfen.« Sanders' Stimme wurde ein wenig schroffer. »Ich wollte Ermittler bei der Vermisstenstelle werden, um Menschen wie mir zu helfen. Um Leute wie das Monster aus dem Verkehr zu ziehen. Sie wissen besser als jeder andere, dass er kein Einzelfall ist. Die Welt ist voll von Monstern.« Er hielt inne und fing erneut Hunters Blick ein. »Monstern wie mir.«

Hunter atmete tief ein, die Luft stach regelrecht in seine Lungen.

»Wollen Sie wissen, was mich verändert hat?«

Hunter wusste es bereits.

»Ihre Akte«, sagte er.

Sanders schnippte mit den Fingern, dann zeigte er auf Hunter. »Sehr gut, Robert. Meine Akte. Als Polizist, erst recht als Dezernatsleiter beim LAPD, hat man Zugriff auf gewisse geheime Akten. Akten, die ich als Zivilist niemals zu sehen bekommen hätte. Akten über gewisse Mordfälle, gewisse Vermisstenfälle. Damals wusste es niemand, aber sie hatten alle einen gemeinsamen Nenner. Möchten Sie raten, was dieser gemeinsame Nenner war, Robert?«

»Das Monster.«

»Das Monster«, pflichtete Sanders ihm bei. »Und was ich in diesen Akten gelesen habe, hat mich unwiderruflich verändert. Wissen Sie, was das war?«

Hunters Augen blinzelten ein wortloses Nein.

»Siebenmal, Robert.« Sanders' Augen wurden schmal. »In den sechs Jahren, die ich in dieser dreckigen Zelle gefangen war, wurde das Monster siebenmal von FBI und

LAPD vernommen. *Sieben Mal.*« Die letzten zwei Worte brüllte Sanders Hunter ins Gesicht, dass der Speichel flog.

Hunter zuckte zurück, aber es war zu spät. Einige Speicheltropfen landeten in seinem Mund.

Sanders atmete schwer. Er presste die Worte zwischen zusammengebissenen Zähnen heraus. »Ich war noch ein Kind, als ich verschleppt wurde, Robert. Ich war elf. Ich war intelligent. Ich hatte eine Zukunft vor mir. Sechs Jahre lang wurde dieser Junge jeden Tag vergewaltigt und verprügelt, als wäre er nichts weiter als ein Stück Fleisch.«

Sanders machte einen Schritt zurück, packte mit beiden Händen sein Hemd und riss es entzwei. Knöpfe flogen durch die Luft, ehe sie über den Betonboden sprangen.

Trotz aller Schmerzen und Erschöpfung riss Hunter die Augen auf. Sanders' Oberkörper war über und über mit Narben bedeckt – einige waren klein, andere groß, manche riesig. Viele von ihnen waren nicht sauber verheilt. Dort sah die Haut ledrig und wulstig aus. Einige hatten Ähnlichkeit mit langen Striemen.

Sanders drehte sich um. Sein Rücken sah sogar noch schlimmer aus.

Hunter schwieg.

»Während dieser sechs Jahre hatten sie sieben Chancen, allem ein Ende zu machen. *Sieben.*« Sanders begann vor Hunter auf und ab zu gehen. Seine Augen glänzten, als würden ihm die Tränen kommen, doch dazu kam es nicht. Noch immer blieb Wurm seinem Schwur treu. Seine Stimme wurde tief und rau. »Sieben Mal, Robert. Zu sieben verschiedenen Gelegenheiten haben Leute von LAPD und FBI dem leibhaftigen Bösen in die Augen geblickt, einem komplett Wahnsinnigen, und kein einziges Mal haben sie das Monster in ihm erkannt.« Er blieb stehen. »Diese Leute waren angeblich die Besten in ihrem Job. Die Experten.«

Ein Absatz aus Sanders' erster Nachricht kam Hunter in den Sinn.

Bei diesen Behörden arbeiten angeblich die Besten der Besten. Personen, die Experten darin sind, Gut von Böse zu unterscheiden. Doch in Wahrheit sehen sie nur das, was sie sehen wollen. Und das Schlimme ist, dass Menschen leiden, wenn die Verantwortlichen sich blind stellen ... Menschen leiden ... und Menschen sterben.

Sanders setzte sich erneut in Bewegung.

»Sie hätten mich aus diesem Alptraum befreien können, Robert. Sie hätten mich davor bewahren können, zu dem zu werden, was ich heute bin. Sie hätten all diese Frauen damals retten können. Und die Frauen heute.«

Hunter war klar, dass er sich damit auf seine eigenen Opfer bezog.

»In den sechs Jahren hat er dreiunddreißig Frauen umgebracht. Und ich musste jedes Mal zusehen. Ich musste all ihre Namen auswendig lernen.«

Hunter erinnerte sich an die Akte, die er Stunden zuvor gelesen hatte. Sobald das Monster verhaftet worden war – Wurm hatte die Polizei zu seinem Versteck geführt –, hatte er über sechzig Morde gestanden. Er hatte seit mehr als zehn Jahren Frauen getötet.

»Die Erkenntnis, dass Sie hätten gerettet werden können – das hat Sie verändert«, stellte Hunter fest.

»Hätte es Sie etwa nicht verändert?«, fragte Sanders zurück. »Wie kann es sein, dass die angeblich Besten der Besten so viele Fehler gemacht haben? Fehler, die unvorstellbares Leid über so viele Menschen gebracht haben?«

Hunter wusste keine Antwort.

»All diese Frauen sind tot, Robert. Sie kommen nicht mehr zurück. Mein Leben wurde mir brutal weggenommen.« Sanders lächelte freudlos. »Fehler haben Konsequenzen, Robert – Folgen. Sie wissen das. Je größer der Fehler, desto verheerender die Konsequenz. Ich *bin* die Konsequenz der Fehler, die vor fünfundzwanzig Jahren gemacht wurden.« Sanders breitete die Arme aus, als bereite er sich darauf vor, ein Geschenk des Himmels zu empfangen. »Und hier stehe ich nun. Ich wusste, wenn es heute einen ähnlichen Fall gäbe, würden sie dieselben Fehler wiederholen, weil die Menschen nämlich nur das sehen, was sie sehen wollen. *Sie* sehen nur das, was Sie sehen wollen.«

Hunters Zehen fingen an zu krampfen. Die Kette grub sich wieder tiefer in seine Handgelenke und schnitt ihm die Blutzirkulation ab.

»Und um das zu beweisen, wurden Sie selbst zum Monster«, sagte er. »Sie haben alles so gemacht wie er. Haben angefangen, Frauen zu ermorden. Frauen, die genauso hießen wie die, die er damals getötet hatte. In exakt derselben Reihenfolge. Nach exakt denselben Methoden. Sie haben sogar alles gefilmt wie er.«

Sanders' neugieriger Blick ruhte auf Hunter. Er hatte keine Ahnung gehabt, dass Hunter von den Filmaufnahmen wusste.

»Sie sind kein Trophäensammler. Die Filme bedeuten Ihnen nichts. Sie haben es nur getan, weil das Monster es damals getan hat. Sie haben sich sogar einen abgeschiedenen Ort gesucht und ihn so umgebaut, dass er dem Haus gleicht, in dem er Sie damals gefangen gehalten hat.«

»Mit ein paar modernen Ergänzungen, versteht sich«, gab Sanders zu. »Was glauben Sie, woher ich wusste, dass Sie kommen – noch dazu zu dieser frühen Stunde?« Er zog die Augenbrauen hoch. »Hier gibt es überall verborgene Sensoren.«

Diese Worte erfüllten Hunter mit Angst.

»Warum hätte ich sonst die Eingangstür unverschlossen gelassen, Robert? Ich habe auf Sie gewartet. Ich wollte, dass Sie zu mir finden.«

Hunters Arme fühlten sich allmählich an wie tote Fleischklumpen.

»Trotzdem: Ich bin beeindruckt, Robert«, fuhr Sanders fort. »Sie haben recht. Ich wurde zum Monster, um etwas zu beweisen. Um zu zeigen, dass ich recht habe. Aber ich bin nicht einfach losgezogen und habe wahllos Leute umgebracht. Ich habe schon vor Jahren angefangen vorzusorgen. Ich wollte nichts übereilen. Und ich habe alles bis ins letzte Detail geplant. Mein erstes Opfer musste im Rahmen einer völlig wahnwitzigen, dreisten Entführungsnummer verschwinden. Auf die Art konnte ich sicherstellen, dass der Fall bei der Vermisstenstelle landet. Dass der Fall bei *mir* landet.« Er lachte über seine eigene Schläue. »Es ist mir sogar gelungen, jemanden zu finden, der – sofern der leitende Detective bei den Mordfällen kein Vollversager war – den perfekten Sündenbock abgab. Den perfekten Hauptverdächtigen.«

»Tedd Robin«, sagte Hunter. »Ich bin der Tod.«

Das Erstaunen in Sanders' Augen war nicht gespielt.

»Wow! Das haben Sie auch rausgefunden?« Er nickte anerkennend. »Also, jetzt bin ich *wirklich* beeindruckt. Ich wusste gleich, dass Sie gut sind, als wir uns das erste Mal in meinem Büro getroffen haben, um über Nicoles Fall zu reden. Sie haben genau die richtigen Fragen gestellt. Ich muss gestehen, ich hatte nicht damit gerechnet, dass Sie mich bitten würden, nach ähnlichen Fällen zu suchen. Ich dachte, Sie würden einfach die Akte nehmen und verschwinden. Andererseits hat mir Ihre Anfrage die ideale Gelegenheit geliefert, Tedd ins Spiel zu bringen und schon mal vorzufühlen, wie gut Sie wirklich sind.«

»Sie haben mich angerufen und behauptet, die Suche hätte nichts ergeben«, sagte Hunter.

»Genau. Und da ist Ihnen klargeworden, was wir falsch gemacht haben. Wir haben nur nach abgeschlossenen Fällen gesucht. Das hat mir wirklich mächtig imponiert, Robert. Natürlich hatte ich mir alles schon im Voraus zurechtgelegt. Meine Idee war es, dem leitenden Detective in Nicoles Fall eine solche Suche selbst vorzuschlagen – aber bei Ihnen konnte ich mir das sparen. Wenn Sie mich nicht auf den Fehler mit den abgeschlossenen Fällen aufmerksam gemacht hätten, hätte ich einfach behauptet, mir wäre was Besseres eingefallen.«

Hunters Mund war knochentrocken.

»Ich wusste, dass ich einen Sündenbock brauche, und es hat Jahre gedauert, einen zu finden. Tedd Robin passte genau in meinen Plan«, sagte Sanders. »Aber nicht mal der beste Plan hätte seinen Namen vorhersehen können. Das war reines Glück. Perfekter ging es nicht. Können Sie sich vorstellen, wie sprachlos ich war, als ich rausfand, dass sich aus seinem Namen das ideale Anagramm konstruieren ließ?«

Wieder ließ Sanders ein heiseres, makabres Lachen hören, ehe er fortfuhr. »Und das wiederum bot mir die Möglichkeit, meinen besten Hinweis in dem Brief zu verstecken.«

»*Die Hinweise sind im Namen*«, zitierte Hunter.

»War das nicht perfekt?«, brüstete sich Sanders. »Ein Hinweis mit doppelter Bedeutung: ICH TEDD ROBIN oder ICH BIN DER TOD. Aber letzten Endes war es nicht der Name – oder *die* Namen –, auf den sich der Hinweis bezog. Das war genial, wenn ich das so sagen darf.«

»Sobald also für Sie feststand, dass Sie uns Tedd Robins Akte geben würden«, sagte Hunter, »haben Sie ihn aus dem Weg geräumt.«

Erneut spendete Sanders Applaus. »Selbstverständlich. Ich wollte ja nicht, dass Sie ihn finden. Das hätte meine Pläne zunichtegemacht.«

»Und Sie haben auch die Gegenstände in seiner Wohnung platziert – den roten Stift, das Papier, das Streichholzbriefchen.«

»Auch ein brillanter Schachzug, oder?«, meinte Sanders. »Eigentlich hätte sich der ganze Fall über einen sehr langen Zeitraum hinziehen sollen, und mit jedem neuen Opfer, das ich Ihnen liefere, hätte ein neuer kryptischer Hinweis auf ein und denselben Täter gewiesen – Tedd Robin. Wie frustrierend wäre es für Sie gewesen, einem Geist hinterherzujagen, Robert, was meinen Sie?«

Schweigen trat ein, ehe Sanders nach einer Weile zu sprechen fortfuhr.

»Sie waren gut, Robert, sehr gut sogar. Aber nicht gut genug. Denn Sie haben denselben fatalen Fehler gemacht wie die Leute vor fünfundzwanzig Jahren. Sie wissen, was dieser Fehler war, nicht wahr?«

»Ich habe Ihnen in die Augen geblickt und es nicht gesehen.«

»Wieder richtig. Sie und Ihr Partner haben mir direkt gegenübergestanden. Ich habe in Ihrem Büro gesessen. Sie in meinem. Wir haben miteinander gesprochen, und trotzdem haben Sie es nicht gemerkt. Geben Sie es zu.«

Ehe Hunter etwas sagen konnte, erklang von irgendwoher ein elektronisches Piepsen.

Hunter sah sich um.

»Sie sind hier«, sagte Sanders und nahm eine doppelläufige Schrotflinte von der halb im Schatten verborgenen Werkbank.

Hunter beobachtete ihn zutiefst beunruhigt.

»Ich wusste, Sie würden nicht ohne Verstärkung kommen, Robert. So dumm sind Sie nicht. Sicher, vielleicht wollten Sie erst mal allein die Lage sondieren, aber die Kavallerie wäre Ihnen dicht auf den Fersen. So ist es doch, nicht wahr?«

Hunter atmete aus.

Sanders lächelte. »Ich weiß, dass ich hier nicht rauskomme. Aber das muss ich gar nicht. Ich will es auch gar nicht. Mein Leben war zu Ende, als ich elf war, und in welcher Hölle ich nach alldem hier auch immer landen werde, sie wird das reinste Paradies sein, verglichen mit den letzten fünfundzwanzig Jahren meines Lebens.«

Er spannte an beiden Läufen der Schrotflinte den Hahn.

»Eine für Sie, eine für mich. Herzlichen Glückwunsch, Robert. Es ist Ihnen gelungen, die Mordserie zu stoppen. Und glauben Sie mir, ich hätte weitergemacht, bis jemand die Fehler geradebiegt, die vor all den Jahren begangen wurden. Aber enttäuscht haben Sie mich trotzdem. Sie haben das Monster nicht gesehen, als Sie mir in die Augen geblickt haben.«

Das Piepsen wurde lauter und drängender.

»Sie sind drinnen«, verkündete Sanders mit einem Lächeln und legte mit der Schrotflinte auf Hunter an.

Hunter sah Sanders geradewegs in die Augen. Er würde ihm nicht den Gefallen tun, die Augen zu schließen oder den Kopf abzuwenden.

Die Tür oben an der Treppe knarrte.

Sanders drückte ab.

90

Garcia hörte den zweiten Schuss, gerade als er die Tür zum Keller aufschob. Beide waren schnell hintereinander gekommen. In dem abgeschlossenen Raum waren sie lauter als im Freien, fast so laut, als wären zwei Bomben hochgegangen.

Garcia ließ sich auf ein Knie fallen, die Waffe sicher in einem zweihändigen Griff. Doch statt das Feuer zu erwidern, ging er hinter der Tür in Deckung und wartete ab, zumal es ohnehin kein Ziel gab, das er ins Visier nehmen konnte.

Zwei Sekunden vergingen.

Fünf.

Zehn.

Nichts. Keine weiteren Schüsse folgten.

Garcia schob die Tür ein Stück weiter auf und spähte in den Raum. Seine Pistole suchte immer noch nach einem Ziel, nach Troy Sanders. Doch alles, was er sehen konnte, war eine Treppe, die nach unten führte. Die Luft war voller Pulvergas.

»Robert?«, rief er.

Keine Antwort.

»Robert? Bist du da unten?«

Kein Ton.

»Scheiße!« Garcia holte tief Luft und ging langsam die Stufen hinunter.

»Robert?«, rief er erneut nach drei Schritten.

Keine Reaktion.

Garcia stieg weitere fünf Stufen hinunter. Mittlerweile hatte er einen besseren Überblick über den Keller, aber durch die Pulvergasschwaden und die Dunkelheit konnte er immer noch nicht richtig sehen.

»Robert? Bist du hier irgendwo?«

Totenstille.

»ROBERT!«

»Ich bin hier. Ich bin hier«, hörte Garcia Hunter sagen. »Alles okay, die Luft ist rein.«

Garcia versuchte nicht mal, das Lächeln zurückzuhalten, das sich auf seinen Lippen ausbreitete. Er wollte es auch gar nicht versuchen.

So schnell er konnte, eilte er die letzten Stufen hinab. Am Fuß der Treppe blieb er stehen. Seine Augen weiteten sich vor Schreck.

Auf dem Boden des Kellers, ein paar Meter von einer Werkbank entfernt, lag eine fast kopflose Leiche. Dampfendes Blut strömte aus der frischen Wunde.

Hunter lag ebenfalls am Boden, die Hände mit einer Eisenkette zusammengebunden. Sie war blutbespritzt, aber auf dem Boden um ihn herum war kein Blut zu sehen.

»Alles in Ordnung mit dir?«, fragte Garcia und stürzte zu ihm. »Bist du getroffen?«

»Nein, mir geht's gut«, antwortete Hunter und stemmte sich in den Sitz.

Garcia half ihm dabei.

»Ich habe zwei Schüsse gehört«, sagte er.

»Beim ersten hat er auf die Kette gezielt«, erklärte Hunter mit einem Blick nach oben zu den Metallrohren an der Decke. An einem baumelte noch ein Stück Kette.

»Wenn du am Leben bist, warum hast du dann nicht sofort geantwortet, als ich nach dir gerufen habe, verdammt noch mal?«, wollte Garcia wissen. »Ich dachte, du bist tot.«

»Mir haben von den Schüssen noch die Ohren geklingelt. Die waren scheißlaut hier unten.«

Garcia lachte fast eine geschlagene Minute lang.

»Ich glaube, wir sollten in der Zentrale Bescheid geben«, sagte er dann. »Das wird garantiert ein verdammt langer Bericht.«

Hunter nickte. Was er Garcia nicht verriet, war, dass Wurm, unmittelbar vor seinem zweiten Schuss, ihm tief in die Augen geblickt und ein einziges Wort gesagt hatte: »Danke.«

91

Zwei Tage später
Police Administration Building

»Dann hat er also die Taten nachgeahmt, weil er so sein wollte wie der Mann, der ihn vor all den Jahren verschleppt und gefangen gehalten hat?«, fragte Captain Blake. Sie war nach Hunters Bericht immer noch wie vor den Kopf geschlagen.

»Mehr oder weniger, ja«, sagte Hunter. Seine Handgelenke waren noch bandagiert. »Mit dem Unterschied, dass er selbst keinen Jungen entführt hat.«

»Und wenn ihn niemand aufgehalten hätte, glauben Sie, er hätte dann auch dreiunddreißig Morde begangen?«, wollte Chief Bracco wissen. Er war es, der um diese Besprechung in Captain Blakes Büro gebeten hatte.

»Vielleicht sogar noch mehr«, sagte Garcia. »Er wollte, dass jemand ihn stoppt. Seinem Alptraum ein Ende macht.«

Chief Bracco sah Garcia fragend an.

»Er ist zwar damals entkommen, aber die Tortur war für ihn nie vorbei«, führte Garcia aus. »Stattdessen fing nach der Flucht der zweite Teil seines Alptraums an.« Er warf Hunter einen Blick zu, der mit einem leichten Nicken seine Zustimmung signalisierte. »Hätte niemand ihm das Handwerk gelegt, wäre es immer so weitergegangen. Er hätte nicht nach dreiunddreißig Opfern aufgehört.«

»Die Kriminaltechnik ist noch dabei, sein Haus des Grauens zu untersuchen«, teilte Captain Blake ihnen mit. »Sie haben all seine Videoaufzeichnungen gefunden und eine Liste mit den Namen der Opfer. Es standen exakt dreiunddreißig Namen darauf, aber ich glaube, Carlos hat recht. Wenn ihn niemand aufgehalten hätte, wäre für ihn bei dreiunddreißig noch lange nicht Schluss gewesen.«

»Niemand«, meldete sich Hunter zu Wort, »ganz egal, für wie gefestigt er sich hält, könnte sechs Jahre lang solche Qualen ertragen, ohne schweren seelischen Schaden zu nehmen, schon gar nicht ein elfjähriges Kind. Das Trauma war die ganze Zeit da. Troy Sanders hat es sehr lange unterdrückt. Aber als er rausfand, dass der Grund für sein langes Leiden die Nachlässigkeit der Behörden war und die zahlreichen Ermittlungsfehler von Polizei und FBI, ist er daran zerbrochen. Er hatte unbewusst darauf vertraut, dass diese Behörden ihn beschützen oder wenigstens dafür sorgen, dass ihm Gerechtigkeit widerfährt. So denkt wohl jeder. Aber sie –« Hunter brach ab, dann berichtigte er sich. »*Wir* haben versagt.«

Für lange Zeit sagte niemand etwas.

»Wie haben Sie diesen gottverlassenen Ort überhaupt gefunden?«, wandte sich Captain Blake an ihn. »Das Gebäude hat keinen eingetragenen Besitzer. Es existiert eigentlich gar nicht.«

»Sanders' Auto«, antwortete Hunter. »Alle Fahrzeuge des LAPD sind mit einem Ortungssystem ausgestattet. Sobald ich wusste, dass er Wurm ist, habe ich Carlos Bescheid gesagt – aber vorher habe ich noch in der Zentrale angerufen, damit sie mir den Standort von Sanders' Wagen durchsagen. Ich habe die Koordinaten manuell in mein Navi eingegeben.«

»Also.« Chief Bracco stand auf. »Was soll ich sagen? Gratulation für Ihre hervorragende Arbeit.« Er schüttelte Garcia die Hand. Hunter zeigte ihm entschuldigend seine Verbände.

»Tut mir leid, Sir.«

»Nicht doch«, sagte Bracco und strebte Richtung Tür. »Und jetzt: zurück an die Arbeit, oder glauben Sie etwa, Troy Sanders ist der einzige Psychopath in dieser Stadt?«

92

Marlon Sloan zitterte ein wenig, als er losging.

Der Detective, der an jenem Tag zu ihnen gekommen war, hatte ihn neugierig gemacht. Er hatte ihm gesagt, er solle nicht auf seinen Therapeuten hören. Er könne es auch ohne Hilfe schaffen, er solle sich nur ein Stück aus seiner Komfortzone hinauswagen und abwarten, was passiert.

Marlon hatte beschlossen, seinen Vorschlag auszuprobieren.

Er ging bis zum Ende der Straße – das war das Ende seiner Komfortzone – und dann noch ein Stückchen weiter. Nach etwa anderthalb Blocks kam er an eine kleine Grünfläche, oben auf einem Hügel. Das Atmen fiel ihm mittlerweile schwer, und das lag nicht an dem anstrengenden Aufstieg.

Der Detective hatte ihn gewarnt, dass das eintreten würde.

Marlon suchte sich eine Bank mit Blick auf die Grünfläche und setzte sich hin. Er konzentrierte sich auf seine Atmung und auf das Zittern seines Körpers. Er hatte Angst, das ließ sich nicht leugnen. Am liebsten wäre er aufgesprungen und nach Hause gerannt, aber er zwang sich, sitzen zu bleiben.

»Du schaffst das«, sagte er sich und starrte angestrengt auf eine kleine Baumgruppe. »Du schaffst das.«

Ein paar Minuten später hatte das Zittern nachgelassen, und er atmete so ruhig, als wäre er zu Hause in seinem Zimmer.

Marlon konnte es kaum fassen.

Er saß etwa eine halbe Stunde auf der Bank, bis er genügend Mut für den zweiten Teil seiner Herausforderung gesammelt hatte.

Als ein älterer Herr an Marlons Bank vorbeikam, sah der Junge zu ihm auf.

»Entschuldigung.« Seine Stimme klang ein bisschen wacklig.

Der Mann blieb stehen und sah den Jungen an.

»K … könnten Sie mir vielleicht sagen, wie spät es ist?«

»Aber sicher.« Der Mann schaute auf seine Uhr. »Es ist zehn nach zwei.«

»Danke.« Marlon atmete erleichtert aus. Seine Hände zitterten immer noch.

Der Mann setzte seinen Weg fort.

Als Marlon aufstand und sich auf den Heimweg machte, erschien ein breites Lächeln auf seinem Gesicht. Er konnte sich nicht daran erinnern, jemals so gelächelt zu haben.